한국 근대 리얼리즘 시문학사

송기한

지식과교양

머리말

한국 근대 리얼리즘 시문학사

오랜 세월 동안 이어온 현대시 연구와 그 성과를 한 권의 책으로 펴낸다. 지금껏 한국 현대시를 사적으로 정리한 책은 많이 나왔다. 그럼에도 불구하고 현대 시사가 온전히 정리되었다고 보기는 어려운 것이 사실이다. 그것은 몇 가지 이유에서 그러한데, 하나는 시사가 문단 중심으로 기술되었다는 점이다. 물론 문학 활동이 문단이라는 집단을 통해서 이루어지는 것이기에 문단이 중심이 되어 문학이 생산되고 또 시사적으로 자리매김되는 것은 지극히 당연한 일이다. 하지만, 문단 위주의 문학사는 문학 그 자체보다는 문인들 사이의 에피소드나 사적인 활동 등이 개입될 수밖에 없고, 그렇게 된다면 문학사 기술의 중심이 되어야 할 작품이나 시인에 대한 해석은 상대적으로 소홀해질 수밖에 없다는 한계를 갖고 있다. 이 책이 문단이나 에피소드 등이 아니라 작품 그 자체, 혹은 시인 중심으로 기술한 것은 이런 이유 때문이다.

그리고 두 번째는 작품에 대한 해석의 문제이다. 현대 시사는 크게 해방 이전과 이후로 나뉘어지고, 이에 따라 근대, 혹은 현대로 시기 구분되고 있다. 해방 이후의 시사, 곧 현대 시사는 우리의 주권이 회복되었기에 문학사의 기술 주체가 어떤 세계관을 갖고 있든 크게 문제시될 일은 아니다. 문학의 관점에 따라 해석되고 기술되면 그만이기 때문이다. 하지만 해방 이전의 상황은 이후의 경우와 완전히 다른 상황에 놓여 있는 경우이다. 이 시기는 문학을 이해하고 해석하는 데 있어서 문인이나 비평가의 세계관도 중요시되지만, 식민 상황이라는 것을 제외하고는 그 올바른 설명이 불가능하다. 해석자의 고유한 세계관에 의해서 시인이나 작품이 재단되는 인식론적 오류를 피할 수 없기 때문이다. 그러니까 민족 모순이나 민족 해방이라는 당면 임무를 도외시한 채, 이 시기의 작품을 해석하는 것은 본말이 전도되는 일이 될 수도 있다. 기왕의 시사들이 민족주의적 관점이나 민족 모순의 관점에서 기술되지 못한 원인 또한 이 지점에서 찾아야 할 것으로 보인다.

한국 근대 문학사 혹은 시사를 기술하는 데 있어서 빚어지는 관점의 혼선과 더불어 또 하나 주목해야할 것이 근대의 기점에 관한 것이다. 그동안 우리 문학계에서 근대의 기점은 크게 세 층위로 논의되어 왔는데, 영정조 기점론과 갑오경장 기점론, 개화기 기점론 등등이 그러하다. 근대의 시작점에 대한 이 관점들은 모두 그 나름의 정합성을 갖고 있기에 반론을 제기하기 어려운 것이 사실이다. 그럼에도 문학이 갖고 있는 장르론적 관점에 기대게 되면, 가장 설득력있는 근대의 시작은 아마도 영정조 시대가 아닌가 한다. 이런 단정의 근거는 시대 환경과 문학 양식의 변화들이 모두 근대적인 것과 어느 정도 부합되어 나타나기 때문이다.

근대란 생산 양식의 관점에서 보면, 자본주의의 진행과 시민 계급의 등장으로부터 자유로운 것이 아니다. 물론 영정조 시절에 자본주의의 완전한 성숙과 시민 계급의 형성이 완료되었다고 말하는 것은 아니다. 기점이란 흔히 시작이나 단초를 말하는 것이고, 그런 입론에 설 때, 영정조 시기는 근대 자본주의가 서서히 싹튼 시기라고 할 수 있을 것이다. 그리고 이런 가설에 가장 설득력을 제공해주는 것이 생산 양식의 변화에 따른 새로운 장르의 출현이다. 근대적 형식에 가장 잘 부합하는 장르는 산문 양식, 그 가운데 소설 장르이다. 그리고 산문 양식이 승하던 시기에는 시가 양식도 그 정형성을 잃어버리고 다소간 산문화 양식을 보이게 된다. 이런 맥락에 서게 되면, 영정조 시절에 이루어지기 시작했던 여러 문학 양식의 변화는 근대의 제반 양상이 지시하는 것들과 일정 부분 겹쳐진다.

산문 양식의 확산이라는 관점에서 볼 때, 영정조 시기의 문학적 변화 가운데 가장 주목의 대상이 되는 것이 바로 시조의 사설시조화, 가사의 장편 서사화와 같은 산문 양식의 팽창 현상이다. 「양반전」을 비롯한 연암

박지원의 탈중심적 서사 양식들의 확산, 그리고 그와 더불어 시조의 사설시조화라든가 가사의 장형화야말로 근대적 산문 양식의 팽창 현상과 그 맥을 같이하는 것이기 때문이다.

전통 율격 양식의 산문화 현상은 곧 자유율의 시작을 의미하는 것이었고, 이는 서정시에 있어서의 자유시의 등장을 알리는 일이었다. 하지만 조선 후기에 시작된 정형율의 해체 현상은 일정 정도의 보폭을 유지한 채 꾸준히 진행되지 못한 한계를 보여주기도 했다. 개화기에 이르러 다시 엄격한 정형율로 되돌아갔기 때문인데, 이는 곧 자유시에 대한 퇴조 현상이라 할 수 있다.

그리고 이를 계기로 다시 자유시에 대한 열망으로 자유율을 지속적으로 발전시켜나가다가 1920년대에 이르러서는 다시금 전통적 율격으로 회귀하는 모습을 보여주기도 했다. 실상 이런 교체 반복은 근대 기점에 대해 다양하게 논의하게끔 한 근본 요인 가운데 하나가 되기도 했다. 그러나 정형율과 자유율의 교체 반복이야말로 우리 사회에 있어서 근대화가 제대로 진행되지 못했음을 보여주는 단적인 증거가 된다고 할 수 있을 것이다.

근대가 시작된 이후 우리 시단에는 수많은 시인들이 명멸해갔고, 그 결과 이들에 의해 많은 시집들이 상재되기도 했다. 이는 그만큼 우리 문학적 유산이 풍부했음을 증거하거니와 그 질적인 수준 또한 결코 만만한 것이 아님을 말해주는 것이라 할 수 있을 것이다.

시사 작업을 펼쳐나가면서 그런 빛나는 성과들을 모두 아우르려고 했지만, 그러기에는 지면상으로나 필자의 역량상으로나 부족함이 컸다. 시단에서 중요한 작가나 작품은 가급적 모두 망라해서 시사적으로 의미있는 자리매김을 하고자 했다. 하지만 이 작업은 여전히 부족한 면이 있다. 그러한 한계들, 곧 좀 더 많은 자료에 대한 해석과 이를 바탕으로 시사적으로 자리매김하는 일은 후일의 필자나 후대의 연구자들에 대한 몫으로 남겨두고자 한다.

이 책은 한국 근대시문학사로 기획되어 편찬할 예정이었다. 하지만 출판사 사정으로 내용을 분리하여 한국 근대 리얼리즘 시문학사와 한국 근대 모더니즘 시문학사 등으로 분리하여 두 권으로 상재한다. 그래서 책의 제목과 내용 사이에 약간의 불일치가 있긴 하지만 이 사조들의 범위를 넓히게 되면 어느 정도 부합하기에 큰 무리는 없어 보인다.

2025년 봄

저자 씀

| 목차 |

한국 근대
리얼리즘 시문학사

제1장
근대시의 성립

1. 근대의 기점과 시의 자율성

1) 근대의 뿌리

근대의 기점이 어디에서부터 시작되었는가 하는 논의는 다양하게 진행되어 왔다. 근대의 출발과 그 기점에 관한 논의들은 국사 분야나 문학 분야에서 많이 정의되어 왔거니와 그 타당성 또한 많이 확보되어 있기 때문이다.[1)]

근대의 기점에 대한 대부분의 논자들은 조선 후기를 근대의 시작으로 보고 있는데, 그 근거가 되는 것이 봉건사회의 해체 현상이다. 그리고 이들은 이 해체 과정에서 나타난 제반 양상들을 다음과 같은 것에서 찾고

1) 근대란 자본주의 제도와 그 현상과 분리하기 어려운데, 가령, 상품이나 화폐 등의 등장과 발전이 가져온 상업자본과 고리대 자본의 형성, 거부(巨富)의 출현, 대토지 소유자의 등장, 난전의 성립과 자유경제체계에 의한 자본의 독점, 중소도시의 성장 등이 이를 증거한다.
오세영, 『20세기 한국시연구』, 새문사, 1989, p.21.

있다. 가령, 민중의식의 성장이라든가 과학사상의 태동, 민족적인 주체의식의 자각, 가족제도의 붕괴 등을 그 본보기로 제시하고 있는 것이다. 근대문학이 이런 제반 현상과 자본주의적 생산 양식, 그리고 이에 기반을 둔 시민 계층의 성장과 밀접한 관련을 갖고 있다는 점을 감안하면 근대의 시작이 이 시기라는 것에 대부분 동의할 것이다. 그리고 이와 관련하여 다음과 같은 점들 또한 고려되어야 할 것으로 보인다.

첫째, 근대화 과정이 세계사의 한 과정인 이상, 우리의 근대 역시 이 범주에서 이해되어야 한다는 점이다. 세계사적인 근대와 한국의 근대는 결코 분리되거나 따로 기획된 것이 아니라 상동성을 갖고 있다고 보아야 하기 때문이다. 이것이 이른바 그 유명한 평행론인데, 이는 서구의 그것과 우리의 그것을 비교하면 그 타당성이 입증된다. 가령, 중세의 탈중심화의 본보기였던 르네상스가 조선에서도 그대로 일어났는데, 세종 시대의 한글 창제가 이를 증거한다. 한자라는 중심어에 대응하는 민족어의 등장이야말로 탈중세적인 주요 근거이기 때문이다.

둘째는 근대화가 진행하면서 나타나는 문학 장르 상의 제 변화들에 대한 고찰이 있어야 한다는 점이다. 근대화란 중세 사회의 해체, 곧 중심으로부터의 탈피 현상이 무엇보다 강조되어야 하는데, 이런 면들은 이미 조선 후기 사회부터 시작되고 있었기 때문이다. 탈중앙집권화와 그 자장으로 성장하기 시작한 것은 산문정신의 확산 현상인데, 이미 조선 후기부터 정형시 형태인 시조의 사설화, 판소리의 보급, 연암 소설의 등장, 가사의 소설화[2] 등이 발생하고 있었던 것이다. 그런데 근대와 관련하여 가

---

2) 김윤식 외, 『한국문학사』, 민음사, 1992.
정병욱, 「시조문학의 개관」, 『시조문학사전』, 신구문화사, 1966.
김동욱, 『국문학개설』, 민중서관, 1961.

장 중요한 것은 아마도 산문 양식의 출현이라고 할 수 있다. 뿐만 아니라 정형화된 장르들의 해체 현상 또한 동일한 비중으로 중요시 되어야 한다. 조선 후기에 장르 상호간의 침투, 장르들 간의 대립이 활발히 일어났고, 결국 이런 현상들 가운데 가장 중요한 변화는 소설 양식의 등장인데, 이 양식의 등장이야말로 근대의 단초를 알리는 주요 문학적 변화라 할 수 있다. 산문 양식이 상승하는 시대, 곧 소설 장르가 우세해지는 때에는 대부분의 시가양식 또한 소설화되는 경향이 있다. 근대의 기점을 논하는 자리에서는 무엇보다 이에 대한 설명이 필요하다고 할 수 있다.

소설화와 함께 또 하나 고려해야 할 것이 자유시의 등장이다. 근대시가 자유시라고 한다면, 시사에서 자유율을 띤 시가 형식이 과연 언제 시작되었는가 하는 점이 밝혀져야 한다는 사실이다. 근대 이전의 시가 양식들이 모두 정형률이었다는 사실을 염두에 둔다면 자유율을 바탕으로 한 자유시의 등장은 바로 근대시의 출발점이 되기 때문이다.

셋째, 개화기 이전에 근대의 기점을 설정함으로써 임화가 「조선신문학사」[3]에서 제기한 전통단절론에 대한 극복이 마련될 수 있다는 점이다. 근대의 기점을 개화기로 잡으면, 근대 문학의 시작은 무조건 이 시기로 고정된다. 그러한 까닭에 그 이전의 문학은 근대 문학과 특별히 구별되어 고전문학이라는 단절현상을 보게 된다.

2) 근대와 서사양식

서구에서 근대화라든가 근대성의 제반 특징들은 대개 18세기 전후 산

3) 『동아일보』, 1940. 1. 16.

업혁명의 시작과 더불어 시작된다. 근대란 탈미신화의 과정이고 또 새로운 계층으로서의 부르주아 계급의 출현을 그 특징적 단면으로 한다. 서구에서 르네상스 이후 탈미신화 과정은 서서히 시작되고 있었지만 산업혁명은 이런 변화를 더욱 가속화시켰다.

그리고 산업 혁명과 더불어 또 하나 주목할 만한 현상은 봉건 시대를 대체하는 새로운 계층의 등장, 곧 부르주아 계층의 등장이다. 이들은 중심을 수호하려는 계층이 아니고 이로부터 일탈하는 계층이라는 점에서 근대성의 제반 양상 가운데 가장 특징적인 단면을 일러주는 증거라 할 수 있을 것이다.

근대화가 진행되면서 자아와 세계 사이에 형성된 중세적 조화의 세계는 서서히 무너지기 시작하고, 새로운 패러다임이 등장하게 되는데 이야말로 근대의 시작이다. 자아와 세계 사이에 놓인 유기적 동일성의 해체 현상, 곧 탈중심화 현상이 일어나고 있는 것이다. 말하자면 공동체 보다는 개인의 영역을 강조하는 시대가 도래한 것이다. 근대화 과정에서 개인의 영역이 확산됨에 따라 여기에 근거를 둔 의식들은 공동체 의식을 와해시키면서 객관보다는 주관, 객체보다는 주체로 변화하기 시작했다.[4] 이런 현상은 결국 총체성의 파괴로 이어졌고, 문학적인 측면에서 공동체의 이상을 구가하던, 집단의 이념을 구현하는데 조응하고 있었던 정형률들은 파괴되기에 이르른다. 산문 양식이 본격 등장하기 시작한 것은 이와 비례하기 시작하는데, 소설장르의 역사철학적인 기원을 "총체성의 파

4) 바흐찐이 '자서전'의 출현을 총체성의 와해 단계에서 이루어진다고 본 것도 이와 깊은 관련이 있다.
반성환, 「루카치와 바흐찐 소설이론의 공통점과 차이점」, 『외국문학』, 1990 봄, p.34.

괴"[5]에서 찾은 것도 이와 밀접한 관계가 있다.

루카치가 소설 양식을 규정하면서, 이 장르의 등장을 "숨겨진 삶의 총체성을 찾아내어 이를 구성하고자 하는 것"[6]이라거나 "선험적 고향상실의 표현"[7]이라 한 것도 총체성의 파괴와 분리하기 어려운 것이다. 따라서 소설은 자아와 대상의 분열이 가져온 부르주아 계층의 산물이자, 근대의 시작이라는 사실을 알 수 있게 된다.

그런데 이 소설 양식의 등장과 관련하여 가장 주목해야 할 점은 부르주아 문화의 산물이며, 근대성의 표현인 소설이 드디어 지배적인 장르가 되었다는 점이다.[8] 말하자면 소설 양식이 상승하는 시기가 문제시 되는 것인데, 소설이 지배적인 시대는 근대성이 시작된다는 점에서 중요하다고 할 수 있다.[9] 소설이 상승하는 시대가 될 때, 이 양식은 다른 모든 장르들의 혁신, 곧 장르 해체를 시도하게 된다. 그리하여 다른 장르들이 갖고 있는 고유성을 무너뜨리며 소설 양식 자체가 갖는 미완결성의 정신에 감염되도록 만들어버린다.

> 주요한 시적 장르들이 언어, 이념적 삶의 통일적이고 집중적이며 구심적인 힘들의 영향하에서 발전하고 있을 때, 소설과 소설지향적인 예술적

---

5) 의의 논문, p.31.

6) G. 루카치, 반성완 역, 『소설의 이론』, 심설당, 1985, p.84.

7) 앞의 책, p.47.

8) 바흐찐은 소설이 지배적인 장르가 된 시대들이 역사상 네 번에 걸쳐 일어났다고 한다. 즉 헬레니즘 시기, 중세 말기, 르네상스 시기, 그리고 18세기 후반이 바로 그러한 시기들이다. 그런데 그는 이 네 시기 중 소설화가 가장 명료하게 나타난 시기는 18세기 후반이라 보았다. 그의 견해에 따르면 시기상으로 18세기 후반은 산업혁명이 시작된 근대의 출발점과 그 시기가 일치한다.
M. Bakhtin, 「epic and novel」, *The Dialogic Imagination*, The Texas Univ. Press, 1985, p.5.

9) M. Bakhtin, 「eptic and novel」, *The Dialogic Imagination*, The Texas Univ. Press, 1985, p.5.

산문은 탈중심화를 도모하는 원심적 힘들에 의해 형성되고 있었다.[10]

바흐찐은 시가양식의 언어를 사회정치적 권력을 집중화시킬 때의 언어, 즉 사회통합의 구심적인 단일언어라고 이해한다. 그런데 이러한 시대란 잘 알려진 대로 왕이나 기사 계급을 정점으로 한 봉건 사회이다. 반면 서사양식의 언어는 그러한 중심화된 권력을 해체하는 언어라고 판단한다. 다시 말해 사회를 분산시키는 원심적 성격의 언어, 곧 복합언어라고 보는 것이다. 이 복합언어는 제의적, 종교적 기능의 매개가 되어 사회통합적 역할을 수행하던 단일 언어의 상대적인 자리에 놓인다. 그러니까 이 언어는 단일 언어가 붕괴되고 여러 하위영역으로 갈라지는 시대에 등장하게 되는 것이다. 이렇게 볼 때, 복합언어의 등장은 중심문화가 쇠퇴하고 원심적으로 나아가는 사회, 곧 근대 사회가 시작됨을 일러주는 근거가 된다고 할 수 있다. 이 시기에는 기존의 정형화된 장르들이 완결성, 종결성을 잃어버리고 비완결성, 비종결성의 특성을 갖는 새로운 장르 형성에 참여하게 된다. 근대란 탈중심화된 사회이고, 이를 바탕으로 서사양식이 상승하는 시기라고 했거니와 이 상승기에 가장 우세한 장르가 되는 것이 소설 양식이다. 그리고 이 양식은 다른 여타의 장르들을 다소간 '소설화' 시키는 마술적 힘 또한 갖게 된다.[11]

따라서 장르 발생론적 관점에서 소설의 등장은 전환기의 시작이고, 새로운 시대인식의 표현이며, 근대의 시작이라고 할 수 있다. 그러한 까닭에 산문 양식의 확산은 중심을 해체하고자 하는 욕구의 분출이자, 사회

---

10) M. Bakhtin, 「Discourse in Novel」, *The Dialogic Imagination*, The Texas Univ. Press, 1985, pp.272~273.

11) Ibid., p.5.

문화적 국면에서 볼 때 시민성, 근대성과 밀접한 상관 관계를 갖고 있다.

3) 근대와 더불어 시작된 시조의 소설화 경향

조선 후기는 지금껏 사회를 이끌어왔던 성리학이 서서히 붕괴되던 시기이다. 이미 왜란, 호란을 거치면서 시대를 선도해가던 성리학이 영정조 시대에 이르러 그 지배 이념을 잃어가고 있었던 것이다. 이를 대체하고 등장한 사유란 잘 알려진 대로 실학 사상이다.

실학 사상의 등장은 사회 분야에서뿐만 아니라 문예학 방면에서도 많은 변화를 가져오게끔 만들었다. 그 대표적인 것이 시가양식, 그 가운데에서도 시조 양식의 변화였다. 시조란 본디 성리학을 기본이념으로 발생했다. 그런데 그 이념적 근거가 되었던 성리학의 쇠퇴는 당연스럽게도 시조 장르의 변화를 가져오게끔 만들었다. 시조는 성리학의 이념을 반영하는 것이어서 조선이라는 사회를 지탱하는 구심적 역할을 톡톡히 해오고 있었다. 군주에 대한 충성심, 사회를 중심화시키는 기능, 이것이 시조문학이 지니고 있었던 그 역사적인 기능이었던 것이다.[12)]

그런데 실학의 등장과 그 유포는 시조가 갖는 이러한 완결성을 파괴, 일탈시켜 비완결된 장르, 개방된 장르로 나아가게끔 만들었다. 실학사상이 가져다 준 가장 큰 선물은 과거의 율문 전성시대를 극복하고 산문문학의 바탕을 닦아 주었다는 데 있었다는 지적[13)]처럼, 실학 사상은 문학 장르로 하여금 산문화하는 방향으로 이끌어 나간 것이다. 그 대표적

12) 정병욱, 앞의 논문, p.3.
13) 위의 논문, p.6.

인 사례가 바로 시조의 소설화, 곧 사설시조화였다. 결국 사설시조는 탈중심화를 이끄는 원심적인 힘들에 의해 만들어진 장르이며, 소설화 경향 속에서 생성된 장르라고 할 수 있다. 그리고 그러한 등장이야말로 근대의 시작을 알리는 이정표였다.

사설 시조에는 기존의 시조에서는 발견되지 않는 주요 특징적 단면이 있는데, 하나는 개성이고, 다른 하나는 서사양식으로 나아가게끔 만드는 패러디 현상, 그리고 마지막으로는 민중어의 등장이다. 개성의 발견이란 근대적 자아의 발견과 밀접한 관련성을 갖고 있다. 개성, 곧 내면적 자아란 총체성의 붕괴나 서사 양식의 붕괴와 분리하기 어려운 것이기 때문이다. 자아를 내면적으로 응시한다는 것은 개인과 공동체의 부조화에서만 자각될 수 있는 감각이다. 사설시조에서 그러한 면들은 전통적인 정형률의 파탄, 그리고 자아와 세계와의 불일치에서 오는 갈등 양상으로 나타난다.

달바ᄌᆞᄂᆞᆫ 찡찡 울고 잔씌속에 속닙난다

三年묵은 ᄆᆞᆯ가족은 외용지용 우지ᄂᆞᆫᄃᆡ 老處女의 擧動보소 함박죡박 드더니며 逆情ᄂᆡ여 니른 말이 바다에도 셤이 잇고(콩팟헤도 눈이잇네 봄 ᄭᅮᆷᄌᆞ리 ᄉᆞ오나와) 同견宴첫ᄉᆞᄅᆞᆼ을 ᄭᅮᆷ마ᄃᆞ ᄒᆞ여 뵈네

글르ᄉᆞ 月老繩의 因緣인지 일낙敗락 ᄒᆞ여라[14)]

이 작품은 사설시조에서 가장 흔히 볼 수 있는, 중장과 종장이 길어진 것의 본보기이다. 뿐만 아니라 전통적인 율조의 파괴 형상 또한 나타나

14) 정병욱, 『시조문학사전』, 신구문화사, 1966, p.145.

는데, 원래 시조는 3장 45자 내외의 길이와 3.4조 혹은 4.4조를 기본 운율로 갖고 있는 정형률의 형태를 취하고 있었다. 그러나 이 작품은 본래 시조가 가지고 있던 율격과는 달리 파격을 보이면서 시조 본래의 모습과는 다른 모양을 취하고 있다. 일종의 자유율을 지향하고 있는 것인데, 이는 집단의 정서와는 무관한 개성에 바탕을 둔 시가들이 본격적으로 등장하고 있음을 알리는 단초가 된다고 할 수 있다.

이런 일련의 변화를 통해서 알 수 있는 것처럼, 시조는 몇 가지 다른 변화를 통해서 사설시조화된다. 우선 자유율에 바탕을 둔 개인 정서의 등장이다. 성리학이 중심으로 자리한 시기에 개인적인 단면들은 잘 드러나지 않는다. 집단의 이상과 이념이 개인의 정서를 압도하는 형국이 봉건시대이기에 자아와 세계 사이의 불화란 불가능했기 때문이다. 그러나 중심으로 향하는 힘들이 해체되기 시작하면서 자아와 세계 사이의 유기적 동일성은 파탄되기에 이르렀다. 그러한 불협화음이 만든 것이 개인의 정서이며, 이때부터 개인적 욕망의 문제가 거론되기 시작했다.

두 번째는 대화의 삽입과 산문으로의 패러디화, 곧 소설적 양식으로의 변이 현상이다. 시조의 소설화를 문제삼을 때 가장 주목의 대상이 되는 부분이 인물의 등장과 대화의 삽입, 즉 산문으로의 패러디 현상이다. 등장인물의 등장과 대화가 산문양식의 가장 기본적인 특징이기에 이러한 요소들의 삽입이나 등장은 시조가 소설화된 단적인 증거라 할 수 있다. 이는 곧 조선 후기가 산문정신으로 충만한 시기임을 말해주는 것이기도 하다.

ᄃᆡᆨ들에 臙脂라 粉들 사오 져 쟝ᄉᆞ야 네 臙脂粉 곱거든 사쟈
곱든 비록 안이되 ᄇᆞᆯ음연 네 업든 嬌態 절로 나는 臙脂粉이외

眞實로 글러ᄒᆞ량이면 헌속써슬 풀만졍 대엿말이나 사리라[15]

ᄃᆡ들에 잘잇 등믜 사오 져 쟝ᄉᆞ야 네 등ᄆᆡ 갑엇ᄆᆡ나 가(니 사 ᄯᅡ라보)쟈
두疋 ᄊᆞᆫ 등믜 ᄒᆞᆫ疋 밧슴네 ᄒᆞᆫ疋이 못ᄊᆞᆫ이 半疋 밧소 半疋 안이 밧슴네 하우은 말마소
ᄒᆞᆫ적곳 삿ᄉᆡ라 보심연 每樣 삿ᄉᆡ쟈 ᄒᆞ오리[16]

근대의 출발이 자본주의의 시작과 그 맥을 같이 하는 것이라면, 인용 작품에서 자본주의적인 제반 양상들이 드러나는 것은 그 의미가 큰 경우이다. 이 작품에서 그러한 요소들이 잘 구현되어 있는데, 가령 시장(市場)을 중심으로 한 자본의 유통문제가 그 하나이다. 소략한 차원이긴 하나 사설시조에서 자본에 대한 인식이 나타나고 있다는 사실은 아무리 강조해도 지나치지 않다고 할 수 있다. 조선 후기에 자본의 중요성이라든가 상품유통에 관한 문제들이 시의 소재로 등장하고 있다는 점이야말로 중세에서 근대로 이행하는 주요 근거를 말해주는 것이기 때문이다.

한편, 자본에 대한 그러한 인식과 더불어 인물들 사이의 계층적 갈등 역시 주목의 대상이 된다. 소설의 주인공이 외부세계에 대한 낯설음[17]으로부터 그 독자적인 지위를 부여받는다고 할 때, 이 사설시조의 주인공들은 선비의식이나 양반의식에 물든 주자학적 세계관을 소유한 계층들과는 거리가 있다. 이들은 그러한 계층들이 보여주는 의식과 달리 이질적 세계관의 소유자들인 바, 이들은 이런 세계관만으로도 그 독립적인

15) 위의 책, p.158.
16) 위의 책, p.158.
17) G. 루카치, 앞의 책, p.84.

지위를 부여받고 있었다. 독립적인 지위란 개성을 의미하며, 그것은 곧 근대적 이상의 또 다른 표현이라는 점에서 소중한 가치가 있는 것이다.

세 번째는 공식어의 쇠퇴와 민중어의 등장이다. 시조의 서사화는 민중어의 등장에서도 찾아지는데, 민중어란 지배 이념을 대변하고 있던 공식어의 쇠퇴와 분리하기 어려운 언어이다. 공식어는 단일어이며, 그것의 기능적 가치는 통일적인 힘을 대변하는 언어이다. 이 언어는 중심화하고자 하는 이념을 대변하거니와 통합을 향해 작용하는 힘을 표현하는 언어이기도 하다. 따라서 공식어에는 사회 저층에서 분출되는 탈중심적인 여러 저항들이 반영되지 않는 것이 일반적이다.

반면 공식어의 상대적인 자리에 놓여 있는 민중어는 반중앙집권적이고 탈중심적인 여러 힘들에 의해 생성된다. 그렇기 때문에 이 언어에는 권위적이고 규범적인 공식적 언어에서는 가능하지 않은 삶의 생생한 현장들이 반영된다. 곧 소설화가 상승하는 시기에 그것의 토대가 되는 민중어가 등장하는 것이다.

> ᄃᆡᆨ들에 동난지이 사오 져 쟝스야 네 황후 긔 무서시라 웨ᄂᆞᆫ다 사쟈
> 外骨內肉 兩目이 上天 前行 後行 小아리 八足 大아리 二足 靑醬 ᄋᆞ스슥
> ᄒᆞᄂᆞᆫ 동난지이 사오
> 쟝스야 하 거복이 웨지말고 게젓이라 ᄒᆞ렴은[18]

이 작품은 일상적 언어의 등장뿐 아니라 이 보다 더 나아간 파격적인 시어까지 등장하는 이채로운 시이다. 이 작품에서 전통 시조 양식들의 즐겨 사용하던 이념어라든가 공식어들을 찾기란 불가능하다. 곧 중심화

---

18) 정병욱, 앞의 책, p.158.

된 사회에서 볼 수 있는, 임금에 대한 충성이라든가 세상을 지배하는 원리들인 격물치지 등을 담아내는 표현들은 찾아볼 수가 없다. 현장감이 넘치는 언어, 일상의 삶 속에 깊이 배어있는 시어들만이 등장하고 있을 뿐이다.

이렇듯 사설시조에는 일상적 언어와 민중문화를 반영한 민속적 언어들이 표현되고 있었는데, 이는 곧 구심적인 언어에 대한 원심적인 언어의 승리라고 할 수 있을 것이다. 또한 귀족적이고 중앙집권 문화에 대항한 탈중심적인 민중 문화의 승리이기도 하다. 이러한 승리란 곧 봉건사회의 붕괴와 동시에 합리성과 자율성에 근간을 둔 근대 사회가 서서히 등장하고 있음을 알리는 근거가 된다고 할 수 있다.

자유시가 자유율을 바탕으로 한 형식이고 그것이 근대의 시작과 분리하기 어려운 것이라면, 자유시의 형성은 조선 후기의 산문정신과 여기서 파생된 사설시조에서 시작되었다고 볼 수 있다. 그리고 그러한 시조의 변화는 소설화뿐만 아니라 정형률에 대한 파괴, 곧 자유율로 연결되고 있다는 점도 주목의 대상이 된다. 이야말로 산문화와 더불어 근대의 시작을 알리는 자유시의 등장과 그 맥을 같이하는 것이기 때문이다.

산문이 상승하는 시기는 곧 근대의 시작이고, 그러한 상승은 모든 문학양식을 산문화, 소설화시키는 기능을 한다. 시조가 서사화되는 것은 그러한 변화를 알리는 근거인데, 이는 곧 근대의 시작을 알리는 단초가 되었다. 그 여파로 사설시조는 산문화를 지향하면서 자유율을 지향하는 중층적 특성을 보이는 것이기도 했다. 이는 소설화와 더불어 근대의 시작을 알리는 또 다른 근거였다는 점에서 그 의미가 있는 것이라 할 수 있다.

2. 근대의 터를 닦고 길을 내다

영정조부터 시작된 근대의 시작은 개화기에 이르러 더욱 활발하게 진행되었다. 서구 문물의 유입과 더불어 많은 종류의 외래 사조와 문화 등이 유입되었기 때문이다. 그리하여 전통적인 장르인 시조와 한시, 가사와 더불어 창가, 찬미가 등이 혼효 현상을 보이며 다양한 문화의 장을 펼쳐낸 것이다.

개화기의 시대적 임무는 무엇보다 근대화 과정과 거기서 파생되는 제반 양상들에서 찾아야 할 것으로 보인다. 크게는 대륙 중심의 세계에서 벗어나 조선만의 특수한 것, 고유한 것을 정립하는 일이고, 작게는 조선이라는 경계를 화정하는 일이었다. 이른바 근대의 터를 닦는 일이다. 잘 알려진 대로 이 일의 선편을 쥐고 있었던 것은 육당 최남선이었다. 그리고 그 뒤를 이은 것이 춘원 이광수이다. 이들은 모두 일본 유학생이라는 점에서 공통성을 갖고 있고, 이를 토대로 미몽화된 조선의 계몽에 앞장섰던 인물들이다. 1910년대 전후는 근대화를 향한 이들의 활동이 무엇보다 주목의 대상이 되어야 할 것으로 이해된다.

1) 계몽의 계획 - 최남선

상승하는 부르주아

최남선은 1890년 서울 출생이고 호는 육당이다. 11살 되던 해인 1901년에 『황성신문』과 『독립신문』에 논설을 투고하는 등 일찍부터 천재성을 보여 왔다. 그는 두 번 일본 유학을 거치고 돌아온 이후인 1908년에 종합잡지 『소년』을 창간하게 된다. 이어서 1910년 〈조선광문회〉를 설립하여 시대를 이끌어가는 선각자로서의 면모를 뚜렷이 보여주었다.

육당은 근대화 초기에 시대를 앞서가는 주도층이었고, 소위 계몽을 담당하던 주체가운데 하나였다. 그는 중인 계층이었던 부친을 두었기에 신학문을 일찍 접할 기회를 얻게 되었다. 이를 바탕으로 세상을 변화시키는 능력을 키우며 상승하는 부르주아계층임을 자임하게 된다.[19] 육당은 일본 유학 체험을 통해서 근대 문물을 보고 익힐 수 있는 기회를 남들보다 먼저 갖게 되었는 바, 이런 경험이 그로 하여금 똑똑한 우등생 의식을 갖게 했고, 그러한 의식을 바탕으로 개화기의 현실을 이끌어가는 주체로 나서게 된다.

1900년 전후에 조선은 미몽의 상태에 놓여 있었고, 그러한 까닭에 근대로 나아가야할 임무랄까 사명이 정녕 무엇인지 요구받고 있었다. 말하자면 봉건의 오랜 잠 속에 갇혀 있었던 조선은 거기서 깨어날 필요가 있었다. 이런 조건이 육당으로 하여금 조선의 개화의지, 혹은 선각자로서의 역할을 충실히 수행할 수 있게끔 하는 의욕을 갖게끔 만들었다.

탈미신화 과정으로서의 '바다'의 발견과 '소년'의 역할

일본 유학에서 돌아온 육당이 가장 먼저 한 것은 교양주의를 확산시키는 일이었다. 여기서 교양주의란 서구적 의미의 계몽과 분리되는 것이 아니다. 계몽의 본령이 무엇인가에 대해서 한마디로 말하는 것은 쉬운 일이 아니지만 탈미신화의 과정이라는 데에는 모두가 동의한다. 신비

19) 버만(M. Berman), 『현대성의 경험』(윤호병역), 현대미학사, 1994, p.431.

주의라든가 비인과적 논리들은 과학의 능력과 힘에 의해 여지없이 무너졌거니와 그 어떤 신비화의 영역도 이제는 존재하기 어려워졌다. 그것이 합리주의의 힘, 인과론의 힘이었다. 육당이 전파하고자 한 교양과 계몽이란 이런 합리주의 정신과 무관한 것이 아니다.

육당이 『소년』과 『청춘』[20]과 같은 잡지뿐만 아니라 다양한 서적을 출판한 것은 이 교양주의의 확산과 밀접한 관련을 갖는 것이었다. 인간의 사유를 확장시키고 근대적 이상인 개성과 자유의 정신을 획득하기 위해서는 무엇보다 지식이 필요했고, 그러한 지식을 보급하기 위한 매개로서 이에 합당한 매체 또한 중요한 것이라고 판단했다. 그가 『소년』이라든가 『청춘』의 창간을 주도한 것은 이 때문이고, 종합 아카데미 성격을 갖고 있는 〈조선광문회〉를 만든 것도 이런 이유 때문이다. 이렇듯 매체와 교양을 확산시킬 수 있는 수단의 구비는 육당에게 무지한 민중을 개화의 현실로 이끌어낼 수 있는 훌륭한 무대였고, 또한 개화의 이념과 계몽의 이념을 전파시킬 수 있는 좋은 무대이기도 했다.

잡지라는 매체와 〈조선광문회〉와 같은 교양 단체가 계몽을 위한 하나의 수단이었다고 한다면, 이를 이끌어가는 주체가 무엇일까에 대한 고민 또한 필연적으로 수반되는 것은 지극히 당연한 일이었다. 다시 말해 이런 환경을 이끌어나갈 변혁의 주체란 어떤 것이어야 하는가에 대한 고민이 필요했던 것이다. 부르주아 계층이 근대로 이행되는 과정에서 처음이자 강력한 혁명계층이었다는 사실에 동의한다면, 육당은 그러한 조건에 가장 합당한 인물이었다. 그는 아버지 덕택에 부를 축적한 중인 출신이

---

20) 이 종합 잡지는 1914년 10월 1일 간행되었다. 잡지의 성격상 폐간된 『소년』의 후속으로 나온 잡지라 할 수 있다.

었고, 이를 바탕으로 시대에 대한 책무와 역할을 이해한 계몽적 주체로 성장하는데 있어서 적절한 조건을 갖추고 있었기 때문이다. 이런 의미에서 중인이란 서구적 의미의 상승하는 부르주아 계층과 등가 관계에 놓이는 것이라 할 수 있다.

그러한 육당의 중인적 의지, 상승하는 부르주아적 혁명 의지가 문학적으로 구현된 작품이 최초의 신체시인 「해에게서 소년에게」이다. 그리고 이러한 감각을 이끌어나가는 수단이랄까 매개가 '바다'와 '소년'의 이미지이다.

처-ㄹ썩, 처-ㄹ썩, 척, 쏴-아.
따린다, 부슨다, 문허바린다.
태산(泰山) 같은 높은 뫼 집채 같은 바윗돌이나
요것이 무어야, 요게 무어야.
나의 큰 힘 아나냐 모르나냐 호통까지 하면서
따린다, 부슨다, 문허바린다.
처-ㄹ썩, 처-ㄹ썩, 척, 튜르릉, 콱.

처-ㄹ썩, 처-ㄹ썩, 척, 쏴-아.
내게는 아모 것 두려움 업서
육상(陸上)에서 아모런 힘과 권(權)을 부리던 자(者)라도,
내 앞에 와서는 꼼짝 못하고
아무리 큰 물건도 내게는 행세하지 못하네.
내게는 내게는 나의 앞에
처-ㄹ썩, 처-ㄹ썩, 척, 쏴-아. 처…ㄹ썩, 처…ㄹ썩, 척, 쏴…아.

나에게, 절하지, 아니한 자가,
지금까지, 없거든, 통기하고 나서 보아라.
진시황, 나팔륜, 너희들이냐,
누구누구누구냐 너희 역시 내게는 굽히도다,
나하고 겨룰 이 있건 오너라.
처…ㄹ썩, 처…ㄹ썩, 척, 튜르릉, 콱.

「해에게서 소년에게」 부분

이 작품은 『소년』 창간호에 실린 신체시이다.[21] 「해에게서 소년에게」는 매우 강렬한 에너지가 솟구치는 작품인데, 그러한 힘을 가능케 하는 것이 무엇보다 '바다'의 이미지에서 찾아진다. 「해에게서 소년에게」의 주요 소재 가운데 하나인 '바다'는 개화와 관련하여 몇 가지 중요한 의미론적 층위를 갖는다. 하나는 개혁주체로서의 '바다'이고, 다른 하나는 계몽의 통로로서의 '바다' 이미지이다.

먼저, 개혁주체로서의 바다는 '태산같은 높은 뫼'나 '집채같은 바위'를 송두리째 무너뜨리는 힘으로 구현된다. 여기서 '태산'이나 '바위'가 개화 계몽의 장애가 되는 매개임은 물론이거니와 이런 바다의 이미지란 계몽의 주체인 최남선 자신이기도 할 것이다. 그러니까 '바다'란 육당 자신이 되는 셈이다. 그리고 바다는 '세계성을 지향하는 문명에 대한 동경'[22]이자 그 문명을 받아들이는 통로라는 의미 또한 지니고 있다. '바다'는 이때부터 '육지', 보다 정확하게는 대륙의 대척점에 서게 된다. 잘 알려진 대

21) 『소년』이 창간된 것이 1908년이고, 창간호의 특집이 '바다'로 되어 있다. 따라서 「해에게서 소년에게」는 이 잡지의 특집 주제인 '바다'와의 연관성에서 기획된 것임을 알 수 있다.
22) 정한모, 『한국현대시문학사』, 일지사, 1978, p.205.

로 육당 이전에 선진 문물이라든가 더 나아가 국경과 같은 개념은 오직 대륙 속에서만 의미가 있었던 까닭이다.

'바다'는 이제 '육지'를 대신하는 새로운 패러다임으로 자리한다. 그러한 '바다'는 육당에게 계몽의 주체이자 힘이며, 계몽을 수용할 수 있는 통로 역할을 하고 있었던 것이다. 한편, 육당의 계몽의 기획에서 '바다'와 더불어 또 하나 주의 깊게 보아야 할 것이 '소년'의 이미지이다. 「해에게서 소년에게」에서 '소년'은 어쩌면 '바다'와 등가관계에 놓이는 긍정적인 이미지라 할 수 있는데, '소년'이란 성장하는 도정에 놓인 존재이기에 다가올 미래의 주역이라는 의미를 갖는다. 변혁을 담보하는, 봉건의 미몽을 깨뜨리는 이런 변혁의 이미지들은 이 작품의 전편에 걸쳐 나타난다. 특히 마지막 연에서 그러한 이미지들이 상호 교직되면서 극적 양상을 보여주게 되는데, 가령 "저 세상 저 사람 모두 미우나,/그 중에서 딱 하나 사랑하는 일이 있으니,/담 크고 순진한 소년배들이/재롱처럼 귀엽게 나의 품에 와서 안김이로다./오너라 소년배 입맞춰 주마"라고 하는 것이 그 본보기들이다. '바다'와 '소년'은 이렇듯 육당의 계몽의 기획에서 중요한 매개로 우뚝 서게 된다.

조선주의로 나아가는 길

개화기란 중세시대에서 근대 사회로 나아가는 도정에 있는 시기이다. 봉건 국가로부터 근대 국가로 나아가기 위한 과도기가 곧 개화기인 것이다. 그리고 그러한 근대 국가를 향한 도정에 있어서 가장 중요한 것이 무엇보다 중세적 아우라로부터 벗어나는 일일 것이다. 그러한 까닭에 중세의 애매모호한 환경, 국경을 확인하기 어려운 경계, 그로 인해 민족이 뚜렷이 구별되지 않는 환경으로부터 벗어나는 일이야말로 근대 국가로 향하는 주요 임무 가운데 가장 앞서 있는 것이었다. 개화 주체라든가 상승하는 부르주아 층들이 담당할 몫이란 바로 여기에 있었고, 그 기획을 담당한 것이 개화기의 선각자들이었다.

육당은 그러한 임무를 자각한 인물이었고 근대국가 건설이라는 정언 명령을 누구보다도 잘 이해하고 있었다. 그러한 개화기의 현실과 임무가 무엇이지 알기에 육당은 이를 수행하기 위한 또 다른 기획을 시도하게 된다. 역사발전의 주체가 '바다'와 '소년'을 통해서 가능한 것임을 확인한 육당은 근대 국가로 나아가기 위한 조선의 새로운 임무가 또 무엇이 되어야 하는지에 대해 탐색하기 시작한 것이다.

하지만 조선은 근대국가로 나아가기 위한 자생적 조건을 충분히 갖추지 못했다. 그러한 조건이란 점증하는 일제의 위협과 밀접한 관련을 갖고 있는 것이었다. 육당의 이러한 인식은 「해에게서 소년에게」에서 보여주었던 낙관적, 열정적 세계로부터 멀어지는 계기로 작용하게 된다. 거침없는 '바다'의 낙관적 힘이 아니라 냉철한 현실 인식에 바탕을 둔 사실적 차원으로 돌아오게 된 것이다. 이는 '소년'의 맹목적인 눈의 높이가 아니라 현실에 대한 냉철한 '선각자'의 시선으로 회귀하게 되는 계기가 되게끔 한다. 이런 감각을 대표하는 작품 가운데 하나가 「경부철도노래」이다.

> 1. 우렁차게 吐하는 汽笛소리에
> 南大門을 등지고 떠나가서
> 빨리 부는 바람의 形勢같으니
> 날개 가진 새라도 못 따르겠네

2. 늙은이와 젊은이 섞어 앉았고
우리 내외 외국인 같이 탔으나
內外親疎 다같이 익혀 지내니
조그마한 딴 세상 절로 이뤘네

3. 關王廟와 蓮花峰 둘러보는 중
어느 덧에 龍山驛 다달았도다
새로 이룬 저자는 모두 日本집
이천여 명 日人이 여기 산다네

「경부철도노래」 부분

인용시는 오오와다 타케키(大和田健樹)의 『滿韓鐵道歌』를 모방해서 창작했다는 최남선의 「경부철도노래」이다.[23] 이 작품이 발표된 것은 경부선 철도가 개통된 직후이다.[24] 육당이 이 시가를 만든 이유는 여러 가지이다. 그 하나는 철도에 대한 예찬 혹은 신비로움 때문이었다. "우렁차게 토해낸 기적소리"라든가 "빨리부는 바람의 형세같으니/날개가진새라도 못따르겠네" 같은 표현에서 이를 확인할 수 있다. 그런 감각은 "어느 덧에 용산역 다다랐구나"라는 부분에 이르게 되면, 육당의 예찬은 정점에 이르게 된다. 이는 근대의 본질인 속도에 관한 것이고, 이를 예찬한다는 것은 과학에 대한 명랑성의 차원에서 온 것인데, 이런 감각이 이후 김기림 등의 시에 영향을 준 것은 당연한 것이라 할 수 있다.[25]

---

23) 오오타케 키요미, 「근대 한일 『철도창가』」, 『연구논문집』 38, 성신여자대학교, 2003 참조.
24) 신문관에서 1908년 상재되었다.
25) 김기림은 과학의 명랑성에 주목하여 근대의 기획을 주도했는데, 이는 육당의 「경부

본질이 아니라 현상의 측면에서 육당이 발견한 근대가 '바다'였다면, 그것의 또 다른 면은 '철도'였다고 할 수 있다. 하지만 육당에게 근대의 기획으로 제시된 '철도'가 '바다'나 '소년'의 연장선에 놓일 수 있는 것이 아님은 자명할 터이다. 잘 알려진 대로 일제가 철도를 건설한 것은 대륙에 대한 침략과 약탈의 수단으로 기획한 것이기 때문이다. 1900년대부터 시작된 조선의 철도 부설은 경인선을 시작으로 경부선에까지 이르게 된다. 표면적으로 보면, '바다'가 근대를 수용하기 위한 통로였다면, 철도는 그러한 근대가 만든 결과물이었다고 할 수 있다.

하지만 육당에게 철도가 근대의 신기성이랄까 계몽의 아름다운 도구로만 수용된 것은 아니다. 육당에게 철도는 근대의 신기원이기도 했지만 다른 한편으로는 조선 침략의 수단으로 인식하는 매개로 자리잡았기 때문이다. 그래서 일제에 대한 대타의식에 근거한 맹렬한 조선주의가 싹트는 부분도 여기에서이다.

육당의 조선주의는 아이러니컬하게도 근대의 상징이었던 철도와 무관한 것이 아니었다는 점에서 주목을 요한다. 육당의 조선주의는 위기의 감각에서 시작된 것이기 때문이다. 하지만 육당의 조선주의는 이런 층위 외에 여러 겹을 갖고 있었는데, 근대국가로 나아가는 것이 국수주의로부터 자유로운 것이 아니라면, 조선에 대한 위기 위식 또한 그 연장선에서 얻어진 것이 아니라는 사실이다. 이 위기담론을 만들어낸 것은 어쩌면 일본에 대한 대타의식에서 기인한 것으로 보아야 하기 때문이다. 이는 현저하게 민족모순에 가까운 것이어서 근대 국가의 형성과 분리하기 어렵게 얽혀있는 것이기도 하다. 육당의 조선주의는 이렇듯 계몽의 한 자

철도노래」에서 받은 영향이었다고 해도 과언이 아닐 것이다.

락인 근대국가로서의 조선주의와, 일제에 대한 대타의식으로서의 조선주의가 겹쳐서 형성된 것이었다.

그리고 이 시기 육당의 조선주의와 관련하여 또 하나 주목의 대상이 되는 것이 세계 인식에 관한 부분이다. 육당이 조선에 대한 경계 확정을 거치고 난 다음, 세계 인식으로 나아가는 것은 지극히 당연한 수순이었는데, 세계에 대한 이해랄까 경계가 있어야 비로소 조선이라는 정체성, 혹은 지역성이 생겨나게 된다. 이 또한 조선의 정체성과 분리하기 어려운 것인데, 이를 대표하는 시가 「세계일주가」[26]이다. 이는 세계 인식을 통해서 조선을 확정하기 위한 의도로 창작된 것이는 점에서 그 의미가 있는 경우이다. 하지만 이런 감각은 이미 조선이라는 국가가 상실된 이후이기에 계몽을 주입하려는 방편과는 어느 정도 거리가 있었다고 할 수 있다.

계몽의 의도와 목표가 서서히 수면 아래로 내려가면서 초기에 가졌던 육당의 조선에 대한 인식은 새로운 단계를 맞이하게 된다. 지리적, 문화적 확정으로서의 조선이 아니라 위기의 담론으로서의 조선주의가 자리하기 시작한 것이다. 동아시아로부터의 탈중심화의 전략, 곧 근대 국가로의 길이란 그 나라만의 고유한 정체성을 확보하고 이를 강화하는 전략에서 벗어나 새로운 의미의 조선주의를 확정하기 위한 단계를 마련하기 시작한 것이다. 이런 맥락에서 등장한 것이 육당의 '조선주의'이거니와 이는 계몽이 아니라 위기의 담론에서 얻어진다.

한줄기 뻐친맥이 삼천리하야

26) 신문관에서 1914에 상재되었다.

살지고 아름답고 튼튼하게된
이러한 꽃세계를 이루었으나
우리의 목숨근원 이것이로다
(중략)
억만년 우리 역사는 영예뿐이니
그의눈 아래에서 기록함이오
억만인 우리 동포는 원기찼으니
그의힘 나리받아 생김이로다

그리로 소사나난 신령한물을
마시고 난 큰사람 얼마많으뇨
힘있난 조상의피 길히전하야
현금에 우리혈관 돌아다니네

「태백산과 우리」 부분

이 작품은 국권이 침탈받는 위기의 시대에 등장한 시이다.[27] 이른바 태백산의 사상의 전파이다. 육당이 태백산을 주제로 한 시들, 가령, 「태백산가」(1),(2)를 비롯하여 「태백산부」, 「태백산의 사시」를 집중적으로 발표한 시기가 이때이다. 근대 국가를 향한 동질화 전략이 한데 모아져 구현된 것이 육당의 '조선주의'이고 그 구체적인 포오즈가 태백산 사상으로 나타난 것이다.[28]

육당은 이 작품에서 태백산의 기운이 삼천리 방방곡곡에 뻗어나가고

27) 『소년』3권 2호, 1910.2.
28) 육당 사상의 핵심 가운데 하나인 '불함문화론'도 실상은 이 태백산 사상과 깊은 밀접한 관련이 있다.

꽃세계를 이루며 우리의 목숨의 근원이 된다고 본다. 이 아우라는 과거의 시공을 넘나들며 우리 민족에 덧씌워져 있는 것이고, 그 힘으로 솟아난 신령한 물을 우리가 마시고 있다고 본다. 그렇기에 그것은 우리에게 전일적인 것이거니와 땅과 사람이 합체되어서 솟아난 힘이기도 하다. 그 산의 기운을 다시 받아서 조선의 맥박이 뛴다는 것, 이것이야말로 육당이 말하는 조선주의의 실체가 될 것이다. 따라서 그것은 조선의 얼이며, 심혼에 깊이 박힌 조선의 영혼과도 같은 것이라는 것이다.

위기의 담론으로 다가오는 육당의 조선주의는 이른바 국토순례의 과정을 통해서도 이루어진다. 조선주의를 실현하는 중심화 전략으로 이루어진 국토순례는 실천의 한 자락으로 기획되었다는 점에서 어쩌면 자연스러운 일이 아니었을까 한다. 조선의 국토가 민족의 삶의 터전이라는 지리적 공간을 넘어서 육당에게 그것이 혼의 세계로 다가오는 것은 이런 이유 때문이다.

> 조선의 국토는 산하 그대로 조선의 역사며 철학이며 시며 정신입니다. 문자 아닌 채 가장 명료하고 정확하고 또 재미 있는 기록입니다. 조선인의 마음의 그림자와 생활의 자취는 고스란히 똑똑히 이 국토의 위에 박혀 있어 어떠한 풍우라도 마멸시키지 못하는 것이 있음을 나는 믿습니다. 나는 조선 역사의 작은 일학도요 조선정신의 어설픈 일탐구자로, 진실로 남다른 애모, 탄미와 한가지 무한한 궁금스러움을 이 산하 대지에 가지는 자입니다. 자개돌 하나와 마른 나무 밑둥에도 말할 수 없는 감격과 흥미와 또 연상을 자아냅니다.[29]

---

29) 최남선, 「순례기의 권두에」, 『최남선작품집』(정한모편), 형설출판사, 1977, p.179.

인용 글은 육당이 국토 순례를 한 다음 남긴 것이다. 그는 조선의 국토를 산하 그대로 조선의 역사며 철학이며 시며 정신이라고 했다. 또한 조선인의 마음의 그림자와 생활의 자취가 고스란히 이 국토 위에 박혀 있는 것이라고도 했고, 자개돌 하나와 마른 나무 밑둥에도 말할 수 없는 감격과 흥미를 자아내는 것이라고도 했다.

육당의 국토 순례는 이렇듯 조선을 자기화, 혹은 일체화하려는 시도에서 비롯되었다. 여기에는 나와 국토의 동질성을 발견하기 위한 동기가 깔려 있었던 것인데, 이런 의식이 성립되기 위해서는 서로가 하나라는 동질감이 전제되어야 한다고 본 것이다.[30] 따라서 다른 나라와 구별되는 우리 나라, 다른 민족과 구별되는 우리 민족의 근거로서 국토만큼 좋은 대상도 없을 것이다. 국토란 육당의 표현대로 "산하 그대로의 한민족의 역사며 철학이며 시며 정신"인 까닭이다. 조국애, 국토애란 생리적일 수밖에 없다는 것, 그런 자의식이 만들어낸 것이 제국주의에 대한 대타 의식으로서의 조선주의였던 것이다.

그리고 육당이 펼쳐보인 조선주의의 마지막 한 권을 차지하는 것이 '국민문학으로서의 시조양식'이다. 육당이 시조에 대해 관심을 갖기 시작한 것은 1920년대 중반부터 유행하기 시작한 전통론과 밀접한 관련을 갖고 있는 것이었다. 하지만 그것이 유행의 차원에서 수용된 것이 아니라 육당의 생리적인 차원에서 수용된 것이라는 사실을 먼저 받아들여야 할 것으로 보인다.

> 시조는 조선인의 손으로 인류의 韻律界에 제출된 一詩形이다. 조선의

30) 가라타니 고진, 『일본 근대문학의 기원』(박유하 옮김), 민음사, 1997, p.287.

> 풍토와 조선의 성정이 음조를 빌어 그 渦動의 一形相을 구현한 것이다. 조선심의 방사성과 조선어의 섬유조직이 가장 압착된 형태에서 구현된 공든 탑이다. 또 한 옆으로 조선인 민족생활--더욱 그 사상적 생활의 발자국을 남겨 가진 것이 불행히 조선에는 다시 보기 어려운데, 이 시조의 고리에 능히 천여년 계속한 약한의 遺珠가 간직되어 있어, 그 絶無僅有의 一物을 지음은 조선생활의 중요한 一淵源을 알려주므로 많은 감사를 그 앞에 드려야 할 일일 것이다.[31)]

우선, 육당이 시조를 '조선국민 문학'이라고 정의한 것 자체가 이채롭다. 그는 시조 양식이 조선의 국민문학이 되어야 하고 또 될 수밖에 없음을 다음 세 가지 근거에서 찾고 있다. 첫째, 시조는 조선의 정수이고, 둘째, 시조에 표현된 조선어는 조선인들의 공든 탑이며, 셋째 그럼으로써 조선인의 생활이 들어 있다는 것이다. 조선이라는 정체성을 확보하기 위한 관점에서 보면, 시조는 국토와 등가관계에 놓이는 것이라 할 수 있다. 국토라는 물질과 시조라는 정신의 결합이야말로 육당에게 조선이라는 굳건한 동질성을 확인하는 길이었기 때문이다.

요컨대 크게 보아서 육당의 조선주의는 두 가지 음역을 갖는 것이었다. 하나는 조선이라는 경계 확정과, 이를 통한 민족 국가 건설이었다. 그는 그러한 수단과 통로를 '바다'와 '소년'을 통해서 완성하려고 했다. 그 완성의 도정이란 조선이라는 국가, 민족이라는 정체성의 확보를 통해서 이루어질 수 있는 것이라고 보았다. 하지만 조선의 현실은 육당의 그러한 계몽의 기획을 쉽게 수용할 여건이 되지 못했다. 점증하는 제국주의의 위협과 그로 인한 위기감으로 말미암아 조선의 현실은 육당으로 하여

---

31) 최남선, 「조선 국민문학으로서의 시조」, 『조선문단』, 1926.5.

금 더이상 낭만적 기획, 똑똑한 우등생 의식을 가지게끔 하는 여력을 방해했기 때문이다. 그의 조선주의는 이로부터 새로운 단계로 나아가기 시작하는데, 제국주의에 대한 대타의식으로서의 조선주의가 바로 그러하다. 위기의 순간이 다가옴으로써 육당의 조선주의는 민족 모순을 해결하기 위한 수단이자 도구로서 적극적으로 모색되기 시작한 것이다. 그것이 태백산으로 사상이라든가, 국토 순례, 국민문학으로서의 시조에 대한 관심이었다. 따라서 육당의 조선주의는 계몽의 기획과 위기로서의 환경이 낳은 이중성을 갖고 있었다는 데 그 특징적 단면이 있었다고 할 수 있다.

2) 계몽의 시대 – 이광수

춘원 시의 문학성에 대한 논란

춘원 이광수는 1892년 평안북도 정주에서 태어났고, 전쟁 중이던 1950년에 사망했다. 그는 홍명희, 최남선과 더불어 동경삼재(東京三才), 혹은 조선의 3대 천재로 불리어졌다. 이광수를 유명하게 만든 것은 근대 최초의 장편소설이라 할 수 있는 『무정』[32]때문이다. 하지만 그는 소설가이기 이전에 시인이었고, 실제로 그의 문학 활동도 신체시의 일종인 「옥중호걸」[33]이라든가 「우리 영웅」[34] 등을 통해서 이루어진다.

이광수는 근대 문학의 개척자, 선각자, 도산 사상을 충실하게 구현한 계몽주의자였다. 하지만 친일주의자라는 협의로부터 자유로운 존재도

---

32) 《대한매일신보》, 1917.
33) 《대한흥학보》, 1910.1.
34) 『소년』, 1910.3.

아니다. 한 작가의 생애를 두고 이렇게 많은 레테르가 따르는 것은 그만큼 이광수가 문제적인 문인이었다는 것을 뜻한다.

춘원은 소설가, 평론가이기에 앞서 시인이었다. 소설에 비해 시가 상대적으로 주목을 받지 못했는데, 이는 우선 다음과 같은 이유 때문이었다.

첫째, 춘원의 시에 드러난 문학성 문제이다. 춘원의 시들은 시가 요구하는 방법적 의장과 담론 체계를 제대로 갖추지 못한 편에 속한다. 그의 시 작품들에는 그것이 요구하는 방법적 의장들인 이미지나 상징, 은유 등이 제대로 표현되지 못한 때문이다. 둘째는 그의 시와 산문과의 관계에서 오는 양식적 편차이다. 춘원의 산문 양식들은 매우 우수한 편이고 실제로 근대문학의 장을 화려하게 장식한, 그의 대표작 가운데 하나인 『무정』에 대해서는 많은 긍정적 평가를 받아 왔다. 그에 비유되다보니 시 분야가 상대적으로 낙후된 것처럼 보였던 것이다.

그러나 그의 시들이 군데군데 미약한 면이 있긴 하지만 춘원의 시가들은 결코 소홀히 넘길 수 없는 시사적 의의를 갖고 있다. 무엇보다 중요한 것은 그의 시들이 육당의 그것과 더불어 근대시를 열어 놓은 선두 역할을 하고 있다는 점에서 찾을 수 있다. 둘째는 춘원의 시가와 산문 사이에 놓여 있는 상관관계인데, 춘원의 대표작인 『무정』, 『흙』은 이 시대가 요구하는 계몽의 기획을 충실히 수행한 것으로 알려져 있지만, 시가의 경우는 그러한 사상이 상대적으로 미약하게 보였다는 것이다. 하지만 그 이면을 들여다보면 꼭 그런 것만은 아니라는 사실에 주목할 필요가 있다. 춘원의 글쓰기가 그의 개화사상을 표명하는 기능을 하고 있기에 시 분야에도 예외가 아니라는 점이다. 여기에 주안점을 두고 춘원의 시들은 새롭게 보아야할 근거가 생겨나는 것이다.

근대에 대한 인식

춘원 사상의 핵심은 계몽주의이다. 춘원은 육당과 비슷한 시기에 활동했지만 상승하는 부르주아 계층이 아니었다. 계몽의 주체임을 자임하면서 근대를 열어간 것이 조선의 중인계층이었다고 한다면, 춘원은 이 계층으로부터 어느 정도 거리를 두고 있었다. 육당이 중인계층[35]이었고, 이를 바탕으로 일본 유학을 했거니와 거기서 얻은 지식으로 조선을 근대화시키는 주체로 나서고자 한 것은 잘 알려진 일이다. 춘원 역시 일본 유학을 했는바 1916년 와세다 대학 철학과에 입학한 것이 바로 그러하다. 이를 토대로 그 역시 계몽주의자가 되고자 했거니와 이런 행보는 육당의 그것과 비교할 때 거의 동일한 맥락에서 이해될 수 있는 부분이다.

하지만 비슷한 행보를 했다고 하더라도 춘원의 사유는 육당의 그것과는 구분되는 것이었다. 춘원은 육당과 달리 매우 가난한 집에서 태어났거니와 일찍이 부모를 병으로 잃고 고아 상태가 되었다. 이 고아의식이 춘원의 작품세계를 지배하고 있는 것은 잘 알려진 일인데, 어떻든 이 고아의식과 육당의 중인의식은 매우 다른 것이었고, 이 차이가 계몽의 정신을 이해하고 이를 진행하는 방식을 구분하게끔 만들었다.[36]

육당의 계몽의식은 유학자로서의 경험에서 오는 똑똑한 엘리트 의식에서 오는 것이었다. 그렇게 그가 펼쳐 보인 계몽의 의도는 매우 힘차고 강렬하게 진행되었다. 이를 대변하는 것이 그의 신체시 「해에게서 소년에게」에서의 '바다'와 '소년'의 이미지였다. 그는 이를 토대로 잠든 조선

35) 김윤식 · 김현, 『한국문학사』, 민음사, 1991, p.107.
36) 김윤식, 『한국근대작가논고』, 일지사, 1997, p.20.

의 봉건성을 일깨우려 했고, 우매한 조선의 백성들을 계몽하고자 했다.

그러나 천애의 고아였던 춘원은 육당의 그것과는 매우 다른 결을 보여주었다. 춘원의 목소리는 미약했고 굳건한 자신감이 없었다. 어찌 보면 춘원의 목소리는 20년대 초 〈백조파〉들의 그것처럼 우울한 감성에 가까운 것이었다. 춘원의 이런 허약한 음성들이 고아의식과 분리하기 어려운 것임은 자명했다. 그래서 춘원은 전진하는 사고보다는 정체된 사고에 주력했고, 그 사고에서 조선의 정체성이 무엇인지 고민하게끔 만들었다.

> 다른 動物들은---조그마한 목숨 가진 怪物들은
> 이것을 보고 비웃으리라 미욱다 하리라
> 아아, 그 조고마한 목숨이 아까워 自我를 꺾는
> 너희들 비겁한 동물들아 네가 도로혀 그를 웃어?
> 네가 비록 네 목숨을 아낀다 한들 그 몇 해나 될까?
> 無限한 시간에 비길 때에야 五十年이나 百年이나
> 이와 같은 목숨이 아까와 貴重한 自我를 꺾어?
> 自我! 自我! 이 곧 없으면 목숨(살음) 아니요 기계라
>
> 「곰(熊)」 부분

「곰」은 이광수의 시가 가운데 비교적 초창기의 작품이다.[37] 작품의 소재는 제목과 마찬가지로 곰인데, 이것이 작품의 소재가 되었다는 사실만으로도 춘원이 여기서 의도하는 바가 무엇인지 잘 알게끔 해준다. 그것은 그가 갖고 있었던 국가의식이 무엇인지를 말해주는 단적인 사례라 할 수 있다.

---

37) 『소년』, 1910.6.

근대 문학의 기원이 다른 국가와 구별되는 국가주의에서 비롯되는 것임을 감안하면[38], 근대주의자 춘원이 보여준 이러한 행로는 지극히 당연한 것이었다고 할 수 있을 것이다. 육당의 조선주의가 '소년'과 '바다'의 연장선에서 온 것이라고 한다면, 춘원의 조선주의는 '곰'을 통해서 이루어진다. 하지만 이 부분에서 춘원의 목소리는 지극히 작고, 그 힘 또한 크게 느껴지지 않는다. 여기서 그가 강조하는 것이 '자아'인데, 그가 이 부분에 관심을 갖고 있었다는 것은 근대의 한 자락이라 할 수 있는 주체의 각성을 염두에 둔 탓이다. 어떻든 그에게는 육당의 경우처럼 밝고 힘찬 '소년'도 존재하지 않았고, '바다'와 같은 거침없는 야망도 존재하지 않았다. 오직 조선만이 무매개적으로 춘원의 눈에 비쳐졌거나, 혹은 근대의 주된 특성 가운데 하나인 주체의 자율성 정도에만 관심을 갖고 있었다. 이런 단면은 그의 고아의식을 떠나서는 설명할 수 없는 부분이라 할 수 있다.

근대주의자이면서 계몽을 숭상했던 춘원의 눈에 조선이 곧바로 들어왔다는 것은 그의 시선이 육당만큼 원근법적으로 멀리 뻗어있지 못했다는 반증이 되기도 한다. 이는 선도하는 우등생 의식이 육당만큼 없었다는 뜻이 되기도 하는데, 궁극적으로 춘원의 눈 앞에는 계몽의 대상으로서의 조선보다는 점점 멸망해가는 조선만이 눈에 들어온 것이 아닌가 한다. 육당과 춘원이 가지고 있었던 조국에 대한 이런 현실인식은 매우 중요한 것이 아닐 수 없는데 육당에게 상승하는 부르주아적 의식이 있었던 반면, 춘원에게는 그것이 없었거나 부족했다는 사실과 관련된다.

---

38) 이에 대해서는 가라타니 고진, 『일본 근대문학의 기원』(박유하 옮김), 민음사, 1997. 을 참조할 것.

작품 「곰」은 그러한 조국의 현실을 응시하는 춘원의 사유를 잘 보여준 시이다. 여기서 곰은 자신의 자아를 찾기 위해 많은 노력을 기울인다. 그리하여 곰은 이를 위해 바위를 계속 들이받으면서 자아의 영원한 해방을 얻고자 시도한다. 그러나 곰의 그러한 뜻은 이내 좌절되고 만다. 그 해방 의지를 발현하는 와중에 오히려 그 바위에 치여 죽게 되는 신세가 되기 때문이다. 자유를 향한 곰의 이런 가열찬 행위는 얼핏 무모한 행동처럼 비춰질 수도 있다. 하지만 그것이 있어야 비로소 완전한 형태의 유기체가 되는 것임을 알기에 그로 향한 도정은 결코 포기될 수 없는 것이었다. 자아가 없으면, 곧 자유가 없으면 자신의 존재이유도 없는 까닭이다. 따라서 곰이 시도하는 자아란 조국일 수도 있고, 자유일 수도 있으며, 조선의 민중일 수도 있다.

근대로 나아가는 길

암울한 조선의 현실과 민족 모순에 대한 발견은 춘원으로 하여금 조선을 새롭게 인식하는 계기를 만들게 된다. 그의 시선에는 조선이 주체로서의 굳건한 모습보다는 오직 계몽받아야 할 대상으로만 떠오르게 되는 까닭이다. 근대국가로 나아가기 위해서는 우선 중화주의를 비롯한 거대담론으로부터의 탈피와, 제국주의로부터의 독립이라는 다른 과제가 춘원 앞에 놓여 있었던 것이다.

그렇다면 이 두지 난제를 동시에 해결하는 방법은 진정 무엇일까. 이를 위해 춘원은 무엇보다 조선이 현재 처해 있는 현실이 무엇인가를 이해할 필요성을 느끼게 된다. 조선의 현존과 그에 대한 처방의 담론이 바로 그것인데, 다음의 시는 그러한 감각을 잘 보여주는 작품이다.

아! 조선아!
왜 너는 남과 같이 크지를 못하였더냐
굳세지를 못하였더냐
왜 남과 같이 슬기롭지를 못하였더냐
어찌하여 남의 웃음 거리가 되었더냐
아아 얼마나 내가 너를 저주하였으랴
네 배에서 나온 것을 저주하였으랴

그러나 아아 내 조선아! 나는 너를 사랑한다!
이 어린 논이 오늘에야 띄어
네 가슴 속에 깊이깊이 감추인
보물의 빛을 보았노라
아아 그 빛을 보았노라

「조선아」 부분

이 작품은 1920년대 중반에 발표[39]된 것이긴 하지만 춘원의 계몽 사상이 어떤 것인지를 잘 일러준다. 춘원의 시야에 비친 조선의 현실이란 상대적으로 빈약한 것이었다. 조선에 대해 갖는 이런 열등 의식은 타 지역과의 관계를 통해서 얻어진 것이라는 점에서 비교적 객관성이 담보되는 것이라 할 수 있다.

이런 맥락에서 춘원의 조선인식은 두 가지 점에서 주목을 끌게 된다. 하나는 거대담론으로부터 탈피과정인데, 이는 곧 중화주의로 표상되는 동양적 질서로부터의 벗어남이다. 서구의 근대화가 라틴 문화권으로부

39) 『개벽』, 1924.2.

터 벗어나는 과정이었다면, 동양의 근대화란 중화권이라는 질서체계로부터 분리되는 과정이라 할 수 있기 때문이다. 이런 면에서 보면, 조선에 대한 춘원의 인식은 육당의 그것과 크게 구분되지 않는다. 육당도 '태백산 사상'을 통해서 조선의 고유성과 자율성을 탐색하고 있었기 때문이다. 춘원에게는 거대담론으로부터 벗어난 독립적 기호체계로서의 조선이 이렇게 그려져 있던 셈이다.

그리고 두 번 째는 민족주의가 가미된 애국주의이다. 근대국가로 나아가는 길에 민족주의라든가 애국주의가 서로 분리되는 것은 아니지만, 춘원의 시야에는 대타의식으로서의 조선주의가 또한 자리하고 있었다. 민족주의가 바로 그러한데, 그러한 인식이 대개 이런 것들로 모아진다. 가령, 조선이 작다는 것, 굳세지 않다는 것, 슬기롭지 않다는 것, 그리하여 남의 웃음거리가 되었다는 것 등등인데, 이야말로 제국주의 일본을 떠나서는 성립하기 어려운 부분이 아닐 수 없다.

그런데 춘원이 보여준 힘의 논리는 진화론적 사고에 가까운 것이었다는 점에서 훗날 그가 친일을 위한 사상적 거점이 되었다는 한계가 있다. 힘이 있어야 살아 남다는 것, 곧 우승열패의 논리만이 세상을 지배할 수 있다는 논리인데, 그러한 힘에 대한 예찬이 궁극에는 또 다른 힘으로 기울 수밖에 없는 사상적 근거로 이어졌다는 사실이다. 어떻든 춘원이 도산의 준비론 사상에 경도하게 된 것도 강자만이 살아남을 수 있다는 진화론적 사상과 밀접한 관계를 갖고 있는 것이었다.

춘원의 계몽주의는 거대담론의 해체과정과 그에 따른 지역주의의 확산 속에서 얻어진 것이었다. 하지만 춘원의 계몽주의는 육당의 그것처럼 '바다' 등과 같은 힘찬 이미저리에 의해 매개된 것도 아니었고, '소년'의 이미지에서 오는, 미래에의 원근적 투시에 의해 계획된 것도 아니었다. 말하자면 즉자적인 논리와 단순한 정서에 기댄 것이 그가 갖고 있었던 계몽주의의 장점이자 한계였다. 그의 이러한 사유는 고아의식으로부터 나온 것인데, 이 감각은 춘원 자신의 개인적인 한계를 뛰어넘는 자리에서 계속 춘원의 사유를 조종하고 있었다.

하지만 비록 고아의식에 의한 기댄 것이긴 해도, 그리하여 육당의 그것처럼 가열찬 의지가 사상된 것이긴 해도, 조국에 대한 춘원의 사랑은 육당 못지 않게 강렬한 것이었다. 그것이 그의 초기의 계몽주의의 핵심이었는데, 이 감각은 이 시기 또 다른 모양새로 표출하게 된다. 바로 님에 대한 그리움의 정서이다.

님에 대한 그리움의 정서

춘원 시의 핵심 기제 가운데 하나는 '님'이다. 우리 시가에서 '님'의 문제가 문학사적으로 가장 왕성하게 표출되기 시작한 것은 1920년대부터이다. 이때는 이른바 님을 상실한 시대로 규정되면서, 님은 조국의 또 다른 이름이 된다. 그런데 춘원은 이미 이 이전부터 님의 문제를 자신의 시 속에 담아내었다는 점에 주목할 필요가 있다. 말하자면 님의 주제화 문제에 있어서 춘원은 거의 선구자의 위치에 있었다고 해도 과언이 아니다. 그의 시가에서 '님'이 처음 등장한 것은 1913년에 발표된 「말 듣거라」[40]에서이다. 그러한 감각은 1915년에 발표된 「님 나신날」[41]에서부터는 님을 조국과 일체화시켜 형상화하기 시작한다.

---

40) 『새별』, 1913.9.
41) 『청춘』, 1915.1.

닭이 운다 닭이 운다 그 닭이 또 우노나
한 옛적 한 힌메에 우리 님 나신던 날
그날에 우리 님의 첫소리 듣던 닭이 또 우노나
네 부대 맘껏 울어라 잘즈믄 해 내어 울어
행여나 네 소리로나 님의 소리 듣과저

해가 뜬다 해가 뜬다 그 해가 또 뜨노나
한 옛적 한 힌메에 우리 님 나시던 날
그날에 님의 얼굴 비초이던 해가 또 뜨노나
네 부대 맘껏 뜨어라 잘즈믄 해 내어 뜨어
행여나 네 얼굴로나 님의 얼굴 보과저

「님 나신날」 부분

「님 나신날」은 민족의 기원을 님과 연결시켜 읊은 작품이다. 우선 작품의 배경은 태초이다. 조국이 처음 만들어진 날, 닭이 울었고 해가 처음 뜬 것이라는 표현에서 이를 확인할 수 있다. 그러한 신화적 배경이 이 작품을 신비스러운 분위기에 젖도록 만드는데, 하지만 태초의 닭소리는 들리고, 또 해도 떴지만 그때의 님은 존재하지 않는다고 했다. 그래서 시적 화자는 "행여나 네 소리로나 님의 소리"를 듣고 싶어 하고, "행여나 네 얼굴로나 님의 얼굴"을 보고 싶어하는, 님에 대한 갈망을 드러내게 되었다는 것이다.

이 작품에서 보듯 춘원이 그토록 그리워하는 님의 실체란 무엇일까 하는 궁금증이 떠오르게 된다. 님이 조국임에는 틀림없는 것이지만, 그런데 그것은 단순한 조국이 아니라는 점에 주목할 필요가 있다. 조국으로 표상된 현재의 님은 훼손되어 있는 까닭에 그 본래의 모습이 여기서는 잘 나타나 있지 않기 때문이다. 조국이 제국주의로부터 압제를 받고 있어 님의 본모습이 사라진지 오래가 되었다는 것이다.

춘원은 자신의 시가에서 계몽을 통해서 보다 선진화된 조국의 모습을 그려보고자 했다. 그의 계몽적 사유가 육당처럼 철도와 같은 과학과 물질적 풍요에 있는 것이었는지도 모른다. 하지만 조국의 현존은 그러한 모습과는 거리가 있었다. 그리하여 그 대항담론으로서 그는 늘 힘에 바탕을 둔 것들을 추구해왔다. 그것이 곧 제국주의 일본의 대타의식으로부터 오는 강렬한 민족주의음은 당연한 일이었을 것이다.

힘에 기댄 민족주의의 한계

춘원은 늘 힘에 바탕을 둔 양육강식의 세계를 그리워했다. 이런 단면은 간도 참상을 다룬 「間島同胞의 慘狀」[42]에서도 잘 드러난다. 이 작품은 1920년 12월 18일 상해 임시정부 기관지 『독립신문』에 실린 작품인데, 춘원이 망명한 직후에 쓴 것이다. 제목에서 알 수 있듯 이 작품은 간도 동포의 참상을 읊은 시이다.

그런데 춘원이 응시한 것은 불쌍한 현실에 놓인 동포들의 참상만이 아니다. 그 이면에 그는 힘에 대한 그리움과 예찬을 표명하고 있었던 까닭이다. 간도 동포들의 비참한 처지의 원인이 제국주의에 의한 것도 있지만 나라가 힘이 없고, 자신에게도 힘이 없기 때문이라고 본 것이다. 이 작품의 주된 정조로 작용하고 있는 것이 이렇듯 힘이었던 것인데, 실상 이런 사유는 당시 풍미하던 인식 가운데 하나인 진화론의 사상과 분리하기

42) 『문학사상』94, 1980. 9.

어려운 것이었다.

진화론은 양계초의 사유에 뿌리를 둔 것으로 우승열패라든가 약육강식이라든가 하는 힘의 논리를 인정한다. 그런데 이 사유를 지지하게 되면, 강자에 의한 지배의 논리가 정당화될 위험성이 있다. 강한 힘으로 나라를 찾겠다는 것은 얼핏 합당한 논리 같지만, 그 이면에 들어가 보면 그것은 일본 제국주의의 논리를 합리화할 수 있는 개연성이 있기 때문이다. 그러면 제국주의자들의, 조선에 대한 지배가 정당화되는 것이다. 이광수의 그러한 위험한 논리는 다음의 시에서도 확인된다.

힘!
오늘의 의는 힘에 있다
세련된 예절보다
하다면 하는 미더움성
인사성 있는 겸양보다
제 것을 버티는 뱃심!
유한 손을 빨리 들어라!
두주먹을 불끈 쥐어라!
사람아 오늘은 힘을 찾는다.

힘!
오늘의 영광은 힘에 있다.
기도 올리는 탑을 뭀고
대포를 거는 포대를 쌓아라!
평화의 흰옷은 다 무엇이냐
병대의 붉은 복장을 입고

몸과 맘을 모다 무장하여라
사람아 오늘은 힘을 찾는다.

「힘의 찬미」 부분

1930년대 중후반에 쓰여진 이 작품[43] 역시 춘원이 노골적으로 힘을 찬양하고 있는 시이다. 그는 "오늘의 의는 힘에 있다"고 전제하면서 힘이야말로 세련된 예절이나 겸양보다 앞에 있는 것이라고 하고 있다. 또한 기도 대신에 대포를 거는 포대를 숭상하고 평화의 흰옷 대신에 군대의 붉은 옷이 좋다고도 했다. 그는 겉으로 포장된 허상보다는 실질적으로 무장한 힘이야말로 사회를 이끌어가는 기본 동인으로 보는 것이다.

이 시기 힘에 의존하는 춘원의 사상은 조국독립이 당면과제인 당시의 현실에서 볼 때 일면 타당한 면이 있다. 그러나 구체적인 계획이나 실천, 혹은 대안을 제시하지 않고 오직 힘에 대해 막연히 찬양하는 것은 전혀 다른 차원의 도그마에 빠질 가능성이 크다는 한계를 노정하고 있었다.

그리하여 힘에 대한 막연한 추종은 그가 궁극에 또 다른 힘을 찾아나서는 계기가 되는데, 결국 그것은 그를 친일분자로 전락하게끔 하는 요인이 되게 된다. 춘원은 제국주의 일본과 조선을 수평적으로 단순 비교함으로서 거기서 파생된 소박한 민족주의 의식을 간직하고 있었다. 그러나 이러한 수평비교가 조선적인 것이라든가, 민족주의적인 것의 색채를 짙게 그려내는 데에는 일정 부분 성공했음에도 불구하고, 그 저변에 깔려 있는 또 다른 함정에 대해서는 거의 무감각했던 것처럼 보인다. 약육강식이라는 또 다른 힘의 논리에 빠져들 수 있는 위험, 그리하여 일본 제

43) 『동광』, 1931.2.

국주의자들의 힘의 논리를 막연히 받아들일 수밖에 없는 한계를 갖고 있었던 것이다. 이광수가 이런 힘의 논리에 기대어 '수양동우회' 사건[44]을 계기로 친일분자가 된 것은 어쩌면 당연한 수순이었다고 할 수 있을 것이다.

44) 일제가 중일전쟁을 계기로 도산 안창호가 만든 수양동우회를 수사한 사건이다. 이를 계기로 이광수를 비롯한 다수의 문인들이 수사를 받고 잡혀갔다. 그런데 이 사건은 이광수에게 전향을 하고 친일의 길을 걷게 하는 계기가 된다.

제2장
민족 의식의 발견

1. 식민 정책의 변화와 문화 창달

최남선과 이광수에 의해 주도되었던 1910년대의 시문학사는 1920년대에 이르게 되면, 이전과는 전혀 다른 상황을 맞이하게 된다. 그 변화의 계기를 마련한 것은 잘 알려진 대로 1919년 3 · 1운동이다. 이 운동은 한일합방이후 약 10년만에 일어난 거국적 독립운동이었다.

3 · 1운동이 일어난 배경은 세계사적 흐름과 밀접한 관련이 있다. 우선, 1918년 미국 대통령이었던 윌슨의 민족 자결주의가 커다란 영향을 끼쳤다는 것이다. 민족 스스로의 힘과 권리를 바탕으로 조율해나가는 것이 민족 자결주의의 요체인데, 이런 기류에 따라 민족에 대한 독립 운동이 시도되었다고 본다. 그리고 이 민족자결주의와 더불어 3 · 1운동의 계기가 된 것이 또 하나 있었는데, 바로 1917년 러시아의 볼셰비키 혁명이었다. 억압받는 주체들이 스스로의 단결과 힘을 통해서 해방의 상태에 이를 수 있는 것을 보여준 것이 이 혁명이 갖고 있었던 의의였다. 주인과 노예, 억압받는 자와 억압하는 자의 구도가 주체적 역량에 의해서 해소

될 수 있다는 환경이야말로 3 · 1운동을 일으키게 한 결정적인 계기가 되었던 것이다.

하지만 3 · 1운동은 일제의 무자비한 탄압으로 말미암아 실패하고 만다. 거대 권력이 갖고 있는 힘이 얼마나 강한지를 보여준 것이 3 · 1운동의 실패가 준 교훈이었다. 그렇다고 해서 이 운동이 전연 실패했다고 보는 것은 어려운 일이다. 거국적인 도전과 반항이 일제로 하여금 무단통치에서 문화통치로 나아가게끔 하는 계기를 마련할 수 있었기 때문이다.

억압만으로는 더 이상 통치가 불가능하다고 판단한 일제는 총, 칼을 버리고 대신 펜으로 조선을 지배하고자 했다. 그러니까 이는 조선에 대한 지배 연장을 기획한, 일종의 기만 전술에 불과한 것이었다. 하지만 그 의도가 어떠하든 일상에서는 문화적인 국면들을 향유할 수 있는 많은 계기들이 만들어졌다. 1920년대 《동아일보》와 《조선일보》가 창간되는가 하면, 수많은 잡지들이 홍수처럼 쏟아져 나오기 시작한 것이다. 『개벽』, 『폐허』, 『장미촌』, 『신천지』, 『백조』, 『조선지광』, 『금성』, 『영대』, 『조선문단』 등의 잡지들이 거침없이 세상에 나온 것이다.

신문과 잡지가 많아진다는 것은 작가가 활동할 수 있는 공간이 넓어지고, 작품을 발표할 지면이 확대되는 것을 의미한다. 그 당연한 결과로 이 시기에 많은 시인들이 등장하게 된다. 김억, 주요한, 홍사용, 김소월, 김형원, 김동환, 한용운, 황석우, 이상화 등등의 시인이 신인이라는 이름으로 문단에 얼굴을 내민 것이다.

2. 자유시 운동과 전통 계승론

1920년대의 시는 개화기를 거쳐 1910년대의 최남선, 이광수 등이 이루어놓았던 성과를 계승할 임무를 부여받고 있었다. 그러한 임무란 다름 아닌 자유시 운동이다. 전통과 근대를 구분짓는 시양식은 정형시와 자유시이다. 그러니까 전통 사회에서 근대 사회로 진입한다는 것은 시양식의 관점에서 한정할 경우 정형시에서 자유시로 옮아가는 과정으로 이해할 수 있다. 그러한 과정을 표면적으로 대표하는 것이 정형률의 소멸과 자유율의 등장이다.

정형률이란 집단의 이념을 반영하는 것이기에 개인의 생리적 리듬과는 거리가 있는 것이라 할 수 있다. 중앙집권적인 사회를 지향했던 전통 사회에서 정형률이 이에 조응했다는 것은 그런 저간의 사정을 잘 말해준다. 이제 근대라는 새로운 패러다임이 시작되었고, 그에 걸맞는 새로운 시형식이 요구받고 있었다. 하지만 새로운 환경으로 진입했다고 해서 그것이 곧바로 새로운 문학 형식으로 전환되는 것은 아니었다. 일찍이 그러한 변화를 조선 후기에 펼쳐졌던 시조의 사설시조화라든가 가사의 서사화를 통해 이해할 수 있었지만, 개화기에 들어오면서 그러한 변화는 일단 제동이 걸린 바 있다. 잘 알려진 대로 개화기의 시형식은 자유율보다는 정형률이 우세했던 시기였기 때문이다.[1)]

개화기가 정형률이 우세했다는 것은 중심을 요구받았던 당시의 상황과 무관한 것이 아니었다. 개화기를 애국계몽기라 말해지는 것처럼, 민족이나 국가의 위기가 도래했고, 이를 초월하기 위한 노력으로 중심을

---

1) 최원식, 「가사의 소설화경향과 봉건주의의 해체」, 『창작과비평』, 1977.12.

향한 욕구들이 발생했기 때문이다. 개화기의 시가들이 철저하게 정형화를 요구받았던 것은 이와 밀접한 관련이 있는 것이었다.[2)]

개화기를 전후하여 정형률에 대한 필연성의 제기는 1910년대 이후 다시 자유시를 향한 도정으로 서서히 나아가게 된다. 그 선구적 위치를 점하고 있었던 시인이 최남선과 이광수였다. 최남선은 최초의 신체시 「해에게서 소년에게」를 상재한 바 있거니와 이 시가 양식은 기왕의 전통적인 시형식을 파괴했다는 데에서 그 시사적 의의를 찾을 수 있는 것이었다. 그것이 비록 새로운 정형시에 대한 욕구에서 그 창작 동기를 찾을 수 있기도 하지만, 어떻든 중요한 것은 전통적인 율격 체계를 현저하게 와해시킨 것이 이 작품이 갖고 있는 의의였다.

최남선을 매개로 자유시 운동은 가열차게 진행되고 있었다. 그러한 운동의 결실이 김억의 일련의 작품이나 주요한 「불놀이」 등에서 일정 부분 성과를 거두게 된다. 김억은 『태서문예신보』의 「프랑스 시단」[3)] 등을 통해서 서구의 상징주의 계통의 시를 비롯한 선진 서정시를 소개함으로써 자유시를 향한 발걸음에 크나큰 탄력을 주었다. 우리나라 최초의 번역 시집인 『오뇌의 무도』[4)]와 개인 창작 시집 『해파리의 논래』[5)]를 상재하는 결실을 가져왔기 때문이다.

하지만 1920년대를 전후한 김억 등의 노력에도 불구하고 우리 시단은 다시 한번 정형률에 대한 유혹을 강하게 받았다. 이는 두 가지 관점에서 그 설명이 가능한데, 하나는 자유율에 대한 시사적 적응 문제이다. 자

---

2) 《대한매일신보》에 실린 사회등 가사가 철저하게 4.4조 형식을 유지한 것이나 한시 등이 다시 등장하는 현상들은 그러한 본보기들이라 할 수 있다.

3) 『태서문예신보』, 1918.12.

4) 광익서관, 1921,

5) 조선도서, 1923.

유율이 개인의 생리적 리듬에 반응하는 양식임에도 불구하고 그것이 우리 시단에 곧바로 적응하는 데에는 여러 난점이 있었던 것으로 보인다. 그러한 한 단면을 보여주는 것이 김억의 「시형의 운율과 호흡」[6]이다. 김억은 이 글에서 자유율이 더 이상 진행될 수 없는 양식임을 인정하고 다양한 형태의 정형률을 제시하기에 이르른다. 그런데 문제는 다시금 정형률에 대한 회귀 현상들이 김억 자신의 일로만 국한되지 않았다는 사실이다. 이 시기 대표적인 시인 가운데 하나였던 소월이 7.5조를 중심으로 서정시를 창작했다는 것도 그 하나의 사례이다. 이 율조가 전통적인 율조인가 혹은 그렇지 않은 것인가 하는 논란은 그만두고서라도[7], 7.5조는 일종의 정형률에 가까운 리듬이었다는 사실에 주목할 필요가 있다.

1920년대를 대표하는 시인이었던 소월이 다시금 정형률에 기울었다는 것은 자유율로 나아가는 시정신이 그만큼 만만한 것이 아니었다는 방증이었다는 점에서 그 의미가 있다. 정형률로 경사되는 현상은 비단 7.5조 뿐만 아니라 이 시기 또 하나 유행처럼 번진 민요조 형식의 도입에서도 확인할 수 있는 부분이다. 민요의 형식을 뒷받침하고 있는 이 율조 역시 전통적 율조이거니와 정형률에 가까운 리듬이었기 때문이다.

1) 근대시의 선구, 격조시론 - 김억

김억은 1896년 평안북도 정주 태생이다. 그가 이곳 태생이라는 것은

---

6) 『조선문예』, 1919.2.

7) 7.5조는 개화기에 들어온 일본의 창가인 와가(和歌)의 기본 율조이다. 그래서 이를 외래 율조라고 본다. 하지만 우리 전통 시가에도 4.3조가 있기에 7음이란 전통 율조의 영향을 받았다고 보아서, 7.5조를 외래율조와 전통 율조의 혼합으로 이해하기도 한다.

시인 스스로나 한국 시문학사에서 큰 의미를 갖는 것이라 할 수 있다. 비슷한 시기에 이광수도 이곳에서 태어났고, 소월 또한 그러했다. 그러니까 이곳은 마치 근대 문학의 산실과 같은 역할을 한 것인데, 이런 사실은 적어도 다음과 같은 면을 일러준다. 육당에 의해서 바다가 근대 사회의 중심 축으로 자리하기 이전에 육지, 곧 대륙은 신식 문물이 들어오는 출입문 역할을 했다는 뜻이 되는 까닭이다.

이런 환경적 요인을 바탕으로 김억은 근대시의 선구자 혹은 개척자로 전면에 나서게 된다. 김억의 문학 활동은 『학지광』 창간호[8]에서 시작되었는데, 그는 여기에 「이별」 등의 작품을 발표한다. 이어 5호에는 「야반」, 「밤과 나」 등을 실었고, 6호는 「예술적 생활」, 10호에는 「요구와 생활」 등의 산문도 발표하게 된다. 그가 재일본 재학생들의 문학 활동 무대였던 이 잡지에 작품을 발표할 수 있었던 것은 그 자신이 일본 유학생이었던 탓이 크다. 잘 알려진 대로 그는 이 잡지가 나오기 1년 전인 1913년 게이오 대학(慶應義塾) 문과에 입학했기 때문이다.

유학 시절 간간히 발표하던 김억의 행보는 그의 주된 활동 무대였던 『태서문예신보』[9]가 창간되면서 더욱 본격적으로 이루어진다. 김억은 이 잡지에 주도적으로 참여하여 서구의 많은 문예 사조를 소개했을 뿐만 아니라 이 지역의 우수한 작품들 또한 번역 소개하였다. 뚜르게네프와 베르렌느 등의 문예 작품을 소개했을 뿐만 아니라 「믿으라」, 「봄」, 「봄은 간

---

8) 이 잡지는 재일본 재학생들을 중심으로 발간되었고, 첫 호는 1914년에 나왔다. 이후 29호를 끝으로 1930년 4월에 종간된다.

9) 우리나라 최초의 주간 문예지지로 1918년 9월 창간되어 1919년 2월 16호로 종간되었다. 이 잡지에는 장두철, 김억 등이 중심이 되어 주로 해외의 문예 사조와 작품을 번역하고 소개하였다. 선진적인 외래 문예들이 시단에 소개됨으로써 전통시가 근대시로 발전하는데 있어서 큰 역할을 했다.

다」 등 10여 편의 개인 창작시도 발표하게 된다. 그러니까 『태서문예신보』는 김억 자신의 문예활동과 한국 근대시의 터를 닦기 위한 좋은 무대가 되었다고 할 수 있을 것이다. 그러한 노력의 결실이 번역 시집인 『오뇌의 무도』[10]의 발간으로 이어진다.

김억의 노력은 서구 시론이나 작품을 소개하는데 그치지 않고, 그 스스로가 창작 현장에 뛰어들어 근대시의 발전에 큰 기여를 했다는 점에서도 찾아진다. 그는 최초로 개인 창작 시집인 『해파리의 노래』[11]를 상재했기 때문이다. 이 시집의 발간으로 김억은 근대시의 선구자로 자리매김되었을 뿐만 아니라 1910년대를 주도했던 최남선과 이광수 중심의 이인문단시대를 청산하는 중심 인물로 떠오르게 된다.

이 시기를 대표하는 문인, 곧 근대 초기를 선도하는 문인으로서의 위치를 차지한 김억은 문학론과 작품론의 관점에서 뚜렷한 발자취를 많이 남겼다. 먼저 그가 이 시기 주창했던 대표적인 문학론은 율격론, 곧 격조시론에 관한 것이다. 이는 자유시나 자유시론, 혹은 자유율의 정착과정에서 나온 김억만의 새로운 시론이었다는 점에서 그 의미를 찾을 수 있다.

잘 알려진 대로, 근대 문학의 기원에 대한 여러 움직임들은 조선 후기에서 시작되었다. 성리학을 중심으로 한 구심적인 문화들이 와해되면서 원심적인 힘들이 계속 솟구치기 시작한 것이 이때였기 때문이다. 시조나 가사가 그 고유한 형식을 잃어버리고 산문 형식으로 바뀌기 시작한 것도 이 무렵이다. 개화기는 그 절정의 시기였지만, 국권이 위급해지기 시작

---

10) 광익서관, 1921.3.
11) 조선도서, 1923.6.

하면서 자유율은 잠시나마 정형률의 형식으로 되돌아가기도 했다. 하지만 근대화 물결은 거부하기 힘든 대세로 자리잡았고, 그 여파로 근대시에 대한 인식들은 계속 성장하고 있었다.

근대시, 곧 자유시란 무엇보다 내용보다는 형식적인 면을 중요시한다. 그러니까 전통적인 4.4조나 혹은 4.3조와 같은 정형률이 어떻게 파괴되는가 하는 문제를 살펴보게 되는 것이다. 새로이 등장한 창작시가 이전의 시기와 비교하여 색다른 형식을 취하고 있었다면, 그것은 자유시로 향하는 도정으로 이해되곤 했다. 그 결과 최초의 근대시에 대한 다양한 논의들이 형태의 파괴적인 국면을 주목한 것도 이와 밀접한 관련이 있다고 하겠다.[12)]

김억은 일찍이 서구의 상징주의를 소개하고 그들의 작품을 꾸준히 소개해 온 문인이다. 그 노력의 결과가 『오뇌의 무도』라는 작품집으로 나왔는데, 실상 이 역시집이 의미있는 것은 그것이 근대시에 끼친 형태상 혹은 내용상의 영향 때문이었다. 서구시의 번역 과정에서 김억이 느꼈던 문학관은 매우 독특했던 것으로 보인다. 번역의 과정에서 의미를 만들어내고 경우에 따라서 글자 수를 맞추는 과정에서 얻은 경험들이 모두 자유시로 향하는 과정에서 의미있는 영향으로 수용되었기 때문이다. 그가 번역을 기계적인 차원의 것으로 한정하지 않고 창작의 과정으로 이해한 것도 이와 밀접한 관련이 있다. 김억은 번역을 어떤 기계적인 차원의 것으로 방치해두지 않은 것이다. 그는 번역을 언어와 언어 사이에 이루어지는 단순 복사의 차원으로 이해하지 않았는데, 이는 이 시기 그가 발표

12) 이승만의 「고목가」라든가 주요한의 「불놀이」 등을 최초의 근대시 내지는 자유시로 자리매김하려고 한 시도들은 주로 형식적인 면을 주목해서 판단한 결과이다.

한 여러 글에서 쉽게 확인할 수 있는 부분이다. 그가 번역의 과정에서 "창작적 노력으로만 시가는 옮겨올 수가 있는 것이요. 다시 말하면 역자는 창작할 때와 마찬가지로 어떠한 것을 그 원시에서 발견했는가, 또는 어떠한 평가, 믿을만한 감동을 믿었는가, 그것을 시상으로 시작하지 아니할 수 없는 일이외다."[13]고 한 것이나 『잃어진 진주』의 서문에서 "시의 번역이라는 것은 번역이 아닙니다, 창작입니다"[14] 이런 저간의 사정을 잘 말해주는 것이라 할 수 있다.

하지만 이러한 일련의 과정은 시대 환경이 바뀌면서 김억에게 새로운 대안을 요구하게 만들었다. 번역을 하는 과정에서 자유시와 그 시형에 대한 이해를 확대해 나간 김억은 1920년대 중반에 들어서면서 자유시형의 대안으로 격조시형을 제안하기에 이른다. 그가 이런 시형을 자유시의 한 대안으로 제시한 것은 몇 가지 원인이 있었던 것으로 보인다. 익히 알고 있는 대로 김억은 전통적인 율조와 시형식을 벗어난 것을 자유시로 간주했기에 산문시라든가 혹은 근대성이 가미된 민요조 서정시 등을 자유시의 범주에 포함시켜오곤 했다. 그러니까 그의 자유시형에 대한 정의는 매우 넓은 범주에 걸쳐 있었던 것으로 보인다. 하지만 그의 이러한 시도는 얼마되지 않아 새로운 장벽에 부딪히게 된다. 우선, 그 원인은 몇 가지 측면에서 살펴볼 수 있는데, 하나는 지금까지 진행된 자유시형에 대한 뚜렷한 정형이 만들어지지 못한 현실과, 1920년대 중반부터 번지기 시작한 조선적인 것에 대한 복고 현상의 영향이다. 그리고 마지막 하나는 객관적 현실에 대한 저항감의 발생이다.

---

13) 김억, 「역시론」, 『김억작품집』, 범우, 2022, p.242.
14) 「잃어진 진주」, 위의 책, p.187.

개인의 생리적 반응에 의해 이루어지는 것이 자유시형이기에 이 시형에는 어떤 규칙적 율격이 요구되지 않는다. 이런 단면은 김억 자신도 잘 이해하고 있었다. 그가 「시형의 운율과 호흡」에서 "시라는 것은 찰나의 생명을 찰나에 느끼게 하는 예술입니다."[15]로 보고 있기 때문이다. '찰나'라고 하는 것은 서정적 자아의 극적 순간 내지는 황홀을 의미하는 것이기에[16], 서정시, 곧 자유시의 장르적 특성과 꼭 들어맞는 것이라 할 수 있다. 자유시, 곧 서정시는 어떤 특별한 규율 속에서 작동하는 장르가 아님을 인정하고 있는 것이다. 김억이 또 다른 글에서 "자유시라는 것은 규율에 대한 상반어"[17]라고 한 것도 이와 밀접한 관련이 있다고 할 수 있다.

그런데 개항 이후 자유시에 대한 논의들은 계속 있어 왔지만 완전히 정착된 양식이었다고 보기는 어려울 것이다. 그것이 미정형의 상태에 놓인 환경에서 문단은 새로운 현실을 맞이하고 있었다. 1920년대 시작된 복고풍의 열기가 그러한 환경 가운데 하나이다. 이를 계기로 자유시형에 대한 율격 논의들은 더 이상 진행되지 못하는 현실을 맞이하게 되었다. 여기서 김억의 사유들은 새로운 단계를 맞이하게 되는데, 개인의 정서가 아니라 집단의 정서에 대한 관심의 환기로 나아가는 일이다. 그리고 이 관심을 더욱 부채질 한 것은 이 시기에 몰아친 조선주의라는 복고풍의 열기이다.

> 조선 사람으로는 어떠한 음율이 가장 잘 표현된 것이겠나요. 조선말로는 어떠한 시형이 적당한 것을 먼저 살려야 합니다. 일반으로 공통되는 호

---

15) 김억, 「시형의 운율과 호흡」, 앞의 책.
16) 슈타이거, 『시학의 근본개념』(이유영외 역), 삼중당, 1976, pp.95-96.
17) 「『잃어진 진주』 서문」, 앞의 책, p.205.

흡과 고동은 어떠한 시형을 잡게 할까요. 아직까지 어떠한 시형이 적합한 것을 발견치 못한 조선 시문에는 작자 개인의 주관에 맡길 수밖에 없습니다.[18)]

조선적인 것에 대한 김억의 관심은 일회적인 차원의 것이 아니었다. 그는 「밝아질 조선 시단의 길」[19)]에서 시가 나아갈 길을 세 가지로 제시하고 있는데, 첫째는 조선말의 존중, 둘째는 민족적 개성을 위한 향토성의 강조, 셋째는 우리의 사상과 감정, 호흡을 위한 고유한 시형의 개발 등이다. 김억의 이러한 논의를 종합하게 되면, 근대시가 나아가야 할 방향이 무엇인지 짐작하게 된다. 우선, 조선말이 존중되어야 하고, 민족의 개성을 드러내기 위한 향토성이 있어야 하며, 궁극에는 이 두 가지 요소를 제대로 담아낼 형식, 곧 조선 시만의 고유한 시형을 만들어내야 한다는 것으로 요약된다. 이는 다른 말로 하면 내용과 형식을 모두 조선주의로 채워진 시가형식이어야 한다는 결론이 나오게 된다. 그 아름다운 결론이 만들어낸 것이 격조시형이었던 것이다.

격조시형이란 정형률에 가까운 율격 이론이다. 이는 마치 최남선이 새로운 형태의 정형시를 쓰고자 했던 노력으로 나온 「해에게서 소년에게」와 비견할 수 있는 일이다. 새로운 형태의 정형률이 격조시형이었던 것인데, 이는 자유시형에 대한 대항담론이었다는 성격이 짙은 경우이다. 그런데 이 시형을 자유시형에 대한 안티의식에만 국한 시키는 것은 문제가 있다. 이 격조시형이 갖고 있는 중요한 사회적 의미가 담겨 있음을 주목할 필요가 있기 때문이다. 이 시형이 문화적 저항의 한 단면으로 이해

18) 「시형의 운율과 호흡」, 김억작품집, p.233.
19) 《동아일보》, 1927.1.2.-1.3.

되어야 한다는 주장도 여기서 비롯된다.[20]

잘 알다시피 일제 강점기란 집단의 응집된 힘이 요구되는 시대이다. 이 힘을 하나로 모으기 위해서는 하나로 모아진 힘이 필요하다. 이 힘을 매개시키는 것이 정형률이다. 리듬의 사회적 기능에서 볼 때도 이러한 인식 변화는 타당한 것으로 이해된다. 여러 이질적인 힘을 하나로 모으는 것이 정형화된 형식의 리듬이기 때문이다. 이러한 시형을 가장 잘 보여주는 시 가운데 하나가 「오다가다」이다.

> 오다가다 길에서
> 만난이라고,
> 그저보고 그대로
> 예고 말건가
>
> 산에는 청청
> 풀잎사귀 푸르고
> 해수는 중중
> 흰거품 밀려든다.
>
> 산새는 죄죄
> 제흥을 노래하고
> 바다엔 흰돛
> 옛길을 찾노란다.

---

20) 조용훈, 「근대시의 형성과 격조시론」, 『김안서연구』(김학동편), 새문사, 1996, pp.116-118.

자다깨다 꿈에서
만난이라고
그만잊고 그대로
갈줄아는가.

「오다가다」 전문

이 작품은 『안서 시집』에 실려 있는, 김억의 시 가운데 비교적 우리에게 잘 알려진 시이다. 김억은 첫 창작시집인 『안서 시집』은 자신이 주창했던 격조시형의 실험적 무대이다. 이 시집은 엄격한 형태의 정형률에 의해 쓰여진 시집이거니와 그 율격 또한 여러 형식으로 제시되어 있다. 가령, 7.5조의 양식들이 있는가 하면 5.4조라든가 8.6조 혹은 민요조 형식 등등으로 제시되어 있는 것이다. 정형률이 갖고 있는 통합적 기능, 가령 여러 이질적인 요인들을 하나로 모으는 기능에 주목한 결과가 이 시형으로 나타난 것이다.

그러한 특징적 단면은 작품의 내용에서도 그대로 구현된다. 이 작품의 배경은 바다이다. 그 지명이 구체적으로 드러나 있지 않긴 하지만 아마도 그의 고향인 황포 앞바다가 아닌가 추측된다. 이 작품을 이끌어가는 면은 크게 두 가지이다. 하나는 7.5조이고 다른 하나는 향토라는 공통의 경험지대이다. 7.5조가 한국의 전통적 율조인가 그렇지 않은가에 대한 논란이 존재하긴 하지만, 어떻든 7.5조가 이 시기 새로운 시형이자 또 다른 의미의 정형률로 자연스럽게 수용되어 온 것은 사실이다.[21] 그러니까 김억에게 이 리듬은 격조시형 가운데 하나로 자리한다고 보는 것이 옳다.

---

21) 이에 대한 자세한 논의는 정한모, 『한국 현대시문학사』, 일지사, 1974. 참조.

그리고 이러한 정형률의 효과를 더욱 크게 정서화시키는 것이 작품 속에 구현된 향토성이다. 뒷산의 푸른 모습이라든가 혹은 바다가 일으키는 하얀 거품 정도는 당대를 살아가는 조선인이라면 누구나 경험할 수 있는 영역들이기 때문이다. 그의 격조시형이 사회적 저항성의 한 맥락으로 수용될 수 있는 근거도 여기서 비롯된다. 따라서 근대를 표상하는 자유시형에 대한 저항이 격조시형이었고, 점증하는 근대적 현실에 대응할 수 있는 적절한 수단으로 이 민족적인 요소가 가미된 향토성에 있었다는 말이 가능해진다. 요컨대, 김억의 격조시형은 새로운 시형식이자 시대에 응전하는 리듬이었다고 할 수 있다.

2) 감각의 부활을 통한 생명의지 - 소월

소월은 1902년 평안북도 구성(龜城) 출생이다. 흔히 이야기되는 서북지역 태생인데, 이 지역이 갖는 의미는 무엇보다 근대의 세례를 다른 지역보다 빨리, 그리고 쉽게 받았다는 점이다. 소월이 태어난 때만 해도 조선반도는 대륙 중심적인 영향으로부터 자유롭지 않았거니와 이는 곧 근대적인 감각들을 수용하는데 있어 매우 유리한 조건을 갖추고 있었다.

그러나 서구 문명과 근대의 제반 조건이 주는 장점은 소월에게는 이중적인 것이었다. 하나는 식민지 근대화라는 조건인데, 그런 근대화 물결은 이곳에도 자연스럽게 흘러들어 왔다. 경의선 철도 부설과 그에 따른 부정적인 환경들이 소월에게 직접적인 영향을 주고 있었던 것이다. 소월은 경제적으로 부유한 환경 속에 있었음에도 불구하고 가정 환경은 매우 불우한 것으로 알려져 있었다. 그것은 아버지가 철도 부설을 하는 낭인

들로부터 얻어 맞아 정신분열증이라는 불치의 병을 얻었기 때문이다.[22]

아버지의 불행이 근대로부터 얻은 부정적인 결과라면, 근대식 교육을 남보다 쉽게 받을 수 있었던 환경은 근대의 긍정적인 결과라 할 수 있다. 근대식 교육은 소월로 하여금 개화기의 선각자, 혹은 상승하는 부르주아지와 같은 지위로 자신을 자리매김할 수 있게끔 만들었다. 소월은 1915년 이 지역의 근대식 학교 가운데 하나였던 오산학교 중학부에 입학했고, 이어서 1923년에는 배재고보에 진학하게 된다. 뿐만 아니라 이를 토대로 동경 상대에 진학할 수 있는 계기를 마련하기도 했다. 이런 일련의 과정을 이해하게 되면, 그는 적어도 최남선과 이광수를 잇는 3세대 선구자 내지는 유학파라 할 수 있을 것이다.[23]

소월은 자신의 생활 환경이나 문학적 배경에 있어서 근대성과 밀접히 관련되어 있는 시인이라 할 수 있다. 이는 적어도 그를 전통적 민요나 서정에 갇힌 시인으로만 이해하는 것은 어려운 일이라는 사실을 말해주기도 한다.[24] 실제로 김소월의 시에는 이런 전통적인 정서에만 묶어둘 수 없는 여러 요인들이 내포되어 있다. 근대성에 편입된 사유를 담은 작품들이 있는가 하면, 카프의 세계관을 담아내고 있는 작품들도 있다.[25] 이런 일련의 사실에서 알 수 있는 것처럼, 소월의 시세계는 여러 방면에 걸

22) 계희영, 『약산 진달래는 우련 붉어라』, 문학세계사, 1982, p.25.

23) 이런 세대 구분이 가능한 것이라면, 1세대는 유길준 등을 비롯한 개화기의 선각자들이고, 이를 잇는 2세대는 최남선과 이광수 등을 꼽을 수 있을 것이다.

24) 소월을 두고 전통적인 율조나 정서를 서정시에 담아낸 시인이라는 것은 일면적인 평가에 그칠 수 있다는 것이다. 소월을 전통적 시인으로 한정하는 것은 이 시기 유행하던 전통 부활과 분리하기 어렵다고 보는 시각과 연결되어 있다. 김용직(『한국 근대시사』, 새문사, 1983)과 오세영(『한국 낭만주의 시 연구』, 일지사, 1983.) 등은 이를 근거로 소월의 시를 민요조 서정시인, 혹은 민요 시인이라고 명명한 바 있다.

25) 이에 대해서는 송기한, 『소월 연구』, 지식과 교양, 2020, pp.19-54. 참조.

쳐서 형성되고 있었는데, 그 가운데 가장 먼저 주목의 대상이 되는 것은 근대와 관련된 작품일 것이다.

소월의 근대의 제반 사유구조로부터 벗어나 있는 것이 아님을 일러주는 작품 가운데 하나는 「서울의 거리」이다. 이 작품은 산책자의 행보가 두드러진 작품으로 알려져 있거니와 마치 파리의 우울한 모습을 시에 담아내었던 『악의 꽃』과 닮아있기도 하다. 「악의 꽃」과 마찬가지로 「서울의 거리」를 지배하고 있는 것은 산책자의 이미지이다. 산책자에 대한 개념적 틀을 완성한 것은 벤야민인데[26], 산책자란 거리를 활보하는 사람이라는 함의를 갖는다. 그렇기에 이 주체는 근대 도시의 탄생과 밀접한 상관관계에 놓인다. 도시의 탄생과 익명을 가진 군중의 물결들은, 주체와 세계 사이의 일체감 혹은 동화감을 단절시키는 요인이 된다. 그리하여 주체와 세계와의 조화는 붕괴되고 주체가 응시하는 사물들은 불가해한 괴물이 되어 우리 앞에 나타나게 된다.[27] 이런 난해한 현실 앞에 놓인 주체가 세계와의 조화 관계를 유지하기는 불가능하거니와 이 의식을 벗어나기 위해 주체에겐 자기 정화의 과정이 요구된다. 이런 자각을 가진 자가 바로 산책자이다.[28] 「서울의 거리」는 산책자의 행보가 잘 드러난 소월의 대표작 가운데 하나이다.

서울의 거리!/산 그늘에 주저 앉은 서울의 거리!/이리저리 찢어진 서울의 거리!/어둑축축한 6월밤 서울의 거리!/창백색의 서울의 거리!/거리거

26) 벤야민, 「보들레르의 몇가지 모티브에 대하여」, 『발터 벤야민의 문예이론』, 민음사, 1990.
27) 최혜실, 『한국 근대 문학의 몇가지 주제』, 소명출판, 2002, p.37.
28) 위의 책, p.38.

리 전등은 소리 없이 울어라!/한강의 물도 울어라!/어둑축축한 6월 밤의/창백색의 서울의 거리여/지리한 임우霖雨에 썩어진 물건은/구역나는 취기臭氣를 흘러 저으며/집집의 창 틈으로 끌어들어라./음습하고 무거운 회색 공간에/상점과 회사의 건물들은/히스테리의 여자의 걸음과도 같이/어슬어슬 흔들리며 멕기여가면서/검누른 거리 위에서 방황하여라!/이러할 때러라,백악의 인형인듯한/귀부인, 신사, 또는 남녀의 학생과/학교의 교사, 기생, 또는 상녀商女는/하나둘씩 아득이면 떠돌아라./아아 풀 낡은 갈바람에 꿈을 깨인 장지 배암의/우울은 흘러라 그림자가 떠돌아라.../사흘이나 굶은 거지는 밉살스럽게도/스러질듯한 애달픈 목소리의/"나리 마님! 적선합시요, 적선합시요!"…/거리거리는 고요하여라!/집집의 창들은 눈을 감아라!/이 때러라, 사람사람, 또는 왼 물건은/깊은 잠 속으로 들러 하여라/그대도 쓸쓸한 유령과 같은 음울은/오히려 그 구역나는 취기臭氣를 불고 있어라./아아 히스테리의 여자의 괴로운 가슴엣 꿈!/떨렁떨렁 요란한 종을 울리며,/막 전차는 왔어라, 아아 지나갔어라./아아 보아라, 들어라, 사람도 없어라,/고요하여라, 소리조차 없어라!/아아 전차는 파르르 떨면서 울어라!/어둑축축한 6월밤의 서울 거리여,/그리하고 히스테리의 여자도 지금은 없어라.//

「서울의 거리」 전문

이 시에 등장하는 서울 거리의 모습은 다양하다. 근대 문명의 상징 가운데 하나인 상점이나 회사와 같은 건축이 등장하는가 하면, 도시를 상징하는 전등도 등장한다. 그리고 여기에 기대어 살아가는 다양한 군중들, 곧 익명의 군중들 역시 오버랩되어 나타난다. 하지만 소월의 눈에 들어온 서울의 풍경들은 긍정적으로 비춰지지 못한다. 소월은 이런 근대 풍경에 대해 자조의 눈빛, 경멸의 시선을 보냄으로써 여기에 동화되는 모습을 보이지 않는 까닭이다. 다시 말해 서정적 자아와 세계 사이에 놓인 조화감이 철저하게 무너지고, 그들에 대해 불온한 시선을 보냄으로써 화해할 수 없는 거리를 유지하고 있는 것이다. 시인의 시선에 들어온 서울의 모습은 자아의 분열을 추동시키는 기제들, 소재들만이 가득할 뿐이다. 이런 감각은 이후 김기림의 사유와는 전혀 다른 것이라는 점에서 주목을 요한다. 김기림이 과학이나 문명을 긍정적으로 응시했다면, 소월은 김기림의 그러한 사유와는 일정 정도 거리를 두고 있었기 때문이다.

동일성이나 조화의 상실이야말로 산책자가 보여주는 전형적인 모습이라 할 수 있는데, 이런 모습은 소월의 경우도 예외는 아니었다. 서정적 자아는 풍경에 대한 이런 응시를 통해서 대상과 자아를 철저히 분리시키는 까닭이다. 그 분리가 가져온 결과는 자기 침잠의 세계이며, 거기서 얻어진 감수성이란 우울의 정서이다. 이 감수성은 세계와의 동화 의지나 전망으로 대변되는, 미래지향적인 의식과는 무관한 것이다. 이런 폐쇄된 자아의 모습은 서정적 자아가 응시하는 서울 풍경에서도 그대로 드러난다. 산책자가 우연히 감각되는 대상을 무매개적으로 수용하고, 거기에 가치 평가를 내리는 것이 당연한 수순이지만, 소월이 응시하는 풍경은 철저히 은폐된 것, 혹은 소외된 것들뿐이다. 이런 감각을 대변하는 것이 히스테리 여성과 거지의 모습이다. 이들은 자아의 완결성이나 혹은 세계와의 전일성과는 거리가 먼 존재들이다. 그런 맥락에서 이들은 존재는 서정적 자아의 처지와 동일한 국면에 놓여 있는 것이라 할 수 있다. 근대화된 도시 풍경에서 화려한 쇼윈도우나 현란한 불빛의 이면에 놓여 있는 것이 이들의 본질적 실존이기 때문이다.

소월 시에 있어서 근대 풍경이라든가 도시의 감각은 매우 낯설고 이례적인 영역에 속한다. 하지만 그가 이를 서정화했다는 것은 그의 시들이 전통적인 것, 혹은 퇴영적인 정서에만 갇혀있지 않았다는 사실을 말해준다. 이는 소월의 시들이 근대와 밀접히 연관되어 있다는 사실을 말해주며, 그 연장선에서 인간과 자연의 관계, 곧 부조화한 관계가 탄생한 것은 지극히 자연스러운 현상이라 할 수 있다. 이런 감각을 대변하는 작품이 소월의 대표시 가운데 하나인 「산유화」이다.

산에는 꽃 피네
꽃이 피네
갈 봄 여름 없이
꽃이 피네.

산에
산에
피는 꽃은
저만치 혼자서 피어 있네.

산에서 우는 작은 새여
꽃이 좋아
산에서
사노라네.

산에는 꽃 지네
꽃이 지네
갈 봄 여름 없이
꽃이 지네.

「산유화」 전문

소월 시에서의 자연은 시인 자신의 의식현상을 결정하는 데 있어서 동일성의 세계로 정초되지 않는다. 그 하나의 계기를 제공한 것이 「산유화」를 둘러싼 논쟁이다.[29] 자연과 인간의 화해할 수 없는 정서, 아니 정확히는 자연과 소월 자신의 거리감이 만들어낸 것이 그의 자연시의 특징이고, 그 좁혀질 수 없는 거리가 자연과의 부조화를 만들어냈다는 것이 이 논쟁의 핵심이다. 김동리의 지적은, 자연과의 거리를 근대성의 맥락에서, 그리고 비평사적으로 언급했다는 점에서 매우 의미있는 해석이었다.

이 시기 근대를 부정한다는 것, 그에 대한 안티 담론을 제기한다는 것은 단지 형이상학적인 차원에서 한정되는 일은 아니다. 그것은 이때가 제국주의 시기라는 점과 분리할 수 없다는 점에서 그러한데, 근대에 대한 절대적인 피해자가 조선이라는 점이 반드시 상기될 필요가 있다는 사실이다. 이는 곧 소월이 보는 현실인식, 그의 의식 세계를 결정하는 자의식과 밀접한 연관성을 갖게 된다.

소월은 자신의 아버지가 일본 낭인들에 의해서 피해를 보았다는 사실과, 그로인해 근대에 대한 부정적 인식으로부터 자유롭지 못한 존재였다. 이는 시인으로서 표명한 담론뿐만 아니라 그의 실제 생활에서도 고스란히 나타났다. 그가 한복을 즐겨 입었다는 사실과, 불우한 가정 환경 등 생활 속에서 자연스럽게 드러날 수밖에 없었던 항일의 정서에서도 확인할 수 있는 부분이다. 그가 끊임없이 일제의 감시 대상이 되는 존재였다는 사실이 이를 증명한다.[30]

이런 맥락에서 소월의 시는 민족의식을 떠나서는 성립하기 어려운 것

29) 김동리, 「청산과의 거리」, 『문학과 인간』, 1952.
30) 계희영, 앞의 책, p.261.

이었다. 그러한 인식의 결과가 소월로 하여금 국권을 상실한 조선의 현실을 무덤으로 인식하게끔 만들었다. 그것은 불활성이거니와 죽음의 표현이었는데, 이런 감각은 염상섭의 『만세전』에서도 확인할 수 있는 부분이다. 염상섭은 조선의 현실을 무덤으로 파악하고 있는데, 소월의 현실 인식 또한 그 연장선에 놓여 있는 것이기 때문이다.

죽음이란 범박하게 말하면, 육신과 영혼 가운데 하나의 결손이 가져온 결과를 의미한다. 그러니까 이 시기 문학인들이 조선을 무덤으로 인식한 것은 육체라든가 영혼이 유기적으로 완결되지 못한 상태에 있었음을 말해준다. 그 대부분을 차지하고 있었던 것이 영혼의 사라짐이었고, 그 결과 남겨진 현상이 무덤의 이미지였다. 그것이 부활하기 위해서는 생명이 주입되어야 한다. 말하자면 사라진, 빠져나간 영혼이 다시 제자리에 들어와야 하는 것이다. 소월의 시도는 여기에 주어졌고, 그러한 의지의 표현이 담긴 작품이 「초혼」이다.

산산이 부서진 이름이여!
허공중에 헤어진 이름이여!
불러도 주인 없는 이름이여!
부르다가 내가 죽을 이름이여!

심중에 남아 있는 말 한마디는
끝끝내 마저하지 못하여구나.
사랑하던 그 사람이여!
사랑하던 그 사람이여!

붉은 해는 서산 마루에 걸리었다.
사슴이의 무리도 슬피 운다.
떨어져나가 앉은 산 위에서
나는 그대의 이름을 부르노라.

설움에 겹도록 부르노라.
설움에 겹도록 부르노라.
부르는 소리는 비껴가지만
하늘과 땅 사이가 너무 넓구나.

선 채로 이 자리에 돌이 되어도
부르다가 내가 죽을 이름이여!
사랑하던 그 사람이여!
사랑하던 그 사람이여!

「초혼」 전문

소월의 숙모에 의하면 이 작품은 소월이 절친했던 친구의 죽음을 안타까워해서 부른 노래라고 했다.[31] 이 작품에서 혼의 퍼스나는 친구의 '이름'이다. '이름'은 자신의 육신을 잃고 유랑하는 존재이다. 타자가 불러도 들을 수 없기에 감각할 수 없는 소리만이 여기저기 떠돌아다닐 뿐이다. 이름은 부르지만, 이름의 주체는 나타나지 않는다. 이름과 이를 감각하는 주체가 마주해야 비로소 새로운 생명이 구현됨에도 불구하고 그 만남은 쉽게 이루어지지 못하는 것이다. 이는 병이나 죽음에서 혼이 돌아오

31) 계희영, 앞의 책, pp.181-183.

면 소생한다는 믿음, 곧 초혼 사상[32]에 근거를 둔 것이다. 소월의 시가 여기에 이르렀다는 것은 그의 시들이 샤머니즘과 구분하기 어려워졌ㄷ는 것을 의미한다.

하지만 이 작품을 소월 개인사에 한정하는 것은 이 시의 음역을 너무 좁게 하는 것이 된다. 특히 문학을 구성하는 여러 의장에 기대게 되면, 「초혼」이 놓이는 지대는 대단히 넓어지게 된다. 그 가운데 하나가 '무덤'의 내포이다. 이것은 죽음의 은유적 장치인데, 무덤의 부활이란 새로운 생명의 탄생과 연결된다. 만약 혼이 들어오는 주술의 영역이 일정 부분 성공하게 되면, 이 작품은 사회의 맥락 속에 자연스럽게 편입할 수 있는 근거를 마련하게 된다. 말하자면 국권이 상실한 상태를 육신의 죽음이라고 한다면, 그 부활이란 곧 국권의 회복과 동일한 차원의 것이 된다고 할 수 있다.

죽은 육신을 부활시키기 위한 소월의 의지는 강렬했다. 그리하여 산정에 올라 육신을 부활시킬 영혼을 애타게 부르게 된다. 비록 땅과 그 영혼의 거리가 멀긴 하지만, 그렇다고 해서 이 샤만적 노력은 포기되지 않는다.

소월의 시집 『진달래꽃』의 전략적 주제 가운데 하나는 죽음의식이다. 하지만 이 의식은 개인의 생리적인 차원에서 그치는 것이 아니라 사회적 영역과 밀접히 관련된 것이다. 그리고 그 의식의 저변에 놓인 것이 바로 민족주의이다. 소월의 민족의식은 여러 경로를 통해서 형성된 것이다. 서북지역이라는 개방성과, 아버지의 불운한 일생, 그리고 동경 유학 중 발생한 관동 대지진의 영향[33] 등등이 그 근저에 자리잡고 있었던 까닭이다.

32) 김윤식, 『한국근대문학사상비판』, 일지사, 1994, pp.145-148.

33) 소월은 관동 대지진의 발발과, 그 과정에서 빚어진 조선인 학살에 큰 충격을 받고 학업을 포기한 것으로 되어 있다. 뿐만 아니라 이때 소월이 죽은 것으로 보도되기도 했

잔디,

잔디,

금잔디,

심심산천에 붙는 불은

가신 님 무덤가에 금잔디.

봄이 왔네, 봄빛이 왔네

버드나무 끝에도 실가지에

봄빛이 왔네, 봄날이 왔네,

심심산천에도 금잔디에

「금잔디」 전문

길지 않은 시임에도 불구하고 이 작품이 소월 시에서 갖는 의의는 결코 만만한 것이 아니다. 이 작품은 「초혼」의 연장선에 있거니와 부활의 대상이 무엇인지 분명히 밝히고 있다는 점에서 의미가 있는 경우이다. 우선 이 작품을 지배하고 배경은 봄이다. 신화적 국면에서 봄은 생명이 탄생하는 시기이다. 그러한 봄의 생명성을 시각적으로 이미지화한 것이 아지랑이다. 생명이 탄생하는 봄에 아지랑이가 피어나고 이에 기대어 잔디가 생생하게 소생하게 되는 것이다. 그런데 생명을 부여하는 봄의 신화적 상상력은 여기서 그치지 않고 버드나무의 실가지에까지 확산되기에 이르른다. 뿐만 아니라 봄의 이러한 외연은 지리적 공간성을 더욱 확대시켜 나가면서 '심심산천'에까지 뻗어나가게 된다. 물리적인 현상에서

다. 그리하여 사망자에 소월의 이름이 실린 신문 등을 보고 소월의 가족은 큰 충격을 받은 것으로 알려져 있다. 후에 동명이인으로 밝혀지긴 했지만, 이 지진 사건은 소월의 정신 세계를 크게 바꾸어 놓은 계기가 된다.

보면 지상의 모든 것들은 봄이 주는 활력에 기대어 자신의 생명을 새롭게 부활시키고 있는 것이다.

그런데 봄이 만들어내는 이런 축제의 장은 자연 현상에서만 그치는 것이 아니다. 그것은 자연 너머의 세계인 인간의 영역에까지 침투해 들어온다. 그러한 삼투 현상 가운데 가장 중요한 지대가 바로 무덤의 영역이다. 이 영역은 견고하지만, 무덤을 감싸고 있는 잔디에 불이 붙으면서 봄의 신화적 힘은 절정에 다다르게 된다.

봄이 주는 자연의 혜택은 모든 것에 공평하다. 여기서 모든 사물은 수평적 대우를 받게 되거니와 이는 층위가 존재하지 않는 세계를 만들어낸다. 이런 감각은 흔히 봉건적 위계질서를 초월한 근대적 이상 사회라고 지칭되기도 한다. 「금잔디」에서의 봄의 축제는 모든 것에 동일한 빛을 주면서 타오른다. 이 연소의 과정에서 생명과 죽음이라는 이분법의 세계, 근대적 이원주의 세계는 더 이상 존재하지 않게 된다. 죽음이 곧 생명이고, 생명이 곧 죽음일 수도 있다는 뜻이 된다. 그것은 뫼비우스의 띠처럼 원점으로 계속 회귀하는 과정을 보여주는 것이다.

소월은 일제 강점기 조선의 땅을 죽음의 지대로 인식했다. 그래서 이를 영혼없는 상태로 보았고, 그 현상적 결과를 무덤으로 사유했다. 이를 초극하는 일은 죽은 육신에 영혼을 다시 주입하는 일이었고, 무덤을 부활시키는 일이었다.

푸른 구름의 옷 입은 달의 냄새.
붉은 구름의 옷 입은 해의 냄새.
아니, 땀냄새, 때묻은 냄새.
비에 맞은 축업은 살과 옷 냄새.

푸른 바다……어즐이는 배……
보드라운 그리운 어떤 목숨의
조고마한 푸릇한 그무러진 靈
어우러져 빗기는 살의 아우성……

다시는 葬事 지나간 숲속엣 냄새.
幽靈 실은 널뛰는 뱃간엣 냄새.
생고기의 바다의 냄새.
늦은봄의 하늘을 떠도는 냄새.

모래 두던 바람은 그물 안개를 불고
먼 거리의 불빛은 달저녁을 울어라.
냄새 많은 그 몸이 좋습니다.
냄새 많은 그 몸이 좋습니다.

「여자의 냄새」 전문

이 작품은 감각을 다룬 소월의 대표시 가운데 하나인 「여자의 냄새」이다. 표면적인 제목은 무척 자극적이고 도발적이다. 하지만 그 내용 속의 함의를 따라가게 되면 이 시는 세속적인 관능과는 거리를 두고 있음을 알게 된다. 이 작품의 의의는 무엇보다 죽음과 상대적인 자리에서 형성되는 서정의 결이다. 우선 여기서 주의깊게 보아야 할 대목이 "조그마한 푸릇한 그무러진 靈"이란 부분이다. 영(靈)을 규정하는 데 있어 자아는 세 가지 이미지에 주목한다. '조그마한', '푸릇한', '그무러진'이라는 등등의 정서가 바로 그것이다. 그런데 이 이미지들이 내포하는 것은 모두 죽음의 그림자들과 관련된다. 이 그림자들이 걷히기 위해서 가장 필요한 것이 어쩌면 통증과 같은 감각, 살아있음의 감각일 것이다.

「여자의 냄새」에서 등장하는 감각의 층위들은 여러 방면에서 드러난다. 이 층위들은 근원에 닿아 있는 것이면서 경험과 관련되기도 한다. 또 근대라는 형이상의 관념으로부터도 자유롭지 않은 국면 또한 갖고 있기도 하다.

소월은 감각을 부활시키기 위해서 이와 관련된 여러 층위들을 발견하고 이를 담론화 한다. 그리하여 그 모양새는 축제처럼 펼쳐진다. 서정적 자아가 이렇게 하는 이유는 분명하다. 죽은 육신과 죽은 영을 소생시키기 위해서이다. 감각이 살아있어야 비로소 생명이 느껴지는 것이기 때문이다. 이를 위해서 소월이 이 작품에서 구사하는 대표적인 감각, 곧 이미저리들은 후각이다. "나는 냄새 맡는다. 고로 나는 느낀다. 혹은 살아있다"[34]라는 정언 명령에서 보듯 감각 우선주의를 전면으로 내세운다. 소월이 환기하는 냄새, 감각들은 죽어있는 것들과 잊혀진 것들, 그리고 숨겨져 있는 것들을 재생시키는 기제가 된다. 살아있다는 사실을 인지할 수 있는 것은 감각이 느껴질 때 비로소 가능하다. 만약 감각되지 못한다면 죽은 것, 곧 무덤과 같은 것이 될 것이다.

소월은 「여자의 냄새」에서 감각의 축제를 만들고 그곳에 들어가 이를 마음껏 느끼고 받아들인다. 감각한다는 것은 살아있음의 증거이다. 이렇게 부활한 육체는 다시 마비된, 죽어있는 영까지 소환하게 된다. 그리하여 그의 육체와 영은 동일체가 되어 완전한 유기체로 거듭 태어나게 된다.

그 아름다운 부활의 과정은 여러 단계를 거치면서 이루어진다. 우선,

---

34) 레이첼 허즈, 『욕망을 부르는 향기』(장호연 역), 뮤진트리, 2013, p.32.

가장 중요한 것이 냄새 감각의 이미지들이다. 이는 서정적 자아가 과거에 경험했던 것들을 소환하는 기제 역할을 한다. 자신 앞에 놓인 다양한 물상들을 통해서 지난 시절 경험했던 냄새들이 의식의 전면으로 환기된다. "비에 젖은 땀과 옷 냄새"를 통해서 '때묻은 냄새'라든가 '장사지나간 숲속의 냄새', 혹은 '뱃간엣 냄새' 등등이 그러하다. 냄새란 경험과 결부되지 않으면, 호불호라든가 동질성에 참여할 수 없다.[35] 경험이 있기에 과거로의 여행도 가능하고, 거기서 얻어진 경험을 소환해 낼 수가 있는 것이다. 이 과거로의 시간 여행이 가치있는 것은 이 지대가 현재의 시간성 저편에 놓여 있다는 사실 때문이다. 시간의 순환적 국면이야말로 선조적 시간의식, 곧 근대적 시간을 부정하는 형식이 아닐 수 없다.[36]

둘째는 과거의 기억들이 소환하는 경험의 지대들인데, 여기서 냄새란 경험과 분리하기 어렵게 결합된다. 냄새에 의해서 과거에 경험했던 것들의 좋고 나쁨의 정서가 수반되고 환기된다. 그리하여 경험과 결부된 후각적 이미지저리들은 과거의 경험을 현재에까지 연결시키는 매개 역할을 한다.

셋째는 반근대적 사유로서의 냄새 감각이다. 근대화 혹은 문명화는 향기와 분리하기 어려운 것이 사실이다. 새니터리(sanitary)에 대한 정서와 좋은 냄새는 모두 과학의 논리, 근대의 논리가 만들어낸 경계들일 것이다.[37] 머나먼 과거, 근대 이전이 악취와 관련이 있다고 보는 것이고 근대는 탈취(脫臭)와 깊은 관련을 맺고 있는데 그 상대적인 자리에 놓인 악취

---

35) 카라 플라토니, 『감각의 미래』(박지선 역), 흐름출판, 2017, pp.73-75.
36) 송기한, 『한국 전후시와 시간의식』, 태학사, 1996, pp.25-55.
37) 마크 스미스, 『감각의 역사』(김상훈 역), 성균관대출판부, 2010, p.89.

는 반문명적 사유와 밀접히 결합되어 있다고 본다.[38] 반면 향기는 새니터리와 불가분의 관계에 놓여 있기에 근대성의 한 단면으로 이해된다. 그런데 소월은 새니터리의 감각과 맞서지 않는다. 악취를 의도적으로 배제하지 않음으로써 과거의 경험 지대와 동일화하고자 한다. 서정적 자아는 "葬事 지나간 숲속엣 냄새"를 환기함으로써 새니터리적인 감각과 거리를 두고 있기 때문이다. 소월시에 나타난 반근대성은 이 부분에서도 읽혀진다.

넷째, 과거의 아름다운 복원이다. 냄새를 기억의 공간으로 안내하고 이를 환기하는 기능을 갖고 있는데, 이런 역능은, 「여자의 냄새」에서도 동일하게 구현된다. 다섯째는 후각에 의해 동류의식의 부활이다. 이는 동질감과 분리하기 어려운 것인데, 동물은 후각을 통해 서로의 동류항을 만들어나간다는 점에서 이 부분은 시사하는 바가 큰 경우이다.

냄새를 통해서 소월의 육체는 살아나기 시작하고 무덤 또한 부활한다. 이성에 억눌린 마비된 감각들이 소생하고 영혼은 다시 생동감있게 살아나기 시작하는 것이다. 이를 가능케 한 것이 냄새 감각이거니와 이 감각은 마비를 풀어내고 육신의 부활을 돕는다. 육신이 살아난다는 것은 그의 육체가 살아있다는 것이고, 욕망하는 존재가 된다는 뜻이기도 하다. 육체가 살아났으니 그 한 자락을 차지하고 있는 죽어있는 영(靈) 또한 깨어나게 된다.

> 三水甲山 내 왜 왔노 삼수갑산이 어디뇨
> 오고나니 奇險타 아하 물도 많고 山疊疊이라 아하하

---

38) 위의 책, p.135.

내 고향을 도로 가자 내 고향을 내 못 가네
삼수갑산 멀드라 아하 蜀道之難이 예로구나 아하하

삼수갑산이 어디뇨 내가 오고 내 못 가네
不歸로다 내 고향 아하 새가 되면 떠가리라 아하하

님 계신 곳 내 고향을 내 못 가네 내 못 가네
오다 가다 야속타 아하 삼수갑산이 날 가두었네 아하하

내 고향을 가고지고 오호 삼수갑산 날 가두었네
불귀로다 내 몸이야 아하 삼수갑산 못 벗어난다 아하하

「삼수갑산」 전문

차안서선생삼수갑산운(次岸曙先生三水甲山韻)이라는 부제가 붙은 「삼수갑산」은 소월의 작품세계에서 새삼 주목을 받지 못한 시 가운데 하나이다. 그의 스승 김억과의 관련 양상 정도가 말해졌을 뿐이다. 실상 이 작품을 이렇게 한정할 경우, 여기서 어떤 의미있는 맥락을 붙잡아내는 것도 쉽지 않은 일이다.

그러나 이 작품을 고향과 관련시킬 경우, 전연 새로운 의미로 다가오게 된다. 삼수갑산은 한반도 북쪽 지역에 위치한 고유 지명이다. 지명이 주는 내포에 기대게 되면 이 작품은 영변이라든가 약산 등의 지명을 구사한 「진달래꽃」 못지않은 친밀감을 주기도 한다. 삼수갑산은 영변 등과 달리 외지고 고립된 곳으로 알려져 있는데, 그가 이곳을 시의 소재로 가져온 사실이 매우 의미심장하지 않을 수 없다.

삼수갑산은 지명을 떠나 우선 자연의 일부이다. 이 소재는 자연을 대상으로 한 작품들의 연장선에 놓여 있는 것인데, 자연의 시사적 의미가 어떤 질서라든가 이법과 분리하기 어려운 것이라 할 때, 소월이 탐색한 자연의 의미도 이런 음역과 무관한 것이 아니다. 소월의 시에서 서정적 자아와 자연의 관계는 긍정적인 것이 아니었다. 「산유화」에서 보듯 이들의 관계는 조화로운 관계가 아니었기 때문이다. 이는 곧 동일성이 확보되는 매개로서 자연이 의미화되고 있지 않다는 것을 말해준다. 그러한 음역들은 「삼수갑산」에서도 동일하게 적용된다.

삼수갑산은 기험(崎險)하기도 하고 물도 많고 산이 첩첩히 가로막고 있는 밀폐된 공간이다. 서정적 자아는 이곳이 동화의 공간이 될 수 없음을 알고 있다. 고향으로 나오고자 하는 서정적 고뇌가 이를 증거한다. 기험하고 물많은 첩첩산중인 이곳의 물리적 지형이 자아를 막아서는 것이다. 그리하여 "삼수갑산이 날 가두었네", "不歸로다 내 몸이야 아하 삼수갑산 못 벗어난다"고 하면서 다시 이곳에 주저앉고 만다.

이런 귀속성이 말해주는 것은 토착화 내지는 밀착성과 연결된다. 그렇다면 서정적 자아는 왜 고유의 지명, 그것도 고립된 지역으로 육박하게 된 것일까. 이는 어떤 계기나 자의식적 결단 없이는 불가능한데, 이를 두고 향토주의 내지는 토속주의로 설명하는 것이 가능하지 않을까 한다. 만약 이런 전제가 성립된다면, 지금껏 보여주었던 소월의 행보들은 이 향토적 세계를 향한 거대한 발걸음의 과정이라고 보아도 무방할 것이다. 육신과 무덤의 부활이란 곧 고향애, 더 나아가서는 국토애와 분리하기 어려운 것이기 때문이다. 이야말로 소월시를 한의 정서나 이별의 정서, 혹은 이성적 님에 대한 그리움을 표명한 시인이라는 좁은 이해로부터 벗어나게 해 줄 수 있는 근거가 된다. 그만큼 소월의 시는 그 외연과 내포가

매우 큰 시인이었다고 할 수 있다,

3) 민족 모순과 조국애 – 김동환

두 가지 흐름

김동환은 1901년 함북 경성에서 출생했다. 1916년 서울 중동 중학에 입학했고, 1921년 도일하여 일본 토오요오 대학(東洋大學) 영문과에서 수학했다. 하지만 관동대지진이 일어나 학업을 마치지 못하고 귀국했다. 그의 등단은 「적성을 손가락질 하며」[39]를 발표하며 시작되었다. 하지만 등단작의 경향과 달리하고 그는 순수 서정 시인의 길을 걷지 않았다. 1925년 카프에 가담하여 여기서 적극적으로 활동했기 때문이다.

김동환의 문학세계는 크게 두 가지로 요약된다. 하나는 『국경의 밤』[40]과 『승천하는 천국』[41]을 비롯한 서사시의 계열이고, 다른 하나로 민요적 정서를 바탕으로 한 서정시 계열이다. 이를 담아낸 작품들이 『삼인시가집』[42]과 『해당화』[43]로 상재된 바 있다. 물론 김동환이 시만 쓴 것은 아니고 희곡도 썼고, 소설도 썼으며, 비평활동도 비교적 활발히 했다. 하지만 그의 문학의 주된 특징은 서정시와 서사시로 양분되었다고 할 수 있다.[44]

---

39) 『금성』, 1924.5.
40) 한성도서, 1925.
41) 신문학사, 1925.
42) 삼천리사, 1929. 이 시집은 주요한, 이광수와 함께 펴내었다.
43) 삼천리사, 1939.
44) 김동환의 시에서 드러나는 두 가지 흐름은 정신사적 편차에서도 확인된다. 일제 강점기에 김동환은 조국의 현실을 직시하고 그것에 바탕을 둔 민족 모순을 작품에 담아내기도 했지만, 친일계통의 작품을 많이 쓰기도 했다는 점이다. 그의 문학은 장르나 내

민족에 대한 인식과 사랑, 계급문학과의 관계

김동환이 등단할 무렵인 1920년대 초중반은 문화사적으로 대단한 변화가 있던 시기이다. 그 변화가운데 하나가 고전 정신의 부활 운동이다. 1920년대는 고전 부흥론이 그 어느 때보다 강하게 요구되던 때인데, 이는 3 · 1운동의 실패와 긴밀한 관계가 있는 것이었다. 이때는 합방이후 10여년의 세월이 흐른 시점이고, 또 3 · 1운동과 그 실패에 따른 정신적 공백이 다른 어느 때보다 큰 아우라로 작용하고 있었다. 정신적, 문화적 공백을 메우고자 하는 필연적 욕구가 발생하고 있었는데, 그 가운데 가장 중요한 요인은 아마도 식민지 조선에 대한 새로운 인식이었다는 점이다. 잃어버린 10년에 대한 거리감과 그에 대한 환기인데, 실상 그 공백을 메워줄 욕망 또한 당연히 이어질 수밖에 없는 것이 이 시기의 필연적 상황이었다. 고전의 부활이란 이런 토양 속에서 자라난 것이었다.

그러한 까닭에 조선의 부활이란 혼이라든가 정신세계에 집중될 수밖에 없었고, 그 일환으로 시조부흥운동이나 전통 문학에 대한 재인식, 국토에 대한 발견 등등으로 활발히 진행되었다.[45] 김동환이 추구했던 민요조 형식의 서정시들과 애국주의 사상에 바탕을 둔 일련의 시들은 이런 시대적 분위기를 떠나서는 설명하기 어려운 부분이라 할 수 있다.

그리고 김동환의 시에서 또 하나 주목의 대상이 되는 주제는 계급주의 사상이다. 이는 그가 카프라는 조직에 가담함으로써 수면 위에 떠오른 것인데, 실상 계급 모순이란 민족적인 정서와 밀접히 관련되어 있는 것

용적인 국면에 있어서 서로 합일되기 어려운 길을 걸어온 것이다.

45) 최남선의 『신춘 순례』, 『백두산 근참기』 라든가 민요와 설화를 바탕으로 한 시들의 등장, 시조 부흥 등이 그 단적인 사례들이라 할 수 있다.

이라는 점에서 당대의 시대정신과 분리하기 어려운 것이다. 카프가 본격적으로 가동하기 시작한 때는 3 · 1운동 이후의 일이다. 이 운동이 실패로 돌아간 이후 지식인의 변절이 시작되었고, 그 여파로 하층민들의 자기 방어 논리가 시작되었는데, 그 방법적 의장이 된 것이 잘 알려진 대로 사회주의 사상이다.

현실에 대해 언제나 예민하게 반응했던 김동환이 이러한 유혹에 대해 외면하는 것은 어려운 일이었다. 카프에 가입하고 이 집단이 추구하는 이념에 적극적으로 지지의사를 표명했기 때문이다. 문제는 김동환이 카프에 대해서 어떤 자세로 임했고, 그들이 추구했던 이념에 얼마나 근접해 있었는가에 있을 것이다.

잘 알려진 대로, 일제 강점기 카프의 기본 인식은 계급모순에 두었다. 물론 이들이 선보인 사유가 계급 사상 그 자체에만 한정되는 것은 아니었는데, 카프의 구성원들은 이 모순만 해결되면 계급해방과 더불어 민족해방도 자연스럽게 해결되리라 믿었기 때문이다.

하지만 식민지 시대의 핵심모순이란 계급모순이 아니라 민족모순이다. 이 부분은 너무나 적확한 것이어서, 다른 이론의 여지가 끼어들 틈이 없다. 민족 모순이 식민지 시대의 핵심 사유라 할 경우, 김동환의 애국문학이나 민족, 민중에 대한 사랑은 그 정당성을 확보하게 된다. 그의 애국주의란 거의 생리적인 차원의 것이었는데, 우선 '애국주의' 문학운동을 주창한 김동환의 다음 글을 보면 이를 확인할 수 있다.

> 오늘날 우리의 압혜는 '조국의 xx(독립)'이라는 명제가 무엇보다도 더 큰 가능성을 가지고 걸니어 잇는 것이다. 여기에 모든 역량을 집중하여야 할 때에 이른 것이다. 우리는 이 무산대중의 손에 이루어질 xxxx(사회주

> 의) 운동을 애국주의라 명명하자. 이 애국주의적 사상을 배경으로 한 문예 운동을 애국문학운동이라 부르자는 것이다.[46]

이 글이 말하고자 하는 바는 크게 두 가지이다. 하나가 애국주의 문학운동을 사회주의 문학운동과 동일시하는 것이고, 다른 하나는 민족을 계급과 수평적 차원으로 인식하는 것이다. 우선 사회주의 운동을 조국 독립과 동일한 차원에 놓는 것은 카프 성원들의 잠재된 의식과 별반 다를 것이 없어 보인다. 잘 알려진 대로 해방 직후 카프 성원들이 계급주의 운동을 독립운동의 일환이었다고 말하고 있었기 때문이다.

그럼에도 김동환이 일제 강점기에 계급주의 운동을 애국주의 운동의 일환으로 표나게 강조한 것은 주목을 요하는 대목이다. '사회주의운동이 곧 애국주의이다'라는 말은 비록 평범해 보이긴 해도 그 이면에 자리한 것은 민족에 대한 사랑의 정서가 깔려 있기 때문이다. 그것이 바로 민족 모순이다. 그러니까 김동환의 민족 모순은 카프의 계급 모순과 크게 다를 것이 없는 사유이고, 비록 세계관의 차이는 있긴 하지만, 김동환이 카프라는 조직에 쉽게 가담할 수 있었던 근거가 되는 셈이다. 말하자면 카프 구성원들에게는 식민지 현실에 대한 대응 방식이 계급 모순에 입각한 것이라면, 김동환에게는 민족 모순에 입각한 것이라는 결론을 얻게 되는 것이다.

'변경' 이미지에서의 애국주의

김동환이 계급 운동을 기반으로 민족 모순의 세계관을 획득했다고 했

---

46) 김동환, 「애국문학에 대하여」, 《동아일보》, 1927.5.19.

는데, 그러한 그의 사상이 자신의 작품 세계에서 가장 잘 드러나는 부분은 이른바 '국경' 혹은 '변경'의 이미지에서이다. 일제 강점기 국경이라든가 북국 정서, 혹은 변경에 대한 감각은 매우 중요한 인식성을 갖고 있다. 근대 문학사에서 이 북방의 이미지는 몇몇 시인에게서 매우 중요한 시의 소재로 자리하고 있거니와 계급 모순에 대응하는 또다른 모순을 상정하고 있었다. 해방 이후 분단이 지속되는 현 상황은 실상 북쪽이라든가 변방에 대한 사유와는 거리를 두게끔 만들어왔다. 그러한 까닭에 변경이나 북쪽의 이미지는 식민지 시대에만 유효한 것이라 해도 크게 틀린 말은 아니다.

이 시기의 국경이나 북쪽의 이미지를 자신의 작품 속에 구현한 작가로는 김동환 이외에도 제법 많다. 대표적인 경우로 이용악과 이찬을 들 수가 있다. 이용악은 「북국의 가을」[47]을 비롯해서 이 지역에서 펼쳐지는 여러 사건이나 상황에 대해 자세히 묘파한 바 있다. 이찬의 시들이 주로 담아내고 있는 것도 이 지역이다. 그는 「눈 내리는 보성의 밤」[48] 등의 작품을 통해서 국경에서 펼쳐지는 긴장과 불안, 초조 등의 정서를 잘 담아낸 바 있다.

국경은 통제의 끈들이 국경 이외의 지역에 비해 상대적으로 적은 곳이다. 그러는 한편으로 감시와 처벌의 눈길이 표면적으로는 가장 잘 드러난 지대이기도 하다. 물론 그 너머의 세계는 일제 강점기 지배 하에 있는 내지의 속박으로부터 벗어나고자 하는 유혹의 손길이 강하게 작용하는 지역이기도 하다. 핍박받는 민중들이 이곳에서 일탈이나 탈출의 욕망을

47) 《조선일보》, 1935.9.25.
48) 『조선문학』, 1937.1.

강렬하게 느끼는 것은 이 때문이다. 그리하여 밀무역이나 월경의 풍경 등이 관찰되기도 하고, 쫓겨가는 유이민들의 모습 등이 쉽게 목격되기도 한다. 이런 의미에서 국경 지대는 시대의 고통이 가장 잘 드러나는 곳이라 할 수 있을 것이다.

북국에는 날마다 밤마다 눈이 내리느니
회색 하늘 속으로 흰 눈이 퍼부을 때마다
눈 속에 파묻히는 하얀 북조선이 보이느니.

가끔 가다가 당나귀 울리는 눈보라가
漠北 강 건너로 굵은 모래를 쥐어다가
추위에 얼어 떠는 白衣人의 귓불을 때리느니.

춥길래 멀리서 오신 손님을
부득이 만류도 못 하느니
봄이라고 개나리꽃 보러 온 손님을
눈발귀에 실어 곱게 남국에 돌려보내느니.

백곰이 울고 北狼星이 눈 깜박일 때마다
제비 가는 곳 그리워하는 우리네는
서로 부둥켜안고 赤星을 손가락질하며 얼음벌에서 춤추느니,

모닥불에 비치는 이방인의 새파란 눈알을 보면서
북국은 추워라 이 추운 밤에도
강녘에는 밀수입 마차의 지나는 소리 들리느니.

얼음장 깔리는 소리에 쇠방울 소리 잠겨지면서.

오호, 흰 눈이 내리느니, 보얀 흰 눈이
북새로 가는 이사꾼 짐짝 위에
말없이 함박눈이 잘도 내리느니.

「눈이 내리느니」 전문

이 작품은 김동환의 등단작이지만 원 제목은 「적성을 손가락질 하며」[49]이다. 시집에 수록되면서 제목이 바뀐 것인데, 어떻든 이 작품은 서정성이 보다 정밀화되어 있다는 느낌을 받게 된다. 이 작품의 일차적인 특색은 북국의 암울한 현실이 비교적 객관적인 상황으로 묘사되어 있다는 점에서 찾을 수 있다. 상황제시의 수법을 통해서 있는 그대로의 현실이 여과없이 반영되어 있는 것인데, 이를 통해서 북국의 현실이 갖고 있는 긴장감이 독자들에게 자연스럽게 받아들여지게끔 하는 효과를 가져온다.

「눈이 내리느니」는 조국이 처한 편편치 못한 상황을 객관적 상관물로 제시하고 있는데, 가령, '북'이라든가 '흰 눈' 등등이 그러하다. 일제 강점기라는 현실에 비추어 보면, 이만한 정도의 문학적 응전만으로도 그 시사적 가치가 있는 것이라 할 수 있다.

민족 모순에 대한 심화

식민지의 강제가 현재 진행형으로 놓여 있는 시기에 '민족' 혹은 '조선'

49) 『금성』, 1924. 5.

에 관해 직접적으로 담론화하는 일이란 결코 쉬운 것이 아니다. 이는 당시 민족 구성원의 수준과 관련이 있는 것인데, 실상 우리 문학사에서 일제 강점기 하에서 민족이라든가 조선과 같은 말을 언표화한 사례는 매우 드문 일이었다. 그러한 까닭에 '조선'이라는 말을 담론화한 것만으로도 중요한 문학적 가치가 있는 것이라 할 수 있다. 애국시인[50]으로 지칭되는 김동환의 시사적 의의가 발휘되는 부분도 바로 여기에 있다. 「즐거운 전원」은 「눈이 내리느니」의 연장선에서 민족 모순이 어떻게 개선되어야 할지를 일러주는 좋은 사례가 되는 작품이다.

> 끌도, 정도 아닌 쇠몽둥이를 핑, 핑, 핑, 휘둘러
> 너래방석의 큰 바윗돌 길게 쩍쩍 각으로 갈라내어
> 네 귀퉁 집 짓고 그 위에 돌로 천정을 얹은 뒤
> 호피 방석에 앉아 술동이 차고
> 끝없는 넓은 광야 바라 한 소리 크게 외치던
> 이 년 전 그 용감턴 나의 先民은 지금은 어디로
> (중략)
> 요동벌 국내성 서울도 좁아 압록강 건너 왕검성에 들어
> 청동 두리 기둥, 황토 기왓장으로 주작문 짓고
> 대성산 아래 구름 같은 安鶴宮闕 지어 민족의 지도자 모셔놓곤
> 압제자 한무제의 침략군을 마침내 몰아내어
> 사백 년 짓밟히던 失地 낙랑을 날 보아라 회복하던
> 이천 년 전 그 용감턴 나의 先民은 지금은 어디로

---

50) 김동환을 이 시기 최대 애국시인으로 본 사람은 주요한이었다. 주요한, 「김동환의 시세계」, 『현대문학』97, 1963, pp.34-39. 참조.

포학한 수양제 九軍 삼십만의 대병 이끌어
젖과 꿀이 흐르는 한반도 삼키려 쏜살같이 몰아올 제
그를 청천강에 수장지내던 애국자 을지문덕 어른이며
당도 여러 차례 원정 있었으나 이 나라 백성들은 목숨걸고 잘도 쫓지 않았던가, 빛나는 안시성의 사적이여
이천 년 전 그 용감턴 나의 先民은 지금은 어디로

「즐거운 전원」 부분

민족 모순과 관련하여 김동환의 자의식을 알게 하는 또 다른 사례는 여기서 찾아진다. 즐거운 전원은 과거지향적인 시간성을 갖고 있거니와 그것은 현재의 시점에서 보면, 영광스러웠던 추억의 한 시절을 의미한다. 서정적 자아는 지금 그 영광스러웠던 과거의 시대로 더듬어 들어가 이를 현재화시키고자 하는 의지를 피력한다. 그 과거란 한민족의 위대한 기상과 꿈이 잘 드러난 찬란했던 시절이다.

시인은 한민족의 위대한 시기였던 그때를 현재화시키고자 하는 의지를 표명함으로써 자아가 간직하고 있던 '조선주의'가 무엇이어야 하는가를 암시하고자 했다. 그리고 그 시기라고 하는 것이 막연한 추상이 아니라 구체적인 역사의 현장에서 재현되고 있다는 점에서 그 의미가 있는데, 그 '즐거운 전원'이란 우리 역사상 가장 찬란했던 고구려의 시기로 회상하고 있기 때문이다. 이는 민족에 대한 사랑이나 민족 모순과 분리하여 설명하는 것은 어려운 일이다.

김동환은 이 시기 철저한 애국주의자이면서 조선주의가 가져야 할 덕목이 무엇인지를 잘 일러준 시인이다. 이런 단면은 카프에 가입했으나 계급주의에 기반한 시를 쓰지 않은 것과도 맞물려 있는 것이기도 하다.

말하자면 민족 모순을 실현시킬 수 있는 방법적 의장으로서 그가 계급 문학에 관심을 가졌다는 뜻이 되기도 하기 때문이다. 감시와 처벌의 눈이 번뜩이고 있는 열악한 상황에서 과거 역사 영웅들에 대한 환기만으로도 김동환의 '민족 사랑'이나 '애국주의'는 그 의미가 다대한 것이라 할 수 있다.

김동환에게 있어 애국이나 민족에 대한 사랑은 거의 생리적인 차원의 것이었다. 이런 단면은 그의 시집 전반에 걸쳐 한결같이 나타나는 상황이다. 가령, 「국경의 밤」 71장에서 서당집 노인이 한 말에서도 이를 확인할 수 있다. 순이의 남편 병남이가 국경수비대의 총을 맞아 죽은 뒤 마차에 실려와서 자기 고향 땅에 묻히는 순간을 서당집 노인은 "그래도 조선땅에 묻힌다"고 하고 있는데, "그래도 조선땅에 묻힌다"는 언표는 김동환의 '조선주의'에 대한 인식과 민족 모순에 대한 감각이 어떠한 것인지를 잘 말해주는 대목이 아닐 수 없다.

애국주의 의식에 바탕을 둔 김동환의 작품들은 당대 유행하던 시류에 편승한 측면도 있고, 자신만이 보유한 세계관의 고유성에서 오는 것일 수도 있다. 하지만 그에게 있어 식민지 현실에 응전하는 소위 '민족모순'에 대한 자각만큼은 이 시기 다른 시인에게서도 볼 수 없는 득의의 영역이었다. 김동환은 카프에 가담하되 이 조직이 요구하는 이데올로기성에 집착하지 않았다는 것과, 계급주의의 상대적인 자리에 놓여 있는 민족주의적 입장을 일관되게 견지해낸 시인이다. 민족주의적 특색을 보인 그의 작품은 전통지향적인 민요조 서정시를 쓴 것에서도 잘 드러난다. 그에게 민족이나 애국은 생리적인 차원의 것이어서 결코 가공되거나 인위적일 수 없었다는 점이다. 말하자면, 그는 이 시기 심훈과 더불어 민족에 대한 저항 의지를 보다 직접적으로 드러낸 대표 시인 가운데 하나였다는 사실이다.

4) 민족 모순에 대한 서사적 대응 –「국경의 밤」

단편 서사시에 대한 장편 서사시

민족에 대한 사랑과 관련하여 김동환의 문학 세계에서 또 하나 주목해야 할 부분이 서사시 창작이다. 『국경의 밤』과 『승천하는 청춘』 등 1925년 발표된 김동환의 서사시는 문단의 주목을 끌기에 충분할 만큼 새로운 시형식이었다. 『국경의 밤』 등이 서사시로서의 구비요건을 갖추었느냐 아니냐 등의 논의는 그리 중요한 문제가 아니다.[51] 중요한 것은 『국경의 밤』이 왜 1920년대 중반이라는 시점에서 창작되었느냐에 있는 것이고, 그것이 김동환의 작품 세계에서 어떤 함의를 갖고 있느냐에 있을 것이다.

지금까지 『국경의 밤』의 창작 배경에 대해 명쾌하게 답을 준 사례는 매우 드물다. 다만 『국경의 밤』의 창작배경으로 잡지 『금성』과의 연계성을 둔 경우가 있긴 하다. 『금성』에 관여했던 이광수 등의 소설을 의식한 탓에 시의 테두리를 지키면서 다른 한편으로는 소설에 비견할 정도로 폭넓은 체험 내용을 수용하고자 했던 것이 서사시의 창작 배경이 되었다는 것[52]이다. 장르의 발생론적 배경에 따르게 되면, 이 논의는 그 나름의 타당성을 갖고 있긴 하다. 장르의 탄생이 사회적 욕구와 분리시켜 논의하는 것은 어려운 일이기 때문이다. 이러한 양식의 등장은 삶의 선택의

---

51) 오세영,「국경의 밤과 서사시의 문제」,『국어국문학』75, 1977.
조남현,「김동환의 서사시에 대한 연구」,『인문과학논집』11, 건국대, 1978.
홍기삼,「한국서사시의 실제와 가능성」,『문학사상』30, 1975. 3.

52) 김용직,『한국근대시사』, 새문사, 1983, p. 294.

문제가 자발적으로 이루어질 수 없는 환경에서는 더욱 그러하다는 것이다.[53)]

『국경의 밤』이 창작된 배경은 이상의 환경적 요인과 밀접하게 결합된 것이긴 하지만 무엇보다 중요한 것은 이 작품이 이 시기에 김동환이 펼쳐보였던 민족의식과 분리하여 논의할 수 없다는 사실이다. 잘 알려진 대로, 『국경의 밤』이 등장하던 1920년대 중반은 무엇보다 독립에 대한 꿈과, 조선적인 것에 대한 관심이 고조되었던 시기이다. 고전부흥운동이라든가, 전통에 대한 치열한 모색, 국토의 재발견 등등은 이런 일련의 과정과 환경 속에서 나온 것이다. 말하자면, 조국 독립의 원대한 꿈과 그 실현에 대한 욕구가 다른 어느 시기보다 앞선 때가 이 시기인 것이다.

이런 일련의 희망들이 집단화되어 하나의 이념을 형성하기 시작한 것인데, 이를 구현하기 위해 서사시를 창작하게끔 한 요인이 되었다고 할 수 있다. 이는 서사시 등장의 시대적 배경이나 그것이 담고 있는 내용에 주목하게 되면 금방 알 수 있는 대목이다.[54)] 서사시는 통상 집단의 위대한 전통이나 꿈과 밀접한 관계가 있는 장르이다. 그렇기 때문에 서사시에는 민족 고유의 특성과 형식이 아주 잘 드러나 있기 마련이다. 따라서 집단의 기원을 알리고 그들의 꿈을 하나로 표출시키기에 서사시만큼 좋은 장르도 없을 것이다. 민족에 대해 투철한 자각과 의식이 서사시의 형태로 나타난 것, 그것이 『국경이 밤』이 가지고 있는 시사적 의의일 것이다.

두 번째는 단편 서사시와의 대응 양상이다. 잘 알려진 대로 이 양식은

---

53) 김윤식, 『한국근대문학의 이해』, 일지사, 1982, pp.173-174.

54) M. Bakhtin, The Dialogic Imagination, "Epic and Novel", Texas Univ. 1982, pp.3-15.

카프를 대표하는 양식이었다. 임화의 대표시인 「우리 오빠와 화로」를 두고 김팔봉은 이런 경향의 작품들을 단편 서사시라고 했거니와 그것이 원인이 되어 카프의 서정시를 대표하는 시형식은 단편 서사시로 자리잡게 되었다.[55] 또한 이 양식은 카프시의 대중화론과도 밀접한 연관성을 갖고 있는데, 김팔봉이 주장한 대중화론은 그동안 진행되었던 카프 문학의 한계에서 비롯되었다. 프로 문학이 이론 위주의 생경한 작품만을 양산하다 보니 대중과 유리되어 창작 자체가 위축되었다는 것, 그리고 프로시의 전투성으로 말미암아 일제의 검열을 피하지 못하고 프로 문학의 창작 자체가 위협을 받았다고 하면서 프로 문학이 통속화되어야 한다고 본 것이다.[56] 그의 논의를 따라가게 되면, 현실에 대한 서사적 대응이 단편 서사시였다는 말이 가능해진다.

카프에 가담하면서도 김동환은 단편 서사시를 창작한 사례가 거의 나타나지 않는다. 뿐만 아니라 카프의 이데올로기를 담은 창작물도 거의 없는 것으로 알려져 있다. 이는 김동환이 카프를 대하는 방식이 무엇이었는가 하는 점을 알 수 있게 하는 대목인데, 일단 김동환은 카프의 활동을 애국주의 운동의 일환으로 판단했을 개연성이 컸다는 사실이다. 「애국문학에 대하여」[57]에서 자신이 펼쳐보인 애국주의 문학운동을 사회주의 문학운동과 동일시했고, 민족을 계급과 동일한 차원에서 이해한 바

55) 김팔봉, 「프로詩歌의 大衆化」, 『문예공론』, 1929.6, 「藝術의 大衆化에 대하여」, 《조선일보》, 1930.1.

56) 1928년부터 1930년까지 김팔봉은 「通俗小說小考」(《조선일보》, 1928.11.13.)를 비롯하여 「프로詩歌의 大衆化」(『문예공론』, 1929.6), 「藝術의 大衆化에 대하여」(《조선일보》, 1930.1.) 등 프로 문학의 대중화라든가 단편 서사시와 관련한 일련의 글들을 발표한다.

57) 《동아일보》, 1927.5.19.

있기 때문이다.

김동환은 「애국문학에 대하여」에서 일제 강점기 계급주의 운동을 애국주의 운동의 일환으로 표나게 강조한 것에 주목할 필요가 있는데, '사회주의운동이 곧 애국주의이다'라는 말은 비록 평범해 보이긴 해도 그 이면에 자리에 한 것은 민족에 대한 사랑의 정서를 떠나서는 성립하기 어려운 것이기 때문이다.

서사시로서의 가능성에 대한 논란

김동환은 1920년대 중반에, 아니 그의 창작 생활 전반에 걸쳐 민족에 대한 처절한 인식을 했거니와 그에 기반한 자신만의 리얼리즘을 만들어 나갔다. 그것이 민족 모순에 기반한 창작이었고, 「국경의 밤」을 비롯한 서사시 창작은 그 연장선에서 이루어졌다. 말하자면, 카프 구성원들의 단편 서사시 양식에 대응하여 장편 서사시를 창작한 것, 그것이 낳은 결과가 「국경의 밤」이었던 것이다. 민족 현실에 대한 서사적 대응이 『국경의 밤』을 만들어낸 동기가 되는 셈이다.

「국경의 밤」이 서사시인가 아닌가하는 문제는 한동안 대단한 논란거리 가운데 하나였다. 하지만 「국경의 밤」의 창작 배경이 민족 모순과 그 초월에 대한 의지의 발현으로 이루어졌기 때문에 그것이 서사시인가 아닌가의 여부는 그리 중요한 문제가 아니다. 장르는 흔히 비순수한 것으로 알려져 있거니와 여러 사회적 요인들이 결합되면서 다양한 형태의 변종을 낳기 마련이다. 하지만 장르가 비순수하다는 관점에 매달리게 되면, 규범적인 장르 규정이란 상당히 애매모호해지게 되고 결국은 장르 해체라는 현상을 낳을 수도 있다. 이런 극단의 결과를 피하기 위하여 장르는 순수성을 고집하다가도 이론과 괴리되는 실제의 현상과 마주치게 되면 다시 비순수성으로 되돌아가기도 한다.

이런 인식 하에서 「국경의 밤」을 두고 서사시로서의 가능성 여부는 크게 두 가지로 양분된다. 곧, 장르 종으로서의 초기 서사시의 전통을 잇지 못했다는 것, 그리하여 서사시로서 인정될 수 없다는 관점이 그 하나이고, 민족적 시대적 특수성을 감안하여 서사시로 성립될 수 있다는 관점이 다른 하나이다. 전자의 경우는 서양의 장르론이라든가 장르의 순수성에 기초하여 「국경의 밤」은 그 기준에 미흡하여 서사시로 규정할 수 없다는 입장인 반면[58], 후자의 경우는 각 시대마다, 민족마다 가지고 있는 특수성에 기초하여 서사시는 얼마든지 변용, 성장할 수 있기 때문에 서사시로서 가능하다는 것이다.[59]

서사시의 변용론이나 성장론에 기대게 되면, 「국경의 밤」은 서사시의 기준에 정확히 부응하지 않더라도 서사시의 범주에 넣을 수가 있게 된다. 서사시 성장론에 기대는 연구자들은 한국적 특수성을 보아야 하고 서사시에 대한 지나친 서구적 잣대에 굳이 따를 필요가 없다고 본다. 서사시가 굴절이나 변용될 수 있다는 사실을 무시한 채 그 기준을 「국경의 밤」에 기계적으로 적용시켜 「국경의 밤」은 서사시가 아니라는 것은 기계적 오류라는 것이다.[60]

「국경의 밤」을 두고 벌인 서사시 논쟁은 실상 별 의미가 없는 것인지도 모른다. 어쩌면 대단히 소모적이고 고리타분한 논쟁일 수 있기에 그러하

---

58) 오세영, 「「국경의 밤」과 서사시의 문제」, 『한국 근대문학론과 근대시』, 민음사, 1996, pp. 243-248.
59) 조남현, 「김동환의 서사시에 관한 연구」, 『인문과학논총』, 건국대학교, 1978.
60) 장부일, 「한국 근대 장시 연구」, 서울대 대학원, 1992, p. 16.

다. '서사시'(epic)라는 용어가 하나의 역사적 장르이자 이론적 장르로 통용된 것은 아리스토텔레스의 장르 3분법에서부터이다. 서정 양식의 대항 담론이 서사시이고, 또 이때의 시대정신을 담아내고 있는 것이 이 장르가 갖고 있는 역사적, 이론적 장르였다. 인류의 유년시대라 할 수 있는 고대 사회의 서사시, 그 시대의 형식과 이념을 담고 있는 서사시가 20세기에 동일하게 존재한다는 것 자체가 어불 성설이다.

중요한 것은 그 장르적 정합도가 아니라 왜 1920년대에 서사시가 등장했는가에 있을 터인데, 그것은 1920년대의 문단이나 사회적 상황을 떠나서 성립할 수 없을 것이다. 서사시가 담고 있는 민족의 꿈이 필요했던 것이고, 카프의 단편 서사시에 대응하는 장편 서사시의 필요성 때문에 「국경의 밤」이 등장한 것 뿐이다. 계급 모순에 대응하기 위해 민족 모순의 형식, 그것이 장편 서사시를 창작하게 된 근본 요인이었던 것이다. 따라서 서사시를 구성하는 요건이 무엇이고, 그 세세한 면까지 고려하여 고대 사회의 서사시 형식에 꼭 맞게 창작될 이유 또한 없었다고 하겠다. 그 요건이란 다름 아닌 민족 현실에 대한 서사적 대응에서 온 것이기 때문이다.

이와 관련하여 「국경의 밤」에서 가장 주목해서 보아야 할 부분이 다음과 같은 장면들이다.

> 1)---妻女
> 「그래도 싫어요 나는
> 당신 같은 이는 싫어요,
> 다른 계집을 알고 또 돈을 알구요,

더구나 일본말까지 아니[61)]

거의 묻일 때 죽은 병남이 글 배우던 서당집 노훈장이,
「그래도 조선땅에 묻힌다!」하고 한숨을 휘--쉰다.
여러 사람은 또 맹자나 통감을 읽는가고 멍멍하였다.
청년은 골을 돌리며
「연기를 피하여 간다!」[62)]

2)「나는 벌써 도회의 매연에서 사형을 받은 자이요,
문명의 환락에서 추방되구요,
  (---)
몰락하게 된 문명에서
일광을 얻으러 공기를 얻으러,
  (---)
옛날의 두만강가이 그리워서
당신의 노래가 듣고 싶어서.」[63)]

3)「페스탈로치와 루소와 노자와 장자와
모든 것을 알고 언문 아는 선비가 더 훌륭하게 되었소,
그러다가 고향이 그립고 당신을 못 잊어 술을 마셨더니,
  (---)
멀리 멀리 옛날의 꿈을 들추면서 지내요.

---

61) 『국경의 밤』, 제3부 58장.
62) 『국경의 밤』, 제3부 71장.
63) 『국경의 밤』, 제3부 28장.

아하, 순이여!」[64)]

인용된 부분은 「국경의 밤」에서 애국주의나 민족주의 등을 언급할 때 가장 많이 지적되는 부분이다. 특히 1)의 경우가 그러한데, 여기에는 두 가지 측면에서 그러하다. 하나는 '일본말'에 대한 거부의식과, 둘째는 '그래도 조선 땅에 묻힌다'에서 보이는 민족주의 의식이다. 검열이라는 제도가 엄연히 존재하는 현실에서 이만한 정도의 조선주의를 드러낼 수 있다는 사실 자체가 놀라운 경우이다.

두 번째는 「국경의 밤」에서 드러나는 집단의식이다. 2)와 3)의 경우가 그러한데, 실상 이 부분은 많은 연구자들에 의해 주목의 대상이 되지 못한 부분이다. 집단의식이란 사회적인 것에서 형성될 수도 있고, 근대에 대한 대항담론의 수준에서 제기될 수도 있다. 2)는 반근대의 표상으로의 원시주의의 의미가 무엇인지 말하고 있고, 3)은 사랑의식이다. 그런데 이 감각은 집단 무의식의 표명일 수 있다는 사실에 주목할 필요가 있다. 근대가 파생한 파탄을 넘어 원시적 감성의 힘과 풍요로움으로 되돌아가는 일이야말로 당대의 중요한 시대정신 가운데 하나일 것이다. 제국주의에 대한 안티 의식이야말로 근대의 이원적 사고구조로부터 결코 자유로운 것이 아니기 때문이다. 사랑과 같은 무의식의 담론들도 집단의식과 관련하여 결코 제외될 수 없는 부분이다. 스스로를 조율해가는 근대 사회에서 잃어버린 총체성에 대한 염원이야말로 공동체의 의식에 대한 또 다른 은유가 될 수 있기 때문이다.

결국, 서사시와 관련하여 「국경의 밤」에서 어쩌면 가장 주목해서 보아

64) 『국경의 밤』, 제3부 58장.

야 할 부분이 이 애국주의와 집단의식일 것이다. 그것이 곧 서사시의 기본 요건이 되면서 또한 이 시대만의 고유한 시대정신과 맞물려 있기 때문이다. 1920년대 중반은 3 · 1운동의 실패에 따른 집단주의가 일제 강점기 다른 어느 시기보다 강렬히 솟구치던 때이다. 그리고 그 외화의 현상에 대한 욕구 또한 결코 무시할 수 없는 것이었는데, 민족 모순에 대한 뚜렷한 자각이 전략적 주제로 등장한 것도 이와 밀접한 관련을 갖고 있었다.

김동환의 서사시 창작은 애국주의라든가 집단주의를 요구하는 객관적 필연성이 낳은 결과이다. 뿐만 아니라 카프가 내세웠던 단편 서사시의 대응양식으로 제출된 것이기도 하다. 김동환은 카프의 구성원이면서 카프의 이념에 대해 뚜렷이 표명한 적은 없다. 다른 카프 구성원들의 단편 서사시 양식을 통해 민족 현실에 저항하고 있던 때, 그는 이 양식을 외면하고 있었던 것이다. 대신 그가 선택한 것은 다른 어느 누구도 다가서지 못한 「국경의 밤」과 같은 장편 서사시 창작이었다. 이런 면에서 「국경의 밤」은 카프의 단편 서사시에 응전한, 김동환만의 단편 서사사, 곧 그만의 고유한 장편 서사시라고 부르는 것이 타당하지 않을까 한다. 그는 단편 서사시가 아니라 「국경의 밤」과 같은 장편 서사시를 통해서 민족 현실에 대한 서사적 대응을 시도한 것이고, 그런 맥락에서 「국경의 밤」은 시사적으로 중요한 맥락을 형성하고 있는 것이라 할 수 있다.

3. 님을 향한 과정으로서의 주체-한용운의 『님의 침묵』

1) 승려이자 독립운동가로서의 활동

만해 한용운 1879년 충남 홍성에서 태어났다. 일찍부터 민족의식에 눈을 떠 활발한 사회 참여 활동을 벌였는데, 1896년 동학 운동이 발발하자 여기에 가담하기도 했고, 창의대장 민종식의 막료가 되기도 했다. 하지만 이 운동이 실패한 다음, 승려가 되어 설악산 백담사, 오세암으로 들어가 수양 생활을 했다. 이후 금강산 건봉사에서 여러 학승들을 가르치면서 이들로 하여금 민족 의식을 고취시키는 교사가 되기도 했다.

한용운은 문학가이기에 앞서 승려였고, 독립운동가였다. 그는 잘 알려진 대로 1919년 3·1운동 때 33인 민족 대표의 일원으로 활동했고 〈기미독립선언서〉 끝부분에 붙어 있는 공약 3장을 작성했다. 하지만 그의 중심 활동은 무엇보다 문학자의 역할에서 찾아야 할 것으로 보인다. 그는 1926년 『님의 침묵』[65]을 상재함으로써 소월의 『진달래꽃』 이후 두 번째 의미있는 개인 창작 시집을 낸 주인공이 된다.

물론 만해의 문학 활동은 『님의 침묵』에서 커다란 빛을 발휘했지만, 이 이전에 그는 종교적 성향이 강한 잡지였던 『유심』의 창간에서 그 의미를 찾을 수 있다. 『유심』은 1918년 9월에 간행되기 시작했고, 만해는 이 잡지의 편집인과 발행인 역할을 수행했다.[66] 어떻든 이 시기 뚜렷한 문단활동을 하지 않은 만해에게 있어서 『유심』은 그 나름의 작품을 발표할 수

65) 회동서관, 1926.
66) 『유심』은 3호가 나온 뒤 더 이상 간행되지 않았다.

있는 공간이 되었다. 만해는 『유심』 1호에 작품 「심」을 발표함으로써 이 잡지가 순수 종교 잡지가 아닌 종합잡지임을 보여주었다. 뿐만 아니라 이 잡지에는 매호마다 현상공모를 광고했는데, 그 장르들이란 보통문, 단편소설, 신체시가, 한시 등을 두루 망라하는 것이었다.[67] 이런 일련의 사실에서 알 수 있듯이 『유심』은 최남선이 창간한 최초의 종합잡지 『소년』과 『청춘』 이후 종합잡지의 명맥을 이었다는 점에서 그 의미가 있는 것이었다.

2) 님의 실체

1920년대는 흔히 님의 시대, 혹은 님을 상실한 시대라고 알려져 왔다. 이렇게 규정한 근거는 3 · 1운동의 실패와 맞물려 있는 것인데, 이런 입론에 서게 되면, '님'이란 곧 국권이 된다. 국권을 상실한 것이 1910년인데, 어째서 이 시기에 이르러 님을 상실한 시대로 규정하는 것일까. 그것은 국권의 상실이 알게 모르게 은밀히, 그렇지만 치밀하게 진행된 탓도 있고, 그러한 국권을 회복하기 위한 시도로서 거국적으로 일어난 3 · 1운동이 크게 작용했기 때문이다. 말하자면 3 · 1운동은 기대와 가능성의 차원에서 시도되었고, 그러한 목표가 분명 이루어질 수 있을 것이라 믿어졌다. 하지만 결과는 실패였고, 그러한 실패의 낙수 효과는 엄청난 좌절감을 안겨주기에 충분한 것이었는데, 그러한 좌절감은 국권의 회복이 쉽게 이루어질 수 없다는 심리적 억압으로 작용하게 되었다. 어떻든 이 실패가 국권의 상실이 무엇인지를 각인시켰고, 그 결과 이 시기를 "님을 상

---

67) 조남현, 『한국잡지 사상사』, 서울대 출판부, 2012, p.171.

실한 시대"로 규정하게끔 만들었던 것이다.

1920년대를 이렇게 규정할 때, 이에 걸맞은 서정 혹은 시대정신을 보여준 시인들은 잘 알려진 대로 민요조 서정시인들이다. 주요한, 홍사용, 김억, 김소월, 김동환이 그들인데, 이들은 자신의 시세계에서 직접적, 혹은 간접적인 표명으로 님을 형상화하기 시작했다. 그러한 님이란 대개 국권이나 조국 등으로 해석될 수 있고, 경우에 따라서는 사랑하는 대상으로 구현되기도 했다. 하지만 이 시기를 "님을 상실한 시대"라고 규정할 경우 이에 가장 합당한 시인은 아마도 만해 한용운일 것이다. 그가 펼쳐 보인 유일한 시집이 『님의 침묵』이거니와, 이 시집에 담겨있는 대부분의 시들 또한 '님'으로 되어 있기 때문이다. 말하자면, 1920년대 '님'을 대표하는 시인은 만해 한용운이라 해도 과언이 아닐 정도로 그의 시에서 '님'은 전략적인 소재나 주제로 나타나고 있었다.

그렇다면, 만해에게 있어 님이란 구체적으로 누구일까. 이 물음이야말로 만해 시의 의미랄까 의의가 무엇인지를 드러낼 터인데, 먼저 그것은 조국으로 생각할 수 있을 것이다. 그리고 그가 승려 신분임을 감안하면, 님은 절대자나 부처가 될 수도 있다. 뿐만 아니라 님은 이성간에 흔히 관계되는 담론임을 감안하면 사랑하는 사람도 되는 것이 자연스럽기도 하다. 말하자면 만해의 님은 이 시기의 다른 시인들이 구현했던 님보다 다층성을 갖는 경우라 할 수 있다.[68]

님만 님이 아니라, 기룬 것은 다 님이다. 중생이 석가의 님이라면, 철학

---

68) 소월이나 김억, 혹은 파인의 님은 이성이나 조국 정도로 이해될 수 있는 반면, 절대자나 종교적인 의미로 음역되지는 않는다. 따라서 만해의 님보다는 비교적 단순한 면을 갖고 있다고 할 수 있다.

은 칸트의 님이다. 薔薇花의 님이 봄비라면 마시니의 님은 이태리다. 님은 내가 사랑할 뿐 아니라 나를 사랑하나니라. 연애가 자유라면 님도 자유일 것이다. 그러나 너희는 이름 좋은 자유에 알뜰한 구속을 받지 않느냐. 너에게도 님이 있느냐. 있다면 님이 아니라 너의 그림자 아니라. 나는 해 저문 벌판에서 돌아가는 길을 잃고 헤매는 어린 양이 기루어서 이 시를 쓴다.

「군말」 전문

만해에게 님은 그리움의 대상이다. 자신이 그리워하는 모든 것은 님이 될 수 있다는 뜻인데, 그의 논리는 이러하다. 가령 "철학은 칸트의 님이다. 장미화의 님이 봄비라면 마시니의 님은 이태리다"에서 알 수 있듯이 대상마다 님은 다를 수 있지만, 그리워한다는 점에서 님은 모두에게 동일하다는 것이다. 이런 맥락에서 만해에게 님이란 일단 그리움의 대상임을 알 수 있게 된다.

그렇다면, 만해가 그리워하는 님이란 구체적으로 무엇인가. 우선 그에게 님이란 단순한 어느 하나의 층위로만 나타난 것이 아니라는 사실에 주목할 필요가 있다. 만해 시에 나타난 님의 다층성은 의미론적인 층위에서만 드러나는 것은 아니다. 시간적인 측면에서도 그것의 여러 층위는 드러나는데, 이를 잘 보여주는 작품이 그의 대표시 가운데 하나인 「님의 침묵」이다.

님은 갔습니다. 아아, 사랑하는 님은 갔습니다

푸른 산빛을 깨치고 단풍나무 숲을 향하여 난 작은 길을 걸어서 차마 떨치고 갔습니다

황금의 꽃같이 굳고 빛나던 옛 맹세는 차디찬 티끌이 되어서 한숨의 미

풍에 날아갔습니다

날카로운 첫키스의 추억은 나의 운명의 지침을 돌려놓고 뒷걸음쳐서 사라졌습니다

나는 향기로운 님의 말소리에 귀먹고 꽃다운 님의 얼굴에 눈멀었습니다.

사랑도 사람의 일이라 만날 때에 미리 떠날 것을 염려하고 경계하지 아니한 것은 아니지만, 이별은 뜻밖의 일이 되고 놀란 가슴은 새로운 슬픔에 터집니다

그러나 이별은 쓸데없는 눈물의 원천을 만들고 마는 것은, 스스로 사랑을 깨치는 것인 줄 아는 까닭에, 걷잡을 수 없는 슬픔의 힘을 옮겨서 새 희망의 정수박이에 들어부었습니다

우리는 만날 때에 떠날 것을 염려하는 것과 같이 떠날 때에 다시 만날 것을 믿습니다

아아, 님은 갔지마는 나는 님을 보내지 아니하였습니다

제 곡조를 못 이기는 사랑의 노래는 님의 침묵을 휩싸고 돕니다

「님의 침묵」 전문

만해는 이 작품의 첫 행에서 "님은 갔습니다. 아아 사랑하는 나의 님은 갔습니다"라고 했는데, 표면적으로 보면, 그의 님은 시간구성상 과거적인 성격을 갖고 있다. 님이 과거의 현실 속에서만 존재한다는 측면에서 보면 만해의 님은 소월의 그것과 하등 다를 바가 없다. 하지만 만해의 님은 과거적인 데서만 머무는 것이 아니라 현재적인 님이기도 하고, 또 미래적인 님이 라는 점에서 소월의 그것과 구별된다. 그러한 단면을 보여주는 것이 "우리는 만날 때에 떠날 것을 염려하는 것과 같이, 떠날 때에 다시 만날 것을 믿습니다"라고 하는 부분이다. 이는 불교적인 층위에서

보면, "會者定離 去者必返"의 사상과 분리하기 어려운 것인데, "會者定離 去者必返"의 사상은 시간구성상 원의 세계이다. 그러니까 만해에게 님은 과거, 현재, 미래의 님이라는 다층성을 갖게 되는 것이다.[69)]

만해에게 이렇듯 님은 원환론적인 것인데, 일반적인 의미에서 원은 영원을 상징한다. 따라서 만해에게 님은 일시적, 혹은 순간적인 차원에서 머무는 님이 아니라 영원의 님이다. 그러한 님이기에 "아아 님은 갔지마는 나는 님을 보내지 아니하였습니다"라는 인식이 가능해지는 것이다. 만해의 님들은 조국이나 부타, 혹은 사랑하는 사람이기도 하지만, 이렇듯 님은 그리운 대상이며, 원으로 표상되는 영원에 가까운 개념이라 할 수 있다.

3) 영원과 이상의 길항관계

만해의 작품에서 "있어야 할 님"과, "떠나가려는 님" 사이에서 형성된 자리, 그 지대에 서정적 자아의 의식이 존재하는데, 그 의식을 추동하는 것이 님의 역할이다. 이는 존재론적 불구성에 놓인 존재가 그 한계를 넘어서기 위해 끊임없는 서정의 정열을 노출하는 일과 비견되는 부분이다. 말하자면 만해에게 있어 님이란 존재론적 완성을 위한 절대 목표 가운데 하나라고 할 수 있다.

수양을 향한 일종의 매개항인데, 실상 님이 있어야 자아가 있고, 님이 없으면 자아란 존재는 의미가 없어진다는 뜻과도 같은 것이다. 존재론적 한계에 놓인 인간이 그러한 한계를 극복하기 위해 노력하는 것처럼, 만

---

69) 조동일, 「김소월, 이상화, 한용운의 님」, 『문학과지성』24, 1976.5.

해에게 님은 자신의 한계랄까 불구성을 극복하기 위한 수단이라고 할 수 있는 것이다. 존재 완성을 향한 길, 그 도정에 놓여 있었던 것이 만해 시에서의 님이었던 것인데, 그 자신의 존재, 곧 현존이 무엇인지를 이해하는 길의 한가운데에 님이 존재하고 있었던 것이다.

남들은 님을 생각한다지만
나는 님을 잊고저 하여요
잊고저 할수록 생각히기로
행여 잊힐까 하고 생각하여 보았습니다.

잊으려면 생각하고
생각하면 잊히지 아니하니
잊도 말고 생각도 말아볼까요
잊든지 생각든지 내버려두어볼까요.
그러나 그리도 아니 되고
끊임없는 생각생각에 님뿐인데 어찌하여요.

「나는 잊고저」 부분

만해에게 있어, 아니 서정적 주체에게 있어 존재의 의미란 무엇일까. 그에게 존재를 부여하는 것은 인용시에 나타난 것처럼 '님'이다. 여기서 님은 "잊고자 하는 대상"이다. 남들은 "님을 생각한다지만" 시적 자아에게는 그 반대의 위치에 놓인다. 하지만 잊는다고 해서 님이 서정적 자아에게서 흔적조차 없이 사라지는 것은 아니다. 님으로부터 멀어지고자 하는 여러 사유의 실타래들을 풀어보지만, 그럴수록 님이란 존재는 더욱 서정적 자아에게 다가오는 까닭이다.

실상 님과 서정적 자아의 관계는 떼어놓으려야 떼어 낼 수 없는 관계로 남아있다. 그런저런 관계가 아니라 아주 굳건히 결합되어 있는 상태로 남아있기 때문이다.[70] 그러니 잊을 수가 없는 것이다. 잊고자 하는 행위가 있다면 자아가 괴로워지는데, 이런 정서가 가능해지는 것은 님이 서정적 자아에게 또 다른 무엇, 곧 분리 불가능한 이타적 존재이기 때문에 그러하다.

여기서 님은 만해에게 존재를 규정하는 절대적인 잣대임을 알 수 있다. 만약 님과 자아가 하나의 온전한 결합체로 거듭 태어날 수 있다면, 서정적 자아의 고민은 더 이상 진행되지 않을 것이다. 하지만 그러한 정점에 도달하는 것은 불가능한 일이다. 그것은 존재 완성을 향한 길이 결코 완성될 수 없는 것과 비슷한 경우이다. 다가가지만 결코 다가갈 수 없는 존재, 그것이 님이라는 존재이다. 그렇다고 해서 그 도정을 포기하는 것은 어려운 일이다. 그에게 다가가는 일이야말로 인간의 숙명과도 같은 일이기 때문이다.

> 나는 나루ㅅ배
> 당신은 行人
>
> 당신은 흙발로 나를 짓밟읍니다
> 나는 당신을안ㅅ고 물을 건너갑니다
> 나는 당신을 안으면 깁흐나 엿흐나 급한여울이나 건너갑니다

---

70) 대부분의 연구자들은 이런 면에 주목하여 만해의 시를 역설의 구조로 보았다. 김재홍, 『만해 한용운 문학 연구』, 일지사, 1982. 참조.

만일 당신이 아니오시면 나는 바람을쐬고 눈비를마지며 밤에서낫가지 당신을기다리고 있습니다

당신은 물만건느면 나를 돌아 보지도안코 가십니다 그려

그러나 당신이 언제든지 오실줄만은 아러요

나는 당신을 기다리면서 날마다날마다 낡어갑니다

나는 나루ㅅ배

당신은 行人

「나룻배와 행인」 전문

주체에게 하나의 자율성이랄까 고유성을 수여하는 매개로서의 님은 서정적 자아에게 결코 잊혀지지 않는 대상이다. 잊으려 하면 할수록 더욱 그것은 자아에게 다가오기 때문이다. 그 결과 이 님은 다른 한편으로 무한히 기다려야 하는 대상이 된다.

그러한 기다림의 정서를 잘 보여주는 시가 「나룻배와 행인」이다. 이 작품은 자학적인 특성으로 말미암아 님이 이성적인 것일 수 있다는 감각으로 흔히 수용된 시이다. 매저키즘적인 본능이야말로 이성적인 관계에서 가장 요구되는 정서이기 때문이다.[71]

하지만 이 작품을 이성적인 차원에서 설명하는 것도 가능하지만, 무엇보다 중요한 것은 기다림의 정서로 받아들여져야 한다는 사실이다. 님을 향한 발걸음, 존재 완성을 위한 도정이 서정적 자아에 의해 적극적, 혹은 정열적으로 드러나 있진 않지만 '나룻배'로 의인화된 자아의 적극적인 기다림의 정서야말로 만해의 시에서 님이 어떤 역할을 하는 것인지 잘

71) 오세영, 「침묵하는 님의 역설」, 『국어국문학』, 1974.12.

일러주기 때문이다. 님은 저 멀리 있지만 서정적 자아는 그러한 님의 존재를 포기하지 않거니와 이를 적극적으로 기다린다. 그러한 기다림의 정서가 만해의 주체성이라 할 수 있다. 말하자면 과정으로서의 주체 의식을 끊임없이 표명하고 있다는 것이 이 작품의 중요 함의이기 때문이다. 그리고 그러한 주체 의식을 가장 잘 보여주는 시가 「선사의 설법」이다.

나는 선사의 설법을 들었습니다.

"너는 사랑의 쇠사슬에 묶여서 고통을 받지 말고 사랑의 줄을 끊어라. 그러면 너의 마음이 즐거우리라"고 선사는 큰소리로 말하였습니다.

그 선사는 어지간히 어리석습니다.

사랑의 줄에 묶인 것이 아프기는 아프지만, 사랑의 줄을 끊으면 죽는 것보다도 더 아픈 줄을 모르는 말입니다.

사랑의 속박은 단단히 얽어매는 것이 풀어주는 것입니다.

그러므로 대해탈은 속박에서 얻는 것입니다.

님이여, 나를 얽은 님의 사랑의 줄이 약할까 봐서, 나의 님을 사랑하는 줄을 곱들였습니다.

「禪師의 說法」 전문

서정적 자아의 자율성이랄까 고유성과 관련하여 가장 많이 언급되는 작품이 「선사의 설법」이다. 이 작품은 선사와 서정적 자아 사이의 대화로 구성되어 있는데, 먼저 선사는 자아에게 "너는 사랑의 쇠사슬에 묶여서 고통을 받지 말고, 사랑의 줄을 끊어라, 그러면 너의 마음이 즐거우리라"고 말한다. 선사가 말하는 사랑 또한 님의 의미만큼 다층적이다. 그것은 이성에 대한 사랑일 수도 있고, 절대자나 조국에 대한 사랑일 수도 있고,

보다 근원적인 감각으로 보면, 욕망과 같은 것일 수도 있기 때문이다.[72)]

하지만 선사의 이런 경고에 대해 서정적 자아는 선사의 말이 매우 어리석은 것이라고 단언하게 된다. "사랑의 줄에 묶인 것이 아프기는 아프지만, 사랑의 줄을 끊으면 죽는 것보다도 더 아픈 줄을 모르는 말"이기 때문이라는 것이다. 그 연장선에서 서정적 자아는 "大解脫은 속박에서 얻는 것"이라고 단호히 말한다. 말하자면 속박이 있어야, 혹은 사랑이 있어야 비로소 불교의 최고 경지 가운데 하나인 대해탈이 가능하리라고 보는 것이다. 해탈은 어떤 구속감이 있어야 하고, 이를 바탕으로 수양 등의 과정을 통해서 가능하다는 것이다.

이 작품을 이끌어가는 핵심 기제는 사랑이고, 그것이 있어야 비로소 해탈에 도달할 수 있다고 본다. 이를 바꿔 말하면, 과정이 있어야 비로소 수양이 있는 것이고, 그것이야말로 인간이라는 존재가 가능할 수 있다는 것이다. 이런 의미에서 사랑은 님의 또 다른 구현이라는 점을 알 수가 있다. 사랑이 있어야 해탈이 가능하다는 것인데, 그 중간 매개항으로 자리하고 있는 것이 여타의 시들과 마찬가지로 주체이다. 그러니까 만해에게 있어서 사랑이나 욕망은 수양의 주체, 과정으로서의 주체가 가져야 할 수단이었던 것이다. 사랑 등의 정서가 님의 또다른 실체일 수 있다는 근거는 여기서 비롯된다.

만해에게 있어 주체는 완성된 것이 아니다. 그것은 만들어가는 과정에 놓여 있으며, 이런 맥락에서 주체는 과정으로서의 진행 과정에 놓여 있는 것이라 할 수 있다. 그러니까 만해의 주체는 미완성이며, 열려있는 것이고, 거기에 어떤 모양을 채색할 것인가는 전적으로 수양을 하는 자아

---

72) 김재홍, 『만해 한용운 문학 연구』, 참조.

스스로의 몫이 될 것이다.

> 이별은 미의 창조입니다.
>
> 이별의 미는 아침의 바탕(質) 없는 황금과 밤의 올 없는 검은 비단과 죽음 없는 영원의 생명과 시들지 않는 하늘의 푸른 꽃에도 없습니다.
>
> 님이여, 이별이 아니면 나는 눈물에서 죽었다가 웃음에서 다시 살아날 수가 없습니다. 오오, 이별이여.
>
> 미는 이별의 창조입니다.
>
> 「이별은 미의 창조」 전문

이별이란 완성이 아닐 뿐더러 최후의 결말도 아니라고 이해한다. 이별을 흔히 종결이라고 사유하는 시각과 현저히 다른 것인데, 만해에게 이별이란 「선사의 설법」에서 보여준 사랑의 정서와 동일한 시간성을 갖는 것이라 할 수 있다. 이별 또한 과정으로서의 주체를 만드는 매개이기 때문에 그러한 것인데, 서정적 자아가 "이별이 아니면, 나는 눈물에서 죽었다가 웃음에서 다시 살아날 수가 없습니다"라고 한 것도 이와 밀접한 관련이 있다. '이별'이란 끝이 아니라 '눈물'과 '웃음'을 생산하는 또다른 매개이기 때문이다.

만해에게 있어 님이란 주체를 만드는 매개이다. 그것은 여러 층위에서 의미를 내포한 다층성을 갖고 있으며, 서정적 자아가 도달해야 할 이상이기도 하다. 그렇기에 서정적 자아와 님과의 관계는 수직적이라든가 수평적 관계에 놓여 있는, 그런 관계가 아니다. 오직 자아의 현존을 만드는 대상일 뿐이다. 자아는 그것의 존재에 의해 만들어지는 존재일 뿐이다. 과정으로서의 주체를 만드는 대상인 셈인데, 따라서 님은 저 멀리서 자아를 부를 뿐 결코 합일되는 과정을 거치지 않는다.

님의 그러한 성격들은 만해의 시에서 '이별'이라든가 '사랑', 혹은 '욕망' 등으로 다양하게 변주되어 나타난다. 이런 요소들이 있기에 해탈로 가는 길이 있고, 존재를 완성하고자 하는 길이 있을 것이다. 다만 그러한 길은 주어져 있는 것이 아니라 자아가 계속 만들어나가야 하는 것이다. 만해 시에서의 서정적 자아는 오직 과정으로서의 주체만이다. 그리고 그것을 가능게 한 매개란 님이었다. 님을 통한 자아의 완성을 추구한 것, 그것이 만해 시의 요체라 할 수 있다.

제3장
프로시의 등장과 전개

1. 신경향파 시문학의 등장

1920년대는 시단에 많은 변화가 있던 시기이다. 그러한 것을 가능케 했던 것은 1919년 3 · 1운동과 그 실패에 따른 후폭풍이 낳은 결과였다. 이런 대내적인 변화를 가능케 했던 것이 세계사의 변화였다. 이 시기 주목할 만한 국제 정세로는 1917년 러시아에서 일어난 볼셰비키 혁명이었고, 그 이어 나온 것이 1918년 미국 대통령인 윌슨의 민족 자결주의였다. 그러니까 이 두 사건은 세계 각국에 민족주의를 환기시키는 좋은 계기가 되었다.

3 · 1운동이 이런 대외적인 요건에 자극받아 일어난 것은 자명한 것인데, 잘 알려진 대로 이 운동은 굴욕스럽게도 성공하지 못하고 좌절의 경험을 가져오게 만들었다. 하지만 3 · 1운동의 실패가 좌절의 정서만을 가져온 것은 아니다. 그 성과 또한 만만치 않은 것인데, 한편으로는 문화 운동이 가능해지는 현실적 공간을 마련해주었고, 다른 한편으로는 문학과 사회가 연동될 수 있다는 자장 또한 마련해주었기 때문이다. 특히 후자

의 경우는 문학과 사회 사이에 놓인 필연적 관계를 환기시켜주었다는 점에서 그 의의가 있는 것이기도 했다.

문학과 사회가 필연적으로 연계될 수밖에 없는 상황이 낳은 것은 신경향파 문학의 등장이었다. 신경향파란 글자 그대로 새로운 경향의 문학이다. 그러니까 지금까지의 문학 조류와는 전연 다른 것임을 말하는 것인데, 그 기반이 된 것이 사회 환경의 변화이다. 그리고 그 토대를 이루고 있었던 주제랄까 소재는 가난이었다. 문학을 만들어내고 이를 향유하는 층이 식자층, 이를 조선 시대로 말하면 양반 계층이었다. 그러한 까닭에 이들의 정서에 서민층이나 감각할 수 있는 가난 등의 소재가 문학 속에 구현되는 것은 어불성설이었다고 할 수 있다. 하지만 이제 문학은 어느 특권층의 전유물이 아니라 민중들의 것으로 전유되는 시대를 맞이하게 되었다. 그래서 이들의 정서라든가 세계관이 자연스럽게 반영될 수밖에 없었고, 대내외적인 환경의 변화에 따라 이 시기 이들의 정서를 가장 잘 대변하고 있었던 것이 가난의식이었다. 그러니까 가난이라는 소재는 지금까지는 없었던 새로운 것이었거니와 신경향파란 용어가 만들어진 것도 이 소재 때문에 기인한 것이라 할 수 있다.

가난과 민중적 정서를 반영한 문학들, 혹은 비평들이 등장한 것인데, 먼저 이 부분에서 가장 앞서 나간 분야는 소설 양식이었다. 현진건의 「빈처」(1921) 등이 나온 것이 이때인데, 이 작품이 다룬 주제는 바로 가난의식이었기 때문이다. 이후 보다 계급화된 혹은 진보된 소설 양식들은 팔봉과 회월에 의해서 이루어지게 되는데, 잘 알려진 대로 팔봉은 이 시기 「붉은 쥐」[1]와 「젊은 이상주의자의 사」[2] 등을 발표하게 되는 것이다. 박영

---

1) 『개벽』, 1924.11.

희는 「전투」[3]와 「사냥개」[4] 등을 발표하게 되는데, 이 작품들은 관념적이긴 하지만 계급의식을 뚜렷이 드러냈다는 점에서 신경향파 문학의 정점으로 받아들여진다. 이후 최서해의 일련의 작품들이 등장하면서 신경향파 문학은 정점을 찍게 된다.[5]

문학과 사회와의 관련 양상에서 또 하나 주목해야 할 것이 이때부터 본격적으로 등장하기 시작한 여러 소개 글들이다. 이는 주로 평론의 형식으로 많이 발표되었는데, 그 가운데 주목해서 보아야할 것이 김기진의 일련의 평론들이다. 그 대표적인 경우가 「클라르테 운동의 세계화」인데, 그는 클라르테 운동이 시작된 프랑스의 제반 사정과 이 운동이 지향하는 목표들을 제시한 바 있다. 그 요체는 부르주아 문화의 파괴와 그 대안으로 새로운 사회 구조의 건설에 대한 것이었다[6]. 그런데 신경향파 문학과 관련하여 보다 관심을 끄는 것은 그가 일본 유학 후 발표한 「씨뿌리는 사람들」이다.

> 긴상은 文學을 해서 무얼 하오? 당신은 트르게네프를 좋아하신댓죠? 당신의 朝鮮은 50년전의 xxx와도 彷彿한 點이 있오. 處女地에 씨를 뿌리시오. 솔로민이 되고 싶소. 트르게노프가 되는 것이 아니라 인사로프가 되든지 솔로민이 되는 것이 얼마나 有意하오?[7]

---

2) 『개벽』, 1925.6.-7.
3) 『개벽』, 1925.1.
4) 『개벽』, 1925.4.
5) 이 시기 신경향파를 대표하는 최서해의 작품들로는 「탈출기」(『조선문단』,1925.3.), 「박돌의 죽음」(『조선문단』, 1925, 5.), 「기아와 살육」(『조선문단』, 1925. 6.) 등이 있다.
6) 김기진, 「클라르테 운동의 세계화」, 『개벽』, 1923.9.10.
7) 김팔봉, 「나의 문학청년시대회고」, 『신동아』, 1934.9, p.131.

이 글은 팔봉이 일본 유학시절에 만난, 일본 사회주의자 마생구(麻生久)에 자극받아 사회주의 사상을 획득하게 된 계기를 회고하며 자신이 앞으로 해야할 바를 밝힌 글이다. 그러니까 그의 일본 친구가 일본에서 그러한 것처럼, 조선에서도 팔봉이 그런 역할의 수행자가 되라고 제안 받았고 그 실천방향을 모색한 것이다. 이를 계기로 그가 귀국한 직후 카프 초기 주요 논객으로 나서게 된다.

카프가 공식 결성된 것은 1925년이지만, 이 조직이 어느 날 갑자기 이루어진 것은 아니다. 그 이전에 진보 단체들이 있어 왔는데, 이를 대표하는 것이 염군사와 파스큘라이다. 염군사가 결성된 것은 1922년이고 파스큘라는 이보다 한 해 늦은 1923년이다. 염군사의 주요 구성원으로는 이적효(李赤曉), 이호(李浩), 김홍파(金紅波), 김두수(金斗洙), 최승일(崔承一), 심훈(沈熏), 김영팔(金永八), 송영(宋影) 등이다. 이 단체는 사회적 명성이나 문예에 대한 역량이 훨씬 얕았다는 것이 일반적인 평가이지만[8], 심훈, 김영팔, 송영 등은 문학 경향상 굳이 이 범주에 가둘 필요는 없어 보인다. 그리고 파스큘라(PASKYULA)는 1923년에 결성된 것으로, 구성원으로는 박영희(朴英熙), 안석영(安夕影), 이익상(李益相), 김형원(金炯元), 김기진(金基鎭), 김복진(金復鎭), 연학년(延鶴年) 등이다. 파스큘라는 이들 구성원의 앞 글자를 하나씩 따 붙여서 만든 이름이다. 구성원 면면에서 알 수 있듯이 이들은 주로 문학이나 예술 분야에 종사한 사람들이다.

이 두 단체가 발전적 해체를 하여 1925년 새롭게 만들어진 단체가 카프(KAPF)이다. 여기에 참여한 인물로는 이적효(李赤曉), 이호(李浩), 최

---

8) 김윤식, 『한국근대문예비평사연구』, 일지사, 2011, p.31.

승일(崔承一), 심훈(沈熏), 김영팔(金永八), 송영(宋影), 박영희(朴英熙), 안석영(安夕影), 이익상(李益相), 김형원(金炯元), 김기진(金基鎭), 김복진(金復鎭), 연학년(延鶴年), 조명희(趙明熙), 이기영(李箕永), 이상화(李相和), 박팔양(朴八陽) 등이다. 사회 운동에 보다 관심이 많았던 김홍파(金紅波), 김두수(金斗洙) 등이 빠지고, 조명희(趙明熙), 이기영(李箕永), 이상화(李相和), 박팔양(朴八陽) 등 문학인들이 새로 편입되어 들어간 것이 이채롭다. 이들이 문학에 기반을 두고 사회 운동에 본격적으로 들어가기 시작한 것은 1926년 잡지 『문예운동』을 발간하기 시작하면서부터이다.[9]

문학과 사회에 대한 관계에 주목한 신경향파 문학은 분명 본격 카프 문학의 범주 속에 들어가 있는 것은 아니다. 운동으로서의 문학인 카프가 조직을 떠나서는 그 설명이 불가능한데, 신경향파 문학에는 적어도 이런 조직과는 거리가 있는 것이기 때문이다. 그래서 신경향파 문학을 자연발생기의 것이라고 하거니와 여기에는 어떤 지도적인 이념이나 비평과는 무관한 것이었다.

신경향파 문학의 특색은 흔히 극도의 빈궁의식, 본능의 복수, 지식인의 자아비판과 같은 주제의식으로 요약된다. 자연발생적인 특성을 갖고 있었기에 조합이라든가 연대 의식과 같은 집단 의식과는 거리를 두고 있었다. 그리고 이런 감각은 주로 산문의 영역에서 흔히 수용되었던 것들이다. 특히 아무런 해결책이 없는, 주인공 혼자만의 분노에 의해 이루어지는 본능의 복수[10]는 시의 영역과는 거리가 있는 것이었다. 뿐만 아니라

---

9) 위의 책, p.32.
10) 이런 면들은 주로 최서해의 「홍염」과 같은 소설에서 흔히 드러나는 서사 양식이었다.

지식인의 자아비판 역시 비슷한 경우였다. 가령, 한설야의 「그릇된 동경」 같은 작품에서 한순간의 잘못으로 계급성이 약화되는 것, 그러한 자아의 슬픈 모습에 대한 반성적 태도야말로 서사 양식 없이는 그 설명이 불가능한 것이었다.

그럼에도 서정시의 영역에서 신경향파적인 요소가 전혀 없는 것은 아니다. 지금까지 시의 영역에서 펼쳐지는 신경향파적인 특색이라든가 그것을 계열화하는 작업들이 활발한 것은 아니었다. 서정시는 적어도 목적의식기에 이르는 시들, 흔히 개념시들에 이르기까지의 경로랄까 행보가 특별히 주목의 대상이 되지는 못했는데, 이는 다음 두 가지 요인에서 그 원인을 찾아볼 수 있을 것이다. 하나는 문학과 사회와의 상관 관계가 주로 서사의 영역에서 이루어졌다는 점, 그리하여 상대적으로 시의 영역이 소외될 수밖에 없는 태생적 한계를 가질 수밖에 없었다는 점이다. 다른 하나는 시와 리얼리즘이 갖고 있는 창작방론상의 문제인데, 이는 다른 말로 하면 서정시에서 리얼리즘이란 과연 실현될 수 있는 것인가에 대한 의문과 관련된다. 이는 첫 번째의 질문과 분리하기 어려운 것이기도 한데, 어떻든 시에서 리얼리즘, 곧 현실적 삶에 대한 총체성이 구현되고 실현될 수 있는가에 대한 회의의 시각이 늘상 제기되어 왔던 것은 사실이다.

하지만 이는 어디까지나 선입견에 불과한 것이고, 서정시를 통해서 다시 말하면, 서정적 황홀의 순간에서만 서정시가 성립되는 것은 아니라는 점을 상기하면, 시에서도 리얼리즘의 영역은 얼마든지 가능하다고 할 수 있다. 서정시와 서사 영역을 고전적인 장르 개념에 굳이 얽매일 필요가 없다는 뜻이다. 여기에 지나치게 매달리게 되면, 리얼리즘을 구현하는 방식에서 시는 소설 분야에 비해 그 감각이 현저히 미달하게 된다.

2. 신경향파 시문학의 몇 가지 특징적 단면

1) 빈궁의식

신경향파 문학의 근본 특징 가운데 하나가 빈궁 의식, 곧 가난 의식이라고 했거니와 이 의식은 전근대적 측면에서 보면 신분 질서와 연결되고, 근대적 측면에서 보면 경제 문제와 연결된다. 신분을 바탕으로 한 위계질서가 사라지고 돈을 바탕으로 한 경제 관계가 세상을 지배하는 시대가 되었으니 이런 변화란 지극히 당연한 것이라 할 수 있다.

그런데 가난을 비롯한 민중적 정서가 문학의 영역으로 틈입해 들어오는 양상은 시의 경우엔 산문과 다른 방향으로 전개되었다. 잘 알려진 대로 서사 양식에서의 가난은 주로 지주와 소작인의 관계에서 오는 것이 대부분이었다. 최서해의 일련의 작품에서 들어나는 빈궁의식들이란 대개 이런 부류의 것들이었다. 물론 비슷한 시기에 등장한 박영희의 작품들 역시 이런 소작 관계와는 비교적 무관한 것은 아니었다. 가령, 「전투」와 「사냥개」에서 드러나는 갈등의식은 이 시대의 지배적 요인인 소작 관계와 어느 정도 관련성이 있었기 때문이다. 하지만 보다 추체험에 가까운 것이 이들 소설이 갖는 특성이자 한계였다. 이를 두고 관념적 창작방법이라고 하거니와 초기 신경향파 시에서 이런 모습을 찾아보는 것은 쉬운 일이 아니었다.

이 시기 가난이라는 주제와 관련하여 가장 주목되는 작가는 석송 김형원(1900-?)[11]이다. 먼저, 그의 사유를 이해할 수 있는 직접적인 자료들

11) 김형원은 1900년 충남 강경에서 출생했고 호는 석송(石松)이다. 1922년 민중시 계열

은 서정시보다는 산문을 통해서이다. 이는 산문이 율문 양식에 비해 보다 직접적인 특징을 갖는 것이기에 그러한데, 이 시기 그의 사상을 대변하는 대표 시론 가운데 하나가 바로 「민주문예소론」[12]이다. 흔히 '민중시론', '역의 시론'(力의 詩論)으로 일컬어지는 이 시론은 신경향파 시기에 있어서 김형원의 사유를 알게 해주는 주요 근거 가운데 하나가 된다.

> 민주주의의 특색은, '자유'에 잇다. 이 자유라 함은 모든 형식과 속박을 떠나서, 사람의 천품을 제별로 발휘 식히는 것을 의미함이다. 문예상으로 옴겨 말하면, 형식과 제재를 구속없이 선택하고, 개성의 솔직한 표현을 위주하며, 따라서 각 개인의 생활을 그대로 승인하야, 시인의 입을 빌어 만인으로 하야금 발언할 자유를 허여하는 점에 민주적 문예의 참된 사명을 발견할 수 잇는 것이다. 이와가티 분방한 내용을 가진 민주적 문예는, 고정된 형식을 탈출하야, 극히 단순하고, 또 복잡하고 유동적 형식을 취하게 되는 것을 피치 못할 일이다.[13]

김형원이 이 글에서 말하는 자유의 의미는 두 가지 영역에 걸쳐 있다. 하나는 사회적 의미에서의 자유이고, 다른 하나는 문예적 의미에서의 자유이다. 자유를 "사람의 천품을 제별로 발휘식히는 것"이라는 사유는 서구적 의미의 천부 인권론을 연상시킨다. 그래서 그 이면에는 이 시기 유행처럼 번지기 시작한 자유주의 사상과 자연스럽게 연결되기도 한다. 그

인 「햇볓 못보는 사람들」을, 1938년에는 대표시인 「그리운 강남」을 발표했다. 1925년에는 잡지 『생장』을 주재했다. 해방 직후에는 미군정청 공보과장을 지냈고, 납월북되어 지금까지 그 행방이 잘 알려져 있지 않다. 1979년 『김형원시집』이 간행되었다.

12) 『생장』, 1925.5.

13) 「민주문예소론」, 『생장』, 1925, 5.

가 여기서 표방했던 민중이 자유주의적 가치에 토대를 둔 사유로 이해되는 것도 이 때문이다.

그리고 다른 하나는 자유와 그 상대적 자리에 놓인 형식과 제재에 대한 구속의 문제이다. 김형원은 자유를 문예상의 측면에서 바라보면, 형식과 제재의 속박으로부터 벗어난 것이라고 했는데, 이 역시 근대시로 향하고 있었던 당대의 풍토와 밀접한 관계 속에서 형성된 것으로 보인다. 이 시기 김억 등에 의해 주도되기 시작한 자유시가 전통시의 규격으로부터 벗어난 것을 최대한의 목표로 두었는데, 이런 감각은 김형원의 문예론에서도 그대로 재현되고 있었던 것이다. 그러니까 이 부분은 자유시형에 대한 김형원 고유의 문예론이라고 해도 무방한 경우이다.

신경향파를 지향했던 김형원의 문학이 문학사적으로 의의가 있었던 것은 그의 작품을 통해서이다. 김형원은 앞서 언급대로 카프의 초기 구성원이었고, 이를 가능케 했던 것이 그의 사상과, 이를 토대로 생산된 작품이었다.

> 나는 無産者이다!
> 아모것도 갓지 못한
>
> 그러나 나는
> 黃金도, 土地도, 住宅도,
> 地位도, 名譽도, 安逸도,
> 共産主義도,
> 社會主義도,
> 民主主義도,

아! 나는 願치 않는다!

사랑도, 家族도,
社會도, 國家도,
現在의 아모것도,
아! 나는 咀呪한다!

그리고 오즉
未來의 合理한 生活을
아! 나는 要求한다

그리하야 나는
온 世界의 女子를
내 한 몸에 맛긴대도,
온 누리의 財産을
내 손에 준다 해도---
아! 나는 抛棄할 것이다!

나는 無産者이다!
아모것도 갓지 못한
그러나 나는 다만
「人間」이란 財産만을
진실한 의미의 「人間」을---
要求한다 絶叫한다!

그리고 다음에

「人間」權利를
나의 손에 잇게 하라고
나 스스로 나(人間)를
認識하고 處分할 만한---

김형원, 「無産者의 絶叫」[14] 전문

이 작품의 소재는 무산자, 곧 프롤레타리아이다. 그래서 이 작품은 이때 김형원의 가장 대표적인 경향시 가운데 하나로 인정받고 있었다. 무산자란 글자 그대로 이해하게 되면, 아무 것도 갖지 못한 자이다. 가난한 사람이라는 뜻이다. 따라서 이 작품을 프롤레타리아 의식이 곧바로 드러난 작품이라고 이해하는 것은 곤란하다. 특히 작품의 제목이 '무산자의 절규'라고 되어 있는 까닭에 프롤레타리아 의식을 전면적으로 수용하고 있다고 보는 것은 단견이라 할 수 있다. 의식이 진보적이라고 해서 모두 목적의식기의 카프문학에 근접한 것이라고 보기는 어렵기 때문이다.

이런 맥락에서 「무산자의 절규」는 신경향파 초기에 속하는 시라고 할 수 있다. 그런데, 이 작품에는 이런 가난 의식에 덧붙여져 당대에 유행하고 있던 사조 하나가 추가된다. 바로 아나키즘 사상이다. 그러한 관념은 2연에서 확인할 수 있는데, 여기서 서정적 자아는 모든 소유욕뿐만 아니라 당대를 풍미하고 있던 사조들에 대한 거부감 또한 갖고 있다. 가령 공산주의라든가, 사회주의, 그리고 민주주의도 원치 않는다고 하고 있는 것이다. 이런 맥락에서 이해하게 되면, 김형원이 원했던 것은 작은 이야기, 곧 소서사에 관한 것들이라고 할 수 있고, 이는 곧 아나키즘 사상과

---

14) 『개벽』, 1921.6.

분리하기 어려운 부분이다. 서정적 자아가 갈망했던 것은 거대 서사 같은 것들이 아니었을 뿐만 아니라 사랑이나 가족, 사회와 국가와 같은 것들도 배제되고 있다. 서정적 자아가 이런 요인들을 부정하는 이유는 간단하다. 이런 주의 등이란 자아를 옥죄는 것이고 자유의 실현을 방해하는 것이기 때문이다. 이는 그가 말한 자유, 곧 「민주문예소론」에서 말한 자유의 개념과 곧바로 연결된다. 어떻든 이 작품의 의의는 무산자 의식을 통해서 가난이라는 소재를 구체화하고, 이를 자아의 정신 세계 속에 곧바로 연결시켰다는 점에서 찾을 수 있을 것이다.

> 썩어가는 얼굴에
> 분을 케케이 바르고
> 動物園 살창 속같은
> 娼樓에 나안즌
> 웃음 파는 계집아이
> 너는 失望치 마라
> 世上 사람은 모다
> 너를 誹謗하나
> 그들은 은근히
> 너를 부러워 한다
> 너는 다만 돈을 願하나
> 그들은 너보다도 더
> 複雜한 所望을 가진/形形色色의 娼婦이다
>
> 김형원, 「웃음파는 계집」[15] 전문

15) 『개벽』, 1922.2.

김형원의 초기 시를 대변하는 이 작품 역시 신경향파적인 요소를 담아내고 있다. 그 중심 소재로 되어 있는 것이 웃음 파는 계집이다. 성이 상품화되는 것은 가난과 불가분의 관계에 놓이는 것이고, 그 연장선에서 이는 자본주의의 불온한 현실과 분리하기 어렵게 결부되어 있다. 결핍된 상황이 만들어낸 것이 여성을 매춘의 굴레 속에 갇히게 한다는 점에서, 그리고 그에 대한 해결의 척도가 마땅히 보이지 않는다는 측면에서 신경향파 문학이 갖고 있는 보편적인 속성을 잘 보여주고 있는 작품이라고 할 수 있다.

그리고 이 작품의 또다른 특징적 단면은 근대라는 사회 속에 편입된 인간의 적나라한 모습에서 찾아진다. 근대가 갖는 이원적 사고 구조의 가장 밑바탕이 되고 있는 것이 소위 인간의 욕망 문제이다. 서정적 자아는 이를 소망이라 했지만 이는 근대적 욕망의 또 다른 이름일 뿐이다. 물론 그 상대편에 놓여 있는 것이 전근대적 영원의 세계일 것이고, 이는 곧 자연과 인간의 일원론적 세계일 것이다. 그러나 근대란 그러한 일원론적 세계를 철저하게 부정하거니와 그 토양은 욕망이다.

이처럼 김형원이 초기 시에서 담론화하고 있는 것은 인간의 본질론이나 혹은 실존론과 관계된 것이 아니다. 그가 묘파하고 있는 것은 근대에 들어서면서 새로이 편입되기 시작한 자아들을 묘파하고 이를 고발하는 데 놓여 있다. 물론 그 이면에 숨겨져 있는 것이 가난이라는 경제의 문제일 것이다. 이런 면에서 김형원 문학의 특징은 민중이라는 개념을 처음 제시했다는 데 그 의의가 있다. 물론 그가 제시하는 민중은 계급적인 것에 가까운 것이 아니라는 점에서 어느 정도가 한계가 있는 것이었다. 민속적 민중에 가까운 것인데, 그렇다고 하더라도 그의 문학은 관습적으로 수용되던 문예적 흐름에 민중이나 가난이라는 새로운 패러다임을 제시했다는 점에서 큰 의의가 있는 것이었다.

> 아무것도 몰랐던 나는 뉘우치다
> 철없는 나는 우리 건줄만 알었더니
> 이는 모도다 헛일이었다
> 이는 꿈같은 일이었다.
>
> 아버지는 몇해나
> 이짓을 하엿노?
> 길러주기만 하는 헛일을 하엿노
> 어느 날은 동무들과 노래부르며
> 들 건너 저 언덕으로 갔을 때
> 그곳에는 우리 먹는 쌀이삭이
> 누런 터벌개 꼬리같이
> 흔들고들만 있었다.
>
> 山기슭으로 더 올나갈젠
> 벌레먹은 십사귀에
> 馬鈴薯는 해도 못보고 자라
> 나는 서름에 울었다
> 우리먹는 糧食조차.
>
> 나는 한숨지우고 울다
> 일하기에 늙은 아버지가
> 얼마나 속이 탔던 것을

깊이깊이 알아오니
나는 한숨에 울었다.

박세영, 「농부 아들의 탄식」[16] 부분

이 시기 신경향파 의식을 가장 잘 드러낸 작품으로 박세영의 경우를 들 수 있다. 이 작품은 박세영[17]의 초기시인데, 우선 이 작품은 사회 구성체에서 볼 때, 농민의 삶을 다루고 있다는 점에서 리얼리티에 충실한 면을 보여주고 있다. 이때의 사회는 주로 농민층이 대부분이었기 때문이다. 하지만 여기에는 농민층에 대한 성격이 뚜렷이 규정되어 있지 않고, 또 노동자들과의 연대 의식도 잘 드러나 있지 않다. 그런 면에서 박세영의 이 시는 신경향파적인 요소로 구성되어 있다고 하겠거니와 이 작품의 이면에 자리한 것은 가난 의식이다. 비록 소작인과 지주의 갈등이 소박하게나마 표출되어 있긴 하지만, 그러나 이 관계가 이 시를 이끌어가는 지배소는 아니다. 그런 면에서 이 작품은 신경향파적 속성의 작품에 해당한다고 할 수 있다.

지금 시적 자아의 가족은 열심히 소작을 했지만 그 결과물이 자기들의 소유가 결코 될 수 없음을 알고 절망에 빠진다. 그러한 단면은 "철없는 나는 우리 건줄만 알었더니"라는 구절에 잘 드러나 있는데, 이런 정서를 더욱 극대화시켜주는 것이 "들 건너 저 언덕으로 갔을 때/그곳에는 우리 먹

16) 『문예시대』, 1927.1.
17) 박세영은 1902년 경기도 고양에서 태어났다. 1922년 시 「향수」를 『조선문학』에 발표하면서 문단에 나왔다. 1925년 카프 결성에 참여하여 중심 맹원으로 활동했고, 1931년 임화 등과 더불어 『카프시인집』을 발간하였으며, 1938년에는 그의 첫시집 『산제비』가 간행된 바 있다. 1947년 북한 애국가를 작사했고, 이 공로로 최고 훈장을 받았다.

는 쌀이삭이/누런 터벌개 꼬리같이/흔들고들만 있었다"와 대비를 통한 감각이다.

석송과 박세영 등의 시에서 알 수 있는 것처럼, 이 시기 신경향파를 대표하는 주제 가운데 하나는 가난이었다. 이 주제는 이전의 시기에서는 결코 볼 수 없었던 부분이다. 따라서 가난이야말로 신경향파를 특징짓는 가장 중요한 요소라 할 수 있을 것이다.

2) 자아 비판

신경향파 문학과 관련하여 또 하나 주목해야 할 것이 자아 비판의 감각이다. 여기서 비판이란 새로운 단계로 나아가기 위한 자기 반성이며 자기 회의이다. 말하자면 자아 속에 남아있는 부르주아적 속성을 버리고, 프롤레타리아 세계관을 획득하는 과정인 셈이다. 카프적인 감각으로 이해하자면 현실을 개척해나가는 변혁의 주체, 곧 전위가 된다는 뜻이 된다. 이런 도정을 가장 잘 보여준 작품은 한설야의 「그릇된 동경」[18]인데, 그런 면에서 이 작품은 지식인이 할 수 있는 자아 비판의 모델과 같은 것으로 인식되어 왔다. 이 작품은 개인의 물욕이라든가 낭만적 환상이 가질 수밖에 없는 허무한 결과를 반성하고, 프롤레타리아 전위로 새롭게 탄생하겠다는, 다시 말해 주인공이 계급적으로 새롭게 탄생하는 과정을 담아내고 있다.

산문 양식에 비해 서정 양식에서는 이런 사례를 찾아보는 것이 쉽지 않지만 전혀 없는 것도 아니다. 그 대표적인 사례 가운데 하나가 팔봉 김

18) 《동아일보》, 1927.2.1.-2.10.

기진의 「백수의 탄식」이다.

카페 의자에 걸터앉아서
희고 흰 팔을 뽐내어 가며
"브 나로드!"라고 떠들고 있는
60년 전의 노서아 청년이 눈 앞에 있다…….

Caf Chair Revolutionist,
너희들의 손이 너무도 희구나!

희고 흰 팔을 뽐내어가며
입으로 말하기는 "브 나로드"
60년 전의 러시아 청년의
헛되인 탄식이 우리에게 있다.

Caf Chair Revolutionist,
너희들의 손이 너무도 희구나!

너희들은 '백수(白手)'—

가고자 하는 농민들에게는
되지도 못하는 미각(味覺)이라고는

조금도, 조금도 없다는 말이다.
Caf Chair Revolutionist.

너희들의 손이 너무도 희구나!

아아, 60년 전의 옛날,
러시아 청년의 '백수의 탄식'은
미각(味覺)을 죽이고 내려가고자 하던
전력을 다하던, 전력을 다하던, 탄식이었다.

Ah! Caf Chair Revolutionist,
너희들의 손이 너무도 희어!

김기진, 「백수(白手)의 탄식」[19] 전문

이 시는 지식인의 나태와 한계를 비판하고 그 연장선에서 브나로드 운동의 필요성을 역설한 팔봉 김기진[20]의 작품이다. 브나로드운동이란 "민중 속으로"라는 뜻의 러시아 언어이다. 1874년 수많은 러시아 학생들이 농촌으로 가 계몽운동을 벌인 데서 유래한 말인데, 이상 사회 건설을 위해서는 민중을 깨우쳐야한다는 취지의 구호로 채택되었다. 그래서 농촌 계몽운동의 다른 말로 사용되기도 한다.

팔봉 김기진은 여기서 지식인의 자아 비판이라는 매우 선진적인 면을 펼쳐보였다. 이런 감각은 신경향파적인 특성과 차별되는, 이때만의 고유한 선구성이 마땅히 인정되어야 하리라고 본다. 그 이유는 다음과 같다.

---

19) 『백조』, 1924.6.

20) 김기진은 1903년 충북 청원 출신이다. 1921년 일본 릿교대학(立教大學) 영문학과 입학했고, 여기서 박승희, 이서구 등과 더불어 〈토월회〉를 만들었다. 귀국 후 1925년 카프에 가담했고, 박영희와 더불어 초기 카프를 이끌어가는 중심 인물이 된다. 이후 임화를 비롯한 신진 세력에 이론적으로 밀려 있다가 1935년 카프를 해산시키는 결의를 하게 된다. 해방이후 1960년대에는 《경향신문》의 주필로 활동했다.

우선 조선 사회나 문단에서 브나르도 운동과 관련된 것들이 본격적으로 등장하던 시기는 1930년대 초부터이다. 1931에서 1934년까지 4회에 걸쳐 《동아일보》사가 주도되어 농촌 계몽과 문맹퇴치운동을 전개했는데, 이 운동을 통상 브나로드운동이라고 부른다. 이 운동의 주된 내용들은 문맹퇴치라든가 농촌 교화를 위한 야학과 연극 등의 활동이 주를 이루었다. 따라서 김기진의 「백수의 탄식」은 이 분야에서 선구적인 특성을 갖는다고 할 수 있다.

「백수의 탄식」은 브나르도 운동과 밀접한 관련을 갖고 있는 작품이긴 하지만, 발표된 시기를 고려하게 되면, 신경향파적인 특성으로부터 분리하기 어려운 것이다. 지식인들이 갖는 소시민적인 한계를 넘어서지 않고서는 프롤레타리아 의식이라든가 이에 기반한 운동을 실천하는 일이란 쉬운 것이 아니었다. '너무 흰 손'을 흙이라든가 기름 등이 묻은 '검은 손'이 되지 않고서는 민중 속으로, 민중과 함께 하는 삶을 영위하는 것은 가능하지 않은 까닭이다.

> 내가 이 도성에 태어난 후/무엇이 나를 기쁘게 하였더뇨?/아무것도 없으되/오직 흐르는 시냇물 소리가 있을 뿐이로다.//내가 홀로 방안에 누워/모든 것을 생각하고 눈물 흘릴 때/누가 나를 위로하여 주었느뇨?/오직 흐르는 시냇물이 있을 뿐이로다.//보아라 나는 일개 赤手의 청년/어떻게 내가 기운날 수 있겠는가?/하지만 시냇물이 흐르며 나에게 속살대기를/「일어나라, 일어나라, 지금이 어느 때이뇨?」//아아 참으로 지금이 어느 때이뇨?/새벽이뇨, 황혼이뇨, 암야이뇨?/이 백성들은 아직도 피곤한 잠을 자는데/이 마을에는 오직 시냇물 소리가 있을 뿐이로다.//무슨 소리뇨, 무에라 하는 소리뇨?/언제부터 흐르는지도 모르는 이 작은 시내여,/아침

이나 저녁이나 밤중이나/우리에게 무슨 말을 부탁하느뇨?//내가 이 도성에 태어난 후,/햇수로 이십년 달수로 두달,/그간에 나는 아무 한 일이 없도다./오직 시냇물가에서 울었을 뿐이로다.//그러나 울기만 하면 무엇이 되느뇨?/슬픈 노래하는 시인이 무슨 소용이뇨?/광명한 아침해가 비추일 때에/우리는 밖으로 나아가야 할 사람이 아니뇨?//「일어나라, 일어나라, 누워만 있느냐?」/지금도 문밖에서 시냇물이 재촉하는데/나는 아직도 방안에 드러누워/한숨 쉬이고 생각할 뿐이로다.//

박팔양, 「시냇물 소리를 들으면서」[21] 전문

지식인의 자의식에 관한 정서는 박팔양[22]의 작품에서도 확인할 수 있다. 「시냇물 소리를 들으면서」는 지식인이 가질 수밖에 없는 한계와 그 발전적 방향에 대해 이해한, 영락없는 신경향파 군에 속하는 시이다. 김기진의 「백수의 탄식」에 비견할 수 있을 만큼 지식인의 자의식이 예리하게 포착되어 있기 때문이다. 하지만 지식인이 표방한 탄식의 정서라는 측면에서 보면, 「백수의 탄식」과 동일한 정서에 놓여 있는 것은 사실이지만, 계급의식으로 나아가는 도정이랄까 감정의 발전은 사뭇 다르게 표현된다. 「백수의 탄식」에서는 서정적 자아가 지향해야 할 곳과, 또 앞으로 해야 할 목표가 분명히 제시되어 있는 데 비하여, 이 작품에는 그러한 목표 의식이 뚜렷하게 드러나 있지 않거나 모호하게 처리되어 있기 때문이

21) 『조선문단』, 1925.10.
22) 박팔양은 1905년 경기도 수원에서 태어났고, 호는 여수(麗水)이다. 1923년 시 「신의 酒」가 《동아일보》 신춘 문예 공모에 당선됨으로써 문인이 되었다. 1925년 '서울청년회'의 일원으로 카프에 가담했고, 1934년에는 〈구인회〉 회원으로도 활동했다. 카프와 〈구인회〉 등에서 활동했다는 사실에서 알 수 있는 것처럼, 그의 문학적 경향은 매우 다양했던 것으로 알려져 있다. 1940년 개인 시집 『여수시초』(박문서관)가 간행되었다.

다. “지금도 문밖에서 시냇물이 재촉하는데/나는 아직도 방안에 드러누워/한숨 쉬이고 생각할 뿐이로다.”에서 알 수 있는 것처럼 상당히 계몽적인 면을 보이기도 한다. 물론 여기서의 계몽성이란 민중을 향한, 그들의 생활 세계에 대한 이해와 그 개선을 향한 각성일 것이다. 이에 덧붙여서 「백수의 탄식」에는 소박한 정도의 계급의식이 묻어나 있는 반면에 「시냇물 소리를 들으면서」에서는 그 의식 역시 뚜렷하게 드러나지 않는 한계를 갖고 있는 작품이기도 하다.

이러한 한계에도 불구하고 이 작품은 신경향파 문학의 주요 특성 가운데 하나인 ‘자아비판’의 범주 속에 묶어서 설명하는 것이 가능하다. 우선, 이 작품은 대상과 자아의 관계 속에서 서정적 의식의 변이, 곧 미묘한 파장이 생겨난다. 현재의 서정적 자아를 각성시키는 매개는 ‘시냇물 소리’이며, 또 미래에 대한 자아의 방향을 일깨워주는 것 역시 이 소리 감각이다. 그러니까 이 소리는 자아를 각성케 하는 주요 매개가 되는 셈이다. 그럼에도 이러한 소리를 통한 자아의 각성에 프롤레타리아 의식이 뚜렷하게 드러나지 않는다는 점에서 민중을 향한 강렬한 애정을 표명한 「백수의 탄식」과 구분되는 지점이라고 할 수 있다.

어떻든 이 작품이 시사하는 바는 신경향파적인 요인들을 잘 드러내고 있다는 점이라고 할 수 있다. 현실에 대한 뚜렷한 응시와 그에 따른 자아의 움직임이 어느 정도 제시되고 있다는 점에서 그러하고, 그러한 행동을 유발시키는 요인들이 시대적 상황과 결코 분리되지 않는다는 점에서도 그러하다. 이런 면들을 확증시켜 주는 것이 작품이 발표된 시기이다. 박팔양이 ‘서울청년회’의 일원으로 카프에 가담한 시기가 1925년이고 이때를 계기로 작품이 발표되었기 때문이다. 그러한 까닭에 작품에서 간취되는 선진적인 자아라든가 노동과 함께할 수 있다는 의식 등을 읽어낼 수 있는 개연성은 얼마든지 가능한 경우라 할 수 있다.

3) 소박한 계급의식

자연발생기에 놓여 있는 신경향파 문학의 주요 특색 가운데 하나는 가난이나 빈궁의식이었다. 그런데 그러한 가난의 원인에 대한 과학적 인식이 이 시기에 뚜렷이 부각되지는 않았다. 그것이 목적의식기의 카프 문학과 대비되는 면이었다. 과학적 인식에 바탕을 둔 계급의식이 형성되기에는 시기적으로 앞서 있었기 때문이다. 하지만 매개자나 조력자가 없이도 가난의 원인이나 배경에 대한 소박한 인식조차 존재하지 않은 것은 아니다. 유적 연대성이나 그에 따른 전망의 세계에 이르지는 못한다고 해도 아주 낮은 차원의 계급의식은 어느 정도 형성될 수 있는 여건을 보여주었던 것이 이때의 계급의식이었기 때문이다. 이런 사례를 보여주는 단적인 사례가 유완희의 「거지」이다.

네 이름은 거지다
네 血管에 피를 돌리기 爲하야
무리들의 먹고 남저지를 비지는 거지다.

네가 거리에 나안저
푼돈을 빈 지
이미 十年이나 되엇다
그래도 지칠 줄을 모르느냐
-아이고 지긋지긋하게도.

무엇?
그놈을 보고 돈을 달라고
그놈의 피닥지를 보아라
행여나 주게 생겻나.

압다
어떻게 처먹었는지
창얼이 다 들렷고나
- 눈깔이 다 붉어지고
숨은 허덕대고-

별수 없다
인제는 별수 없다.
차라리 監獄에나 갈 道理를 하야라
- 네 子息을 爲하야 그럴듯한 罪를 짓고…

그것이 오히려
좀더 점잖고 편안한 길인가 한다
거리에 나안저 푼돈을 비는 이보다는…

유완희, 「거지」[23] 전문

이 작품은 유완희[24]의 초기작이다. 이 시기 신경향파적 특색을 보이

---

23) 《시대일보》, 1925.11.30.

24) 유완희는 1901년 경기도 용인에서 태어났고, 호는 적구(赤駒)이다. 1925년 시 「거지」를 발표하면서 문인의 길로 들어섰다. 카프에 본격 가입하지는 않았지만, 이 세계에 동조하는 작품을 주로 썼다. 그러니까 동반자 작가라고 할 수 있다. 첫 시집 『태양과

는 대표작 가운데 하나이다. 이 작품의 계급 의식은 '거지'와 '그 놈' 사이에서 드러난다. 거지는 살기 위해서 구걸하는데, 이를 표현한 것이 "혈관에 피를 돌리기 위해서"이다. 그러니까 생존 본능이 궁극에는 거지를 만든 것이 된다. 하지만 아무리 생존 본능이 강하다고 해도 거지는 아무에게나 구걸할 수 있는 처지가 못된다. 자신에게 구걸의 댓가를 줄 수 있는 존재란 지극히 한정되어 있기 때문이다. 그러한 한계 속에서 그나마 그럴듯한 조건을 보여주는 대표적인 존재가 바로 '그놈'이다. '그놈'이란 '거지'와 상대적인 자리에 놓인 사람, 유추한다면, 부르주아지이다. 인간에게 동정과 같은 정서는 기본적으로 깔려있는 것인데, '그놈'에게는 그러한 기본적인 정서조차도 없는 인간이라고 판단한다. 이는 부르주아의 심리를 이용하여 계급의식을 드러낸 경우인데, 이 시기 그러한 단면을 산문으로 드러낸 박영희의 「사냥개」[25]와 비슷한 감각을 보여준다는 점에서 유사성을 갖는 것이라 할 수 있다. 박영희는 이 작품에서 자신의 재산을 지키기 위해, 곧 도둑을 막기 위해 사냥개로 하여금 자신을 지키게 했지만, 궁극에는 주인을 알아보지 못한 사냥개에 물려 죽고 마는 비극적인 결과를 초래한다. 「사냥개」는 재산을 지키기 위한 자본가의 불안한 심리를 잘 드러낸 것으로 평가받고 있는데, 「거지」의 경우도 이와 비슷한 감각을 보여주고 있어 주목을 요한다. 「거지」에서는 불안한 심리가 아니라 구두쇠 같은 심리를 표현했다는 점에서 차이가 있긴 하지만 어떻든 자본가들의 심리를 건드리고 있다는 점에서는 동일한 것이었다.

박영희의 「사냥개」와 마찬가지로 「거지」에는 카프 문학이 갖고 있는

지구』를 간행한 것으로 알려졌지만, 한국 전쟁때 소실되어 그 실체를 알 수가 없다고 한다. 1963년 용인 자택에서 사망했다.

25) 『개벽』, 1925.4.

근본 한계가 존재한다. 바로 관념지향적 창작방법으로부터 자유로운 것이 아니기에 그러하다. 그들 속에 형성된 사유는 현실 속에 길어올려진 것이 아니라 '아마도 그렇지 않을까'하는 추정에 의해 지배되는 측면이 강하기 때문이다. 이런 추상성, 관념성이야말로 신경향파 문학의 궁극적 특징이자 한계라 할 수 있다. 말하자면, 아무런 사실성이나 과학성이 담보되지 않고, 추측가능한 국면을 언어로 표현한 것이다. 이런 한계를 딛고 일어선 것이 목적의식기 단계의 카프 문학이다. 하지만 신경향파 문학이 갖는 의의는 아무리 강조해도 지나치지 않는다. 특히 가난이라는 소재를 통해서 문학의 인식성을 새로 만들어낸 사실이야말로 문학사에서 획기적인 일에 해당되기 때문이다.

3. 목적의식기의 시 창작

1920년대 초반에 전개된 신경향파 시들은 자연발생적인 것으로서 현실에 대한 즉자적인 반영과 감정적 대응에서 그친 한계가 있다. 그러한 한계는 역사의 객관적 필연성이나 합법칙성에 따라 계속 전진하게 되는데, 1925년 염군사와 백조 후신인 파스큘라의 통합체로 탄생한 카프 결성 이후, 현실주의 시들은 새로운 단계를 맞이하기 때문이다. 이때의 문학들은 미래에 대한 낙관적인 비전과 함께 모호하나마 역사적 방향성을 담아내기 시작했다. 이러한 변화는 조직 형성이 시를 창작하는데 있어 객관적 현실 인식과 그에 따른 이상주의적 미래상을 제시해준 것에 따른 결과이다. 말하자면 창작방법상의 이론과 지도성이 가미되면서 카프시는 새로운 단계를 맞이하게 된 것이다. 그렇다고 해서 이 단계에 접어든 카프시에서 현실을 추동해나갈 어떤 구체적 세계관이나 역사의 객관적 필연성에 대한 인식이 곧바로 제시된 것은 아니다. 결과론적인 이야기이긴 하지만, 여기까지 이르기 위해서는 어느 정도의 시간이 필요했고, 궁극에는 자신들의 행동에 대한 반성의 시간이 있은 후에나 가능했다.

카프가 공식적으로 결성된 이후부터 경향시, 보다 구체적으로 목적시는 이전과 다른 새로운 내용과 형식으로 시 창작을 수행하기에 이른다. 이들 가운데 선편을 쥐고 있었던 작가들은 신경향파 시기부터 활동했던 시인들이다. 박팔양이나 김창술, 유완희 등이 그러한데, 이들은 신경향파 시기를 넘어서는 새로운 단계의 작품 활동을 보여주게 된다.[26] 하지만 1920년대 초반 창작에 주력했던 김석송 등은 이들로부터 거리를 두게 된다. 이런 결과는 다음과 같은 사실을 말해준다. 신경향파적인 감각으로는 더 이상 목적의식기가 요구하는 시세계를 감당하기 어려웠던 것으로 이해된다. 그리고 김기진이나 조명희는 각각 평론과 소설를 쓰면서 장르 선택을 달리하고 있었다. 그러니까 지금까지 시도했던 자신의 창작 분야와는 다른 방향으로 나아가고 있었던 것이다.

그런데 이런 의식전환은 카프 결성과 함께 사회주의 사상이 도입된 것과 때를 같이 하고 있었다는 데에 주목할 필요가 있다. 작품을 통해서 진보적 감각을 어느 정도 전달하는 것이 가능했지만, 보다 더 강력한 실천이나 이론적 배경의 필요성이 제기되었던 바, 그러한 요구를 서정시 분

26) 여기에 등장하는 시인들은 모두 염군사 계열의 시인들이다. 김석송이 카프 창립 발기인이었으면서도 카프 결성과 동시에 창작의 일선에서 물러났던 반면 염군사 계열의 시인들은 오히려 더욱 적극적인 창작활동을 하게 된다. 이는 당시 이들을 지배하고 있던 세계관의 변모와 분리하기 어려운 측면이 있다. 김석송은 낭만적이고 영탄적인 시적 어조와 마르크스 이념 사이의 괴리가 있었거니와 염군사 계통의 시인들 또한 사회적 성향이 비교적 강했기 때문이다.

야에서 담당하기는 쉽지 않았을 것으로 판단했을 개연성이 크다. 그래서 보다 직접적으로 다가오는 마르크스 이념을 수용하는 데에는 서정시만으로 응전하기에는 어느 정도 한계가 있었다고 이해한 것이다. 그러한 인식이 시보다는 평론과 같은 산문 형식이 더 시의적절한 것이 아닌가 하고 판단했을 개연성이 크다. 그들이 시보다는 산문 방향으로 나아간 것은 이런 현실적 조건과 분리하기 어려운 것이었다.

조합주의적 단계에 머물던 카프는 1927년에 이르러 제1차 방향전환을 시행하게 된다. 이는 전위의 눈으로 세상을 보라는 것이고, 종래의 자연발생적 단계에서 목적의식을 뚜렷이 하면서 창작활동에 임하는 것을 의미한다.[27] 이런 지도성이야말로 경향시의 흐름에 큰 획을 긋는 요인이 된다. 그러니까 카프 조직은 작가들에게 분명한 계급의식을 갖추고 투쟁의 전선에 설 것을 요구하는 한편, 자신들은 지도비평의 역할을 충실히 할 것임을 다짐하고 있었다. 이 시기에 활동한 시인으로 김해강, 박팔양, 김창술 등을 들 수 있고 또한 신진 시인으로 임화 등을 들 수 있을 것이다. 여기서 신인으로서의 임화의 등장을 주목할 필요가 있는데,[28] 그의 등장은 창작적인 측면에서나 혹은 지도비평의 입장에서 매우 중요한 하나의 사건이 되기 때문이다.

제1차 방향전환을 거치면서 진정한 프롤레타리아 시가 형성된다고 볼 수 있거니와 본격 프로시[29]가 만들어지는 계기가 된다. 프로시란 목적의

27) 김윤식, 앞의 책, p32.

28) 임화가 작품 활동을 한 것은 1920년대 초반부터이다. 물론 이때 그의 작품들은 경향시와는 무관한 것들이었는데, 당시 유행하던 다다이즘이나 초현실주의적 경향을 수용한 서정시가 대부분을 차지하고 있었다.

29) 프로시란 프롤레타리아시를 줄인 말이다. 이는 계급인식을 전제하는 개념이므로 여기에는 목적의식성이 시를 구성하는 요건이 된다. 통상 카프시라고 말한다면, 대부분

식적인 계급성을 지니고 있을 때 붙여질 수 있는 명칭과도 밀접히 관련된다. 진보적인 세계관에 의해 쓰여진 프로시가 시 창작의 원리가 됨으로써 시인들은 역사 발전의 합법칙성을 전제로 하는 마르크스 사상을 시에 구현해야 할 임무를 부여받았다. 뿐만 아니라 그러한 사상과, 이를 수용하는 독자들, 혹은 시속에 구현된 민중들의 사상을 작품 속에 일치시켜야 한다는 과제 역시 안게 되었다.

1) 방향전환기의 시

방향전환기에 있어 시의 방향을 이해하는데 있어 꼭 기억되어야 할 인물이 있는데, 바로 김기진이다. 그는 박영희와 더불어 초기 카프문예 운동에 있어 중심적인 역할을 한 사람이다. 그는 시 창작과 비평을 겸직하는 전문 문예인으로 출발하여 우리 문단에 사회주의 문예 사상을 처음이자 본격적으로 전파한 사람이다.[30] 그는 비교적 초기에 일본 유학을 떠났거니와 이때 일본 사회주의 문학 운동의 세례를 받았고, 이러한 사상을 조선에 소개, 전수하고자 했다. 그와 동시에 1920년대 초부터 존재하던 현실지향적 문예를 하나의 큰 흐름으로 묶어내기를 원한 인물이기도 하다. 그러한 의지가 표명된 것이 『백조』를 '파스큘라(PASKULA)'로 전환시키는 작업이었다. 잘 알려진 대로 '백조'는 개인적이고 퇴폐적 낭만주의, 곧 세기말 사상을 지닌 그룹이었다. 하지만 객관적 상황의 변화에 따라

의 경우 이 프로시를 말하는 것이 일반적이다.

30) 팔봉이 사회주의 문예이론을 도입하는 과정은 자신이 밝힌 바 있거니와 여러 연구자들도 동의하는 바다. 그는 일본인 마생구(麻生久)로부터 조선에 가서 먼저 씨뿌리는 사람(사회주의 사상을 전파하는 사람)이 되라는 말에 제일 먼저 이런 사상을 전파하고자 했다고 한다(김기진, 「麻生久씨와의 어느날」, 『문학사상』, 1972.12.).

이런 경향이 갖고 있는 한계를 인식하고 현실비판적 경향으로 전환을 모색하고 있었다. 이를 주도한 사람들이 김기진, 박영희 등이다. 이들은 『백조』의 주요 구성원들이었고, 그 발전적 해체를 통해 새로운 조직을 만들고자 했다. 이것이 카프의 전신인 파스큘라였다. 이 단체의 탄생은 현실주의적 문학을 만들어내는 데에 있어 강한 영향력을 행사하는 데에까지 이르지 못했다. 하지만 문학에 있어 새로운 방향을 위한 일정한 터전을 만드는 주춧돌이 된 것은 부인하기 어려운 사실이다.

그러나 파스큘라라는 단체의 명명 과정에서 드러난 것처럼 이들 구성원들 사이에 이념적 결속이란 강력한 것이 아니었고[31] 그들 스스로 뚜렷하게 문예활동을 보일 만큼 열정을 갖추고 있지도 않았다. 이들은 단지 현실에 대한 계급적 부정의식을 공유하고 있었을 뿐이다. 그러나 이들 인물들 가운데 예외적인 존재가 김기진이었는데, 그는 평론 등을 통해 현실주의적 문학 이념에 대한 공감대를 확산시켜 나가고자 하는 계산을 하고 있었다.[32] 다시 말해 그는 박영희와 더불어 경향문학의 주도적이고 선구적인 활동을 하고자 하는 의욕이 매우 남다른 경우였다. 이들이 경향문학의 이론을 전개시켜 나간 것은 당시 내재되어 있던 제반 모순 관계를 극복하기 위한 지식인의 사명이 무엇인지 알리기 위한 목적 때문이었다.

목적의식기의 문학을 이해하는 데 있어 김기진의 역할은 매우 중요한 것이었고, 그러한 역할은 그의 회고록을 참고할 필요가 있다. 이는 목적

31) PASKULA는 박영희, 안석주, 김석송, 김기진, 연학년, 김복진 등 각 구성원들의 이니셜을 따서 만든 두문약어이다.

32) 김기진은 「떨어지는 조각 조각」(『백조』, 1923.9.) 등의 평론을 통해 생활의 문학을 강조하고 있는데, 이는 곧 미학적인 관점에서 현실지향적인 입장을 드러내는 것이라 할 수 있다.

의식기의 카프시와 대중화론은 이해하는데 있어서도 주요 근거가 된다. 김팔봉에 의하면 파스큘라와 염군사의 통합과정이 비교적 상세하게 나오는데, 염군사의 송영이 박영희를 통해 파스큘라와의 합작을 의도하였지만 자신은 그리 탐탁히 여기지 않았노라고 술회하고 있다.[33] 염군사는 사회주의 이념을 굳건히 견지하고 있었지만 문단 경험은 없었으므로 유사한 성향을 표방한 기성 문인 집단인 파스큘라와의 통합을 원했던 것이라고 한다. 반면 김기진은 염군사가 작품활동 이외의 다른 수단을 동원하여 선전활동을 하고자 한 점이 문예인의 영역을 넘어서는 것이라 하여 통합에 적극적이지 않았다고 한다.

이러한 사정은 1927년을 전후로 진행된 내용 형식 논쟁이나 1929년을 전후한 대중화론에서 팔봉의 태도가 무엇인지 알게 해주는 주요 장면이라 할 수 있다. 김기진은 현실주의적인 세계관을 갖고 있긴 했지만, 내용만이 아니라 이를 담아내는 특수한 문학의 양식, 곧 형식의 중요성을 강조했다. 그는 내용 우위보다는 내용과 형식과 조화, 곧 문학성을 강조하는 자신의 입장을 조직으로부터 이탈될 때까지 포기하지 않았다. 이는 그 스스로가 시를 창작하였고 그로부터 자신의 입지를 다져간 것과 관련이 깊은 관련이 있는데, 카프 문예에 있어서 형식에 경사되는 면들은 임화 등을 비롯한 카프 강경파에 의해 형식주의자라는 오해를 받기도 하는 계기가 된다.

카프 결성 직후 전개된 프로시에는 현실에 대한 부정적 묘사가 주를

---

33) 염군사와 파스큘라가 통합되는 과정에 대해서는 『한국 계급문학 운동사』(권영민, 문예출판사, 1998)에 잘 나타나 있다. 이때 발표된 김기진의 회고록은 통합 당시 각 조직의 내부 사정을 알 수 있게 해주는 중요 자료이다. 이에 따르면 각 중심 인물들의 입장들이 약간씩 차이가 난다는 것을 알 수 있다. 이러한 입장 차이는 후에 카프 운동의 전개 과정에서도 고스란히 드러난다.

이루지만 이와 다른 뚜렷하게 달라진 점도 있다. 바로 미래에 대한 희망과 낙관적 전망을 보임으로써 이전 시들과 구분되고 있다는 점이다. 이는 조합주의가 아니라 당파주의를 지향하면서 결속된 카프의 영향이 크게 미친 부분이라는 점에서 주목을 요한다. 미래에 대한 투시도는 서사문학에서 중요시되던 전망(perspective)과 분리되는 것이 아니다. 조직으로 현실주의적 성향을 지닌 세력들이 결집하여 하나의 단일한 목소리를 내기 시작한다는 것과, 새로운 사상이 이들의 중심 이념으로 자리잡아가는 과정은 시인들에게 든든한 희망이 아닐 수 없었다. 이러한 상황 속에서 프로시에는 역사에 대한 진전된 의식과 투쟁의 방향성이 드러나기 시작한다.

쇠잔한저자거리에 모야슨
불퉁스런무리의 얼골우에
맨끗의 공론이 매저질 때
재ㅅ빗 어스름이 땅을휩쓸려 어르광진다

V戰線으로......

동무여!
북을내어던지자
바듸를찌저버리자
한올아나마
한자이나마
그리고工場바닥을 뒤집어놋차

배가주리어 죽는한이 잇드래도
한사람이 남는순간까지

戰線으로……

한사람이 부르지젓다
으왁…으왁…군중은 홍분되어
社長室을 에워쌀 때
문고리에 쇠나리는 그의마음…
햇슥한 그의얼골…눈…

김창술, 「戰線으로」 부분[34)]

이 작품은 결속력을 바탕으로 투쟁의 결의를 다지는 내용으로 구성되어 있다. 다소 흥분되어 있을 정도로 격앙된 어조 등이 현실감이 다소 결여되어 있는 한계로 작용하는 시이기도 하다. 그럼에도 이런 자신감이야말로 조직의 결성이 가져다주는 낙관적 전망을 반영하는 것이라 할 수 있다. 게다가 '戰線으로'라는 슬로건은 분명한 목표 설정을 제시하고 있다는 점에서 목적의식기 시가 요구하는 당파적 투쟁의 의미가 어떤 것이야하는 것인가를 말해준다. 목적의식기에 김창술은 이런 세계관을 드러내는 작품을 주로 썼다. 「조선을차저서」[35)], 「煩熱」[36)] 등의 작품들이 그러한데, 그는 이런 특징적 단면을 드러내는 시를 씀으로써 이 시기를 대표하는 시인가운데 하나로 자리하게 된다.

---

34) 《조선일보》, 1926.1.2.
35) 《조선일보》, 1926.2.23.
36) 《조선일보》, 1926.4.30.

한편 이 시기에 김창술 못지않은 많은 작품을 쓴 시인이 김해강이다. 그는 민중의 생활상을 면밀하게 응시하고 그들의 빈궁한 삶의 원인이 계급모순에 있다는 것, 그리고 더 나아가 식민지 현실에 있다는 것을 인식하게 된다. 그리고 이를 바탕으로 그러한 계급 구조와 식민지 상황에 대한 적극적인 투쟁으로써 극복할 수 있다는 사유를 보여주고 있다. 그의 시에서 이러한 면은 다른 시인에 비해 인식의 폭이 넓다는 점에서 그 의의가 있다. 특히 계급 모순뿐만 아니라 민족 모순의 가능성까지 암시하고 있다는 점에서 그러하다. 이런 단면은 카프 작가들에게 있어서 당시 금기와 같았던 민족 모순의 문제로까지 나아가는 현실인식을 보여준 사례였다는 점에서 매우 예외적인 경우라 할 수 있다.

이런 의의에도 불구하고 김창술이나 김해강의 시들이 갖고 있는 한계 또한 분명하다. 이전 시기에 보였던 낭만적 영탄조가 그대로 남아 있다는 점이 그 하나인데, 이는 그의 시의 약점으로 지적되고 있던, 주관적 관념성의 생경한 노출과 분리하기 어려운 부분이라 할 수 있다. 뿐만 아니라 격한 어조를 앞세우다 보니 관념이 지나치게 노출되었다는 한계도 드러난다. 관념의 지나친 노출은 형식미 뿐만아니라 프로시의 약점 가운데 하나인 형해화한 시, 뼈다귀 시로 전락할 위험성이 있었다.

그럼에도 그의 시가 갖고 있는 시사적 의의 또한 결코 간과되어서는 안 된다. 김해강은 다수의 시 창작을 통해 앞으로 전개될 수 있는 경향시의 여러 다양성을 펼치내고 있었기 때문이다. 가령 미래에 대한 이상주의적 관점을 드러난 작품[37]이나 현실의 극복의지로서의 투쟁의 결의를

37) 여기에는 「아츰날」(《조선일보》, 1926.1.), 「님이오기를」(《조선일보》, 1926.2.), 「봄비」(《조선일보》, 1926.3.) 등이 있다.

보여주고 있는 작품[38], 그리고 민중의 구체적인 생활 모습의 형상화를 그리고 있는 작품[39] 등이 그것이다.

아츰날!
동편한울에
붉은날빗치뻣질을 때
압시내에나가세수를하노라면
둥실둥실떠오르는해ㅅ님은
燦爛한金빗물결을
흘러보냄니다
찬물로묵은날의倦怠를
모도씨서버리고
물결이촬촬거리는
바위우에올라서서
마츰날大氣를길게마실 때
新鮮한긔운에화근거리는
나의얼골엔
希望의날빗치뻣질음니다
아름다운깃븜이날뛥니다

김해강, 「아츰날」[40] 부분

---

38) 이런 유형의 작품으로는 「蜘蛛網」(《조선일보》, 1926.2), 「生의躍動」(《조선일보》, 1926.3), 「斷末魔」(《조선일보》, 1926.3.), 「나의宣言」(《조선일보》, 1926.4.) 등이 있다.
39) 이런 유형의 작품들로는 「넷들」(《조선일보》, 1926.2.), 「물방아」(《조선일보》, 1926.3.), 「쪼각달」(《조선일보》, 1926.4.), 「愚婦의설음」(《조선일보》, 1926.6.) 등이 있다.
40) 《조선일보》, 1926.1.31.

방향전환기 시인들의 작품에서 민중 지향성과 투쟁의식이 선명히 드러나고 있음은 쉽게 확인할 수 있는데, 김해강의 인용시 역시 예외가 아니다. 김해강은 위의 시편들에서 알 수 있는 바와 같이 김창술에 비해 민중들에 대한 생활이나 거기서 형성되는 정서적인 면들에 보다 밀착되어 있음을 알 수 있다. 그의 시는 극단적인 빈곤과 거기서 얻어지는 고통의 형상화라든가, 혹은 그러한 질곡으로부터 해방되고자 하는 투쟁의지로 귀결된다. 이를 두고 민중 지향성에 대한 강한 의지의 표명이라 할 수 있는데, 그는 이를 기반으로 미래에 대해 낙관적 이상주의를 포회하고 있다. 단순한 현실인식이나 현실에 대한 고발의지에서 그치는 것이 아니라 이를 미래의 시간성으로 전유해 나가고자 하는 의지로까지 나아가고 있는 것이다. 이런 면이야말로 그로 하여금 목적의식기를 대표하는 시인으로 자리하게끔 만들어준다.

「아츰날」은 제목에서부터 희망의 메시지를 전한다. 지금 서정적 자아는 동쪽 하늘에 해가 떠오를 때, 시내에 나가 세수를 한다. 일상적인 일의 반복이지만, 여기에는 시대를 향한 다짐이 담겨 있다는 점에서 의미가 있다. 시적 자아가 인식하는 시대 인식이 무엇인지 구체적으로 드러나 있지 않지만, 그것은 아마도 당대의 불온한 현실일 터인데, 자아는 여기에 순응하거나 안주할 마음이 추호에도 없다. 그 초월의 다짐이 전망으로 연결되거니와 이렇듯 김해강은 이 시기 다른 어떤 시인보다도 미래에 대한 밝은 전망을 자신의 시속에 담아내고 있었다.

찬바람나무가지를울리는
깁흔겨울밤이려라
쪼각달은西天에걸려

말업시찬빗을나려보내는데
가난한집어린아기보채는울음소리!
괴로운世上을우는것갓다
가난에쪼들린어머니의情狀!
어린것에게무슨罪이런가
피는말러짜도졋을어찌하랴!
배곱하보채며우는어린아기!
어머니의두눈으론굵은눈물떠러진다
아-이긴긴밤을어이새이랴!

김해강, 「쪼각달」[41] 부분

미래에 대한 전망과 더불어 목적의식기 시인들의 작품에서 민중 지향성과 투쟁의식이 선명히 드러나고 있음은 쉽게 확인할 수 있는데, 「쪼각달」 역시 그러한 사례 가운데 하나이다. 이 작품도 이 시기의 주도적 인물 가운데 하나였던 김해강의 작품인데, 그는 여기서도 「아츰날」과 마찬가지로 민중의 생활이나 정서적인 면에 주목하고 있다. 이런 면은 분명 김창술과 구분되는 지점이라 할 수 있는데, 그가 여기서 표출하고자 했던 것은 극단적인 빈곤과 그로부터 얻어지는 고통이다. 이런 감각은 모두 생활 정서와 밀접히 관련된 서정성들이다. 하지만 「아츰날」과 미래에 대한 전망의 세계는 상당히 약화되어 있다. 이런 음역에 한정한다면 극도의 가난의식을 표방한 신경향파적인 면과 구분되기 어려운 것이 사실이다.

하지만 이 시기 극도의 가난의식은 신경향파의 그것과 동일한 것은 아

---

41) 《조선일보》, 1926.4.19.

니다. 여기서의 가난이나 빈궁 의식은 그 자체로 한정되거나 완결되지 않는 까닭이다. 그러한 질곡으로부터 해방되고자 하는 투쟁의지가 미래에 대해 낙관적 이상주의와 연결되는데, 이런 면이야말로 김해강 시의 특징적 단면이라 할 수 있을 것이다. 당시 다른 카프 시인들도 시기적으로 이러한 경향을 드러내고 있었지만 김해강은 형상화 측면에서 보다 섬세한 접근을 하고 있다는 점에서 주목받을 필요가 있다. 김해강의 이러한 면모에 비한다면 김창술의 시들은 투쟁을 조직하는 데 주된 초점이 놓여 있고 이에 따라 과잉된 감정의 분출이 특징적인 단면을 이루고 있다.

초기의 카프는 사상적으로 비교적 관대한 편이었다. 아직 이론적으로 당파적으로 지도성이 정립되지 않은 영향이 크기 때문이다. 이 때의 카프는 현실비판의 의지를 견지하고 있는 문학인이라면 모두 수용할 정도로 사상의 자유를 허용했는데 그만큼 조직의 강제력이 매우 느슨했음을 알 수 있다. 그러나 이러한 상황은 1927년 목적의식기를 거치면서 바뀌게 된다. 박영희, 김기진을 둘러싼 내용, 형식 논쟁과 이에 발생한 아나키즘 논쟁이 이러한 전환을 가져오는데 이 과정을 겪으면서 카프는 문예작품 창작에 대한 지도를 강화해나가기 시작한다. 자유주의자인 아나키스트들을 제명처리하는 등 조직의 정비를 마치게 되는 것이다.[42] 그런 다

---

42) 김기진과 박영희의 내용 형식 논쟁은 팔봉의 「文藝時評」(『조선지광』, 1926.12), 「無産文藝作品과 無産文藝批評」(『조선문단』, 1927.2.)과 박영희의 「鬪爭期에 있는 文藝批評家의 態度」(『조선지광』,1927.1.), 「文藝批評의 形式派와 막스主義」(『조선지광』, 1927.2.)를 중심으로 전개되었다. 나아가 회월은 「文藝運動의 方向轉換論」(『조선지광』, 1927.4.), 「文藝運動의 目的意識論」(『조선지광』, 1927.) 등의 평론을 통해 자연발생적 경향 문학으로부터 벗어나 무산계급의 의식을 견지하는 목적의식적 문학으로 나아가야 한다고 하였다. 1927년의 카프의 이러한 과정에 대해 아나키스트 김화산이 제동을 걸고 일어난 것이 아나키즘 논쟁의 출발이다. 김화산의 평론으로 「階級藝

음 카프는 새로운 단계로 나아가게 된다. 그것이 카프의 1차 방향전환이거니와 이러한 과정을 거치면서 카프의 창작 경향은 초기의 신경향파적인 단계에서 벗어나 질적, 사상적 발전을 거듭하게 된다. 막연하게 민중이나 투쟁을 노래할 것이 아니라 역사 발전에 대한 계급주의적 인식이 전제되어 있어야 한다는 것이다. 이는 일체의 소부르조아적인 성향을 배제하겠다는 것인데, 이러한 내용이 이후 창작에 대한 카프의 핵심적 지도 사항으로 자리잡게 된다.

하지만 이런 경직화된 지도 비평이나 창작 방법은 또다른 논쟁을 예고하게 된다. 이 역할을 담당한 것 역시 김기진이다. 카프 문예 운동에 대해 김기진이 제기한 불만은 창작방법에 있어서의 형상화 미흡 문제였다. 박영희의 소설을 비롯한 당시의 카프의 작품들이 이념 일변도의 관념적 작품들이라는 것이 김기진의 판단이다. 그는 카프가 문예운동의 조직인 만큼 내용을 형상화하는 형식의 문제 또한 중요하다는 입장이었다. 그러나 논쟁은 팔봉이 자신의 논의를 철회함으로써 일단락되게 된다.[43] 팔봉의 문제제기는 받아들여지지 않고 오히려 이를 계기로 문학의 정치적 범주화가 심화되기 시작했다. 여기서 중요한 것은 논쟁의 결과, 카프는 이념적 성격을 보다 분명히 하기에 이르렀다는 점이다. 이러한 사정을 계기로 카프는 작가들에게 작가 의식을 투철히 할 것을 지시했는 바, 조선 현실에 내재한 모순을 계급투쟁으로 볼 것과 투쟁의 주체는 무산 계급인 민중이라는 것, 그리고 이러한 인식의 전개를 위해 문예 운동이 투쟁의 대오를 다듬고 전선으로 나아가라는 것 등등을 요구했다.

術論議의 新展開」(『조선문단』, 1927.3.), 「雷同性文藝論의 克服」(『현대평론』, 1927.6), 「續雷同性文藝論의 克服」(《조선일보》, 1927.7.) 등이 있다.

43) 김기진, 「무산문예작품과 무산문예비평」, 『조선문단』, 1927.2.

목적의식을 수용한 이 시기의 경향시는 기존의 1920년대 초반이나 방향전환 이전의 카프시와는 성격상 대단히 이질적이었다고 할 수 있다. 이 시기의 시들을 엄밀한 의미에서 진정한 프롤레타리아시라 부를 수 있는 것인데, '무산계급의 생활 감정을 그대로 소유하되 무산계급의 역사적 사명을 이해해야 된다'는 말은 시인으로 하여금 프롤레타리아 계급의식으로 철저히 무장하여 무산계급의 입장에 선 창작을 하라는 것을 의미하기 때문이다.[44] 말하자면 프롤레타리아 시라는 말은 민중의 의식을 계급주의의 관점으로 끌어올린 것을 의미한다. 당시의 논의대로라면 단순히 자연발생적으로 무산계층에 속하거나 지식인으로서의 존재기반이 문제되는 것이 아니고 무산계급의 생활감정을 소유하고 역사적 사명을 이해할 때 진정 계급주의의 관점을 획득할 수 있다는 것이다.

요컨데 이 시기의 카프시는 계급의식을 획득할 것을 요구함으로써 관념에 적극적인 여지를 부여하고 있는 바, 이러한 사정은 당시의 시 창작에도 그대로 반영되어 나타나고 있었다. 조직의 결성과 이에 따른 지도비평의 확정은 카프시의 방향성과 관련하여 많은 의미를 부여했다. 하지만 지도 이념이 강화되면서 그에 따른 한계 또한 분명히 노정하고 있었다. 관념지향적 창작방법이 갖고 있는 한계점들이 계속 드러나고 있었던 것인데, 그 하나의 사례를 보여주는 작가가 김창술의 경우이다. 김창술

---

44) 박팔량은 「조선신시운동개관」(《조선일보》, 1929.2.)에서 프로시의 정의를 계급의식의 유무에서 찾고 있다. 그는 그러면서 "창작가가 어떠한 계급에 속하였든지 가장 중요한 문제는 어느 정도까지 푸로레탈리아 의식을 전취하였느냐 하는데 잇을것"이라고 덧붙인 바 있다. 말하자면 발생적으로 무산계층에 속하는 것만이 문제가 아니라 그러한 존재기반에 사상적 투철성을 아울러 가져야 프롤레타리아 계급이 된다는 것이다. 여기에서 창작가의 계층 기반은 사상적 투철성으로 극복할 수 있다고 함으로써 지식인의 관념성이 틈입할 여지를 부여하기도 했다.

의 작품에서 계급주의적 인식이 너무 앞선 나머지 관념어 등이 빈번하게 노출되고 있다는 점이 지적된 것이다. 이는 물론 이 작가 하나만의 문제에서는 그치는 것이 아니다. 이 시기 카프시를 창작했던 시인들 모두의 문제라고 보아야 하기 때문이다. 이념으로만 점철된 공식주의라든가 뼈다귀 시, 재미없는 시로 표명되는 경향들이 계속 생산되고 있었던 것인데, 이러한 면들은 현실에 대한 계급주의적 인식이 미래 전망에의 도식적 재단으로 이어지거나 성급하게 자신의 주관만을 제시하기에 급급했다. 이러한 현상들은 당시 목적의식기에 시인들이 겪어야 했던 의식상의 급진성을 말해주는 것이라 할 수 있다. 그러한 한계들은 카프시로 하여금 또 다른 방향이나 전진을 요구하는 계기가 되게 한다. 그 단초를 제공한 작품들을 통해서 새로운 단계를 예비할 수밖에 없었던 프로시의 한계를 되짚어 보고자 한다.

"굿센자여!
너의일홈 푸로레타리아"
새로운 못토는 인류의마음에 새향긔를 새빗을 새힘을 피웟다 보내엇다
동무야 우리는모든것을 떠나왓나니
술에서 계집에게서 또工場에서 小作權에서
새로운힘을 呪文가티 실업슨 그겁질을 물리치고 세계의 디도에 굵은줄을 그신다
地型을 뜨는一隊--
아세아......모스코바 칼커타 상해 서울 도-교......밧비 陣圖를그린다
地型을 뜨는一隊
유롭......벨린 파리 런던 위인......밧비 陣圖를 그린다
인터나쇼날의 峻烈한宣告가 대원의가슴에 緻密을 부친다

이 큰물처럼 밀리는 동무의발길이 굵은줄을밟고간다
船夫여 坑夫여 鐵工 印刷 配達 헤일수업는 모든工人이여 小作人이여
"너의일홈은 푸로레타리아 굿센자!"
사랑하는轉位여 그대들은 지금 地型을뜨고잇지 아니한가
보라!
해는 졂은해는 糾察隊가티 우리를 보지안느냐 정성으로
새날을 마즈려고 삐어 애쓰는 우리의가슴이여굿세어라--
"地型의 改造"!
물ㅅ결치는바다는 이 航船을실코 깃븜의航海를니어간다

김창술, 「地型을 뜨는 무리」[45] 부분

목적의식기를 거치면서 발표된 김창술의 시에는 '프로레타리아'니 '부르조아'니 하는 용어들이 자주 등장한다. 격앙된 어조로 투쟁 의지를 노래하는 점은 전 시기와 유사하지만 이에 덧붙여 계급의식 또한 강화되어 나타나고 있다는 것을 알 수 있다. 「무덤을파는무리」[46]나 「進展」[47] 등의 시가 이러한 특성을 드러내고 있었다.

김창술의 위의 시들을 비롯해서 이 시기의 시인들은 목적의식적으로 제시된 세계관인 마르크스주의를 자신의 것으로 체화시키지 못한 상태에서 무리하게 그러한 관념을 담고 있다는 인상을 준다. 임화의 「曇--一九二七」[48]이나 홍요명(洪躍明)의 「불근處女地에드리는頌歌」[49], 적구

45) 김창술, 《조선일보》, 1927.6.
46) 《조선일보》, 1927.6.
47) 《조선일보》, 1927.7.
48) 『예술운동』, 1927.11.
49) 『예술운동』, 1927.11.

(赤駒) 유완희의 「나의行進曲」[50], 「街頭의宣言」[51], 「民衆의行列」[52] 등의 시들에서 이러한 성격을 볼 수 있다. 그만큼 이 시기의 작품들은 현실이 추체험된 관념지향적인 경향으로부터 자유롭지 못한 것이었다. 따라서 이들 시들은 내용이 대체로 추상적이고 관념적인 데 그치고 있거니와 이러한 한계들은 결국 카프시가 새로운 단계로 나아가는 계기를 마련하게 된다.

2) 대중화론 시기의 시

목적의식기를 거치면서 카프시들은 민중에게 계급사상을 전달하고 민중을 고양시켜야 한다는 임무가 강하게 주어졌다. 그 결과 '뼈다귀의 시'와 같은 관념 우위의 서정시들이 탄생하게 된다. 그리하여 "연장으로서의 문학은 그 정도를 수그려야 한다"는 김기진의 문제 제기가 이루어지게 된다[53]. 이는 프로시가 이념상의 원칙과 작품의 형상화 사이에 괴리를 겪고 있음을 알리는 주요 사례 가운데 하나임을 말해준다. 이런 결과를 가져오게 된 것은 어쩌면 필연이었다고 할 수 있는데, 운동으로서의 문학과 그렇지 않은 문학이 갖고 있는 근본적인 괴리가 여기서 표출하게 되었던 것이다. 다시 말하면, 민중의 생활 정서가 사상과 맞물리지 못한 상태에서 이념은 관념적 구호로 남용되고 있었고, 창작은 이를 받쳐주지 못한 것이다. 이러한 상황에서 시인들은 자신의 창작방법을 어떻게 정립

50) 《조선일보》, 1927.11.
51) 《조선일보》, 1927.11.
52) 《조선일보》, 1927.12.
53) 김기진, 「변증적 사실주의」, 《동아일보》, 1929.2.25.

해야 하는가에 대해 고민을 하게 되었다. 이러한 딜레마는 마르크스주의적 세계관이 창작의 원리로 제시되었지만 그러한 이념의 시적 형상화라는 전혀 다른 범주에 대해서는 방법적 모색이 뒤따르지 못한 결과가 만들어낸 것이다.

타는 가슴! 불붓는 심사!
그것은 民衆의 앞으로 民衆의 앞으로 굿세게 나가기를 要求한다
소리치는 나의 音聲-音聲의 波動
그것은 멀리 더 멀리 民衆의 가슴을 뚫고 民衆의 마음을 이끌고 나간다
누가 나의 앞을 막느냐? 나의 앞을
나는 民衆의 앞에 서서 民衆과 함께 나가랴는 사람이다
나의 든 "브러쉬"는 나의 든 붓자루는 民衆을 그리고 民衆을 노래하려는 道具다
-온- 假痘의 看板이 되고 삐라가 되어…
나는 지금 衝動에 눌리고 잇다
灼熱된 나의 感情 그것은 떨어지는 잎과 갈이 그같이 허무히 슬어지지는 아니하리라

感情이 爆發되는 날
그날이 나의 가슴으로부터 나의 마음으로부터 이끼[苔]가 사라지는 날이다
그리고 그들은 同志의 壯嚴한 禮式을 擧行하게 되리라

유완희, 「나의 行進曲」 전문[54]

54) 《조선일보》, 1927.11.5.

이 작품이 발표된 것은 1927년 11월이니까 시기상으로 볼 때, 방향전환기의 시기와 거의 일치하는 시점에서 발표한 것이다. 유완희는 카프가 지향하는 이념에 대해 긍정적인 면을 갖고 있었지만 이 조직에 적극적으로 가담하지는 않았다. 말하자면 그는 동반자 작가 가운데 하나였다고 할 수 있다. 하지만 동반자 그룹의 작가 답지 않게 그는 카프의 이념과 그 지도 원리에 비교적 충실한 면을 보여주었다. 신경향파 시기의 문학도 그러하거니와 「나의 행진곡」을 비롯한 일련의 작품들 또한 카프의 행보와 그 궤를 같이 하고 있기 때문이다.

이 작품을 지배하는 일차적인 정서는 "타는 가슴! 불붓는 심사!"와 같은 직접적, 즉자적인 정서의 표출이다. 시인의 자의식을 지배하는 것은 무매개적인 내적 분노이다. 이런 관념어, 추상어들이 시적 요소를 훼손시키시거니와 이 분노의 감정이 어떤 경로에 의해 형성된 것인가에 대해서도 작품의 표면에 잘 나타나 있지 않다. 서정적 자아의 정서가 어떤 객관적 기초에서 솟구쳐 나오는 것인가에 대한 아무런 근거도 제시되어 있지 않고 있는 것이다. 다만 알 수 없는 불모의 지대에서 형성되고 있음을 시사하고 있을 뿐이다. 그럼에도 이 정서는 민중적 정서와 불가분의 관계에 놓여 있는데, 이를 단적으로 보여주는 것이 2행이다. 가령, "민중의 앞으로 민중의 앞으로"라는 선언이 그러하다.

실상 이런 충동의 정서가 형성된 배경이 무엇인지 굳이 따져볼 필요도 없다. 시인 자신이 여기서 인정한 것처럼, 그것은 단지 '간판'이고 '삐라'의 수준에 머무는 정서에 그치고 있기 때문이다. 문학이 '뼈다귀의 시', 곧 선전문구나 삐라가 될 수 있다는 것은 이처럼 주관의 과잉이 낳은 결과이다. 이는 전달되는 이념이 좋으면 다른 모든 형식적 요건은 배제해도 좋다는, 박영희 식의 관념 우선주의, 이념 우선주의가 낳은 결과이다[55]. 문학이 객관적, 자연적 현실 속에서 녹아들어가지 못하고 오직 관념의 과잉상태에서 기술된 것, 그것이 목적의식기의 시가 갖고 있었던 근본적인 한계였다.

여기서 이 시기 카프의 논객이었던 김기진의 역할이 다시 대두된다. 그는 목적의식기에 제작된 시들의 관념 우위성, 이념 우위성이 갖고 있는 한계에 대해서 뚜렷이 인식하고 있었다. 이러한 류의 시가 창작되고 있는 현실, 그리하여 작품이 대중으로부터 괴리되고 있는 현실을 비교적 명확하게 인식하고 있었던 것이다. 이런 시각은 카프 내에서 이념을 확고히 하는 단계에서 벗어나 그러한 이념을 민중에게 더욱 효과적으로 뿌리내릴 수 있는 방법이란 무엇인가에 대해 문제의식 속에서 나온 것이다. 그리하여 이 시기를 전후하여 시에 있어서의 현실성 획득의 문제와 관련한 예술의 대중화론이 시작되는 계기가 되었다.

대중화론(大衆化論)은 시 양식뿐만 아니라 소설 양식과 더불어 진행되었다. 대중화론의 중심인물은 김기진이거니와 그는 그동안 프로 문학이 이론 위주의 생경한 작품만을 양산하다보니 대중과 유리되어 창작 자체가 위축되었다는 점과, 일제의 검열로 프로 문학의 창작 자체가 위협을 받는다는 근거를 제시하면서 프로 문학이 통속화되어야 한다고 설파하였다.[56] 시 분야에서 이러한 주장은 「프로詩歌의 大衆化」에 잘 나타나

---

55) 박영희, 「투쟁기에 있는 문예비평가의 태도」, 『조선지광』, 1927,1.

56) 1928년부터 1930년까지 金八峯은 「通俗小說小考」(《조선일보》, 1928.11.13.)를 비롯하여 「大衆小說論」(《동아일보》, 1929.4.), 「프로詩歌의 大衆化」(문예공론, 1929.6), 「藝術의 大衆化에 대하여」(《조선일보》, 1930.1.) 등 프로 문학의 대중화와 관련한 일련의 논문을 발표한다. 팔봉 외에도 朴完植, 柳白鷺, 閔丙微 등이 이 논의에 가세했다. 그러나 임화, 김남천, 안막 등 소장파들은 팔봉의 대중화론을 대중추수주의자라 하여 그를 비판하는 입론을 펼쳤다.

있는데, 그가 주목한 작품은 이때 발표된 임화의 일련의 시이다. 이론과 창작의 불일치 혹은 모색의 과정에서 임화는 일련의 시들 가령, 「네街里의順伊」라든가 「우리 옵바와 火爐」 등 새로운 양식의 시를 발표하게 되는데,[57] 팔봉은 이들 시를 두고 '단편서사시'라 명명하면서 프로시가 탐색해야 할 새로운 시 양식이라 극찬하기에 이른다.

> 이에 이르러서 나는 다시 임화군의 시를 끌어온다. 「우리 오빠와 화로」는 그 골격으로서 있는 사건이 현실적이요 실재적이요 오빠를 부르는 누이동생의 감정이 조금도 공상적, 과장적이 아니며 전체로 현실, 분위기, 감정의 파악이 객관적, 구체적으로 되었고 그리고 그것은 한 개의 통일된 정서를 전파하는 동시에 감격으로 가득찬 한개의 생생한 소설적 사건을 안전에 전개하고 있다.
>
> 이것은 우리들의 시가 어찌하여서 단편 서사시의 형식으로 접근하지 아니하면 안 되겠다는 나의 여상의 이론을 증거하는 실례가 될 것이다.
>
> 프롤레타리아의 의식, 프롤레타리아의 생활로서 실제 재료를 삼는 것이 최선의 방법이며 그리함에 있어서는 실재적, 구체적 사건의 제시 혹은 암시의 방법을 취하는 것이 또한 적당한 향로(向路)인 것이다. 우리들의 시가 단편 서사의 길로-혹은 프를레타리아의 주제시의 길로-제군의 길은 타개되어야 한다.[58]

팔봉이 카프시에 대해서 이런 진단을 내린 데에는 이유가 있었다. "재

---

57) 임화는 물론 이 때 신인의 신분을 어느 정도 벗어나 있는 상태였다. 1927년 후반부터 이전의 다다이즘 시와 결별하고 마르크스 사상에 입각한 시를 창작하기 시작했기 때문이다. 1929년 『조선지광』에 「우리 오빠와 화로」 등의 시를 발표하면서 가장 중심적인 프로시 작가로서의 입지를 굳히게 된다.

58) 팔봉, 「단편서사시의 길로」, 『조선문예』, 1929.5.

미없는 정세에서 연장으로서의 무기"를 내려 놓아야 한다고 했지만, 기왕의 발표된 카프시들은 문학으로서, 혹은 서정시로서 갖추어야할 문학성이 구현되지 못한 탓이 크다고 생각했기 때문이다. 그 결과 대중과 친숙히 결합되는 작품이 무엇보다 전제되어야 한다고 보았다.

> 그동안 기개의 시인의 이러한 시는 전대중이 섭취하는 바가 되지 못하였다. 무슨 까닭이냐 하면 첫째 우리의 시를 우리가 그들에게 가지고 가서 보여주지 못하였고 둘째, 그들이 알아보기 쉬운 말로 쓰지 못하였고 셋째, 그들이 흥미를 느끼고 외우도록 그들의 입맛을 맞추지 못한 까닭이었다. 그런데 프롤레타리아 시가의 목적은 처음부터 한마디로써 말하면 대중을 소부르조아적 내지 봉건적 취미로부터 구출하여가지고 근로자의 의식을 진정한 의식에까지 양양, 결정하게 함에 있는 것인 이상 대중에게 섭취되지 못하여서는 그 본래의 임무를 다할 수가 없다.[59]

이 글의 요체는 대중과 카프시의 결합도이다. 어떻게 하면 대중과 유리된 카프시를 공유의 장으로 유도할 것인가의 문제인데, 실상 대중이 관심이 없다면 아무리 좋은 사상이라고 해도 모래성에 불과할 뿐이라는 것이 김기진의 시각이다. 그리하여 그는 그 실천적 사례로 대중과 가까워지기 위해서 노래부를 수 있는 '詩歌'의 형식을 취할 것과, '흥미가 가미되어야 한다'고 인식했던 것이다. 임화의 위의 시편들이 등장했을 때 김기진은 이들 시가 대중적 프로시의 요건을 갖춘 것이라고 보고 크게 환영했다.[60]

---

59) 김팔봉, 「프로詩歌의 大衆化」, 『문예공론』, 1929.6.

60) 그러나 정작 시편의 작가인 임화는 「濁流에 抗하여」(『조선지광』, 1929.8)와 「金基鎭

사랑하는 우리 오빠 어저께 그만 그렇게 위하시던 오빠의 거북무늬 질화로가 깨어졌어요/언제나 오빠가 우리들의 '피오닐'* 조그만 기수라 부르는 영남(永男)이가/지구에 해가 비친 하루의 모 든 시간을 담배의 독기 속에다/어린 몸을 잠그고 사 온 그 거북무늬 화로가 깨어졌어요.//

그리하야 지금은 화젓가락만이 불쌍한 우리 영남이하구 저하구처럼/똑 우리 사랑하는 오빠를 잃은 남매와 같이 외롭게 벽에 가 나란히 걸렸어요.//오빠……/저는요 저는요 잘 알았어요./웨 그날 오빠가 우리 두 동생을 떠나 그리로 들어가신 그날 밤에/연거푸 말은 궐련[卷煙]을 세 개씩이나 피우시고 계셨는지/저는요 잘 알었어요 오빠.//언제나 철없는 제가 오빠가 공장에서 돌아와서 고단한 저녁을 잡수실 때 오빠 몸에서 신문지 냄새가 난다고 하면/오빠는 파란 얼굴에 피곤한 웃음을 웃으시며/……네 몸에선 누에 똥내가 나지 않니 하시던 세상에 위대하고 용감한 우리 오빠가 웨 그날만/말 한 마디 없이 담배 연기로 방 속을 메워 버리시는 우리 우리 용감한 오빠의 마음을 저는 잘 알았어요./천정을 향하야 기어올라가든 외줄기 담배 연기 속에서 오빠의 강철 가슴 속에 백힌 위대한 결정과 성스러운 각오를 저는 분명히 보았어요./그리하야 제가 영남이의 버선 하나도 채 못 기었을 동안에/문지방을 때리는 쇳소리 바루르 밟는 거치른 구두 소리와 함께 가 버리지 않으셨어요.//그러면서도 사랑하는 우리 위대한 오빠는 불쌍한 저의 남매의 근심을 담배 연기에 싸 두고 가지 않으셨어요./오빠 그래서 저도 영남이도/오빠와 또 가장 위대한 용감한 오빠 친구들의 이야기가 세상을 뒤집을 때/저는 제사기(製絲機)를 떠나서 백 장의 일전짜리 봉통(封筒)에 손톱을 부러뜨리고/영남이도 담배 냄새 구렁

君에게 答함」(『조선지광』, 1929.11)에서 자신의 시편들이 낭만주의적이고 소시민적 오류를 범하고 있다고 자기비판하고 김기진을 개량주의자이고 대중추수주의자라고 비판한다.

을 내쫓겨 봉통 꽁무니를 뭅니다./지금 만국지도 같은 누더기 밑에서 코를 고을고 있습니다.//오빠 그러나 염려는 마세요./저는 용감한 이 나라 청년인 우리 오빠와 핏줄을 같이 한 계집애이고/영남이도 오빠도 늘 칭찬하든 쇠 같은 거북무늬 화로를 사온 오빠의 동생이 아니어요?/그러고 참 오빠 아까 그 젊은 나머지 오빠의 친구들이 왔다 갔습니다./눈물나는 우리 오빠 동모의 소식을 전해주고 갔어요./사랑스런 용감한 청년들이었습니다./세상에 가장 위대한 청년들이었습니다./화로는 깨어져도 화젓갈은 깃대처럼 남지 않었어요./우리 오빠는 가셨어도 귀여운 '피오닐' 영남이가 있고/그러고 모 든 어린 '피오닐'의 따듯한 누이 품 제 가슴이 아직도 더웁습니다.//그리고 오빠……/저뿐이 사랑하는 오빠를 잃고 영남이뿐이 굳세인 형님을 보낸 것이겠습니까?/섧지도 않고 외롭지도 않습니다./세상에 고마운 청년 오빠의 무수한 위대한 친구가 있고 오빠와 형님을 잃은 수 없는 계집아이와 동생/저의들의 귀한 동무가 있습니다.//그리하야 이 다음 일은 지금 섭섭한 분한 사건을 안고 있는 우리 동무 손에서 싸워질 것입니다.//오빠 오늘 밤을 새워 이만 장을 붙이면 사흘 뒤엔 새 솜옷이 오빠의 떨리는 몸에 입혀질 것입니다.//이렇게 세상의 누이동생과 아우는 건강히 오는 날마다를 싸움에서 보냅니다.//영남이는 여태 잡니다. 밤이 늦었어요.//누이동생

임화, 「우리 오빠와 화로」[61] 전문

이 작품은 김기진이 눈물을 흘릴 정도로 감명을 받았다는, 카프시의 전개에 있어서 한 단계 나아간 것으로 평가받았던 임화의 시이다. 그는 이전까지의 카프시가 관념우위라든가 이념에 지나치게 편향된 나머지

---

61) 『조선지광』, 1929.2.

개념시라든가 뼈다귀 시를 양산하게 되었는 바, 이런 현상은 시의 맛을 상실케하여 독자로부터 카프시를 분리시키는 결과를 가져왔다고 했다. 그러나 「우리 오빠와 화로」는 기왕의 그러한 카프시와 달리 내용이 사실적이고 진솔하여 독자대중에 대한 정서적 감응력이 매우 높은 작품이라고 보았다. 이런 정서의 동일한 조응성이 「우리 오빠와 화로」의 장점이며, 앞으로의 카프시는 이런 방향으로 나아가야 한다는 것이 김기진의 주장이었다.[62]

임화는 이 작품에서 투쟁하는 근로자와 그의 가족, 그리고 민중연대성에 대해 자연스럽게 서정화했다. 미약하지만 강한 어조로 객관적 정황 제시라는 사실적 실감을 통해서 이를 자연스럽게 독자에게 감응시키고자 한 것이 이 작품의 특색이다. 이전의 카프시가 주관 위주의 시였다면, 이 작품은 객관 위주의 시였고, 이를 바탕으로 프롤레타리아의 이념을 매우 자연스럽게 전달하고자 한 것이 이 시의 함의이자 장점이었다. 이 시기 리얼리즘 계통의 시들을 일별할 때, 이런 시작 태도와 수법을 보여준 것이 거의 전무했다는 점에서 시인으로서의 임화의 위치가 무엇인지를 잘 말해주는 작품이라고 할 수 있다.

김기진의 언급대로 「우리 오빠와 화로」에는 화자의 진실한 독백과 사건의 형상화가 노동자의 실제 삶과 정서에 잘 부합되어 나타난다. 이처럼 생활이 사실적으로 서술되어야 의식화의 대상인 노동자의 정서가 고양될 수 있다는 것이 그의 주장이었던 것이다. 이에 근거하여 김기진이 제시한 단편서사시의 요건은 다음과 같이 요약할 수 있다.

---

62) 김기진, 「단편서사시의 길로」, 『조선문예』, 1929. 5.

첫째, 프롤레타리아 시인은 그 소재가 사건적 소설적인 데 주의해야 한다. 그리하여 될 수 있는 대로 그 소재의 시적으로 필요한 부분만 추려가지고 적당하게 압출하여 사건의 내용과 사건을 중심으로 한 분위기는 극히 인상적으로 선명, 간결하게 만들기에 힘쓸 것이다. (중략) 둘째, 문장은 소설적으로 느리고 둔하여도 못쓰지만 그렇다고 심하게 연마 조각하여 깊이 아로새길 필요가 없다. ……우리들의 시는 그들의 용어로 되어야 한다는 것이 또한 요건이다.……그리하여 노동자들의 낭독에 편하도록 호흡을 조절해야 한다. 프롤레타리아의 리듬의 창조이어야만 할 것이라는 말이다.[63]

김기진이 카프시를 시의 한 양식으로 고려한 점이나 이를 바탕으로 단편 서사시를 특징적 단면을 제시하는 것은 모두 프로시의 대중화를 위한 고민의 소산이었다. 위의 인용에서 먼저 사건을 서사적으로 제시해야 한다고 한 것은 서사성이야말로 시가 대중성을 획득하는 데 있어서 가장 중요한 일차적인 조건이라 여겼기 때문이다.

소설에서 리얼리즘이 논의되고 있는 것과 더불어 시 분야에서의 대중성을 고려한 김기진의 단편서사시론은 매우 의욕적인 것이었다고 할 수 있다. 뿐만 아니라 경색되었던 이념 위주의 카프시, 관념에 질식될 것 같았던 카프시에 어느 정도 숨통을 열어주는 산소와 같은 역할을 하기도 했다. 그러나 단편서사시를 쓴 당사자인 임화는 김기진의 이런 논리를 쉽게 수용하지 않았다. 자신의 시에 대해 임화는 자기비판하는 과정에서 김기진의 논의는 더이상 활로를 찾지 못하게 된다.[64] 임화는 팔봉을 대중

63) 김기진, 「단편서사시의 길로」, 『조선문예』, 1929.5.
64) 임화는 「詩人이여 一步 前進하자」(『조선지광』, 1930.6.)에서 자신의 위의 시편들이 지

추수주의로 비난하는 것과 더불어 카프의 문예운동은 문학적 성격을 고려하지 않는 정치투쟁과 등가임을 천명한다. 그리하여 대중화논쟁은 목적의식기 때부터 진행되고 있던 카프의 볼셰비키화와, 그것이 양산한 문제를 해결할 수 있는 힘을 발휘하지 못한 채 끝나고 만다.

팔봉의 대중화론은 실제적이고 현실적이었다는 점에서 의의가 있는 것이었다. 그동안 카프 문학을 언급하는 자리에서 팔봉의 이같은 주장은 대개 문학주의 내지는 속학주의로 폄하되어 왔다. 그렇게 된 데에는 카프시를 해석하는 시대의 배경[65]과, 당사자였던 임화의 주장이 끼친 영향이 큰 경우였다고 할 수 있다. 임화는 자신의 작품에 대한 긍정적 평가를 시도한 팔봉에 대해 오히려 이념적 수단의 중요성을 강조하면서 그의 대중화론을 적극적으로 비판하기에 이른다. 이런 반박이 어쩌면 카프시의 발전에 대해 일종의 한계로 작용했다는 점은 부인하기 어려울 것이다.

> 그것은 같은 맑스철학의 방법이 말하는 각 역사적 순간에 재한 계급의 제관계와 그 구체적 특수성의 가장 정확하고 객관적인 분석을 프로레타리아 전위의 눈으로 보는 것이다.
>
> 그러면 어째서 이 사실을 프로레타리아 전위의 눈으로 보아야 하는가. 그것은 '리얼리즘'의 객관적 태도는 동일하나 오직 현실을 그 전체성에 있어서 그 발전 속에서 보는 것은 오직 맑스철학의 파악자---포로레타리아

나친 감상에 치우치고 낭만주의의 잔재를 지니고 있는 한편 계급의식의 각성에는 미흡하다며 자기비판하고 있다.

65) 1980년대 군부통치가 시작되던 시기에 카프 문학은 다른 어느 시기보다 활발히 연구되었다. 현실 저항의 측면에서 그러했는데, 그 결과 카프시의 미학적인 국면보다는 투쟁 수단으로서 선택되었다는 측면이 강하다고 할 수 있을 것이다. 그러다보니 이때의 연구자들 역시 임화의 경우와 마찬가지로 김팔봉의 주장은 현실에 저항하는 수단이라는 시대적 임무에 부응하지 못한 것으로 치부되는 경향이 강했던 것이다.

의 전위만이 가능한 까닭이다(중략)

팔봉의 변증법적 사실주의 즉 우리들의 예술이 새로운 문제로서의 발전을 하려는 근본적 조건의 기초의 일부분인 짧으면서도 중요한 일구이다. 그러나 불행히도 우리는 언제나 주의하여 오던---혁명적 원칙의 치명적 무장해제적 오류를 발견하게 된 것이다.[66]

팔봉의 대중화론을 비판한 임화의 요지는 크게 두 가지로 모아진다. 하나는 프로작가란 프로레타리아의 전위의 눈을 가지고 있을 것, 다른 하나는 문학을 위한 문학의 강조, 곧 문학주의란 '혁명적 원칙의 치명적 무장해제적 오류'라는 것이다. 물론 임화가 내린 이런 근거가 프로 문예의 흐름에서 볼 때 전연 잘못된 것이라고는 할 수 없을 것이다. 하지만 계급투쟁을 전면에 내세운 카프가 문학에 있어서 형식적인 요건을 먼저 고려한 듯한 팔봉의 입장에 동조할 수는 없었을 것이다. 문학주의에 대한 경사란 곧 혁명으로서의 무기를 내려놓은 듯한 인상을 주기에 충분한 것이었기 때문이다. 그럼에도 임화의 주장 또한 관념의 늪에 여전히 갇혀 있는 것임은 부인할 수 없는 것이고, 내용, 형식 논쟁[67]에서 박영희가 주장했던 내용 위주의 문학에서 한발자국 앞서 나가지 못한 국면 또한 발견할 수가 있다. 현실적으로 말하면, 내용이 좋다고 해서 모든 것이 해결될 수 있다는 것이 관념론의 장점이자 한계임을 지적하지 않을 수 없을

66) 임화, 「탁류에 항하여」, 『조선지광』, 1929.8.
67) 이 논쟁은 김기진이 박영희의 소설에 대해 비판하면서 시작된 것으로 프로 문학의 예술 형상화 방법을 둘러싸고 벌어졌다. 그러나 논의는 많이 진척되지 못하고 김기진이 자신의 주장을 철회함으로써 일단락되었다. 하지만 남긴 성과도 제법 있었는데, 이를 계기로 프로 문학이 이념 위주의 원칙주의로 경사되는 계기가 되었다는 사실이다. 그러나 김기진은 대중화론에서 펼쳐보인 바와 같이 프로문학의 형상화 방법에 있어서 형식이나 문학성을 계속 암중 모색하는 고집스러운 면을 보여주기도 했다.

것이다. 아무리 좋은 사상이라고 해도 대중이 확보되지 못하는 경우, 그것은 또 다른 관념론을 양산하는 과정이기 때문이다.

대중화론은 동일한 시기에 있었던 내용, 형식 논쟁 이후 프로 문학 분야에서 가장 중요한 쟁점 가운데 하나가 된다. 이 논쟁을 계기로 임화를 중심으로 한 소장파들이 카프의 전면에 나서게 되고, 이전부터 이 조직을 이끌었던 김기진 등은 일선에서 밀려나게 된다. 이는 김팔봉의 대중화론이 카프의 중심부에서 설득력을 얻지 못했다는 반증이 될 수 있거니와 초기 카프를 이끌었던 팔봉이 실권을 잃고 동경에서 돌아온 임화 등이 카프를 장악하게 되는 계기가 되고 만다.[68]

이런 일련의 노력들은 카프의 2차 방향전환인 볼셰비키화 시기의 쟁점이자 당파성 확보를 위한 카프의 몸부림일 것이다. 이 시기 카프는 신간회와 분리되는 과정에서 조직의 이념적 입장을 분명히 해야 했던 바, 대중화론은 당파적 통일성에 대한 카프 조직의 정비가 신속히 이루어지는 계기가 된다.[69]

김기진이 카프의 전면에서 사라지는 것을 계기로 카프 조직의 주도권은 임화, 안막 등 소장파들에게 넘어가게 되거니와 궁극에는 문학주의의 색채를 지니고 있던 구카프계의 작가들은 점차 조직에서 탈락하게 되는 결과를 가져 오게 된다. 이에 따른 카프 조직과 이념의 강화는 새로운 국면을 맞이하게 된다. 그것이 카프의 제2차 방향전환, 즉 소위 볼셰비키화의 과정으로 이어지고 있는 것이다. 볼셰비키화란 조직상으로 볼 때 구카프계가 탈락하고 철저하게 계급의식으로 무장된 소장파가 주도권을

68) 여기에는 임화를 비롯하여 안막, 김남천, 권환 등이 주축을 이루고 있었다.
69) 김윤식, 앞의 책, p.33.

잡게 되는 이념적 전환이라 할 수 있다. 카프의 볼셰비키화로의 전환은 외부적으로는 신간회와의 결별과도 관련되는 것으로 이후 민족주의와의 대결을 통해 사회주의 조직으로서의 정체성을 분명히 하면서 마르크스주의 예술의 확립에 주력하게 된다.[70]

3) 볼셰비키의 시들

팔봉의 대중화론과는 별도로 볼셰비키 시기의 시는 신경향파 시기와 제1차 방향전환기의 작품들과는 뚜렷이 구분되는 점이 있었다. 막연한 가난의식과 그로 인한 좌절로 채색된 작품 세계와는 거리가 있었고 막연한 추상화라든가 관념화는 더욱 강화되는 시적 현실을 맞이하게 된 것이다. 이 시기 주요 작가로는 임화를 비롯한 권환, 안막, 박세영, 백철, 김창술, 이찬 등을 들 수 있는데, 이들은 모두 조직의 지도성에 따라 '전위의 시각을 갖추고 당의 문학을 창작할 것'을 목표로 하고 있었다. 권환은 이 시기를 대표하는 작가 가운데 하나이고, 그 내용 또한 이 시기 요구하는 것들에 대해 잘 반영하고 있었다.

小부르조아지들아
못나고 卑怯한 小부르조아지들아
어서 가거라 너들 나라로

70) 예술운동상의 볼셰비키화는 임화의 「프로예술운동의 당면과제」(1930, 6), 안막의 「프로예술의 형식문제1,2」(『조선지광』3,6), 「조선프로예술가의 당면한 긴급한 임무」(《중외일보》,1930.8.), 권환의 「조선예술운동의 당면한 구체적 과제」(《중외일보》,1930.9.〉 등의 논문을 통해 전개된다.

幻滅의 나라로 沒落의 나라로

小부르조아지들아
부르조아의 庶子息 프로레타리아의 적인 小부르조아지들아
어서 가거라 너 갈 데로 가거라
紅燈이 달린 카페로

따뜻한 너의 집 안방구석에로

부드러운 보금자리 여편네 무릎 위로!

그래서 幻滅의 나라 속에서
달고 단 낮잠이나 자거라
가거라 가 가 어서!

작은 새앙쥐 같은 小부르조아지들아
늙은 여우같은 小부르조아지들아
너의 假面 너의 野慾 너의 모든 知識의 껍질을 찖어지고

권환,「가랴거든 가거라-우리 진영 안에 잇는 小부루조아지에게 주는 노래」 전문

이 작품은 당파적 결속과 그로 인한 투쟁 의식을 고취하는데 바쳐진 시이다. 제목뿐만 아니라 부제를 통해서도 이 작품이 의도하고 있는 바가 무엇인지 분명히 알리고 있는 까닭이다. 이른바 정리의 감수성, 누구누구에게 주는 경고의 메시지가 제목을 통해서 아주 뚜렷히 나타나 있는

데, 시인은 우선 소부르주아지들의 정체성을 폭로한 다음, 이들이 갖고 있는 이중성에 대해 지적한다. 그들은 부르조아의 서자식(庶子息)이면서 다른 한편으로는 프롤레타리아가 타도할 목표로 규정하고 있는 것이다.

카프가 하나의 단일체로 나아가기 위해서는 막연한 동지적 연대만으로 불가능했다. 하나의 조직이 굳건히 유지되기 위해서는 동지적 연대와 더불어 사상적 동일성이 무엇보다 중요해진 까닭이다. 특히 카프 같은 조직에 있어서는 이런 연대와 동질성이 다른 조직에 비해 더욱 요구되었다. 그런데 이들 집단의 결속에 가장 장애가 되는 부류들은 이른바 경계지대에 놓여 있는 자들, 곧 회색분자들이었다. 이념적 색채가 명확히 드러나 있을 때, 그를 적으로 인식하면서 집단으로부터 축출하는 것은 비교적 쉬운 일이다. 왜냐하면, 어느 누군가가 적이라는 사실과 더불어 동일성을 헤치는 파괴자임을 분명히 알 수 있는 까닭이다. 하지만 그 경계가 모호한 자들일 경우, 이를 구분하고 제거하는 것은 쉽지 않은 일이다. 작품에서 말하는 소부르주아지들이 그러하다. 이들은 이른바 경계적 존재에 놓여 있다. 이들은 한편으로는 부르주아적속성을 갖고 있으면서 다른 한편으로는 프롤레타아리적 속성을 갖고 있는 양면적 존재들이다[71). 따라서 그들은 경계인 혹은 중간자라는 이중성을 지니고 있다. 하지만 겉과 속이 비슷하기에 이를 구분해서 걸러내는 것은 어려운 일이다. 논쟁은 이런 어려움에서 촉발되었는데, 1930년대 전후 분출된 카프 내의 여러 논쟁은 이런 비당파적 요인들과 싸움과 밀접한 관련이 있었다. 당

71) 이 시기에는 이런 소부르성만이 문제가 있었던 것은 아니고, 동반자 작가들 또한 이 의식과 깊은 관련이 있었다. 따라서 권환의 시각은 소부르주아지들의 애매모호한 계급적인 속성뿐만 아니라 동반자 작가 그룹을 겨냥한 것이었음 또한 주목할 필요가 있다.

파적 단일체로 새로이 태어나기 위해서는 온갖 이질적인 요인들을 분명히, 그리고 깨끗이 걸러낼 필요가 있었기 때문이다.

권환의 「가랴거든 가거라」는 당파적 결속을 위한 연대의 필요성에 의해서 쓰여진 시이다. 시인은 소부르주아지들에 대한 성격과 그들이 갖고 있는 위험을 분명하게 제시한 다음, 그들이 있을 곳은 당파적 전위조직이 아니라 개인의 욕망이 무한대로 발산하는 "홍등이 달린 카페"라고 제시하고 있는 것이다. 뿐만 아니라 "따뜻한 너의 집 안방 구석"이라든가 "부드러운 보금자리 여편네 무릎 위"도 그들이 있을 공간으로 제시한다. 이는 소시민들이 갖고 있는 계급적 한계와 분리하기 어려운 곳이다.

전위의 시각이란 무산계층의 생활 정서만으로는 부족하고 계급적 각성과 역사의 전망을 획득하고 있어야 가능한 의식이다. 위의 시들은 부르주아라든가 소부르주아의 전형적 모습을 형상한 동시에 프롤레타리아의 역사적 임무가 무엇인지에 대해 환기시키고 있다. 이 시기의 작품들이 계급주의의 시각을 강조하였음은 이미 지적하였거니와 이 작품들은 단순히 이념상의 마르크스주의를 제시하는 것이 아니라 노동자나 농민들의 구체적인 생활모습이나 전형적 인간형을 통해서 이를 드러내고자 고심했다.

노동쟁의나 소작쟁의와 같은 현장에서의 투쟁의 모습, 전위운동가들의 실존적 고민 등은 이 시기 시의 소재로 자주 등장하는 것들인데, 이 속에서 민중들은 주어진 현실의 모순 속에 굴복하고 좌절하는 것이 아니라 투쟁을 조직하고 전진하는 모습을 보여주었다. 이 시기 창작의 원칙이 된 것은 구체적인 생활상, 인간형을 통해 계급의식을 제시하는 동시에 역사와 미래에 대한 투쟁적이고 낙관적인 시각을 확보하는 것이었다. 사회구조에 대한 인식을 통해 프롤레타리아 계급의식을 각성하는 것, 그리고 나아가 투쟁을 조직하여 혁명의 의지를 다지는 것이 이 시기 프로시의 주된 목표이자 내용이었던 것이다.

제2차 방향전환기 이후 카프의 주요 시인들은 '전위의 눈으로 세계를 볼 것'을 창작의 중심 과제로 삼았다. 그러한 까닭에 이 시기의 작품들은 선전, 선동의 시를 쓰더라도 제1차 방향전환기 때와는 다른 시형식을 취하고 있었다. 투쟁의 이념적 수단인 마르크스주의를 추상적으로 드러내는 것이 아니라 민중의 생활과 투쟁의 현장을 사실적으로 묘사하는 데 주력하고 있었던 것이다. 임화의 「네街里의順伊」, 「우리옵바와 火爐」가 노동자들의 생활을 기반으로 하여 계급투쟁 의식을 다룬 것처럼, 권환의 「우리를 가난한집 여자라고」나 「少年工의노래」, 김명순의 「勞動者인 나의 아들아」 등도 공장에서의 민중의 애환과 투쟁의 정서를 주된 내용으로 삼고 있다. 이때에 이르러서야 서정적 화자가 노동자 등 민중과 밀착되기 시작했고 그들의 생활에서 비롯된 감정이 계급 모순을 바탕으로 형성되고 있었다.

대중화론 이후 카프 내에는 마르크스주의 문예 창작방법론에 대한 본격적인 논의가 형성되기 시작했다. 사실 대중화론이나 내용, 형식론 모두 프로 문학의 창작방법론에 해당되나 이들 논쟁이 제기되었을 때에는 조직 등이 우선시 되었기 때문에 문학이 나아가야 할 방향에 대해서는 진지하게 논의될 여유가 없었다. 그러다가 2차 방향 전환을 계기로 조직이 정비되는 한편 창작의 빈곤이 심화되자[72] 본격적으로 프로문학이 나

72) 카프가 볼셰비키화 되자 프로시들은 그에 따른 창작방법론이 강제되어 창작의 질식이 초래된 터였다. 이와 때를 같이 하여 사회주의 리얼리즘이 소개되었는데 그것은 창작의 질식화를 해소시켜줄 마땅한 의장으로 수용되었다. 그리하여 이때 이 사조를 중심으로 여러 창작방법론이 활발하게 논의되었다.

아가야 할 방향에 대한 논의가 진행되기에 이른다.[73)]

볼셰비키의 단계에서 창작된 시들의 특색은 피억압 주체로서의 여성의 등장, 근로하는 노동자, 농민의 등장으로 구상화된다. 이 가운데 먼저 주목의 대상이 되는 것은 농민이 주인공이 되는 시이다. 사회구성체의 관점에서 볼 때 일제 강점기에는 대부분이 농민층이었음을 감안하면, 이는 자연스러운 서정화 방법가운데 하나였을 것이다. 이를 대표하는 시가 박세영의 「농부 아들의 탄식」[74)]이다.

나는 마음먹었다
이 다음날이 올젠
저런 헛일이랑 아니하리라고
그때도 이렇게 금빛 물결이 칠 때는
우리의 가슴속까지
기쁘고 보드럽게 흘러올
우리들의 즐거운 때를 지으리라
豊饒의 노래를 실컷 부르리라

넓은 들에 滿足은 차서
우리들의 피땀이

---

73) 이 때 논의되었던 창작방법론들이란 '프롤레타리아 리얼리즘'이나 '유물변증법적 사실주의', '사회주의 리얼리즘' 등의 용어에서 알 수 있는 것과 같이 리얼리즘적 형상화 문제를 중심으로 한 것들이다. 시의 경우는 임화를 필두로 서사화된 시들이 리얼리즘 범주에서 주로 다루어졌다. 그러나 엄밀한 의미에서 시의 창작방법론을 정식으로 제기한 경우는 팔봉 정도이다. 팔봉의 시론에 대해서는 문혜원의 「팔봉 김기진의 시론 연구」(『한국 현대시론사 연구』, 문학과 지성사, 1998.) 등을 참조할 것.

74) 『문예시대』, 1927.1.

生命의 거름이 되는
그때를 맛보리라 가지리라
大地여! 나는 농부의 아들이다
沒落한 농부의 아들이다.

지금 우리는
피눈물을 헛되이 말리고 있다
아버지는 괴로움에 늙어버리고
아! 설어라
벌레와 새떼가 몰려있어도
누가 보아주는 이 없는
우리의 糧食은
저 강마른 언덕에 있다
그러나 익어가고 있다

박세영, 「농부 아들의 탄식」 부분

이 작품은 비교적 긴 형식을 취하고 있다. 그것은 인용시가 곧 단편 서사시의 한 갈래임을 말해준다. 작품의 전반부에는 곡식이 익어가는 평화로운 농촌의 모습이 제시되고, 후반부에는 이를 응시하는 자아의 소회가 제시되어 있다. 이런 의장은 경우에 따라 전경후정(全景後情)이라는 전통적인 시가 형식을 모방한 것으로 비춰질 수도 있다. 이 양식이란 흔히 인식의 완결성이나 통일성과 같은 유기적 단일성으로 구성되지만 「농부 아들의 탄식」에서는 그러한 전통적인 의장과는 거리가 있다. 대상과의 완전한 합일 속에 놓여 있던 시적 자아는 곡식이 수탈되는 현실을 보면서 새로운 의식전환을 하는 까닭이다. "철없는 나는 우리 건줄만 알었더니/이는 모도다 헛일이었다"라는 시행에서 보듯, 시적 자아는 빼앗긴 자의 고뇌와 슬픔의 정서를 깊이 노정하고 있기 때문이다.

이 작품에서 빼앗아가는 주체가 명확히 드러나 있지 않지만, 추측컨대 그 상대적인 자리에 있는 계급, 곧 지주 계급이 아닐까 한다. 이 시기 대부분의 카프 소설들이 지주와 소작인의 갈등 양상을 소설적 주제로 하고 있음을 볼 때, 이는 충분히 유추할 수 있는 부분이기 때문이다.

「농부 아들의 탄식」은 여러 가지 측면에서 시사적 의의가 있는 작품이다. 우선 작품의 배경이 중국이 아니라 국내라는 점, 그리고 시인의 작품세계에서 계층 갈등이나 계급 모순을 처음 드러낸 작품이라는 점에서 그러하다. 이 시기 박세영이 주로 묘파하고자 했던 것은 주로 농촌 현실을 두고 빚어지는 여러 갈등 양상이었다. 그의 시들은 이 이외에도 「타작」을 통해서도 이 모순 관계가 재현되는데, 일제 강점기의 사회구성체가 모두 농업 분야를 중심으로 이루어지고 있음을 감안하면, 그의 현실인식은 비교적 과학적 인식에 기반한 것임을 알 수 있게 된다. 이는 카프 문학이 흔히 빠질 수 있는 세계관 우위의 문학, 곧 관념편향적 위험으로부터 어느 정도 벗어나 있다는 뜻과도 관련이 있다.

그리고 볼셰비키 단계에서 볼 때, 박세영의 이 작품은 카프가 요구했던 정서들에 충분히 응답한 경우이기도 하다. 자아 각성과 이를 토대로 제시되는 전망이 비교적 뚜렷하게 제시되어 있기 때문이다. 물론 이런 단면은 이 작품의 장점이기도 하지만 단점이 되기도 하는 이중성을 갖고 있기도 하다. 신경향파적인 절망의 세계를 초월하고 있다는 점에서는 긍정적이지만, 그러한 초월이 막연한 선언을 바탕으로 이루어지고 있다는 점에서 보면 관념성과 추상성을 벗어나지 못하고 있는 까닭이다.

그러니까 이 작품은 긍정과 부정이라는 두 방향 속에 놓여 있는 것인데, 그것은 작품의 발표연대와 어느 정도 관련이 있는 것처럼 보인다. 작품이 발표된 시점이 1927년인데, 이때는 카프가 신경향파적인 단계, 조합주의적인 단계를 벗어나 본격적인 투쟁의 단계에 들어선 시기라는 사실을 감안하면, 전자의 의의에는 충분히 부합되는 측면이 있다고 할 수 있을 것이다. 뿐만 아니라 전위의 눈으로 대상을 인식하고 투쟁 우위의 문학이 강조되던 시기라는 점을 감안하면, 미래에 대한 이런 낙관적 전망은 당연한 시적 성취로 비춰질 수도 있을 것이다. 그러나 이런 지나친 낙관주의는 비과학성 혹은 주관성 내지는 추상성의 위험을 벗어나지 못하는 한계 역시 상존하는 것도 사실일 것이다.

그리고 이 시기 단편 서사시의 서정적 주인공 가운데 또 하나 주목해서 보아야 할 대상이 바로 여성 화자이다. 시에서 여성 화자가 등장하는 것은 역사의 객관적 필연성이라는 관점에서 볼 때 어느 정도 비판적 시각이 존재해왔다. 가령, 1920년대 3 · 1운동의 실패에 따른 결과로 드러난 시의 변화 가운데 하나가 여성 화자의 적극적 등장인데, 이런 현상을 여성 콤플렉스[75]로 명명한 것이 그 하나의 사례이다. 전망이 부재하는 현실에서 서정적 자아의 미래는 닫혀있다는 것, 그래서 그러한 좌절이 힘없는 여성 화자가 서정시에 주류로 등장했다는 것이 이 콤플렉스의 요지이다.

우리들을 여자이라고
가난한 집 헐벗은 여자이라고
민초처럼 누른 마른 명태처럼 빼빼야윈/가난한 집 여자이라고

75) 김윤식, 『한국현대시론비판』, 일지사, 1986, p.285.

X들 마음대로 해도 될 줄 아느냐
고래 가튼 X를
젓 빨듯이 마음대로 빨어도 될 줄 아느냐
X들은 만흔 리익을 거름(肥料)가치 갈라 가면서
눈꼽작만 한 우리 싹돈은
한없는 X들 욕심대로 작구 작구 내려도
아무 리유 조건도 없이
신고 남은 신발처럼
마음대로 들엿다 XX치도 될 줄 아느냐

우리가 맨들어 주는 그 돈으로
X들 녀편네는 寶石과 金으로 꿈여 주고
우리는 집에 병들어 누어
늙은 부모까지 굼주리게 하느냐

안남미밥 보리밥에
썩은 나물 반찬
X지축보다 더 험한 기숙사 밥

하-얀 쌀밥에 고기도 씹어 내버리는
X의 집 녀펜네 한번 먹여 봐라

태양도 잘 못 들어오는
어둠컴컴하고 차듸찬 방에
출X조차---게 하는

XX보다 더---한 이 기숙사 사리
낫이면 양산 들고 련인과 植物園 꼿밧헤
밤이면 비단'카-텐' 미테서 피아노 타는
X집 딸자식 하로라도 식혀 보라

권환, 「우리를 가난한 집 여자이라고-이 노래를 工場에서 일하는 數萬名 우리 姉妹에게 보냅니다」 부문

전망이라는 관점에서 볼 때, 여성 화자가 부정적인 면으로 비춰지는 것은 사실이지만, 볼셰비키 시의 단계에 이르게 되면, 여성 화자는 전혀 다른 차원으로 존재론적 전환의 국면을 맞이하게 된다. 그러한 단면을 잘 보여주는 시가 권환의 「우리를 가난한 집 여자이라고」이다. 이 작품은 두 가지 측면에서 그 의미가 있는데, 하나는 작품의 화자가 여성이라는 점이다. 작품의 화자가 여성이라는 사실이 전연 색다른 것이라고는 할 수 없는데, 경향시에서 화자나 주인공이 여성으로 된 것은 주된 흐름 가운데 하나라해도 좋을 만큼 보편적으로 자리하고 있었기 때문이다. 여성 화자는 박세영뿐만 아니라 임화의 「우리 오빠와 화로」에서도 확인되거니와 그만큼 카프시에서 여성 화자는 보편적으로 등장하고 있었다. 박세영 시에서도 이를 확인할 수 있는데, 「산골의 공장-어느 여공의 고백」[76]이 대표적이다. 그는 자신의 작품들 속에서 '남성 화자'를 많이 등장시킨 것은 사실이지만[77], 여성 화자 혹은 여성을 주인공으로 한 작품도 적지 않은 사례를 보여주고 있다. 해방직후의 '순아'를 비롯한 여성, 누이, 어머

---

76) 『신계단』, 1932.11.

77) 김재홍은 박세영 시에서 드러나는 남성 화자를 이 시인만의 고유성 내지 특이성으로 이해하고 있다. 김재홍, 『카프시인비평』, 서울대 출판부, 1990 참조.

니가 그들인데, 그가 서정시의 화자로 여성을 등장시킨 것은 우선, 남성과의 대비를 통해서 얻을 수 있는 이미지의 극적 효과 때문이었던 것으로 풀이된다.

권환의 이 작품은 여성 화자가 주류로 자리한 카프시의 연장선에 이해할 수 있다. 카프시에서 여성 화자나 주인공이 등장하는 것은 그 나름의 전략적 의도가 있었던 것으로 보이는데, 하나는 이들이 사회구조상 약자일 수밖에 없다는 점, 그리하여 피압박의 주인공으로 자연스럽게 부각될 수밖에 없다는 점에서 그러하다. 즉 여성이라는 사실만으로도 이들은 지배와 피지배의 관계에서 자연스럽게 피지배의 위치에 놓일 수 있는 존재인 것이다.

그리고 다른 한편으로는 권환이 여성을 화자로 등장시킨 것은 욕망의 주체라는 측면에서이다. 이는 욕망하는 주체로서 여성의 역할에 주목한 것인데, 이런 설정이 남성 인물보다 그 서정적 파장의 효과가 매우 크다는 사실을 이용한 것처럼 보인다. 물론 여성이라고 해서 욕망에 약해야만 하는 존재는 아니지만, 이 시기 소위 가진 자와 그렇지 못한 자를 구분하는 데에 있어서 여성만큼 좋은 소재도 없을 것이다. 권환의 작품은 그러한 단면을 잘 보여주는데, 여기서 여성은 대립적인 주체로 상호 제시된다. 곧 가난한 집의 여자와 그 반대 편에 놓인 부유한 여성의 관계라는 대립항이다. 그리고 이들은 분명 계급적 차이를 노정하고 있거니와 그 차이가 보여주는 효과란 곧 욕망의 발산과 깊은 관련이 있다. 여성의 욕망이 가져다주는 계급적 차이의 효과, 그것이 이 작품의 주제이다.

이렇듯 여성 화자를 통한 「우리를 가난한 집 여자이라고」에서 표명된 계급 갈등은 매우 극명하게 제시된다. 그러한 갈등은 무엇보다 여성 근로자들이라는 데에서 시작되는데, 우선 이들이 처한 삶은 그렇지 못한 여성과의 대비 속에서 선명하게 드러난다. 가령, 이들이 먹는 음식은 "안남미 밥 보리밥에/썩은 나물 반찬"이 전부이고, 그 반대 편에 놓인 자들에게 놓인 것은 "하얀 쌀밥과 고기" 등이다. 이런 대비만큼 계급적 관계랄까 그 차별적 의식을 잘 드러내는 매개도 없을 것이다. 뿐만 아니라 이들이 처한 노동의 조건 또한 그 음식 못지 않게 분명한 대조관계를 보여준다. "태양도 잘 못 들어올" 뿐만 아니라 "어둠컴컴하고 차듸찬 방"에서 고통에 찬 세월이 그 대립적 관계를 말해주는 까닭이다. 반면 이들과 다른 부르주아의 집안의 여자들은 이들과 전연 다른 조건에 놓인 존재들로 묘파된다. "낮에는 연인과 식물원에 가고" "밤이면 비단 카-텐 밑에서 피아노"를 타는 등의 모습은 근로하는 여성으로서는 감히 접근할 수 없는 절대 성역이기 때문이다. 그것이야말로 계급 갈등이 만든 분명한 이항대립적인 삶이라는 점에서 그러하다.

이런 극단적인 대비가 환기하는 효과는 비교적 분명하다. 그것은 계급적 인식과 그에 따른 분노의 정서 유발일 것이고, 이를 통해서 대중에 각인되는 파급력일 것이다. 이는 작품의 부제가 잘 설명해주는데, "이 노래를 工場에서 일하는 數萬名 우리 姉妹에게 보냅니다"로 되어 있는 까닭이다. 이는 이들이 처한 열악한 노동 조건이 그들만의 것에서 그치지 않고 있음을 일러주는 근거가 된다고 할 수 있거니와 곧 이를 타자에게 알리는 계몽적 선언, 혹은 효과와도 같은 것이 되기도 한다. 그 발언이 자신이 아니라 타자, 곧 근로하는 전체 여성에게 향해져 있기 때문이다. 이러한 면들은 볼셰비키가 강조하는 대중화 효과를 불러일으킴과 동시에, 그들의 함께 하고자 하는 유적 연대성과도 불가분하게 연결되어 있다는 점에서 시사적 의의가 있는 것이라 할 수 있다. 선진적인 의식과 강력한 연대의식은 노동계급의 성장과 전진을 이루게 하는 절대 조건 가운데 하나이기 때문이다.

네가 지금 간다면, 어디를 간단 말이냐?/그러면 내 사랑하는 젊은 동무,/너, 내 사랑하는 오직 하나뿐인 누이동생 순이,/너의 사랑하는 그 귀중한 사내,/근로하는 모든 여자의 연인……/그 청년인 용감한 사내가 어디서 온단 말이냐?//눈바람 찬 불쌍한 도시 종로 복판에 순이야!/너와 나는 지나간 꽃피는 봄에 사랑하는 한 어머니를/눈물 나는 가난 속에서 여의었지!/그리하여 너는 이 믿지 못할 얼굴 하얀 오빠를 염려하고,/오빠는 가냘픈 너를 근심하는,/서글프고 가난한 그 날 속에서도,/순이야, 너는 마음을 맡길 믿음성 있는 이곳 청년을 가졌었고,/내 사랑하는 동무는……/청년의 연인 근로하는 여자 너를 가졌었다.//겨울날 찬 눈보라가 유리창에 우는 아픈 그 시절,/기계 소리에 말려 흩어지는 우리들의 참새 너희들의 콧노래와/언 눈길을 걷는 발자국 소리와 더불어 가슴 속으로 스며드는/청년과 너의 따뜻한 귓속 다정한 웃음으로/우리들의 청춘은 참말로 꽃다웠다고,/언 밤이 주림보다도 쓰리게/가난한 청춘을 울리는 날,/어머니가 되어 우리를 따뜻한 품속에서 안아주던 것은/오직 하나 거리에서 만나 거리에서 헤어지며,/골목 뒤에서 중얼대고 일터에서 충성되던/꺼질 줄 모르는 청춘의 정열 그것이었다./비할 데 없는 괴로운 가운데서도/얼마나 큰 즐거움이 우리의 머리 위에 빛났더냐?//그러나 이 가장 귀중한 너 나의 사이에서/한 청년은 대체 어디로 갔느냐?/어찌 된 일이냐?/순이야, 이것은……/너도 잘 알고 나도 잘 아는 멀쩡한 사실이 아니냐?/보아라! 어느 누가 참말로 도적놈이냐?/이 눈물 나는 가난한 젊은 날이 가진/불쌍한 즐거움을 노리는 마음하고,/그 조그만, 참말로 풍선보다 엷은 숨을 안 깨치려는 간지런 마음하고,/말하여 보아라, 이곳에 가득 찬 고마운 젊은이들아!//순이야, 누이야!/근로하는 청년, 용감한 사내의 연인아!/생각해 보아라, 오늘은 네 귀중한 청년인 용감한 사내가/젊은 날을 부지런한 일에 보내던 그 여윈 손가락으로/지금은 굳은 벽돌담에다 달력을 그리겠구나!/또 이거 봐라, 어서./이 사내도 네 커다란 오빠를……/남은 것이라고는 때 묻은 넥타이 하나뿐이 아니냐!/오오, 눈보라는 "트럭"처럼 길거리를 휘몰아간다.//자 좋다, 바로 종로 네거리가 예 아니냐!/어서 너와 나는 번개처럼 두 순을 잡고,/내일을 위하여 저 골목으로 들어가자,/네 사내를 위하여,/또 근로하는 모든 여자의 연인을 위하여……//이것이 너와 나의 행복 된 청춘이 아니냐?//

임화, 「네거리의 순이」 전문[78]

이 작품은 「우리 오빠와 화로」와 더불어 볼셰비키 시기의 임화의 시를 대표한다. 이 작품은 여러 면에서 「우리 오빠와 화로」와 닮아 있다. 우선, 작품의 주인공이 오빠와 누이 동생으로 설정되어 있는 점, 그들이 근로하는 주체들이라는 점, 그리고 유적 연대의식으로 나아가고자 한다는 점, 미래에의 전망 등이 뚜렷하게 제시되어 있다는 점에서 그러하다. 이런 구도는 임화 시의 기본 틀이라는 점에서 중요한데, 카프시 뿐만 아니라 임화의 시를 구성하는, 단편 서사시의 원형과 같은 요소들을 모두 갖추고 있기 때문이다.

대부분의 임화 시들이 그러하듯, 이 작품의 일차적인 특색은 현실적인 요소들, 곧 구체적인 상황 속에서 작품이 구성되고 있다는 점에서 찾아진다. 이런 요소들은 현실을 추체험하는 관념성과는 무관하다는 점에서 의미가 있는데, 실상 사실적 요소들이야말로 김기진이 임화의 시를 '단편서사시의 전형'으로 규정한 근거들이었다는 점과 관련된다. 말하자면

---

78) 『조선지광』, 1929.1.

임화의 시들은 선언이 아니라 실감이며, 그러한 감각 속에서 선언이 이루어지고 있는 것이다. 현실과 무매개적으로 이루어지는 서정은 개인성에 바탕을 둔 순수 서정, 곧 주관의 세계를 넘지 못한다. 비록 계급의식을 기반으로 하고 있는 시라 하더라도 그것이 관념적인 한계에 갇히게 되면, 프로시로서 갖는 의미란 반감될 수밖에 없다. 목적의식기를 거치면서 만들어진 대부분의 프로시들이 '관념 편향적인 시'라든가 '뼈다귀의 시'에서 벗어나지 못한 것도 이와 무관하지 않은 것이다.

이런 특징적 단면과 더불어 「네거리 순이」에서 의미있게 보아야 할 부분은 투쟁이 펼쳐지는 장소이다. 그 중심 부분을 차지하고 있는 것이 '종로 네거리'이다. 임화는 여러 번에 걸쳐 '네거리' 계열의 시들을 썼거니와 그 대표적인 경우가 이 작품이다.[79] 그가 거리를 표나게 말하는 것은 이 광장이 계급 의식이라든가 그 행동이 이루어지는 실천적 공간이라는 점 때문이다. 계급의식에 바탕을 둔 투쟁은 밀실에서도 가능한 것이지만, 그 시각적, 상징적 효과를 고려하면 거리만큼 대중들에게, 그리고 동료들에게 호소하는 효과가 큰 것은 없을 것이다.

지금 서정적 자아와 순이는 '종로 네거리' 위에 있다. 거기서 이들은 계급 의식으로 무장된 동지적 연대 의식을 확인한 다음, "번개처럼 두 손을 잡고,/내일을 위하여 저 골목으로 들어가자"고 소리친다. 이들에게 '거리'란 투쟁의 공간이고, '골목'은 투쟁의 지속을 위한 잠시동안의 도피의 공간, 혹은 밖으로 나아가기 위한 예비 공간이다. 이들이 광장에서 때로는 공개적으로 때로는 은밀하게 이합집산하는 것은 오직 "네 사내를 위

79) 임화는 해방직 후에 「9월 12일」이라는 작품을 썼는데, 이 시의 부제를 '1945년, 또 다시 네거리에서'라고 붙이고 있다.

하여", "또 근로하는 모든 여자의 연인을 위해서"이다. 곧 대중투쟁이라는 목표를 달성하기 위해서이다. 그리고 그러한 목적을 수행할 때에만이 "너와 나의 행복된 청춘"의 순간이 실현된다는 것이다.

이렇듯 '종로'로 표상된 네거리는 단지 사실적, 구체적, 혹은 역사적 공간으로 존재하는 것이 아니다, 실천을 위한 예비 공간, 생생한 힘이 발현되는 역동적인 공간으로 구현된다. 다시 말해 그곳은 "너와 내가 번개처럼 두 손을 잡고/내일을 위하여 저 골목으로 들어가는", 새로운 도약을 위한 실천의 공간이라 할 수 있다.[80)]

목적의식기 임화 시의 핵심은 유적 연대의식의 확보에 있다. 이러한 의식은 마르크시즘의 핵심 기제 가운데 하나인 전선과 밀접히 관련이 있는 것인데, 그와 관련하여 이 의식은 두 가지 방향성을 갖는다. 하나가 대중과의 유대 의식이라면, 다른 하나는 투쟁하는 주체들의 그것이다. 임화의 시들은 독자 대중과의 동일한 경험 지대를 공유하고 있거니와 그 감각이 정서적 공감대를 가져오면서 독자들은 서정적 자아와의 사상적 공유지대를 형성하게 된다. 그것이 가능했던 것은 공유했던 경험들이 폐쇄적인 것이 아니라 열려있다는 데에서 형성되기 때문이다. 다시 말해 이 경험은 '나'의 경험이 아니라 '우리들'의 경험 속에 놓여 있는 것이다. '우리들의 경험'이란 누구에게나 가능한 보편적 개연성을 갖고 있다. 개별적이고 특수한 것이 아니라 누구나 함께할 수 있는 것, 그것이 '우리들의 경험'의 근본 요체이다. 이 경험을 공유함으로써 서정적 자아와 독자는 동일한 지대로 이동하면서 하나의 목표의식을 갖게 된다.

---

80) 송기한, 「임화 시의 변모 양상-계급모순에서 민족모순으로」, 『인문과학논문집』 54, 대전대, 2017.2.

볼셰비키 단계의 카프시들은 목적의식기의 시나 대중화 단계의 시들과 일정 부분 구분된다. 전위의 눈으로 세상을 응시하되 이를 무매개적으로 서정화하는 무모함을 감행하지 않는 것이다. 뿐만 아니라 미래에 대한 막연한 승리 의식 속에 자아를 거침없이 몰아넣지도 않는다. 현실의 불온성을 인식하되, 이를 가급적 구체적인 상황 속에서 읽어내고, 이를 미래의 전망 속에서 전취하고자 하는 것이 볼셰비키 시기의 시적 특성인 것이다.

이런 도정에서 가장 중요한 소재로 등장한 것이 소외된 자들에 대한 구상화이다. 거기에는 자본으로부터의 소외가 있고, 노동으로부터의 소외도 있으며, 남성적 힘에서 밀려난 여성적 소외도 있었다. 그러한 까닭에 노동자와 농민, 여성은 카프시의 주요 등장 인물들이 될 수 있었다.

그런데 앞서 언급대로 이렇게 소외된 인물군들 가운데 가장 주목의 대상이 되는 것은 무엇보다 여성 화자 혹은 여성 주인공이다. 신경향파 단계 뿐만 아니라 목적의식기를 거치면서 소외된 자의 전형은 여성이라 해도 과언이 아닐 정도로 여성 화자는 카프시의 주요 소재였다. 이런 국면은 안티 여성 콤플렉스라고 불러도 좋을 만큼 일반화된 것인데, 이런 정서야말로 1920년대 여성 콤플렉스와는 구분되는 것이라 할 수 있다. 1920년대의 피메일 콤플렉스(female complex)가 전망의 부재와 밀접한 관련이 있는 것이었다면, 후자의 안티 여성 콤플렉스(Anti-female complex)는 그 상대적인 자리에 놓이는 것이다.

안티 여성 콤플렉스는 이 시기 대개 세 단계에 걸쳐서 그 원형적 모습이 완성된 것처럼 보인다. 첫 번째는 막연히 소외된 존재로서의 여성 화자이다. 이를 대표하는 여성 화자가 권환의 「우리를 가난한 집 여자이라고」이다. 여기서 권환은 여성 화자를 사회적 약자라는 국면에서 조명한다. 이들이 사회구조상 약자일 수밖에 없다는 점, 그리하여 피압박의 주인공으로 자연스럽게 부각될 수밖에 없다는 사실에 주목하고 있는 것이다. 여성이라는 사실만으로도 이들은 지배와 피지배의 관계에서 자연스럽게 피지배의 위치에 놓일 수 있는 존재였다는 것을 말하고 싶었던 것이다. 하지만 그의 시에서 여성 화자는 미래에 대한 전망이나 유적 연대와 같은 의식의 단계에까지는 이르지 못한다. 그것이 권환 시에 드러난 여성 화자의 한계이다. 권환의 여성 화자가 갖는 이러한 한계는 박세영의 시에 이르면 한층 진보된 면을 보여주게 되는데, 「산골의 공장-어느 여공의 고백」에서의 여성상이 바로 그러하다.

굴뚝도 없는 공장
밤낮 문이 닫혀 있는 공장
공장이랄까 ……여보세요 말이 안 나요
아침이면 여섯시 밤이면 아홉시
들고날 때 쳐다보면 별과 달밖에
해라고는 보지도 못하였지요

이 공장은 털구덩이
노루털 개털 사슴털 토끼털을 조각 뜨는
산골의 털공장입니다
우리들의 몸에선 짐승내가 나고
얼굴은 황달이 들었습니다
여보세요 당신들은 산골의 이 공장은
일도 안 하는 줄 아시지요
그러나 우리들은 벌써 칠 년째나 다녔습니다

칠 년째 ……에 얽혀 다녔습니다
장마 때는 무르팍까지 다리를 걷고
공장에를 다녔지만
아는 이란 없을 겁니다

그러나 이런 줄을 몰랐지요
……권이 이렇게도 사람을 묘하게 X하는 줄은 몰랐지요
생기기는 ……같이 뚱뚱하고 점잖은 사람이
마음씨요 어째서 늙은 …… 같을까요

박세영, 「산골의 공장-어느 여공의 고백」 부분

인용시는 임화 못지 않게 여성 화자를 많이 등장시키고 있는 박세영의 작품 가운데 하나이다. 작품의 주인공은 근로하는 여성이다. 이렇게 추측할 수 있는 근거는 작품의 배경이 공장이라는 점, 주인공이 근로하는 노동자라는 점, 그리고 시의 주체가 여성이라는 점 때문이다. 이런 단면과 더불어 이 작품의 또다른 특징은 노동 연대 의식에서도 찾아진다. 잘 알려진 대로, 자연발생기와 목적의식기 문학을 구분짓는 가장 중요한 기준 가운데 하나가 이 연대성의 유무에 있다고 할 것이다. 자연발생기라면, 이런 노동조건에서 개인의 울분이나 한탄은 그 자체에서 그칠 뿐 어떤 방향성이나 해결의 여지가 드러나지 않는다. 그저 어두운 그늘에 묻혀 있을 뿐 더 이상 어떤 발전적 개선의 구조라든가 투쟁의 전형적 모형을 제시하지 못하기 때문이다.

하지만 전위의 눈으로 현실을 응시하고 유적 연대성의 힘이 무엇인지 확인하게 되면, 이런 울분과 한탄은 더 이상 개인 차원의 것에서 머무르지 않게 된다. 불운한 동료의 소식이란 곧 타지의 동료들의 그것과 겹쳐지기 때문이다. 이런 연대의식에 의해 서정적 자아를 비롯한 근로의 주체, 곧 여성 화자는 이 열악한 조건으로부터 벗어날 수 있다는 기쁨의 정서를 얻게 된다.

박세영의 이 작품은 권환의 그것보다 한 단계 더 나아간 경우이다. 개인의 열악한 조건을 개선하고자 하는 의지가 연대 의식으로 발전하면서 미래에 대한 전망을 획득하고 있기 때문이다. 그럼에도 이 작품이 갖고 있는 한계 또한 분명하다. 여성 스스로가 선진적인 주체로 거듭 태어나지 못하고 있는 점, 그리하여 막연하게 자신의 처지와 함께 해줄 동맹군을 기다리는 수동적 자세야말로 이 시기 카프시가 요구하는 것과는 거리가 있는 것이기 때문이다.

그러한 한계들은 임화의 시에 이르면 어느 정도 극복된다. 이를 대표하는 작품이 「네거리의 순이」이거니와 이러한 단면은 이 시기 카프시가 요구하는 여러 조건을 제대로 갖춘 것으로 이해된다. 작품의 주인공이 여성이라는 것, 근로자라는 것, 변혁의 주체로 거듭 태어나고 있다는 것, 그러한 도정을 위해 노동 연대성을 모색하고 있다는 것, 그 실천의 공간으로 '네거리'가 제시되고 있다는 것 등등에서 그러하다. 이 작품은 소외된 자, 소외의 원인을 깨달은 자, 그리하여 변혁을 꾀하는 자의 모습을 '순이'를 통해서 올곧이 담아내고 있는데, 이 여성 화자는 소외된 존재, 불운한 현존에 대한 깨달음의 존재, 변혁의 주체라는 세 가지 성격을 한 몸에 담지한 복합적 인물로 구현된다. 다시 말하면, 권환 류의 피투적 소외성, 박세영 류의 무매개적으로 각성된 존재라는 한계를 딛고 발전적으로 승화되어 나타난 존재가 '순이의 현존'이었던 것이다. 이런 면에서 「네거리의 순이」는 볼셰비키 시가 요구하는 목적성, 단편 서사시가 요구하는 서사성 등이 비로소 완성 단계에 이른 작품이라 할 수 있다.

4. 카프 해산 전후의 시

1931년에 접어들면서 사회 상황에는 많은 변화가 일어나게 된다. 대외적으로 일제는 만주 사변을 일으켜 대륙 침략을 노골적으로 드러내고 있었고, 이에 따라 더욱 우경화 방향으로 나아가고 있었다. 제국주의의 강화라든가 우편향이 말하는 것은 상대적으로 진보적 운동이나 카프 문학이 위축되는 것과 정비례의 관계를 이루게 된다. 이에 대한 카프의 응전이 제2차 방향전환으로 나타나게 되거니와 이는 대외적으로 신간회의 해체와 분리하기 어려운 것이었고, 팔봉이 제기했던 대중화 논의로는 더 이상 급변하는 현실에 제대로 대응하기는 어려웠다는 사실을 말해준다. 이 공백을 메우고 들어온 것이 동경에서 막 돌아온 임화, 안막 등의 역할이었다. 이때부터 카프는 이들에게 주도권이 넘어오게 되고, 김기진을 비롯한 구 카프계 구성원들은 더 이상 카프에 남아있을 수 없게 된다.[81)]

하지만 카프가 젊은 그룹이나 강경한 입장을 취하고 있던 사람들에게 넘어갔다고 해서 이 조직이 이론적, 실천적으로 이전보다 더 좋은 환경을 제공받았다고 말할 수는 없을 것이다. 열악한 환경은 내적 조건의 완결성을 발전시킬만한 요건을 제대로 갖추어 주지 않았기 때문이다. 제국주의의 팽창 정책은 더 이상 진보 운동을 어렵게 했거니와 그에 따른 카프 구성원들의 검거 행위가 뒤따르게 되었다. 1931년 2월부터 8월까지

81) 김윤식, 『한국근대문예비평사』, 일지사, 1988, p.33.

카프 맹원에 대한 제 1차 검거 사건이 있었고, 그 결과 김남천, 고경흠 등이 붙잡혀 유죄판결을 받았다. 일제의 카프에 대한 탄압은 여기서 그치지 않고, 1934년 2월부터 12월까지 장기간에 걸쳐 제 2차 검거 사건으로 이어졌는데, 이때 80여 명이 검거되었을 정도로 그 탄압이 심화되고 있었다.

이런 외부의 상황과 더불어 카프 진영 내부에서도 많은 변화가 있었다. 창작방법의 새로운 소개가 그러한데, 이때 일본을 거쳐 들어온, 러시아에서 막 제기된 사회주의 리얼리즘의 도입이었다. 이 창작 방법은 건설기에 있는 사회주의 사회에서 요구되는 방법론이었지만, 그래서 제국주의 상태였던 일본의 경우나 식민 상태였던 조선의 경우와는 무관한 것이었지만, 창작에 대한 새로운 돌파구로서 적극적으로 수용되는 아이러니컬한 상황을 맞이하게 된다. 이때 논의의 핵심은 유물변증법적 창작이 갖고 있는 도식화의 경향에 대한 비판과 그 대안으로 제시된 구체적인 일상, 생활에 대한 중요성의 강조이다.[82] 곧 창작의 도식화는 너무도 뻔한 인물, 공식화된 인물에 집착함으로써 창작의 질식화를 가져왔다는 것이고, 그러한 일상을 벗어나기 위해서는 구체적인 현실을 응시하고, 거기서 자연스럽게 발전하는 생활상, 인물상을 그리라는 것으로 모아졌다.

실상, 이런 인식에 이르게 되면, 카프 문학은 1920년대의 자연발생기의 단계로 되돌아가는 형국이 되어버릴 위험성이 있었다. 신경향파 문학의 핵심이 사회적 요구에 따른 흐름, 그 과정에서 형성되는 인물의 성격 등을 묘사하는 것이었기 때문이다. 세계관이 개입되지 못하면, 카프시는 지도성을 잃는 위험이 언제나 상존하고 있었다. 세계관만 적절히 개입된

82) 추백, 「창작방법문제의 재토의를 위하여」, 《동아일보》, 1933.11.29.-12.7.

다면, 이 시기 유행처럼 번진 사회주의 리얼리즘은 질식화된 카프의 창작방법을 대신할 수 있는 의장으로 자리할 수 있었을 것으로 보인다.

비평 쪽에서 진행된 이런 감각은 현실에 대한 즉자적, 감각적으로 응전하는 서정시의 영역에도 많은 영향을 끼치게 된다. 1930년대의 서정시의 흐름 역시 서사 영역과 분리된 채 진행된 것이 아니었기 때문이다. 유물변증법적 창작의 도식화에서 만들어진 시들이 개념 위주의 시로 구성된 형해한 시형식들이 대부분이었거니와 그러한 도식성을 극복하기 위해 대중화론이 되었지만, 이런 시각이 수정주의로 받아들여지면서 더 이상의 진전을 이루지 못하게 된 것은 잘 알려진 일이다.

하지만 1930년대 들어 점증하는 제국주의 위협과 더불어 카프 문학은 더 이상 기존의 이념을 고집할 수 없게 됨에 따라 서정시의 영역에도 이 영향을 받게 된다. 다시 말하면 유물변증법적 창작 방법에 따라 시도된 개념 위주의 시들이 더 이상 쓰여질 수 없게 된 현실을 맞이하게 된 것이다. 여기에다가 서사 양식과 구분되는 서정시만의 고유한 의장이 새롭게 부상하기 시작했는데, 이런 면이야말로 1930년대 이후 카프시가 나아간 중요한 향방 가운데 하나가 될 것이다.

카프를 비롯한 이 시기 진보 운동이 내세웠던 기본 모순은 계급적인 것에 두어져 있었다. 사회구성체를 말하는 데 있어서 기본 모순이 계급 모순에 주어졌다는 것은 부르주아와 프롤레타리와의 대립을 전제로 하는 것이었다. 그러나 이런 전제 위에 서게 되면 사회구성체에 대한 인식이 제대로 서 있는가에 대한 의문이 자연스럽게 떠오르게 된다. 일제 강점기의 상태에서 계급 모순이란 것이 가능한가 하는 의구심인 것이다. 말하자면, 더 핵심적인 모순인 민족 모순이 존재하는 현실에서 이를 외면한 채 계급 모순에만 문학적 실천을 할 수 있느냐하는 현실적인 문제

가 떠오르게 되었던 것이다.[83)]

물론 조국의 강토가 강압적으로 지배되는 현실, 그리하여 민족적인 것들에 기대어 저항하는 것이 불가능한 현실에서 민족 모순을 전면에 내세우고 진보 문학을 수행하는 것은 거의 불가능한 일이었을 것이다. 그래서 이 핵심 모순을 저변에 깔아놓고 그 하나의 위장된 형태로 계급 모순을 내세웠을 개연성이 컸을 것이다. 말하자면 계급 모순을 통해서 지배와 피지배의 관계가 해소될 수 있을 것이라는 사유도 깔려 있었을 것으로 이해된다. 그러니까 민족 모순이 아니라 계급 모순을 곧바로 내세웠다는 것을 현실 인식에 대한 부족이나 관념편향적인 것이었다고 굳이 비난할 필요는 없어 보인다.

어떻든 계급 모순을 표면에 내세웠던 카프문학은 더 이상 전진하기 어려운 현실을 맞이하고 있었고, 서정 양식도 그러한 상황을 피해갈 수 없었다. 미래를 향해 뚜렷이 나아갈 수 없는 전망의 상실이 낳은 결과는 서사 영역에서 흔히 '일상에의 복귀'[84)]라는 말로 인식되어 왔다. 이는 전향 이후 서사 문학에서 유행하던 방식이었거니와 이런 일상성에 대한 관심만으로도 전향 이후의 세계를 열어나가는 좋은 나침반으로 받아들여졌다.

하지만 카프시에서 서사 영역에 준하는 일상에의 복귀를 말할 만큼 뚜렷한 줄기로 등장하는 것은 거의 없었다. 이런 감각은 물론 장르상의 차

---

83) 이런 면들은 훗날 북쪽의 문학사 기술에서도 일정 부분 영향을 미치게 되는데, 1950년대 말 주체 문예관이 정립되면서부터 계급 모순에 기초한 카프 문학은 북쪽 문학사의 중심에서 사라지는 것이 바로 그러하다. 다시 말하면, 항일 빨치산 운동을 담은 문학들이 카프 대신 문학사의 한 자리를 차지하는 현실이 말해주듯 북쪽에서 가장 중요시 했던 것은 계급모순이 아니라 민족모순의 감각이었다.

84) 이는 전향이후 아무 것도 할 수 없는 상황을, 일상의 여러 논쟁점에 대한 관심 표명만으로도 진보 문학을 대신하는 것이라는 자기 위안에서 만들어진 말이다. 이를 대표하는 소설가가 한설야이고, 작품은 「후미끼리」 등이다.

이에서 오는 문제일 터인데, 어느 정도의 논리성과 인과 관계에 의해 진행되는 것이 서사 양식이기에 전망의 상실은 곧 일상에 대한 관심과 분리하기 어렵게 결합될 수 있는 여지가 있었다고 보아야 한다. 하지만 서정 양식은 전망과 같은 파노라마를 설정하지 않거니와 그것으로 나아가기 위한 인과론에 굳이 매달리지 않아도 되는 양식이다. 현실에 대한 즉자적 인식, 대상에 대한 황홀한 몰입을 통해서도 서정시는 얼마든지 쓰여질 수 있는 양식이기 때문이다. 이런 특징 때문에 서정 양식은 산문의 영역과 달리 민족 모순에 대한 인식을 포기하지 않은 채 드러내 보일 수 있는 여유가 있었다. 그러한 연결고리를 더욱 강하게 만들어준 것이 1930년대의 시대적 변화, 곧 진보 문학에 대한 억압이다. 서정 양식은 이를 계기로 오히려 이전의 시기에서 이따금씩 표명했던 민족 현실에 대한 문제들에 대해 보다 예각화하는 경향을 보이기 시작했다. 계급 모순에 관한 것들이 금기시되면서부터 현실에 보다 깊은 관심을 갖게 되고, 그것이 기반이 되어 민족이 처한 문제 인식으로 나아간 것이 아닌가 하는 것이다. 1930년대 이후 많은 시인들이 자신의 작품에서 민족 모순에 관한 시편들을 많이 생산하게 된 것은 이와 밀접한 관련이 있다고 할 수 있다.

이렇게 외부로 향하는 시선이 있는가 하면, 다른 한편으로는 내부로 시선을 끌어오는 경우도 있다. 여기서 내부란 다층적인 의미를 갖거니와 경우에 따라서는 사회적 의미망을 갖는 것이라기보다는 그러한 관계가 상실된 경우라고 말하는 것이 보다 타당한 것처럼 보인다. 가령, 현실적 의미가 상실된 자연의 의미라든가 혹은 순수시 영역의 적극적인 등장이 그러하다. 이런 음역들은 민족 모순의 발견과 같은 방향과는 전혀 다른 것이라고 해도 무방한데, 그만큼 1930년대 들어서 카프시에 몸담았던 사람들의 서정의 무대는 다양한 방향으로 수용되고 있었다. 우선, 보다 세

밀해진 현실 인식이 가져다준 새로운 모순에 대한 발견, 곧 민족 모순에 대한 것부터 검토해 보기로 하자. 그 대표적인 사례가 되는 것은 조명희의 일련의 작품들이다.

> 일본 제국주의 무지한 발이 고려의 땅을 짓밟은 지도 벌써 오래다
> 그놈들은 군대와 경찰과 법률과 감옥으로 온 고려의 땅을 얽어 놓았다.
> 칭칭 얽어 놓았다--온 고려 대중의 입을, 눈을, 귀를, 손과 발을.
> 그리고 그놈들은 공장과 상점과 광산과 토지를 모조리 삼키며 노예와 노예의 떼를 몰아 채찍질 아래에 피와 살을 사정 없이 긁어 먹는다.
> 보라! 농촌에는 땅을 잃고 밥을 잃은 무리가 북으로 북으로, 남으로 남으로, 나날이 쫓기어가지 않는가?
> 뼈품을 팔아도 먹지 못하는 그 사회이다. 도시에는 집도, 밥도 없는 무리가 죽으러 가는 양의 떼같이 이리저리 몰리지 않는가?
> 그러나 채찍은 오히려 더 그네의 머리 위에 떨어진다-
> 순사에게 눈부라린 죄로, 지주에게 소작료 감해달란 죄로, 자본주에게 품값 올려달란 죄로.
> 그리고 또 일본 제국주의에 반항한 죄로, 프롤레타리아트를 위하여 싸워가며 일한 죄로!
> 주림과 학대에 시달리어 빼빼마른 그네의 몸뚱이 위에는 모진 채찍이 던지어진다.
>
> 조명희, 「짓밟힌 고려」[85] 부분

이 작품은 조명희가 쏘련으로 망명한 직후인 1928년 10월에 쓴 시이

85) 『선봉』, 1928.11.7.

다. 제목도 그러하거니와 내용 또한 민족 모순과 밀접히 결부되어 있음을 알 수 있다. 일제 강점기에 카프 작가들의 계급 모순과 민족 모순이 함께 공유되고 있다는 것은 상식에 속하는 일이다. 계급 모순이란 지배와 피지배의 관계 속에서 형성되는 것이기에 이로부터 민족 모순을 배제시키는 것은 쉽지 않은 일이기 때문이다. 다만 식민지 현실에서는 당연한 것임에도 불구하고 민족이나 민족 모순과 같은 말들을 표명하는 것은 계급이나 계급 모순을 말하는 것보다 훨씬 어려운 일이었다.[86]

이 작품은 그런 면에서 전연 다른 지점에 놓인다. 하나는 1930년대의 객관적 상황이 열악해지기 이전부터 민족 모순을 드러냈다는 점이다. 이는 물론 조명희 시인에게만 한정되는 것은 아니다. 김창술이나 유완희의 경우도 여기서 자유로운 것이 아니었기 때문이다. 다른 하나는 조명희의 위치가 이곳 조선이 아닌 땅, 곧 식민지의 지배 권력으로부터 자유로운 이국 땅에 있었다는 사실이다. 이런 면이 그로 하여금 압제 의식을 비껴가면서 표현의 자유를 얻게끔 만든 요인이 되었던 것으로 보인다. 이 공간에서 시인이 선택할 수 있는 모순이 무엇인지에 대해서는 아주 자명한 일이 아닌가. 곧 민족 모순에 대한 올곧은 표출이었을 것이다. 억압당했던 정서를 뚫고 나오는 가열찬 표명만이 남아 있었던 것인데, 그가 망명 이후 처음 쓴 작품이 민족 모순에 기반한 「짓밟힌 고려」라는 것은 이런 맥락에서 매우 의미심장한 경우라 할 수 있다.[87]

---

86) 이러한 면은 비록 타민족의 경우를 작품의 소재로 쓰긴 했지만, 송영의 「인도병사」를 읽게 되면 금방 알 수 있는 일이다. 이 작품은 이 시기 다른 어느 작품보다도 글의 내용에 삭제나 복제 처리된 부분이 많은데, 이는 일제 감시하에서 민족 모순을 드러내는 의식들이 얼마나 어려웠던 것인가 하는 것을 잘 보여주는 대목이라 할 수 있을 것이다.

87) 이 작품은 이외에도 우리의 주의를 끄는 대목이 있는데. 그것은 민족 해방에 있어서

그리고 이 시기 조명희와 더불어 민족 모순을 드러내 시인으로 임화를 들 수 있다. 임화는 1935년 카프 해산계를 경기도 경찰부에 제출한 다음, 진보 운동을 공식적으로 포기하게 되는 운명을 맞이하게 된다. 이후 현실에 대한 그의 관심은 잠시 멈춘 듯한 인상을 주게 된다. 순수 지향적인 서정시를 쓰는가 하면, 경우에 따라서는 모더니즘 경향의 시로 나아가기도 했기 때문이다[88]. 하지만 이 단계를 벗어나면서 다시 현실 속으로 들어오게 되는데, 이런 단면이야말로 임화 식의 현실 복귀라 할 수 있다. 현실에의 새로운 복귀는 그로 하여금 이전과는 다른 현실인식을 갖게 하는데, 그가 이때 응시한 것은 계급이 아니라 바로 민족에 관한 것이었다. 이를 대표하는 시가 「현해탄」이다.

> 영원히 현해탄은 우리들의 해협이다.//삼등 선실 밑 깊은 속/찌든 침상에도 어머니들 눈물이 배었고,/흐린 불빛에도 아버지들 한숨이 어리었다./어버이를 잃은 어린아이들의/아프고 쓰린 울음에/대체 어떤 죄가 있었는가?/나는 울음소리를 무찌른/외방 말을 역력히 기억하고 있다.//오오! 현해탄은, 현해탄은,/우리들의 운명과 더불어/영구히 잊을 수 없는 바다이다.//청년들아!/그대들은 조약돌보다 가볍게/현해(玄海)의 물결을

누가 주체가 될 것인가 하는 문제로까지 나아가고 있다는 점과 관련된다는 사실에서 그러하다. 압제에 놓인 조선이 해방되어야 하는 것은 당위의 문제이긴 하지만, 시인은 그 해방의 주체가 프롤레타리아가 되어야 함을 명시하고 있는 것이다. 해방공간을 비롯하여, 1980년대에 진행되었던 통일 문학 등의 논의에서 보듯 통일의 주체란 누가 될 것인가의 문제가 많이 부각되었던 바, 조명희는 이 부분에 있어서 매우 선구적인 입장에 있었다고 할 수 있다. 그것이 그의 작품이 갖고 있는 시사적 의의라 할 수 있을 것이다.

88) 이때 쓴 「바다의 찬가」, 「세월」 등의 작품이 그러하다. 그는 카프 해산 직후 현실보다는 자연물, 혹은 형이상학적인 것들에 관심을 기울이면서 서정의 폭을 넓혀나가고 있었다.

> 걷어 찼다./그러나 관문해협 저쪽/이른 봄바람은/과연 반도의 북풍보다 따사로웠는가?/정다운 부산 부두 위/대륙의 물결은,/정녕 현해탄보다도 얕았는가?//오오! 어느 날/먼먼 앞의 어느 날,/우리들의 괴로운 역사와 더불어/그대들의 불행한 생애와 숨은 이름이/커다랗게 기록될 것을 나는 안다./1890년대(年代)의/1920년대(年代)의/1930년대(年代)의/1940년대(年代)의/19××년대(年代)의/…………/모든 것이 과거로 돌아간/폐허의 거칠고 큰 비석 위/새벽별이 그대들의 이름을 비출 때,/현해탄의 물결은/우리들이 어려서/고기떼를 쫓던 실내[川]처럼/그대들의 일생을/아름다운 전설 가운데 속삭이리라.//그러나 우리는 아직도/이 바다 높은 물결 위에 있다.//
>
> 임화, 「현해탄」[89] 부분

일시적으로나마 자연시 혹은 모더니즘 경향의 시를 쓰긴 했지만 카프 해산 이후 임화는 곧바로 현실로 복귀하게 된다. 그리고 그 핵심은 이렇듯 민족에 대한 새로운 발견에 주어진다. 「현해탄」은 이 시기 임화의 사유를 이해하는 데 있어서 매우 중요한 작품이다. 그것은 그가 이 작품을 시집의 제목으로 내세운 것에서도 알 수 있다. 임화가 이 작품에서 말하고자 한 것은 민족에 대한 발견과 사랑이었거니와 이 감각은 임화 시가 나아가는 방향에 있어서 새로운 인식성을 제공해준다는 점에서 의미가 있다.

시적 화자는 지금 현해탄을 오가는 선상 위에 서 있다. 그런데 지금 그가 응시한 바다는 이제까지 그가 보았던 바다의 의미와는 거리가 있는 것이었다. 그것은 근대 속에 편입된 바다가 아닌 까닭이다. 그러니까 그

---

89) 『현해탄』, 동광당 서점, 1938.

것의 긍정적인 면보다는 부정적인 면이 보다 앞에 놓이게 되는데, 이런 감각은 다음 구절에 잘 나타나 있다. 가령, "첫 번 항로에 담배를 배우고,/둘째 번 항로에 연애를 배우고,/그 다음 항로에 돈맛을 익힌 것은./하나도 우리 청년이 아니었다"라는 사유의 표백이다. 바다는 그저 겉멋으로서의 그것이 아니라 어떤 새로운 다짐을 위한 매개로 다가오고 수용되는데, 이런 인식 전환이 있었기에 바다는 '희망'과 '결의'라는 메시지를 전달할 수 있는 매개로 작용하게 된다.

하지만 시대적 의미와 관련하여 이 작품을 의미있게 만드는 것은 바다의 그러한 외피가 아니다. 그는 여기서 민족 모순의 현장을 다시 한번 목격하게 되고, 이 모순을 강화하는 계기로 만들기 때문이다. 이는 임화가 현해탄을 막연히 그리워하고 동경한 사실과는 거리가 있는 것이었는데, 그 사유의 표백은 이렇게 전개된다. 임화를 비롯한 조선의 청년들이 관부연락선에 올라탄 것은 '산불'의 강요 때문이라고 했거니와 "어린 사슴을 거친 들로 내몰았다"고 그 피선택의 상황을 강조하고 있다. 그 쫓아낸 주체가 일본 제국주의임은 당연할 것인데, 이런 시적 표현이야말로 민족 모순에 대한 투철한 사유없이는 그 설명이 불가능하다. 다음 연 또한 그 연장선에 놓여 있는 것인데, 그는 여기서 다시금 식민지 조선의 어두운 현실을 발견하게 된다. 실상 이 표현만큼 이 시대의 민족적 현실을 비극적으로 표현한 것도 없을 것이다. "삼등선실밑 깊은 속/찌든 침상에도 어머니들 눈물이 배었고/흐린 불빛에도 아버지들 한숨이 어리었다./어버이를 잃은 어린 아이들의/아프고 쓰린 울음에/대체 어떤 죄가 있었는가?"라는 절규야말로 민족 모순을 떠나서는 설명하기 어려운 부분이다.

임화는 이를 통해서 조국에 대한 새로운 역사를 발견하고자 했고 새로운 인식의 주체가 되고자 했다. 이로써 현해탄은 임화에 의해 역사의 공간, 주체적 공간으로 새롭게 탄생하게 된다. 그가 "우리는 아직도 이 바다 높은 물결 위에 있다"라고 에둘러 강조한 것은 이 때문이다. 이 시기 임화에게 현해탄은 과거의 시공간에 존재하는 것이 아니라 현재 속에서 또 미래에도 존재하는 모순의 공간이었던 것이다. 현해탄은 좌절과 가능성의 이중적 공간이었고, 민족 모순이 펼쳐지는 현장이었던 것이다.

날로 밤으로
왕거미 줄치기에 분주한 집
마을서 흉가집이라고 꺼리는 낡은 집
이 집에 살았다는 백성들은
대대손손에 물려 줄
은동곳도 산호관자도 갖지 못했니라.

재를 넘어 무곡을 다니던 당나귀
항구로 가는 콩실이에 늙은 둥글소
모두 없어진 지 오랜
외양간엔 아직 초라한 내음새 그윽하다만
털보네 간 곳은 아무도 모른다.

찻길이 놓이기 전
노루 멧돼지 족제비 이런 것들이
앞뒤 산을 마음놓고 뛰어다니던 시절
털보의 셋째 아들
나의 싸리말 동무는
이 집 안방 짓두광주리 옆에서

첫울음을 울었다고 한다.
"털보네는 또 아들을 봤다우
송아지래두 불었으면 팔아나 먹지"
마을 아낙네들은 무심코
차가운 이야기를 가을 냇물에 실어 보냈다는
그날 밤
저릎등이 시름시름 타들어 가고
소주에 취한 털보의 눈도 일층 붉더란다.

이용악, 「낡은 집」[90] 부분

이 작품은 1930년대 후반 이용악의 대표작인 「낡은 집」이다. 이 시기에 유행처럼 번지기 시작한 유이민들의 삶을 다룬 시이다. 유이민이란 삶의 근거지를 잃고 타 지역으로 강제로 이주하는 사람들이다. 그런 면에서 자율적 행위에 의한 것이라기보다는 강제성이 개입된 타율적 결과라 할 수 있다. 「낡은 집」은 삶의 터전을 잃을 수밖에 없었던 현실 속에서 그 폐해를 온몸에 담아냈던 한 가족사의 삶을 다룬 시이다. 주인공인 털보네 가족은 '무곡'을 넘나들며 상업에 종사하며 생계를 꾸려가고 있었던 소박한 사람이다. 하지만 그들의 생존 환경은 외부 환경이 주는 열악성 때문에 더 이상 지속될 수 없었다. 실존이 주는 무게들, 현실이 주는 억압을 이기지 못하고 삶의 근거지인 고향을 버릴 수밖에 없는 상황을 맞이했기 때문이다.

「낡은 집」은 대상의 사실성과 객관성을 아주 뛰어나게 묘사한 작품이다. 그렇기에 작가의 의도된 주관이나 세계관이 개입될 여지가 전혀 없

90) 시집 『낡은 집』, 동경삼문사, 1938.

는 시이다. 이런 면들은 이 시기 리얼리즘 시가 갖는 수준을 잘 보여주거니와 이전에 보여주었던 창작 방법의 한계들을 뛰어넘는다는 점에서 의미있는 것이라 할 수 있다.

카프시를 비롯한 리얼리즘에 입각한 시들이 주관의 과도한 개입에 의한 현실의 왜곡이라는 창작방법상의 한계를 갖고 있었음은 잘 알려진 일이다. 그 한계를 넘어서고자 카프시에서 시의 대중화 논의가 제기되기도 했지만 조직으로부터 좋은 평가를 받지는 못했다. 그래서 이에 기반한 작품 창작은 실제로 많이 이루어지지 않았다. 이런 일련의 사실을 주목할 때, 「낡은 집」이 갖는 시사적 의의는 매우 큰 것이라 할 수 있는데, 사회주의 리얼리즘이 도입하면서 새로운 창작 방법으로 채택되고 있던 상황에 비춰보면 더욱 그러하다. 있는 그대로의 현실, 산 인간을 그려야 한다는 방법적 요구가 이용악의 시에서 그대로 재현되고 있기 때문이다. 이런 사실에서 알 수 있듯이 과도한 주관의 개입에 의한 변증적 리얼리즘 등의 창작방법은 소멸의 길을 걷고 있었다. 그 한자락에서 나오기 시작한 것이 이용악의 「낡은 집」이었던 것이다.

「낡은 집」은 이와 더불어 1930년대 리얼리즘 시의 주된 흐름으로 자리잡기 시작한 민족 모순의 정서가 생생히 묘사되어 있다는 사실에서도 주목해야 할 필요가 있다. 유이민의 발생이란 삶의 근거지가 박탈당한 상태에서 생겨나는 현상 가운데 하나이기에 민족이 살아갈 수 있는 삶의 터전이 상실했다는 것이야말로 식민지 지배 체제의 모순을 그대로 드러낸 것이기 때문이다.

이용악의 시들은 현실성과 구체성, 사실성으로 특징지어진다. 이런 특징적 단면들은 현실에 대한 뚜렷한 투사가 없이는 불가능한데, 그의 시들이 주관의 개입 없이도 식민지 현실이 처한 민족 모순을 드러낼 수 있었던 것도 이런 응시와 밀접한 관련이 있었다. 이는 임화의 「현해탄」과도 구분되는 것인데, 임화의 경우는 어떻든 주관이 좀더 앞서 있었고, 세계관에 우선한 창작방법을 고수하고 있었기 때문이다. 그것이 민족 모순의 정서로 발현되었던 것이다. 하지만 「현해탄」은 객관성보다는 주관성에 의해 일정 부분 점유되고 있었다는 점은 분명 지적되어야 할 사안이다. 반면, 이용악은 동일한 민족 모순의 현장을 응시하면서도 이를 객관화시킴으로서 주관의 개입을 가급적 억제하려고 했다. 그러한 절제 속에서도 이용악은 민족이 당면한 모순의 현장을 사실적으로 그려냈는데, 이런 방법적 의장이야말로 그의 시가 갖고 있는 주요 장점이라 할 수 있을 것이다.

카프 해산기에는 자신의 세계관을 가급적 축소하여 현실로부터 차단시키려 하는 것이 일반적 경향 중의 하나였다. 물론 그 반대의 경향도 과감하게 시도되긴 했다. 가령, 어떡하든 현실에 대해 참여하려 들고, 거기서 솟아나는 모순의 현장을 서정의 영역에 담아보려는 시도도 끊임없이 수행되어 왔기 때문이다. 이런 감각이 임화, 이용악 등에서 묘파되었던 민족 모순이었고, 그 감각에 대한 서정의 확산이었다. 반면, 자신의 세계관을 표나게 드러내지 않고, 자신의 내면 속에서 이를 반추해 보려는 일련의 시인들도 있었다. 이는 카프해산기 이용악의 작품들과는 다른 장면이라고 할 수 있을 것인데, 다음의 시는 그러한 한 단면을 잘 보여주는 작품이다.

지나간 내 삶이란,/종이쪽 한 장이면 다 쓰겠거늘,/몇 점의 원고를 쓰려는 내 마음,/오늘은 내일, 내일은 모레, 빚진 者와 같이/나는 때의 破産者다./나는 다만 때를 좀먹은 자다.//언제나 찡그린 내 얼굴은 펼 날이 없는

가?/낡은 백랍같이 야윈 내 얼굴,/나는 내 소유를 모조리 나누어주었다.//오랫동안 쓰라린 현실은 내 눈을 달팽이 눈 같이 만들었고,/자유스런 사나이 소리와 모든 환희는 나에게서 빼앗아갔다,/오 나는 동기호-테요 불구자다.//허나 세상에 지은 죄란 없는 것 같으니/손톱만한 재주와 날카로운 인식에/나는 가면서도 갈 곳을 잊는 건망증을 그릇 천재로 알았고,/북두칠성이 얼굴에 박히어 영웅이 될 줄 믿었던 것이/지금은 罪가 되었네,/그러나 七星中의 미자(開陽城)가 코 옆에 숨었음은 도피자와 같네.//해밝은 거리언만, 왜 이리 침울하며/끝없는 하늘이 왜 이리 답답만 하냐.//먼지 날리는 끓는 거리로/나는 로봇같이/거리의 상인이 웃고, 왜곡된 철학자와 문인이 웃는데도,/나는 실 같은 희망을 안고,/세기말의 포스타를 걸고 나간다.//

박세영, 「자화상」[91] 전문

「자화상」은 1930년대 중후반 박세영의 내면 풍경이 무엇인지를 잘 보여주는 시 가운데 하나이다. 그는 이미 「花紋褓로 가린 二層」을 통해서 외부로 향하는 서정보다는 자아 내부로 향하는 시선을 감각적 양상으로 보여준 바 있는데, 「자화상」에서는 안으로 향하는 시선이 더욱 강화되어 나타나고 있다. 서정적 자아를 '파산자'로 인식하고 있기 때문에 그러한데, 그만큼 자아는 외부지향적인 응시를 거두어들이고 자아 내부를 되돌아보고 있는 것이다. 박세영은 그러한 자아의 모습을 여러 가지 단계로 비유하여 설명하고 있는데, 스스로를 '동키호테'라고 비유하는가 하면, 다른 한편으로는 '불구자'라고 은유하기도 한다. 외부지향적이던 주체가 안으로 방향을 바꾸고 있을 뿐만 아니라 그마저도 제대로된 방향성을 갖

91) 『신동아』, 1935.9.

기 힘든 '동키호테'와 같은 존재로 치환하고 있는 것이다. 이런 방향성의 상실이야말로 이 시기 카프 문인들의 또 다른 내면 풍경이 아니었을까 한다.

방향을 잃고 흔들리는 자아의 모습과 더불어 「자화상」에는 유랑하는 주체로 존재의 전이를 이루어내는 모습 또한 드러나기도 한다. 자아 곁에 굳건히 자리하고 있었던 연대의식이 끊어지면서 그 공백을 메우지 못한 허전함의 표백이 나타나고 있는데, 이 연대의식이란 두말할 필요도 없이 카프에서 제기되었던 연대성이거니와 다른 한편으로는 진보주의 관념이라 할 것이다.

밖으로 나아가지 못한 채 수면 아래로 가라앉은 자아의 내성화된 모습들은 전형기의 시에서 흔히 볼 수 있는 모습들 가운데 하나이다. 이처럼 탈출구를 찾지 못하고 방황하는 자아의 표상들은 자연발생적인 신경향파 초기의 자아들의 모습과 비슷한데, "해밝은 거리언만, 왜 이리 침울하며/끝없는 하늘이 왜 이리 답답만 하냐."는 회한의 담론 등에서 이런 단면을 확인할 수 있다.

하지만 이렇게 유폐된 자아의 모습에도 불구하고 박세영의 시에서 전망은 완전히 닫혀 있지는 않은 것처럼 보인다. 미래의 시간을 예비해두는 것을 잊지 않고 이를 담론화하고 있기 때문에 그러한데, 이는 어두운 현실에도 불구하고 미래에 대한 낙관적 전망을 결코 포기하지 않았기에 가능한 의식이었다고 할 수 있다. 그러한 다짐이랄까 미래에 대한 희망의 요소들은 마지막 부분에 특히 잘 나타나 있는데, "나는 실 같은 희망을 안고,/세기말의 포스타를 걸고 나간다"가 바로 그러하다. '실 같은 희망'이야말로 '미래'에 대한 강력한 추동의 메시지가 아닐 수 없는 것이다.

주체의 상실에 따른 전망의 부재는 카프 해산기의 작품에서 흔히 볼 수 있는 현상 가운데 하나이거니와 주체의 해체 현상은 점증하는 열악한 정치 환경으로부터 자유로운 것이 아니다. 그 결과 문학에서 주조의 상실이 시작된 것인데, 이 감수성이란 현재의 불확실성에서 발생하는 불완전한 사유 가운데 하나였다는 점에서 그 의미가 있는 것이라 할 수 있다.

내 故鄕의
욱어진 느티나무숲
가이없는 목화밭에
푸른 물결이 출넝거렸습니다

어여쁜 별들이 물결 밑에
眞珠같이 반짝였습니다

검은 黃昏을 안고 돌아가는 흰 돛대
唐絲 같은 옛 曲調가 흘러나왔습니다

그곳은 틀림없는 내 故鄕이였습니다

꿈을 깬 내 이마에
구슬 같은 땀이 흘렀습니다

권환, 「故鄕」[92] 전문

「故鄕」은 카프 해산기 권환의 정신 세계를 잘 일러주는 작품 가운데 하

92) 시집 『자화상』, 조선출판사, 1943.

나인데, 현실정향성이 박세영의 그것과 다른 지점에 놓여 있다는 점에서 주목된다. 이 작품의 소재는 고향인데, 이 정서를 환기하는 방식이 다른 시인들과 비교할 때 독특한 면이 드러난다. 고향에 대한 감각이 입몽(入夢)의 형식을 취하고 있어서 사실적 고향이라기보다는 추상적인 고향의 모습에 가까운 것으로 구현되고 있기 때문이다. 하지만 고향에 대한 환기가 이 시기 흔히 볼 수 있는 방식과 비슷한 까닭에 이때 유행하던 고향시 계열과 크게 구분되는 것은 아니다.

어떻든 이 작품을 이해하기 위해서는 기왕에 펼쳐졌던 권환의 시세계와 관련하여 살펴보아야 한다. 권환은 신경향파 문학과 목적의식기를 거치면서 다른 누구보다도 카프시가 요구하는 정서와 형식에 충실한 시인이었다. 하지만 카프 해산기에 이르러 그의 시들은 새로운 단계를 맞이하게 된다. 이전과는 전연 다른 경향의 시를 쓰게 된 것인데, 이를 대표하는 시가 「고향」이다. 그런데 고향을 서정화하는 시인의 방식은 매우 독특하다는 점에서 의미가 있다.

고향을 소재로 한 시들은 1930년대 시의 한 주류를 형성하고 있었지만, 고향에 대한 묘사는 모두의 시인에게 동일한 감각으로 구현되는 것이 아니어서 시인마다 약간의 편차를 보이고 있었다. 이용악이 보여주었던 황무지적 고향이 있는가 하면, 오장환이 묘파했던 전근대적 아우라가 지배하는 고향도 있었기 때문이다. 반면, 이들과 다르게 긍정적인 정서에 주목하여 고향의 모습을 그려낸 경우도 많았는데, 박세영이라든가 정지용 등이 그러하다.

고향에 대한 정서는 권환에게도 박세영 등과 마찬가지로 긍정적인 모습으로 다가온다. 그의 고향 정서는 과거의 과거성과 더불어 현재의 현재성을 대변하는 이중성에 놓여 있다. 이런 감각이 고향을 과거 속에 갇혀 있는 것이 아니라 현재 속에 자연스럽게 편입된 것으로 구현되게끔 만들어준다. 뿐만 아니라 고향은 영원성의 한 자락으로 내포되거니와 그 감각이 순간적 감수성으로 특징지워지는 현대의 파편화된 의식을 완결시켜주는 매개로 기능하기도 한다.

파편화된 자의식에 동일성의 감각을 부여하는 권환 시에서의 고향 감각은 모더니스트들이 보여주었던 고향의 정서와 일정 부분 겹쳐지는 면이 있다. 모더니스트들에게 고향이란 분열된 인식을 완결시키기 위한 매개로 기능하는 것이 일반적인 경우인데, 그렇다면 권환을 비롯한 리얼리스트들에게 고향이란 어떤 감각으로 다가오는 것일까. 실상 이 물음에 대한 답이야말로 권환 후기시의 특징을 이해할 수 있게 하는 좋은 근거가 될 것이며, 이 시기 프로시의 행방을 해명하는데 있어서도 주요 준거틀이 될 것으로 보인다.

잘 알려진 대로, 1930년 카프 문학에 있어서 자주 등장하는 모티브 가운데 하나가 고향임은 잘 알려진 일이다. 이는 한설야의 소설에서 흔히 볼 수 있는데, 이때의 고향이란 귀향이며, 그것은 더 이상 진보적인 운동이 나아가지 못할 때 새롭게 감각되었던 공간이었다. 한설야는 이 귀향의 과정을 통해서 다시 한번 적극적인 투쟁의 방향을 모색하기도 하고, 다른 한편으로는 전망의 상실에 따른 휴지기간, 혹은 일상에의 복귀를 모색하는 시간으로도 활용한 바 있다.[93] 카프 문인들에게 있어 고향이란 정서가 이와 같은 것이라면, 권환의 경우도 그 연장선에서 설명할 수 있을 것이다. 비록 입몽의 형식을 차용한 것이지만, 그에게도 고향이란 새로운 단계를 예비하는 휴지의 공간으로 다가오기 때문이다. 고향이 막연

93) 서경석, 『한국근대리얼리즘문학사연구』, 태학사, 1998, pp.162-192.

한 향수나 노스탈지어의 수준에서 머물 수 없었던 이유는 바로 여기서 찾아야 한다.

뿐만 아니라 이 고향에 대한 정서가 서정의 영역으로 흘러들어올 때, 그것은 순수의 한 자락으로 설명할 수도 있다는 점이다. 미래에의 전망이라든가 역사의 흐름이 더 이상 전진하지 못할 때, 사상이 삭제될 수밖에 없는 것은 당연한 일이며, 그 빈 지대를 채우는 것이 순수 서정이었다는 가설도 가능한 경우가 아니었을까. 물론 이 때의 순수란 현실 순응적인, 다시 말하면 불온한 현실을 방관하고, 그러한 현실이 요구들을 적극적으로 받아들이는 순수가 아님은 자명할 것이다.

이렇듯 카프 해산기의 시들은 어느 한가지 방향으로 흘러가지 않고 다양한 방법적 의장으로 다양한 서정의 길을 모색하고 있었다. 이를 두고 서정의 확산이라고 해도 좋고, 새로운 전진을 위한 모색기라고 불러도 좋을 것이다. 하지만 어떠한 경우이든 카프 해산기 이후의 시들은 표면적이든 혹은 이면적이든 간에 사상이나 정서 등이 내념화의 길을 걸었다는 것은 분명한 사실이었다고 할 수 있다.

5. 경향파 시인들

1) 계급문학의 선구, 혹은 이상주의자 – 조명희

조명희는 1894년 충북 진천군 출생이다. 그는 이곳에서 보통학교를 졸업하고 서울 중앙고보에 진학했고, 이후 일본 동양대학 동양철학과를 졸업했다. 1921년 일본에서 희곡 「김영일의 사」[94]를 발표함으로써 작가로 데뷔한다. 일본 유학을 마치고 귀국 후에는 카프에 가입하여 계급주의자의 길을 걷게 된다. 조명희의 문학 활동은 여러 장르에 걸쳐 이루어졌는데, 희곡과 소설을 비롯한 서사 문학뿐만 아니라 시도 썼고, 또 비평에도 관여한 바 있다. 시인으로서의 그의 업적은 1924년에 상재된 시집 『봄 잔디밧 위에』[95]를 들 수 있는데, 이 시집은 한국 근대 시사에서 김억의 『해파리의 노래』, 이학인의 『무궁화』에 이어 세 번째 개인 창작 시집에 해당된다는 점에서 그 시사적 의의가 있다. 그만큼 조명희는 시인으로서 근대 시사의 중요한 한 자락을 차지하고 있었다.

조명희의 첫 시집인 『봄 잔디밧 위에』를 지배하는 정서는 주로 개인의 서정에 관한 것들이다. 조명희가 카프 시인임을 감안한다면, 이 시집에 내재된 정서들은 카프의 당파성과는 비교적 거리가 먼 것들이다. 게다가 이 시집이 1924년에 간행된 점을 고려할 때 이 시기 한창 유행하던 신경향파 문학과도 거리를 두고 있다. 조명희를 카프 초창기를 대표하는 작가라는 사실을 염두에 둔다면 신경향파가 보여주었던 정신 세계, 가령, 가난이라든가 회의하는 지식인의 윤리 정도는 보여주었어야 하지 않았을까 하는 의문이 드는 것도 사실이다. 그런 만큼 『봄 잔디밧 위에』는 조명희의 정신 세계에서 문제적인 시집이라 할 수 있을 것이다.

하지만 한 작가의 정신 세계를 일별할 경우, 예외적인 것이란 결코 존재할 수 없다는 점에서 『봄 잣디밧 위에』는 조명희의 다른 작품들과 서로 얽혀 있는 것으로 보아야 한다. 이런 입론에 설 때, 시집 『봄 잔디밧 위에』

94) 동우회, 1921.
95) 춘추각, 1924.

는 개인의 서정 속에 갇힌 작품이라는 혐의를 비로소 벗을 수 있게 된다.

『봄 잔디밧 위에』의 주제의식은 조화와 반조화, 영원과 비영원, 인간적인 것과 반인간적인 것의 대립 등과 같은 이분법적 구조로 되어 있다. 그리고 그가 지향하는 세계는 후자에 대한 안티 담론의 드러냄이다. 그 결과 이 시집은 전자의 세계에 대한 끝없는 그리움이라든가 그 초월의 세계인 영원에 대한 그리움으로 표백되어 있다. 현실에 대한 부정과 그 안티 담론에 대한 서정화라는 점에서 보면, 그는 영락없는 근대주의자라 할 수 있다. 근대인이란 영원으로부터 떨어져 나와 스스로 조율해 나가는 존재, 그리하여 끝없는 불안과 모순을 간직한 인간이며, 그 너머의 세계를 그리워하는 인간이기 때문에 그러하다.

> 사람에게 만일 선악의 눈이 없었던들
> 서로서로 절하고 축하하올 것을…….
>
> 보라 저 땅 위에 우뚝히 선 인간상을.
>
> 보라! 저의 눈빛을
> 그 눈을 만들기 위하여
> 몇 만의 별이 빛을 빌리어 주었나.
> 또 보라! 저의 눈에는
> 몇 억만리의 나라에서 보내는지 모를 기별의 빛이 잠겨 있음을.
> 또 보라! 저의 눈은 영겁을 응시하는 수위성이니라.
> 이것은 다만 한쪽의 말
> 아아 나는 무엇으로 그를 다 말하랴?

그리고 사람들아, 들으라.
저 검은 바위가 입 벌림을, 대지가 입 벌림을
알 수 없는 나라의 굽이치는 물결의
아름다운 소리를 전하는 그의 노래를 들으라.
아아, 그는 님에게 바칠 송배를 가슴에 안고
영원의 거문고 줄을 밟아갈 제
허리에 찬 순례의 방울이
걸음걸음이 거문고 소리에 아울러 요란하도다
아아, 사람들아! 엎드릴지어다. 이 영원상 앞에…….

「인간초상찬」 부분

이 작품은 『봄 잔디밧 위에』에 실려있는, 조명희가 초기에 추구한 정신세계가 잘 드러난 시이다. 여기에는 다양한 사유의 실타래들과 연결되어 있는데, 우선 기독교의 영향과 프로이트의 영향이랄까 하는 흔적들을 읽어낼 수 있다. 이 작품 역시 조명희 시의 일반적인 특성인 이분법적인 구도로 구성되어 있는데, 가령 에덴동산의 유토피아와 그로부터 벗어난 세계, 프로이트의 아버지상 단계, 혹은 라깡의 거울상 단계 등이 표현되어 있기 때문이다. 뿐만 아니라 여기에는 실존주의에서 말하는 인간의 규정 등도 읽어낼 수 있는데, 세상 속에 내던져진 존재, 그리하여 삶의 과정 속에 놓인 존재들의 실존적 고통들이 여과없이 노출되어 있기도 하다.

이 시는 일단 근대에 편입된 인간상을 엿볼 수 있다는 점에서 근대성의 사유를 잘 담아낸 작품이라 할 수 있다. 이를 함축적으로 담아내고 있는 담론이 '영원상(永遠相)' 이다. 영원을 상실한 근대인에게 이 감각은 중세적 그것과는 전혀 다른 음역을 갖게 된다. 따라서 영원은 근대인에게 선험적 고향이 되거니와 그 세계로부터 떨어져 나온 존재이기에 지금 이곳의 현존은 스스로 조율해 나가는 일시적 존재, 곧 자율적 주체로 존재론적 변신을 하는 과정을 거치는 것으로 묘파되어 있다.

『봄 잔디밧 위에』에서 드러나는 이런 서정성들은 리얼리스트인 조명희의 문학 정신과는 거리가 있는 것이라 할 수 있다. 그의 시들이 사회적 맥락 속에 편입되는 것에 실패했다는 진단은 이런 특징적 단면에서 오는 것이다.[96]

전일적 사회에 대한 그리움

욕망하는 인간형에 대한 정의나 규정은 동서양의 철학을 막론하고 긍정적으로 비춰지는 것이 아니다. 에덴동산에서 쫓겨난 인간이나 거울상 이후의 파편화된 인간, 그리고 무위자연의 세계를 부정하는 동양의 인위적 인간상이란 모두 이 욕망하는 인간형과 불가분의 관계에 놓고 보는 까닭여다. 조명희가 시집 『봄 잔디밧 위에』에서 그리고 있는 부정적 인간상들은 모두 이 욕망의 작동과 밀접한 관련을 맺고 있다.

> 나는 인간을
> 사랑하여 왔다 또한 미워하여 왔다
> 도야지가 도야지 노릇 하고 여우가 여우 짓 함이
> 무엇이 죄악이리오 무엇이 그리 미우리오
> 오예수에 꼬리치는 장갑이도 검은 야음에 쭈크린 부엉이도

---

96) 이강옥, 「조명희의 작품 세계와 그 변모 과정」, 『한국근대 리얼리즘 작가 연구』(김윤식 외편), 문학과 지성사, 1988, pp.192-193.

무엇도 모두 다
숙명의 흉한 탈을 쓰고 제 세계에서 논다
그것이 무엇이 제 잘못이리오 무엇이 그리 미우리오
아아 그들은 다 불쌍하다
그렇다
이것은 한때 나의 영혼의 궁전에
성신이 희미한 성단에 나타날 제
얇은 개념의 창문이 가리어질 제 그때 뿐이다
그는 때로 사라지다 무너지다
〈이하의 句節은 삭제〉

「생의 광무」 전문

「생의 광무」 역시 조명희의 다른 시들과 마찬가지로 이분법적으로 구성되어 있다. 이 작품의 소재는 인간이다. 시인이 응시하는 인간에 대한 생각 또한 이중적으로 구현되지만, 이런 이중성이 항상적으로 표출되는 것은 아니다. 서로를 구분짓는 경계와 이를 초월하고자 할 경우에만 인간은 혐오의 대상이 되기 때문이다. 하지만 그 경계 내에 있을 경우에는 예외적인 면이 적용되기도 한다. 자율적 주체로 남겨져 있을 때에는 그러한 부정적 정서는 일어나지 않는 까닭이다.

이런 사유 체계에서 서정적 자아가 주목하는 것은 인간의 삶이 아니다. 그 너머 세계에 놓여 있는 동물적 삶이다. 그런데 동물의 세계란 그 외연을 넓히게 되면, 자연 그 자체와 동일한 것이 된다. 가령, "도야지가 도야지 노릇하고 여우가 여우 짓"하는 자연의 질서가 바로 그러하다. 이렇듯 자연 그 자체로 작동하는 세계는 순리나 이법의 세계일 터이다. 인간의 위기나 부정적 단면들은 모두 이런 자연적인 질서와 순리와 상위될 때 일어난다. 어떻든 순리를 따르게 되면 인위적 행위와 같은 부정의 정서는 발생하지 않는다는 것이다. 그러한 질서 체계를 와해시키는 것은 앞서 언급대로 인간적 세계, 특히 인위적 힘의 세계이다.

조명희의 시들은 이분법적이라고 했거니와 한 쪽에 긍정적인 것이 놓여 있다면, 다른 쪽은 그 반대의 것이 자리하고 있다. 그는 현존 혹은 일상의 세계에서 이 두 가치 체계들이 길항한다고 보고 있거니와 그 가운데 긍정적 가치에 우선점을 두고 있었다. 그러한 세계에 대한 그리움의 표백이 조명희 시의 구경적 목적 가운데 하나일 것이다.

인간은 에덴 동산이나 상상계와 같은 유토피아의 세계에서 시작되었지만, 그 낙원 세계로부터 추방되어 현재의 부정적 환경 속에 노출되었다고 보는 것이 조명희의 사유이다. 그리하여 다시 원상의 세계, 곧 잃어버린 유토피아를 회복하고자 시도하는데, 그러한 의도가 조명희 시의 전략적 주제가 된다. 따라서 그의 시들은 기독교적이면서도 프로이트적인 속성을 공유하고 있다고 볼 수 있는데, 낙원 → 추방과 타락 → 회복운동이라는 서구의 3대 서사구조가 핵심 기제로 되어 있다고 할 수 있다. 그 연장선에서 『봄 잔디밧 위에』에서 또 하나 주목해야 할 것이 '아기'의 이미지들이다.

오오 어린 아기여! 인간 이상의 아들이여!
너는 인간이 아니다
누가 너에게 인간이란 이름을 붙였느뇨
그런 모욕의 말을…….
너는 선악을 초월한 우주 생명의 현상이다

너는 모든 아름다운 것보다 아름다운 이다.
네가 이런 말을 하더라
"할머니 바보! 어머니 바보!"
이 얼마나 귀여운 욕설이며 즐거운 음악이뇨?

너는 또한 발가숭이 몸으로
망아지같이 날뛸 때에
그 보드라운 옥으로 만들어낸 듯한 굵고 고운 곡선의 흐름
바람에 안긴 어린 남기
자연의 리듬에 춤추는 것 같아라
엔젤의 무도 같아라
그러면
어린 풀싹아! 신의 자야!

「어린 아기」 전문

이 작품은 1920년대 중반 『개벽』에 발표된 시이다.[97] 여기서 중요한 소재랄까 이미지가 바로 '아기'인데, 1920년대에 '아기'가 시의 소재로 등장한 것은 시사적으로 매우 의미있는 일이다. 봉건 사회나 적어도 1920년대 이전까지만 해도 '아기'는 하나의 고유한 인격체로 인정되지 않았다. '아기', 곧 '어린이'가 자율적 인격체로 정립되기 시작한 것은 1922년 천도교 소년회를 중심으로 '어린이 날'이 제정되면서 부터이다. 이를 계기로 이듬해에는 방정환이 중심이 되어서 순수 아동잡지 『어린이』[98]가 창

97) 『개벽』, 1925.7.
98) 1923.4.

간되었는데, 이런 일련의 현상이야말로 근대와 전근대를 구분하는 주요 시금석이 된다고 할 수 있다. 왜냐하면, '아기' 이미지의 발견이란 근대 사회의 있어서의 새로운 풍경이기 때문이다.[99] 그러한 까닭에 서정시에서 '아기'가 시의 소재로 등장하는 것은 이전의 문학사에서는 결코 볼 수 없었던 새로운 시적 풍경으로 자리하게 된다.

이 작품에서 '아기'는 순수한 존재로 구현된다. '아기'는 인격체이기는 하되 세속적 의미의 인격체는 아닌 까닭이다. 라깡의 논법대로 말하자면, '거울상 이전'의 아기, 곧 상상계에 놓여 있는 존재이다. 상상계란 언어 이전의 세계이고, 의식과 무의식이 분화되기 이전의 세계이다. 기독교적 관점이나 심리적 관점에서 보면, '아기'는 절대선의 세계가 된다. 그러한 까닭에 '아기'를 찬양하는 것을 두고 "어린 아기를 둘러싸고 있는 일체의 현실적 상황들에 대해 그가 눈돌렸다"[100]고 부정적으로 이해하거나 "어린 아기가 현실적 정황을 문제삼게 되자 혐오와 연민의 대상으로 바뀌어버린다"[101]고 비판하는 것은 적절한 평가가 아니다.

계급 모순과 민족 모순

『봄 잔디밧 위에』의 정서는 순수 서정에 가까운 것이긴 하지만, 이를 근대성의 맥락에 편입시키게 되면, 영원이나 유토피아 의식에 대한 그리움 정도로 이해할 수 있을 것이다. 말하자면 조명희는 계급적인 관점이 유효해지던 시기에 맑고 순수한 세계, 반근대성의 세계에 집착하고 있었

---

99) 가라타니 고진, 『일본 근대문학의 기원』(박유하역), 도서출판b, 2020, pp.159-188.
100) 이강옥, 앞의 논문, pp.193-195.
101) 박혜경, 「조명희론」, 『조명희』(정덕준 편), 새미, 2015, p.110.

음을 알 수 있다. 하지만 이후 조명희의 시들은 서서히 현실 속으로 스며들어오게 된다.

그 하나의 계기가 그의 시에서 드러나는 아나키즘적인 특성이다. 자연을 통한 이법의 세계가 경우에 따라서는 이 시기 유행하던 아나키즘과 일정 부분 겹쳐지기도 하는데, 실상, 이런 면들이 그로 하여금 계급적인 것에 관심을 두게 한 계기가 된다. 현재의 불온성을 극복하기 위해서 현재의 부정적 질서를 선전 선동에 의해서 극복될 수 있다고 이해하는 것은 아나키즘의 기본 특성이기 때문이다. 그것이 볼셰비즘과 자연스럽게 결합될 수 있는 근거이기도 했을 것이다.

초기 조명희가 아나키즘에 경도되긴 했지만, 이후 그는 아나키즘을 버리고 본격적으로 계급의식을 받아들이게 된다. 이런 변신은 그의 세계관이 과학적으로 전변했음을 보여주는 증거이기도 하거니와 현실의 부조리를 개선하기 위해서는 보다 체계적이고 과학적인 의장이 필요했을 개연성이 큰 경우이다. 다음의 작품은 조명희가 계급의식으로 나아가기 위한 단계가 무엇이었는가 하는 것을 잘 일러준 작품이다.

어린 딸 "아버지, 오늘 학교에서 어떤 옷 잘 입은 아이가 날더러 떨어진 치마 입었다고 거지라고 욕을 하며 옷을 찢어 놓겠지. 나는 이 옷 입고 다시는 학교에 안 갈 터이야."

아버지 "가만 있거라, 저 기러기 소리 난다. 깊은 가을이로구나!"

아내 "구복이 원수라 또 거짓말을 하고 쌀을 꾸어다가 저녁을 하였구려. 마음에 죄를 지어가며……."

남편 "여보, 저 기러기의 손자의 손자가 앉은 여울에 우리의 해골이 굴러내려 갈 때가 있을지를 누가 안단말이요.

그리고 그 뒤에, 그 해골이 어찌나 될까?
또 그 기러기는 어디로 가 어찌나 되고?
나도 딱한 사람이오마는, 그대도 딱한 사람이오
그러나 우리의 한 말이 실없는 말이 아닌 줄만 알아두오."

「세식구」 전문

이 작품은 가난의식을 드러낸 대표작 가운데 하나이다. 남편과 아내, 그리고 딸이라는 등장인물, 그리고 이들이 나누는 대화의 형식과, 미약하나마 사건이 구현되고 있다는 점에서 서정시의 영역을 벗어나 있는 것처럼 보인다. 이 작품이 의미있는 것은 이전의 시세계와 달리 가난의식을 적극적으로 드러내고 있다는 점과, 이를 통해 조명희가 본격적으로 계급주의자로서의 면모를 드러낸다는 점에서 찾을 수 있다.

우선, 이 시에서의 가난의식은 어린 딸과 아내의 담론과, 아버지이자 남편은 그들의 질문에 선문답 형식으로 처리하는 과정에서 잘 드러나 있다. 여기서 가장 주목의 대상이 되는 것은 어린 딸과 아내의 계급적 담론이다. 이들 사이의 계급의식은 이렇게 드러난다. 어린 딸은 떨어진 치마를 입고 학교에 나간다. 하지만 옷을 잘 입은 급우가 자신을 거지라고 욕하며 치마 옷을 찢게 된다. 이 과정에서 상처를 입은 어린 딸은 낡은 옷을 입고는 다시금 학교에는 가지 않겠다고 선언한다. 옷을 잘 입은 아이와 그렇지 못한 어린 딸이라는 구도가 계급 의식을 만들어낸다. 그런데 중요한 것은 이들의 대립이 분노의 정서 속에 갇혀 있다는 사실이다. 부자 아이의 행동은 우월한 의식에 의해서, 그렇지 못한 딸의 행동은 비굴한 의식에 의해서 지배된다. 이런 면이야말로 이들의 의식이 계급적 차이에 따른 비이성적인 사실에 근거하고 있음을 말해준다. 특히 옷을 잘 입은 아이의 행위가 계급적 우월감에서 오는 선민의식이라는 점에서 더욱 그러하다.

조명희는 작품의 다양성 못지 않게, 자신의 세계관 또한 여러 방향으로 피력한 예외적인 시인이다. 그는 순수 서정의 시를 쓰는가 하면, 아나키즘에 입각한 시도 썼다. 뿐만 아니라 이후 계급의식을 염두에 둔 작품을 계속 생산하기도 했다. 하지만 그의 변신은 여기서 그치지 않는다. 그는 한걸음 더 나아가 객관적 상황이 더 이상 용인하기 어려웠던 민족 모순, 곧 민족 의식이 드러난 작품으로까지 자신의 사유 영역을 확대시켜 나갔기 때문이다. 특히 민족 모순에 기반한 의식이야말로 이 시기 조명희가 선보인 사유 가운데 가장 득의의 영역이었다는 점에서 그 의미가 있는 것이라 할 수 있다.

조명희는 소설집 『낙동강』[102]을 간행하고, 두 달 뒤 『민촌』 소설집을 간행한 이기영과 더불어 공동 출판기념회를 연다. 기념식이 열린 곳은 청량사였고, 이 자리에는 다수의 카프 동료들이 축하차 참가했다. 하지만 조명희의 활동은 이것이 마지막이었다. 그는 더 이상 국내에서 활동하기 어려운 현실을 맞이했기 때문이다. 아마도 점점 강해지는 자신의 민족 의식이 객관적 외부 환경을 넘어서기에는 힘겨운 일이라고 판단한 듯 보인다. 그리하여 출판기념회가 열린 이후, 두달 뒤인 8월 그는 소련으로 망명하게 된다. 블라디보스토크에 있는 조선인 거주지 신한촌에 들어감으로써 망명의 길을 걷게 된 것이다. 망명 직후 쓴 시가 「짓밟힌 고려」[103]이다.

102) 백악사, 1928. 4.
103) 『선봉』, 1928.11.7.

일본 제국주의 무지한 발이 고려의 땅을 짓밟은 지도 벌써 오래다

그놈들은 군대와 경찰과 법률과 감옥으로 온 고려의 땅을 얽어 놓았다.

칭칭 얽어 놓았다--온 고려 대중의 입을, 눈을, 귀를, 손과 발을.

그리고 그놈들은 공장과 상점과 광산과 토지를 모조리 삼키며 노예와 노예의 떼를 몰아 채찍질 아래에 피와 살을 사정 없이 긁어 먹는다.

보라! 농촌에는 땅을 잃고 밥을 잃은 무리가 북으로 북으로, 남으로 남으로, 나날이 쫓기어가지 않는가?

뼈품을 팔아도 먹지 못하는 그 사회이다. 도시에는 집도, 밥도 없는 무리가 죽으러 가는 양의 떼같이 이리저리 몰리지 않는가?

그러나 채찍은 오히려 더 그네의 머리 위에 떨어진다-

순사에게 눈부라린 죄로, 지주에게 소작료 감해달란 죄로, 자본주에게 품값 올려달란 죄로.

그리고 또 일본 제국주의에 반항한 죄로, 프롤레타리아트를 위하여 싸워가며 일한 죄로!

주림과 학대에 시달리어 빼빼마른 그네의 몸뚱이 위에는 모진 채찍이 던지어진다.

「짓밟힌 고려」 부분

이 작품이 쓰여진 것은 망명 직후인 1928년 10월이다. 제목도 그러하거니와 내용을 지배하고 있는 것 역시 민족 모순과 분리하기 어렵게 얽혀 있음을 알 수 있다. 카프 작가들의 계급 모순과 민족 모순은 실상 분리하기 어렵게 공유되고 있었다. 이는 당대 현실에 비추어 보면 지극히 자연스러운 일이다. 계급 모순이란 지배와 피지배의 관계를 전제로 하는 것이어서 당시 조선이 식민 상태였기에 이런 감각은 민족 모순과 자연스럽게 겹쳐질 수밖에 없었기 때문이다. 하지만 그 당연한 것임에도 불구

하고 식민지 현실에서는 민족이나 민족 모순과 같은 말들을 언표한다는 것은 계급이나 계급 모순을 말하는 것보다 훨씬 어려운 일이었다.

조명희는 망명을 선택함으로써 지금껏 자신을 강제했던 압제와 결별하게 되었고, 그 결과 표현의 자유를 얻을 수 있었다. 그럴 때, 시인이 선택할 수 있는 것은 가장이나 위장이 아니었다. 그런 무매개성은 곧바로 계급이 아니라 민족에 대한 발견으로 이어졌고, 그러한 의식은 민족 모순에 대한 올곧은 표출로 이어졌다. 그 저변의 의식들이 모여서 표명된 것이 「짓밟힌 고려」이다. 억압당했던 정서의 가열찬 표명이 이 작품의 생산으로 이어진 것이다.

그렇다고 해서 조명희가 민족 모순만을 전적으로 강조한 것은 아니다. 계급의식과 분리하기 어렵게 얽혀있었던 시인의 정서는 민족 해방의 주체에 대한 관심 또한 피력하고 있었기 때문이다. 조선의 해방이 단순한 해방으로서가 아니라 진정한 해방이란 진정 무엇인지에 대한 고민도 있었다는 점이다. 그러한 사유가 시인으로 하여금 해방의 주체가 다른 누구도 아닌 프롤레타리아가 되어야 함을 명시했다. 이는 민족 모순만이 아니라 계급 모순 또한 당연히 이루어져야 한다는 것을 전제한 것인데, 이런 인식이야말로 조명희를 이 시대 최고의 계급주의자 내지 이상주의자의 반열에 올려 놓을 수 있는 충분한 근거가 된다. 그만큼 그의 사유는 계급적이고 낭만적인 성격을 갖고 있었다.

2) 저항 문학의 선구－심훈

1920년대 들어서 문단에는 많은 변화가 일어나기 시작했다. 그러한 변화의 흐름 가운데 가장 주목할 만한 것은 문학과 사회의 결합 내지는 조응 양상이었다. 이런 환경의 변화를 가져오게 한 원인으로는 국제적인 요인과 국내적인 요인이 함께 작용했던 것으로 보이는데, 우선 1917년 러시아에서는 볼셰비키 혁명이 일어났는가 하면, 1918년 미국 대통령 윌슨의 민족자결주의에 대한 발표가 있었다. 방법과 내용은 다르지만, 이 사건들은 소위 약소 민족들과 피압박 민족들에게 민족주의라든가 자율성을 자극하는 커다란 계기가 되었다. 이런 것들이 원인이 되어 국내에서 1919년 3 · 1운동이 일어난 것은 잘 알려진 일이다. 이 운동은 실패로 마무리되긴 했지만, 그러나 그 파장은 결코 만만한 것이 아니었다. 문학이 사회 속에서 담당할 수 있는 것이 무엇인가를 묻는 계기가 되었기 때문이다.

문학과 사회의 상동성에 대한 관심이 가져온 것은 이에 기반한 문학단체의 탄생으로 이어졌고, 그 첫 번째에 놓인 것이 〈염군사〉의 등장이었다. 이 단체는 1922년 9월 이적효, 이호, 심훈 등 8명이 만들었고, 그 행동 강령은 "해방 문화의 연구 및 운동을 목적으로 하"[104]고 있었다. 이들 구성원이 대부분 사회 운동에 종사한 사람들이지만, 심훈의 경우는 예외였다. 그는 문학 외적인 것보다는 문학적인 것에 보다 큰 관심을 둔 사람이었기 때문이다.

1920년대 초반 심훈[105]의 등장은 시사적으로 매우 중요한 사건이었다. 1910년대의 최남선과 이광수를 중심으로 한 이인문단시대(二人文壇時代)의 종료를 알리는 것이 심훈의 등장이었기 때문이다. 물론 심훈이 문

104) 앵봉산인, 「조선프로예술운동 소사」, 『예술운동』 창간호, 1945.12.
105) 1901년 서울 노량진 출생. 1919년 경성 제일고보 시절에 일어난 3 · 1운동에 적극 참여하여 주도적으로 활동했고, 이를 계기로 투옥됨. 그의 대표작은 「그날이 오면」과 장편 『상록수』가 있다. 영화 등에 관심을 두고 이 분야에서 활동하다 1936년 장티푸스로 급서했다.

단에 나오기 전에 김억이 그 공백을 메우고 있었긴 했다. 그러나 창작이라는 관점에서 보면, 김억은 초기에 창작 문인의 위치를 뚜렷이 점령하고 있었다고는 할 수 없을 것이다. 잘 알려진 대로 그는 서구 문화의 소개에 따른 번역 문학에 커다란 관심을 두고 있었을 뿐 아직까지 개인 창작물에 대해서는 그리 큰 관심을 두고 있지 않았기 때문이다. 심훈의 등장이 갖는 두 번째 의의는 아마도 그의 세계관에서 찾아야 할 것으로 보인다. 일제 강점기라고 하는 현실이 민족 모순과 분리하기 어렵게 결합된 것이긴 하지만, 이를 적극적으로 드러내는 것은 결코 만만한 일이 아니다. 뿐만 아니라 감시와 처벌이라는 검열의 눈이 엄연히 존재하는 현실에서 보면 더욱 그러하다고 할 수 있다. 그러나 3 · 1운동을 거치면서 민족 의식에 대한 드러냄이 어느 정도 가능하게 되는 환경이 서서히 조성되고 있었다. 많은 신문과 잡지의 등장이 이를 증거하거니와 이를 통해서 문단에 나온 것이 심훈[106]이기 때문이다.

심훈의 활동은 〈염군사〉라는 단체에 가입하면서 시작된다. 이 단체가 지향했던 것 가운데 하나가 문학과 현실의 상동 관계, 곧 사회적 모순을 문학 속에 드러내는 것이었다. 이런 영향은 심훈의 초기작이라 할 수 있는 「로동의 노래」[107]에서도 확인된다. 이 작품의 제작 연도가 1920년 11월로 되어 있으니 이 작품은 1920년대의 변화된 인식성과 분리하기 어려운 시라고 할 수 있다. 작품의 제목이 시사하는 것처럼, 이 시는 노동자에 대한 관심과 그들의 생활상이 담겨있다. 그러니까 이후 참여하게 된 〈염

106) 심훈이 문학에 처음 뜻을 둔 것은 1920년으로 알려져 있다. 중국으로 건너가기 직전인데, 그는 창작을 위한 기반을 마련하기 위해 이 시기 친구인 이희승으로부터 우리말과 문법을 익혔다고 한다.

107) 『共濟』2호, 1920. 11.

군사〉가 지향하는 이념적 근거들을 전사적인 측면에서 그 나름 충실히 반영하고 있는 작품이라 할 수 있다. 하지만 심훈이 이 작품에서 말하고자 했던 것은 계급의식을 거칠게 드러내는 일이 아니었다. 이 작품은 〈염군사〉가 지향했던 이념과는 거리가 있는 것처럼 보이는 까닭이다. 이 시는 "아츰 해도 아니도든" 때부터 "저녁놀이 붉게 비친" 때까지 열심히 일하는 노동의 신성함을 이야기하고 있고, 또 "방울 방울 흘린 짬으로/불길가튼 우리 피로써/시들어진 무궁화에 물을 쌕리자/한배님의 끼친 겨레 감열케 하자."에서 보듯 민족주의적 성향을 보이기도 한다. 이런 면에서 보면, 영락없는 신경향파 시의 한축을 담당한 것처럼 보인다. 하지만 심훈의 인식은 여기에 갇혀있는 것은 아니다. 그의 사유는 이를 바탕으로 식민지 조국의 현실을 넘어서고자 하는 굳은 의지를 담아내는데 역점을 두고 있기 때문이다. 이런 면에서 보면, 심훈은 계급 의식을 뚜렷이 드러내는 것에 거의 관심을 기울이지 않고 있는 것처럼 보인다.

심훈 초기시에서의 민족주의적인 단면은 아무리 강조해도 지나치지 않은데, 이는 이후 시인의 정서를 계속 지배하는 중심축으로 자리한다는 점에서 그러하다. 초기부터 말기에 이르기까지 심훈의 정신사적 구조를 지배하고 있었던 것이 이 정서인데, 그러한 감각들은 이미 초기부터 내재되고 있었던 것이다. 그리고 이런 민족적 자의식을 더욱 공고히 하게 된 것은 3 · 1운동 직후의 감옥 체험이다. 그는 여기서 "어머니보다 더 큰 어머니"[108]를 위해 헌신하겠다는, 곧 조국을 위해 싸워나가겠다는 결기를 보이면서 자신의 세계관을 굳건히 세워나갔기 때문이다.

심훈의 이런 인식성이랄까 민족주의자로의 단면은 두 차례에 걸친 외

---

108) 『그날이 오면 그날이 오며는』(신경림 편), 지문사, 1982, p.136.

국 체험을 통해서 더욱 굳어지게 된다. 첫 번째의 외국 경험은 중국이다. 심훈이 중국으로 건너간 것은 1919년 말쯤으로 추정된다. 이 시기 그의 대표작 가운데 하나인 「북경의 걸인」[109]이 쓰여진 것이 이 때이기 때문이다. 심훈이 중국 유학을 떠난 것은 물론 공부에 대한 미련도 있었지만, 3 · 1운동의 실패에 따른 좌절과, 그에 따른 망명의 성격이 짙은 경우였다. 하지만 그 동기가 어떠한 것이든 간에 심훈은 중국 체험을 통해서 민족주의적 세계관을 더욱 공고히 하는 계기를 마련하게 된다.

> 나에게 무엇을 비는가?
> 푸른 옷 입은 인방(隣邦)의 걸인(乞人)이여
> 숨도 크게 못 쉬고 쫓겨오는 내 행색을 보라,
> 선불 맞은 어린 짐승이 광야를 헤매는 꼴 같지 않으니.
>
> 정양문(正陽門) 문루 우에 아침 햇발을 받아
> 펄펄 날리는 오색기(五色旗)를 치어다보라.
> 네 몸은 비록 헐벗고 굶주렸어도
> 저 깃발 그늘에서 자라나지 않았는가?
>
> 거리거리 병영(兵營)의 유량한 나팔 소리!
> 내 평생엔 한 번도 못 들어 보던 소리로구나
> 호동(胡同) 속에서 채상(菜商)의 웨치는 굵다란 목청
> 너희는 마음껏 소리 질러 보고 살아 왔구나.

---

109) 심훈은 작품의 끝에 그것이 쓰여진 시기를 적고 있는데, 이 작품의 말미에 1919년 12월이라고 쓰여있는 것으로 보아 이때 탈고한 것으로 보인다.

저 깃발은 바랬어도 대중화(大中華)의 자랑이 남고
너희 동족은 늙었어도 「잠든 사자」의 위엄이 떨치거니
저다지도 허리를 굽혀 구구히 무엇을 비는고
천 년이나 만 년이나 따로 살아온 백성이어늘 —

때 묻은 너희 남루와 바꾸어 준다면
눈물에 젖은 단거리 주의(周衣)라도 벗어 주지 않으랴
마디마디 사무친 원한을 나눠 준다면
살이라도 저며서 길바닥에 뿌려 주지 않으랴
오오 푸른 옷 입은 북국의 걸인이여! (1919.12)

「북경의 乞人」 전문

일제 강점기 시인들에게 국경 내지는 변방 체험이란 그저 새로운 지대나 낯선 것으로 호기심있게 다가오는 것이 아니다. 국경은 내부와 외부의 것을 상호 비교할 수 있는 대립의 지대이면서 지금 여기가 처한 현실을 새롭게 인식하는 계기를 만들어주는 공간으로 다가오기 때문이다. 그 감각이란 다름아닌 민족 현실에 대한 뚜렷한 발견, 곧 민족 모순에 대한 자각이다. 「북경의 걸인」에 나와 있는 대로 지금 자아는 "선불맞은 어린 짐승이 광야를 헤매는 꼴"이 되어 이국 땅 북경으로 쫓겨 들어 왔다. 이런 맥락은 북경에 온 그의 목적이 적어도 단순한 유학을 위해 온 것이 아님을 알게 해주는 주요 근거가 된다.

심훈이 북경에서 처음 본 것은 '걸인'이다. 거리를 오가는 수많은 사람들 중에 왜 '걸인'의 모습이 먼저 들어왔던 것일까. 이는 아마도 다음과 같은 이유가 내재되어 있었을 터인데, 하나는 걸인을 자신의 처지와 비교하고자 하는 것이고, 다른 하나는 이를 통해서 민족에 대한 자신의 정체성을 확보하고자 하는 의도에서이다. 시인 자신과 거지가 거리의 방랑자라든가 소속이 불분명하다는 점에서는 상호 비슷한 처지이지만 그 내면을 들여다보게 되면 이들의 입장은 결코 동일한 것이 아니다. 이들의 처지를 결정적으로 구분시키는 것은 나라 없음과 나라 있음의 차이이다. 이 지점이 심훈의 자의식, 곧 민족 모순이 싹트는 결정적인 순간이 된다.

국경이란 대내적인 것과 대외적인 것의 구분이 뚜렷하게 남겨지는 공간이다. 이질성이 표명된다는 것은 여러 다양성이 드러나고 또 정돈하는 효과도 가져오게 되는데, 이에 대한 인식이랄까 발견은 심훈에게는 민족주의적인 것에 확고한 인식이다. 이 시기 이렇게 형성된 민족주의적인 감각들은 김동환[110]이나 임화[111], 그리고 이찬[112]의 경우에서도 간취할 수 있다는 점에서 보편적인 정서였다고 할 수 있다.

심훈의 작품 속에서 국경 의식이랄까 민족적인 요소가 각인되는 다른 하나는 일본 체험이다. 특히 일본으로 향한 길에서 만난 현해탄은 그 중심에 놓이는 요소이다. 심훈이 중국에서 돌아와 다시 일본으로 건너 간 것은 대략 1927년 전후쯤으로 추정된다. 그가 일본 유학을 떠난 계기는 자신의 또다른 관심사인 영화를 공부하기 위해서였다. 그는 일찍이 영화 〈춘희〉에서 엑스트라 역으로 출연한 바 있고, 이때의 경험을 바탕으로 영화 〈먼동이 틀 때〉를 각색, 각본하여 단성사에서 상연한 바도 있다.[113]

---

110) 「국경의 밤」이 대표적인데, 여기서 파인은 국경에서 벌어지는 밀무역의 아슬아슬함, 그 예민한 공간을 묘파함으로서 국경이 갖는 함의를 잘 드러낸 바 있다.

111) 1930년대 쓰여진 「현해탄」은 계급주의자가 아닌 민족주의자로서의 임화의 단면을 가장 잘 들여다 볼 수 있는 작품이다.

112) 이런 감각을 드러내고 있는 이찬의 시들은, 「후치령」과 「결빙기-소묘 얄누장안」 등이 있는데, 특히 후자의 작품은 '얄루강 콤플렉스'라 해도 좋은 정도로 국경에 대한 시인의 복합적 자의식이 잘 드러난 작품이라 할 수 있다.

113) 신경림 편, 앞의 책, p.327.

그러니까 그는 문학과는 어느 정도 거리를 두고 있는 영화를 공부하기 위해서 일본에 간 것인데, 하지만 그의 자의식에 영향을 준 것은 영화가 아니라 바로 국경에 대한 인식이었다. 이를 통해서 얻어진 민족의식이었다는 점에서 의미가 있는 것인데, 이때의 경험을 쓴 시가 바로 「현해탄」이다.

달밤에 현해탄(玄海灘)을 건느며
갑판 위에서 바다를 내려다보니
몇 해 전 이 바다 어복(魚腹)에 생목숨을 던진
청춘 남녀의 얼굴이 환등(幻燈)같이 떠 오른다.
값 비싼 오뇌에 백랍같이 창백한 인테리의 얼굴
허영에 찌들은 여류예술가의 풀어 헤친 머리털,
서로 얼싸안고 물 우에서 소용돌이를 한다.

바다 우에 바람이 일고 물결은 거칠어진다.
우국지사(憂國之士)의 한숨은 저 바람에 몇 번이나 스치고
그들의 불타는 가슴 속에서 졸아 붙는 눈물은
몇 번이나 비에 섞여 이 바다 우에 뿌렸던가
그 동안 얼마나 수많은 물건너 사람들은
인생도처유청산(人生到處有靑山)을 부르며 새 땅으로 건너 왔던가

갑판 위에 섰자나 시름이 겨워
선실로 내려가니 만열도항(漫熱渡航)의 백의군(白衣群)이다,
발가락을 억지로 째어 다비를 꾀고
상투 자른 자리에 벙거지를 뒤집어 쓴 꼴
먹다가 버린 벤또밥을 엉금엉금 기어다니며

강아지처럼 핥아 먹는 어린것들!

동포의 꼴을 똑바로 볼 수 없어
다시금 갑판 위로 뛰어 올라서
물 속에 시선을 잠그고 맥없이 섰자니
달빛에 명경(明鏡)같은 현해탄 우에
조선의 얼굴이 떠오른다!
너무나 또렷하게 조선의 얼굴이 떠오른다.
눈 둘 곳 없어 마음 붙일 곳 없어
이슥도록 하늘의 별 수만 세노라.
(1926.2)

「현해탄」 전문

이 작품의 소재는 현해탄에서 가져온 것이다. 보다 구체적으로는 부산과 시모노세끼를 오가던 '관부연락선' 선상에서 얻은 것이다. 1연과 2연의 도입부는 3, 4연의 정서를 예비하기 위한 단계쯤으로 이해된다. 1연에서 말하고 있는 것은 근대 초기의 공식적인 불륜사건, 곧 김우진과 윤심덕의 이야기이다. 다음 2연에는 현해탄을 사이에 두고 갈라진 조선인과 일본인 사이의 구별화된 정서가 묘사된다. 전자를 지배하는 정서는 우울과 분노이고 후자는 새로운 개척지에 대한 거침없는 욕망들에 대한 비판의 정서들이다.

하지만 이런 정서들은 심훈이 현해탄에서 얻은 과거와 현재의 소회를 파노라마적으로 제시한 것에 불과한 것일 수 있다. 그가 정작 의도하고자 했던 부분은 3연과 4연이기 때문이다. 3등 선실에서 펼쳐지고 있는 조선인들의 모습들이 핵심적인 내용들인데, 그가 여기서 본 것은 "발가락을 억지로 째어 다비를 꿴" 모습이나 "상투 자른 자리에 벙거지를 뒤집어 쓴 꼴"을 하고 있는 조선인들의 굴곡진 모습들이다. 그리고 그러한 정서를 더욱 극적이게 만드는 요소는 다음과 같은 부분이다. "먹다가 버린 벤또밥을 엉금엉금 기어다니며/강아지처럼 핥아 먹는 어린 것들!"의 비참한 형상이다. 이 시기 조선인들의 비참한 모습은 임화의 시에서도 나타난다. 임화는 「현해탄」에서 3등 객실에 있는 어린 조선아이들의 비참한 모습을 보고 "도대체 이들에게 어떤 죄가 있기에"[114] 이런 가혹한 삶이 이들에게 주어졌냐고 울부짖은 바 있는데, 이런 감각은 심훈의 그것과 동일한 것이었다. 심훈이 묘파한 "강아지처럼 핥아 먹을 수밖에 없는" 불구화된 현실이란 임화의 그것과 하등 다를 것이 없기 때문이다.

심훈은 두 번의 국경 체험을 통해서 민족이 처한 현실이 무엇인지를 알았고, 이를 통해서 자신이 가져야할 태도가 어떤 것이어야 하는지도 이해했다. 그 도정을 통해서 심훈의 세계관은 보다 분명하게 정립되기 시작하는데, 계급 모순과 민족 모순이 혼재되어 있던 세계관이 비로소 하나로 정리되기 시작했다는 사실이다. 민족 모순으로 발전적 통일을 이룬 것인데, 이는 그로 하여금 더 이상 계급 모순이나 그것에 바탕을 둔 카프 문학이 얼마나 관념적이고 현실로부터 유리되어 있는 것임을 알게 된다. 그가 이를 계기로 〈염군사〉나 그 발전적 모임체인 카프와 어느 정도 거리를 두게 된다.

이때부터 심훈은 계급적인 것에서 민족적인 것으로 현저한 인식의 전환을 이루게 된다. 그렇다고 해서 그가 카프가 추구했던 문학적 이상과 완전히 거리를 둔 것은 아니었다. 다만, 카프가 갖고 있는 저항적 요소를

---

114) 임화, 「현해탄」, 『임화시 전집』, 소명출판, 2009, pp.188-192.

민족적인 것에 대한 옹호로 바꾸었을 따름이다.[115] 그러한 정서를 대변해 주는 시가 「그날이 오면」이다.

그날이 오면 그날이 오며는
삼각산(三角山)이 일어나 더덩실 춤이라도 추고
한강(漢江)물이 뒤집혀 용솟음칠 그날이,
이 목숨이 끊어지기 전에 와 주기만 하량이면,
나는 밤하늘에 날으는 까마귀와 같이
종로(鍾路)의 인경(人磬)을 머리로 드리 받아 울리오리다,
두개골은 깨어져 산산조각이 나도
기뻐서 죽사오매 오히려 무슨 한(恨)이 남으오리까

그날이 와서 오오 그날이 와서
육조(六曹) 앞 넓은 길을 울며 뛰며 딩굴어도
그래도 넘치는 기쁨에 가슴이 미어질 듯하거든
드는 칼로 이 몸의 가죽이라도 벗겨서
커다란 북(鼓)을 만들어 둘처메고는
여러분의 행렬에 앞장을 서오리다,
우렁찬 그 소리를 한 번이라도 듣기만 하면
그 자리에 꺼꾸러져도 눈을 감겠소이다. (1930.3.1.)

「그날이 오면」 전문

115) 심훈이 카프와 거리를 둔 시점은 영화 〈먼동이 틀 때〉가 상영되던 1927년쯤이다. 카프와 거리를 두게 된 갈등의 단초는 이 영화를 평한 한설야의 글에서 시작되었는데, 한설야는 여기서 "계급의식이 결여된 대중의 기호에 영합한 영화"라고 혹평했다. 이에 대해 심훈은 "계급 위주의 예술이 가질 수밖에 없는 한계"에 대해서 조목조목 비판하며 한설야의 논리에 대응했다. 한설야, 「영화예술의 편견」, 《중외일보》, 1927.9.1.-9.9.와 심훈, 《중외일보》, 1927.7.11.-27. 참조.

이 작품은 심훈이 표방한 저항시의 대표이거니와 일제 강점기 저항문학의 상징적 역할을 하고 있는 시이기도 하다. 민족 모순에 입각하여 이만한 정도의 저항성을 표출한 시도 없다는 점에서 그러하다. 이 작품에는 현실의 절망에서 오는 패배감이 아니라 미래에 대한 낙관적 전망과, 그에 대한 신념이 굳건히 자리하고 있다. 여기서 말하는 '그날'이 민족 해방의 순간임은 당연할 것이고, 그는 이 순간을 위해서 자신의 모든 것을 바칠 수 있다고 했다. 제국주의가 감시하는 칼날이 엄연히 존재하는 현실에서 이만한 정도의 외침이랄까 부르짖음을 할 수 있다는 자체만으로도 이 작품은 경외감을 주기에 충분하다. 그러한 까닭에 「그날이 오면」은 민족 모순에서 오는 이 시대의 최고 저항시라고 해도 무방할 것이다.

심훈이 이런 격정적인 시를 쓰게 된 동기는 이전부터 자신의 세계관을 지배하고 있었던 저항적 인식과 분리하기 어려운 것이다. 그럼에도 「그날이 오면」이 보여주는 정서는 매우 격정적이고 자극적이다. 그의 시들이 이렇게 현저하게 주관화한 데에는 그 나름의 이유가 있는 듯하다. 잘 알려진 대로 심훈은 1930년대 들어서 율문 양식보다는 산문 양식에 직접적인 관심을 표명하기 시작했다. 그가 영화에 관심을 가졌던 것도 이런 이유 때문이고, 그의 대표적이자 산문 양식인 『상록수』[116]를 창작한 것도 이와 무관한 것이 아니었다. 산문적인 흐름과 율문적인 흐름이 갈라지는 자리에서 「그날이 오면」이 나온 것인데, 이를 가능케 한 것은 논리적인 세계가 그의 세계관의 한 축을 굳건히 차지하고 있었기 때문이다.

116) 『상록수』가 브나로드 운동의 일환으로 쓰여졌고, 이 운동이 지향하는 것은 춘원 이광수가 이미 선보였던 계몽주의 사상과 밀접한 관련을 갖고 있었다. 그리고 이 사상의 저변에 도산 안창호의 준비론 사상이 있었음은 잘 알려진 일인데, 이런 서사성을 갖고 있다는 것이야말로 심훈의 사유가 격정적인 정서에서 논리적인 정서로 바뀌었다는 것을 말해준다.

말하자면, 인과적 합리성은 산문 양식에 두고, 격정적인 정서는 율문 양식에 맡긴 형국인 셈이다. 이런 감각은 이 시기 활발히 창작하던 시조 양식과도 일정 부분 겹쳐지는 것이기도 하다. 그의 장르적 확산 의식이 만든 시조 양식들은 심훈이 항주에 기거하던 시절에 창작한 것들, 곧 「항주유기」[117]에 수록되어 있다. 시조가 조선적인 것과 분리하기 어려운 것이고, 그 표현과 생산만으로도 민족적인 것들을 담아낸 양식이라 할 수 있다. 하지만 그의 시조 양식들은 자유시와 달리 격정적인 정서에 갇혀 있는 것이 아니었다. 이런 면은 분명 「그날이 오면」과 같은 자유시의 영역과 구분되는 것이라는 점에서 주목의 대상이 된다.

심훈은 「그날이 오면」 이후에 자유시 창작과는 거리를 두게 된다. 장르의 다양성에서 나온 것이 자유시 형식의 「그날이 오면」이고, 이후 여러 장르에 대한 관심이 축소되면서 그의 문학들은 새로운 단계를 맞이하게 된다. 그것이 산문 양식과 시조 양식이었다. 그의 문학의 요체는 애국, 애족에 있었던 것인데, 이 시기 그 한축을 담보하고 있었던 것이 「상록수」를 비롯한 산문 양식이었다. 심훈은 「상록수」를 비롯한 일련의 산문 양식을 통해서 필생의 숙원이었던 애국, 애족 운동을 영위해 나갈 수 있는 기반을 마련하게 된다. 여러 이질적인 장르적 관심이 문학이라는 단선적 장으로 수렴되기 시작했거니와, 자신의 사상을 담지할 수 있는 적절한 양식으로 그는 산문 양식을 선택한 것이다. 그러니까 지금까지 그가 심혈을 기울였던 자유시 양식은 그 유효성을 잃게 된다. 「그날이 오면」을 정점으로 그의 문학들은 산문 양식과, 시조로 대표되는 율문 양식으로

117) 그가 항주에 있었던 것은 1920년대 중반이지만, 「항주 유기」는 1930년대 초반에 발표된다.

바뀌게 되었던 것이다.

심훈 문학의 요체는 민족적인 것에 놓여 있고, 그 문학적 반영은 민족 모순에 기초한 것이었다. 일제 강점기에 이 부분은 분명 강조되어야 할 사안이다. 계급 모순에 중점을 두고 문학 활동을 벌인 카프는 그 저항의 직접성에도 불구하고 과학적 현실인식과는 거리를 두었던 양식으로 보아야 한다. 여기서 현실과의 거리란 관계 당국과의 거리이다. 이들이 주의를 기울였던 것은 간접적인 것이 아니라 직접적인 것이었다. 그 직접성이란 곧 민족과 관계된 것이다. 이 시기 민족 모순을 표방하기 어려웠던 것이 바로 이들 사이의 긴장관계가 있었기 때문이다. 심훈은 그러한 관계의 정점에서 자신의 문학을 통해서 저항의 국면을 선택했다. 그것은 용기였고, 객관적 과학성이 담보된 지극히 현실적인 것이었다. 그것이 그의 문학이 갖고 있던 시대적 의의라 할 수 있다.

3) 퇴폐와 낭만의 양가성 – 이상화

이상화는 1901년 대구에서 출생했다. 그는 이곳에서 성장기를 보낸 다음, 1915년에는 경성 중앙학교에 입학했다. 1919년에는 백기만과 함께 대구에서 3 · 1 운동을 기획했으나 사전에 발각됨으로써 거사에 실패하고 만다. 그의 문단 생활은 1922년 『백조』 동인으로 활동하면서부터 시작된다. 여기에 「말세의 희탄」을 발표하며 정식 문인이 되는 것이다.[118]

이상화는 문단 활동도 비교적 활발하게 한 편이어서 『백조』 동인으로

---

118) 『백조』 창간호에 「말세의 희탄」 이외에도 「단조」를 발표했고, 계속해서 2호에 「가을의 풍경」, 3호에 「나의 침실로」를 연달아 발표한다.

참가하는가 하면, 카프가 결성될 시점에는 박영희와 더불어 이 단체에 가입하기도 한다. 그러니까 이상화는 퇴폐적인 낭만적 성향에서부터 카프의 변혁사상에 이르기까지 다양한 문학 활동을 펼쳐 보인 것이 된다. 이런 일련의 사실에서 알 수 있듯, 이상화의 시들은 여러 다양한 지점에 세계관을 두고 창작활동이 이루어져 왔음을 알 수 있게 된다. 곧 그의 시들은 그가 속한 문단과 그 집단이 요구하는 성격에 맞게 동조되는 성격을 보여온 것이다. 가령, 『백조』파의 세기말적 사상이나 카프 활동시기의 계급의식 등이 그의 작품에서 그대로 반영되어 나타나고 있는 것은 이런 저간의 사정을 잘 말해주는 것이라 할 수 있다.

전혀 어울릴 것 같지 않은 이런 다양한 시 세계가 이상화의 작품들을 하나의 유기성으로 묶어내는 데에 일정 부분 장애로 작용하는 것은 부인할 수 없는 사실이다. 퇴폐적 경향의 시와 리얼리즘적 경향의 시들이 서로 어울리지 못하고 동떨어져 있는 형국을 보이는 까닭이다. 한 시인의 세계관은 결코 단절될 수 있는 것이 아니라는 사실, 그리하여 어떤 연결고리가 반드시 있을 것이란 가정을 하게 된다면, 이상화 시에 있어서의 단절이란 말은 어울리지 않는다. 그런 단면을 극복하는 데 있어 하나의 단서가 될 수 있는 시각을 주는 것이 그의 시에 드러나는 낭만주의적 태도이다[119]. 이는 「빼앗긴 들에도 봄은 오는가』와 같은 시들이 외적인 요소에서가 아니라 궁극적으로는 인간의 내적 문제에서 비롯된 것이라는 관점을 제공해주기도 한다. 곧 상화의 시들은 모든 인간들 속에 내재해 있는 조화의 감각이라든가 영원성에의 회귀의지와 무관하지 않다는 전제가 깔려 있게 되는 것이다. 이에 따르면, 그의 초기시의 특색인 관능성

119) 이태동, 「생명원체로서의 창조」, 『이상화』, 서강대출판부, 1996.

이나 퇴폐성은 생명의 원활한 공간으로, 후기시에 나타나는 저항의 정서들은 생명의 원체(元體)를 잃은 데 따른 자의식으로 해석할 수 있는 근거가 마련된다.

이상화의 시들은 존재론적 불안에 기반을 두고 있긴 하지만, 낭만적 사유에 기초한 물아일체의 사유방식과는 다소 거리가 있다. 그의 시들은 존재론적 고독에 뿌리를 두고, 그로부터의 초월하고자 하는 인식론적 기반을 하고 있긴 하지만, 세계를 자아화시키는 주관 만능주의에 빠져있는 것은 아니기 때문이다. 상화는 자신을 둘러싼 보다 큰 실체, 가령 우주론적인 것들에 관심을 기울이고 이를 통해서 자신의 존재론적 한계를 넘어서고자 했다. 그러면서 그는 그러한 초월을 내재적인 국면에서 그치지 않고 이를 조국애와 같은 외재적인 문제로까지 확대시켜 나아가고자 했다. 상화는 자신과 그를 둘러싼 환경을 하나의 거대한 단일체로 인식하고 이를 통해서 자신의 시적 사유를 만들어나간 것이다. 그러한 단일체를 만물의 원형질인 무한(infinity) 사상을 통해 자신의 현존을 이해하고 이를 초월하고자 한 것이다.

유한에 대한 인식

이상화는 자신의 작품 속에 존재론적 한계를 투영시켰고, 이를 기반으로 자신의 시세계를 전개시켜 나간 시인이다. 그의 작품들은 시 외적 맥락이나 제반 사회적 관계로부터 먼저 출발한 것이 아니다. 그의 시들은 내재적인 맥락, 보다 구체적으로는 모든 인간들에게 내재되어 있는 보편적 감수성에서 비롯되었기 때문이다. 그리고 그 감각이란 바로 존재론적인 고독이다.

백기만에 의하면, 상화는 중앙학교 3학년 학창 시절부터 "인생과 우주에 관한 철학적인 문제를 해결하려고 회의의 바다에서 번민하였다"[120] 고 한다. 그의 그러한 고민의 흔적들은 자신의 호를 시대 상황에 맞게 계속 고쳐온 데에서도 확인할 수 있다.[121] 이렇듯 자신의 인생에 대해 걷잡을 수 없이 밀려드는 좌절과 회의들이 그로 하여금 젊은 시절 방황의 시간으로 이끌었던 것이다. 그가 일종의 도피처를 찾아서 금강산을 기행한 것도 이와 깊은 관련이 있으며, 좀더 많은 사유의 탐색을 위해 프랑스 유학까지 꿈꾼 것도 이 때문이다.[122] 그렇게 방황하는 상화의 정신 구조를 잘 보여주는 사유가 아래의 글이다.

> 시인에게는 생활이란 것이 다만 그 자신의 생활만이 아닐 것이다. 우주 속에서 인생 가운데서의 한 생활일 것이다. 모든 생활을 이 근본정신으로써 통솔할 만하여야 한다.(중략)나는 사람이면서 자연의 한 성분인 것--말하자면 나라는 한 개체가 모든 개체들과 관련 있는 전부로도 된 것이라야 할 것이다. 거기서 진실한 개성의 의식이 나며 철저한 민중의 의식이 날 것이다.[123]

인용 글은 오랜 방황 끝에 상화가 내린 결론이 무엇인지 잘 일러준다. 상화는 존재와 대상이 서로 구분된 것으로 인식하지 않았다. 다시 말해 그는 시인으로 살아가는 자신의 삶이 고립적, 분산적인 것이 아니라 우

---

120) 백기만 편, 『상화시집』(정음사), 이태동, 「생명원체로서의 창조」(김학동 편, 『이상화』, 1996, 서강대 출판부), p.35.에서 재인용.

121) 위의 책, p.35. 이상화는 여러 종류의 호를 사용했는데, 가령, 상화(尙火), 무뉘, 무성(無星), 백아, 상화(想華) 등등이 그러하다.

122) 정진규, 『이상화』, 문학세계사, 1993, p.233.

123) 이상화, 「시의 생활화」, 『시대일보』, 1925. 6. 30.

주의 일부로 이해하고 있었던 것이다. 그런 다음 인간의 모든 생활이 우주와 하나라는 동일체의 정신이라든가 혹은 유기적 구조감 속에서 통솔되어야 한다고 보았다. 뿐만 아니라 자신의 존재, 궁극에는 인간이라는 존재도 고립적, 분산적인 상태로 있는 것이 아니라 자연의 일부로 존재한다고 이해하고 있었다. 상화가 인간의 생활을 우주의 한 부분이라고 보고 있는 이상, 인간을 자연의 일부라고 생각하는 것은 지극히 당연한 귀결이라 할 수 있을 것이다.

그렇다면, 이상화가 생각하고 있는 우주란 무엇인가. 우주는 섭리나 이법과 같은 형이상학적 관념으로 흔히 받아들여진다. 그러나 우주는 그러한 형이상학과 더불어 끝없이 펼쳐진 무한(無限)이라는 관점도 갖는다. 무한이란 끝없는 영속이며, 철학적으로는 삶의 모태이자 생의 근원인 영원성의 정서와 연결된다. 우주가 갖는 이런 절대 무한에 비하면, 인간은 지극히 유한한 존재가 아닐 수 없다. 그러한 간극이 상화의 존재론적인 한계의식이자 고민이었다. 다시 말해 유한의 속성을 이해하고 이를 무한의 세계로 어떻게 틈입해 갈 것인가가 상화 시의 주제였던 것이다.

상화가 "찰나에도 침체가 없이 유전하여 가는 자연의 변화를 인식한 데서 얻은 영원함"이라고 말한 것은 바로 이런 고민의 표백에서 나온 것이었다. 그는 찰나나 순간과 같은 것들, 그것은 바로 현존의 문제일 터인데, 이를 자연과 같은 영원 속에서 초월하고자 했다. 그가 자연에 기댄 것은 자연이 갖고 있는 보편적인 음역과 무관한 것이 아니다. 자연이야말로 여러 단계의 구분이나 분절이 없는 연속체의 표상, 곧 영원의 상징이기 때문이다.[124]

---

124) F. Monnoyeur 외, 『수학의 무한, 철학의 무한』(박수현 역), 해나무, 2008, p.19.

영원에 이르는 두 가지 길

상화 시를 이끌어가는 힘은 존재론적 한계에 대한 고민이었다. 그리고 거기서 형성된 자의식이 우주에 대한 철학적 고민으로 연결되었다. 그리하여 그는 존재와 우주 사이에 놓인 간극을 해소해줄 근거가 무엇인지에 대해서 가열찬 사유의 그물을 펼쳐보이기 시작했다. 그러한 도정에서 걸러져 올라온 것이 통합의 상상력이다.

저녁의 피묻은 동굴 속으로
아, 밑없는 그 동굴 속으로
끝도 모르고
끝도 모르고
나는 꺼꾸러지련다.
나는 파묻히련다.

가을의 병든 미풍의 품에다
아, 꿈꾸는 미풍의 품에다
낮도 모르고
밤도 모르고
나는 술 취한 몸을 세우련다
나는 속 아픈 웃음을 빚으련다.

「말세의 희탄」 부분

이 작품은 상화의 등단작이다.[125] 그런 면에서 그의 시의 근저를 구성하는 세계관이 어떤 것인가를 일러주는 좋은 단서가 되는 작품이다. 여기서 가장 중요한 것은 서정적 자아와 동굴이 갖고 있는 관계일 것이다. 우선, 서정적 자아는 그 끝을 알 수 없는 '동굴' 속에 꺼꾸러지고 파묻히고자하는 약한 의탁자의 모습을 보여준다. 그런 다음 "낮도 모르고/밤도 모른" 채 자아는 "술 취한 몸을 세우려고, 속아픈 웃음을 빚어내려" 한다. 말하자면 의식 너머의 세계인 무의식의 심연으로 계속 빠져들고자 하는 것이다.

이 시의 핵심은 '동굴'의 이미지와 술 취한 자아의 무의식적인 상태 사이에 놓인 관계망이다. 일반적인 관점에서 '동굴'은 부활이나 근원 등 주로 모성적인 것과 관계된다. 그러한 까닭에 그것은 뿌리이자 만물의 원천으로 이해된다. 그러나 여기서 중요한 것은 모성적인 상상력이 아니라 분리되지 않는 연속체의 감각이다. 연속이란 분리되지 않고 계속 연결되어 있는 그 무엇이다. 「말세의 희탄」의 주제의식이 형성되는 지점도 이 부분이다. 근원으로부터 분리된 시적 자아는 다시 그 이전의 세계로 되돌아가고자 하는 욕망을 분출한다. 원형질이 보존된 세계로 말이다. 「말세의 희탄」에서 그러한 세계는 '동굴' 이미지로 구상화된다. 서정적 자아가 동굴 속으로 "나는 꺼꾸러지련다./나는 파묻히련다"는 열망을 갖게 된 것도 분리되지 않은 세계에 대한 그리움 때문이다.

그리고 또 하나 주목해야 할 부분은 술에 취한 자아의 모습이다. 술에 취한다는 것은 의식이라든가 이성이 무너졌다는 뜻이고, 그 결과 무의식

125) 이 작품은 『백조』 창간호에 발표되었기에, 이 잡지의 근간이었던 퇴폐적, 센티멘털한 감수성 또한 잘 드러난 시이기도 하다.

의 전능 속에 갇히게 되었다는 의미가 된다. 무의식의 전능 상태란 의식으로부터 방해받지 않는 세계이다. 의식이 마비되었다는 것은 무의식의 세계만이 남아 있다는 뜻이 되는데, 이런 맥락에서 무의식에 도취된 자아의 모습이란 근원과 동일시되는 상태라고 보아도 무방할 것이다.

근원과 일체화된 그러한 정서들은 「나의 침실로」[126]에서도 확인할 수 있다. 상화 초기시의 특색 가운데 하나가 관능이라고 했거니와, 「나의 침실로」는 그런 단면이 다른 어떤 시보다 잘 구현된 작품이다. 가령, "가슴에 이슬이 맺히는" 마돈나의 관능적 이미지가 그러하고, 이에 결부된 침실의 이미지들 또한 그러하다.

우주와 인생에 대한 철학적 고민에서 시작된 것이 상화 시의 특색이라고 했거니와 그러한 고민의 초월이 무한이라든가 영원의 상태를 지향한다고도 했다. '마돈나'란 그러한 시적 자아의 또다른 열망의 표현이라는 점에서 의미가 있다. '마돈나'란 관능의 이미지이면서 그 외연을 확장시키면, 그것은 무의식의 영역과 분리하기 어렵게 결합된 것임을 알게 된다. 마돈나에서 이런 무의식이라든가 영원의 정서가 유추될 수 있다면, 결국 이 이미지는 동굴이미지와 동일한 내포가 된다고 할 수 있다.

이상화의 시에서 영원성은 이런 모성적인 상상력 이외에도 자연사상에서 탐색되기도 한다. 동굴과 침실이 갖는 부활의 이미지가 상화 시에서 드러나는 연속체라면, 자연은 또 다른 차원에서 연속체의 감각을 구현해준다. 상화가 질풍노도기의 시기에 방랑의 세월을 보낸 것은 잘 알려진 일이다.[127] 인생과 우주에 대한 해법없는 고민의 늪에서 그는 처절하

---

126) 『백조』 3호에 발표되었다. 그러한 까닭에 이 작품도 「말세의 희탄」과 마찬가지로 상화의 초기 시를 대표한다.

127) 정진규, 「이상화 평전」, 『이상화』, 문학세계사, 1993, p.224.

게 방황했고, 그러한 방황 속에서 국토기행이라든가 자연으로의 탐익 생활을 거듭거듭 해온 터였다.

실상 상화의 고민 정도는 다른 사람들보다 상당히 심했다고 볼 수 있다. 고민의 해법을 찾기 위해 몇날 며칠을 새우는 날이 부지기수였다. 방황하는 그의 영혼을 잡아줄 어떤 든든한 기둥을 발견하지 못한 것이다. 책에서도 얻지 못했고 거리의 방황을 통해서도 얻지 못했다고 한다.[128] 그런데 그는 이 탐색의 여정에서 또 하나의 새로운 지대를 발견하게 된다. 바로 자연의 세계였다. 그의 시의 중심 소재랄까 주제 가운데 하나라 할 수 있는 자연은 이 방랑의 시절을 통해서 얻어진 것이라는 점에서 시사적 의의가 있다.

그러나 자연은 지혜를 보여주며 건강을 돌려주려 이 계절로 전신을 했어도 다시 온 줄을 이제야 알 때다.

언젠가 우리가 자연의 계시에 충동이 되어서 인생의 의식을 실현한 적이 조선의 기억에 있느냐 없느냐? 두더지 같이 살아온 우리다. 미적지근한 빛에서는 건강을 받기보담 권태증을 얻게 되며 잇닿은 멸망으로 나도 몰래 넘어진다.

살려는 신령들아! 살려는 네 심원도 나무같이 뿌리깊게 땅 속으로 얽어매고 오늘죽고 말지언정 자연과의 큰 조화에 나누이지 말아야만 비로소 내 생명을 가졌다고 할 것이다.

「청량세계」 부분

---

128) 위의 글, p.223.

이 작품은 상화가 한창 방황하던 무렵인 1920년대 중반에 발표된 시이다.[129] 「청량세계」의 주제의식은 자연이라는 연속감의 정서에서 찾아진다. 마지막에 표현된 것처럼, 자연으로부터 분리되지 않고 "그것에 소속되어 있다고 생각할 때 비로소 내 생명을 가질 수 있다"고 했는데, 실상 여기서의 조화감이란 연속체에 연결된 나, 곧 자연과 나와의 완전한 합일이 이루어질 때 형성되는 정서이다. 자연과 분리되어 있지 않고, 그것의 한 구성성분으로서의 스스로가 인지될 때, 비로소 생명을 가질 수가 있다는 의미이다.

상화 시의 영원성은 이렇듯 모성성과 자연의 연속성이라는 두 가지 갈래 속에서 형성되었다. 존재론적 한계나 그로부터 오는 불안 의식은 '동굴'과 같은 모성적 상상력이나 '자연'의 무한사상에 의해 초월될 수 있을 것이라고 본 것이다.

일상의 일탈감이 가져온 저항시

우주와 인생에 대한 존재론적 고민에서 시작된 상화의 시들은 자연을 통해서 무한이라든가 연속체 정서를 체험하고, 이에 기투함으로서 영원성의 정서를 체득했다. 그러나 상화는 여기서 정신적 자유라든가 미적 쾌락에 빠지지 않고, 이를 보다 큰 외연으로 확장시켜 나아가고자 했다. 말하자면 이를 일상성과 연결시킴으로써 식민지 현실에 대한 응시, 또는 판단으로 나아가고자 했던 것이다. 그 결과 그는 거기서 민족 모순에 대한 정서를 획득하게 된다. 다음은 그의 그러한 사유 구조가 어떤 것이고,

---

129) 『여명』, 1925.6.

또 유기적 완결성을 추구한 자신의 사유가 사회와 어떤 관계망을 가져야 하는 것인지에 대해 잘 일러주고 있는 글이다.

> 시인에게는 생활이란 것이 다만 그 자신의 생활만이 아닐 것이다. 우주 속에서 인생 가운데서의 한 생활일 것이다. 모든 생활을 이 근본정신으로서 통솔할 만하여야 한다. 오직 시학상으로의 사상이란 것은 존재할 수 없는 것이다. 이 시대에 호흡을 같이하는 민중의 심령에 부합이 될 만한 방향을 지시하여야 할 것이다. 그것은 곧 시란 것이 생활이란 속에서 호흡을 계속하여야 한다는 까닭이다. 현실의 복판에서 발효하여야 한다는 까닭이다. 생활 그것에서 시를 찾아내여야 한다는 까닭이다.[130)]

이상화는 인간을 자연의 한 구성성분으로 이해한 바 있거니와 그 자신의 삶을 분리된 것으로 보지 않고, 그것을 우주적 삶의 일부로 보았다. 그의 이러한 고뇌는 물론 지극히 관념론이라는 한계를 갖는 것이었다. 그러한 한계를 알기에 상화는 그 외연을 존재 밖의 문제로까지 확대시킴으로써 과학성이랄까 현실성을 확보하고자 했다. 그는 자신의 존재론적 고독과 한계를 자연이나 우주뿐만 아니라 생활과의 연속적인 흐름 속에서도 찾고자 한 것이다.

통합에 대한 이런 집요한 상상력이 그로 하여금 자신을 내재적인 영역으로 가두지 않고, 외재적인 어떤 맥락과 끈끈하게 연결되어 있는 것으로 인식하게끔 만들었다. 이 인식이란 다름아닌 연속성의 상실이다. 그리고 그러한 감각이 상화로 하여금 일제 강점기의 현실을 부정하고 이에 저항하게끔 하는 여력을 만들어내기 시작했다. 존재론적 고독이 자연과

---

130) 이상화,「시의 생활화」,『이상화』(정진규 편저), p.205.

이어지는 연속성의 상실이라면, 민족 모순은 자신과 사회 사이에 형성된 연속성의 상실로 이해하기 시작한 것이다.

> 지금은 남의 땅--빼앗긴 들에도 봄은 오는가?
>
> 나는 온몸에 햇살을 받고
> 푸른 하늘 푸른 들이 맞붙은 곳으로
> 가르마 같은 논길을 따라 꿈 속을 가듯 걸어만 간다.
> (중략)
> 내 손에 호미를 쥐어다오.
> 살진 젖가슴과 같은 부드러운 이 흙을
> 발목이 시도록 밟아도 보고 좋은 땀조차 흘리고 싶다.
>
> 강가에 나온 아이와 같이
> 짬도 모르고 끝도 없이 닫는 이 흙을
> 무엇을 찾느냐 어디로 가느냐 우스웁다 답을 하려무나.
>
> 나는 온 몸에 풋내를 띄고
> 푸른 웃음 푸른 설움이 어우러진 사이로
> 다리를 절며 하루를 걷는다 아마도 봄 신명이 잡혔나 보다.
> 그러나 지금은 들을 빼앗겨 봄조차 빼앗기겠네.
>
> 「빼앗긴 들에도 봄은 오는가」 부분

이 작품은 상화의 대표작이자 사회적 연속성의 상실이 어떤 시정신을 갖게 했는지를 일러주는 좋은 사례가 되는 시이다.[131] 이 작품에서 저항적 요소를 찾는 것은 어려운 일이 아니다. 첫 연과 마지막 연의 '빼앗긴 들'이라는, 현실을 부정하는 직정적 담론에서 이를 확인할 수 있는 까닭이다. 그리하여 이 작품을 두고 프롤레타리아 의식을 대변하고 있는 시라고 설명하기도 했다. 물론 잘못된 이야기는 아니다. 그러나 민족 모순에 기반한 저항시라고 해도 무리가 없고, 경향시라 해도 크게 달라질 것은 없다. 중요한 것은 이 작품이 어떤 세계관을 담고 있는 작품인가에 있는 것이 아니라 상화 시의 맥락 속에서 어떤 함의를 내포하고 있는가에 있을 것이다.

이 시를 이끌어가는 기본 동인은 일단 「말세의 희탄」에서 볼 수 있는 것처럼 단절감에서 시작된다. 그러니까 상화의 시들은 퇴폐적 정서에 물들어 있는 작품이나 사회적 함의를 담고 있는 작품이나 방법적 의장에서는 크게 차이가 나지 않는 것이다. "지금은 남의 땅--빼앗긴 들에도 봄은 오는가"라는 이 선언이야말로 상화 시의 주조인 그러한 단절 의식을 잘 보여주는 대목이다. 상화의 고민은 한결같은 것이었다. "나는 사람이면서 자연의 한 성분인 것--말하자면 나라는 한 개체가 모든 개체들과 관련있는 전부로도 된 것"[132]이라 한 것에서 알 수 있는 것처럼, 서정적 자아를 둘러싼 사회와의 완벽한 조화를 인간이 궁극적으로 수용해야 할 긍정적 삶으로 생각하고 있었던 것이다. 그러기 위해서는 단절이 아니라 연속성의 감각이 있어야 한다는 전제가 필요하다고 보았다. 그런데 자신의 삶의 근거인 '들'을 빼앗기고, 그 당연한 결과로 그것에 생명을 불어넣어

---

131) 『개벽』, 1926.6.

132) 이상화, 앞의 글, p.206.

줄 '봄'조차 빼앗겼다고 보고 있다. 이런 단절감이야말로 전체적인 조화를 훼손하는 상태이거니와 자연과의 완벽한 통일체를 삶의 구경적 이상으로 사유한 그의 고뇌와도 구분되는 것이 아닐 수 없다. 그의 저항시들은 이런 맥락에서 형성되었거니와 이는 초기 시에서 펼쳐보였던 존재론적 한계 의식과도 분리하기 어렵게 결합되어 있는 부분이기도 하다.

상화 시들은 두 겹으로 구성되어 있다. 하나는 우주론적 고민에 관한 것이다. 학교 다닐 때 시작된 그의 사유의 고민도 여기서 비롯되었고, 이를 바탕으로 형성된 그의 시정신도 이와 분리하기 어려운 것이었다. 상화의 시들은 그러한 사색의 고민 끝에 발견한 것이 연속체의 감각, 곧 무한의 사상을 담아내었다. 그리고 이 감각을 통해서 영원으로 승화하고자 하는 의지의 표백, 그것이 상화 시의 구경적 의의라고 할 수 있을 것이다.

그리고 상화의 시들은 존재론적 한계의 문제들이 개인적인 차원에서 그치지 않고 이를 사회적 영역으로 확대시켜 나아가기도 했다. 사회적 국면으로 확산되어 나타난 프롤레타리아 의식을 담아낸 시들, 민족 모순을 담아낸 시들이 바로 여기에 속한다. 그가 이런 류의 작품 세계로 나아간 것 또한 연속성의 상실과 깊은 관련이 있다. 억압이란 조화감이라든가 연속성의 상실과 불가분의 관계에 놓여 있는 까닭이다. 존재론적 한계에서 출발한 상화의 시들은 결코 이 관념의 영역에 갇혀 있지 않았다. 인간과 우주 사이의 연속성이라는 정서를 통해서 존재론적인 한계를 치유하는 동시에 사회적 동일성을 파탄시킨 민족 모순에 적극적으로 응전하고자 했다. 그 응전의 포오즈가 바로 상화 시의 주제이다.

4) 계급주의자에서 민족주의자로 – 임화

임화는 1908년 서울 낙산에서 태어났다. 작가의 태생이 그리 중요한 것은 아니지만, 임화의 경우에는 예외이다. 그에게 서울은 그의 문학이 시작되는 곳이면서 종착점이기 때문이다. 말하자면, 임화 문학의 원점 단위는 서울이었고, 정확하게는 '종로 네거리'였다.

임화는 이광수와 함께 고아의식을 대표하는 작가였다. 그러한 임화를 '아비 없는 존재'로 규정하고, 그의 일생을 부재한 아비 찾기에 몰두한 작가라고 한 지적은 여기에 있다.[133] 이 아비란 실상 여러 갈래에서 의미화되는데, 그 하나는 그가 평생 모색했던 이념적인 것일 수도 있고, 다른 하나는 국가의 부재에서 오는 것일 수도 있다. 임화 시의 여정을 탐색하는데 있어 아비가 부재하는 상황이란, 그의 시의식이랄까 시정신을 탐색하는데 있어서도 중요한 시사점을 던져 준다. 계급주의자로서의 그것뿐만 아니라 민족주의자로서의 그것으로도 의미가 있는 까닭이다.

임화의 시적 출발은 1924년 《동아일보》에 발표된 「연주대」[134]로 알려져 있다. 이때 임화는 「해녀가」를 비롯해서, 「낙수」, 「소녀가」, 「실연 1,2」 등을 계속 발표한다. 그러니까 작가로서 그의 본격적인 활동은 1924년 전후에 시작되었음을 알 수 있다. 그러나 신인 시절 대부분의 문인이 그러하듯 이 시기 임화의 작품들에서 어떤 뚜렷한 문학적 경향이 드러나는 것은 아니었다. 그는 이 시기 일반 서정시를 포함하여, 「밤비」[135]라는 민

---

133) 김윤식, 『임화연구』, 문학사상사, 1989.
134) 《동아일보》, 1924.12.8.
135) 《매일신보》, 1926.9.12.

요를 쓰기도 했고, 「향수」[136]라는 정형시도 쓴 바 있는데, 이 작품은 김억이 시도했던 격조시와 닮아 있다는 점에서 주목를 끄는 경우이다. 뿐만 아니라 다다이즘에 입각한 시를 쓰기도 했고[137], 그저그런 감수성에 바탕을 둔 서정시도 쓴 바 있다.[138]

한 작가에서 이렇게 다양한 시정신이 표출된다는 것은 그의 세계관이 아직 뚜렷이 정립되지 않았다는 사실을 말해준다. 일종의 모색기이기에 그러한데, 그럼에도 이런 일련의 작품이나 경향 속에서 앞으로 전개될 시인의 정신사가 무엇인지를 알 수 있게끔 하는 사례가 등장하는 것이 일반적이다. 이는 임화에게도 예외가 아닌데, 비교적 초기 시에 해당하는 「혁토」가 그러하다. 특히 이 작품은 임화 시기의 마지막 단계 가운데 하나인 민족 의식과 결부된다는 점에서 주목을 요하는 시라고 할 수 있다.

뭇 사람놈들의 잇삿에 올라
이미 낡은 지가 오래인 시뻘건 나토일지라도
그것은 조상의 해골을 파묻어 가지고
대대로 물려나려왔던 거룩한 땅이며
한없이 거칠어진 부지일망정
여기는 가장 신성한 숨소리 벌덕이며
이 땅의 젊은 사람들에게 끊임없이
귀 넘겨 속삭여주는 우리의 움이어라

136) 《매일신보》, 1926.12.9.
137) 이를 대표하는 시가 「지구와 박테리아」(『조선지광』, 1928.8.)이다.
138) 이를 대표하는 시가 「무엇찾니」(《매일신보》, 1926.)이다.

분명코 그것은 무엇이라 중얼대는 것이다
침묵한 무언중에서 쉬일 새 없도록
그러나—그것을 짐작이나마 할 사람은
오직 못나고 어리석으며
말 한마디도 변변히 못 내는 백랍 같은 입 가지고 구지레한
백포를 두른 그리운 나의 나라의
비척어리는 사람의 무리가 있을 따름이다
오오! 그러나
비록 그렇게 못생기고 빈충맞인 친구일지라도
그것은 나의 동국인이요 피와 고기를 나눈 혁토의 낡은 주인이며--
나의 조선의 민중인 것이다

「혁토」 전문

이 작품은 1927년에 발표된, 임화 시의 전개에 있어서 비교적 초기 시에 해당한다.[139] 혁토(赫土)란 붉은 흙을 뜻한다. '붉은'의 이미지에서 유추할 수 있는 것처럼, 그 색채로 묘사된 땅은 불모의 지대를 상징한다. 이 시에서의 이런 감각은 엘리어트의 「황무지」를 연상케 할 정도로 그 정신이 닮아 있다. 똑같이 쓸모없는 땅, 불임의 땅이라는 의미를 갖고 있는 것인데, 그럼에도 작품 속의 내포는 사뭇 다르다. 「황무지」가 근대에 편입된 인간들의 절망적인 모습을 담고 있는 작품이라면, 「혁토」는 민족적인 것과 연결되어 있는 까닭이다. 따라서 이 작품은 임화의 초기 시, 아니 임화의 후기 시에 이르기까지 연결되어 있다는 점에서 시사적 의의가 있는 시이다. 이 감각은 민족주의적인 행보를 보인 중기 이후의 임화 시를 대

139) 《조선일보》, 1927.1.2.

변한다는 점 때문이다.

이 작품은 생산이라는 모성성과 전통이라는 민족성이 날줄과 씨줄로 얽혀 있는 시이다. 이런 단면들은 실상 소월의 「무덤」과 분리하기 어려운 것인데, 이 작품 속에 구현된 '무덤'이 민족적인 것과 연결되어 있는 것임은 자명하다. 소월은 이를 "옛 조상들의 기록을 묻어둔 그곳!"이라고 했기 때문이다.[140] 주인없는 조국이란, 혼이 사라진 땅이란 '무덤'에 불과하다는 것인데, 이런 사유는 실상 임화에게도 동일한 음역으로 다가오게 된다. 임화는 혁토(赫土), 곧 불모의 조선의 땅을 "조상의 해골을 파묻어 가지고/대대로 물려나려왔던 거룩한 땅"이라고 인식하고 있기 때문이다. 하지만 그 성스러운 땅은 죽어 있고, 생산성을 상실한 불임의 공간으로 전변되어 있다. 혼이 나간 상태, 곧 국권을 상실한 땅이기 때문이다.

초기의 여러 사조들에 대한 관심과 개인적인 서정에 머물고 있던 임화의 시들은 「혁토」를 계기로 새로운 단계로 변신하게 된다. 계급주의자로서의 길과 민족주의자로서의 길이 바로 그러하다. 특히 후자의 국면들은 임화 시의 전개에 있어서 그 의의를 아무리 강조해도 지나치지 않는데, 왜냐하면 그의 시들은 지금껏 계급적인 것에만 한정시켜 이해되어 왔기 때문이다.

초기의 모색 끝에 임화가 가장 먼저 선보인 것은 잘 알려진 대로 계급시이다. 그가 카프에 가입한 것은 1926년 말로 추정된다.[141] 그의 시들은

140) 「무덤」을 읽으면 대번에 알 수 있는 것처럼, 소월은 '무덤'을 단순히 죽은 자의 공간으로만 이해하지 않았다. 그는 그것을 민족이나 조국의 의미로 그 외연을 확장했을 뿐만 아니라 그것의 부활이야말로 진정한 독립이나 해방으로 이해한 것이다.

141) 카프에 가입하는 것이 어떤 문서에 의해 이루어진 것이 아닌 이상, 이 단체에서 활동하던 시기를 카프의 가입으로 보이는 것이 통례라 할 수 있을 것이다. 임화가 임화라는 필명으로 작품 활동을 하기 시작한 것이 1926년 후반이다. 그의 초기시들은 1926

그가 카프에 본격적으로 가담하면서 여러 갈래의 서정성들이 포기되고 서서히 계급성을 갖기 시작한다. 이를 대표하는 작품들이 「담-1927」[142] 과 「젊은 순라의 편지」[143]인데, 이를 계기로 그의 시들은 본격적으로 경향시의 모습을 갖추게 된다. 「담-1927」이 무정부 노동자라는 이유로 사형당한 작코 반제티의 죽음을 애도하는 시라면 「젊은 순라의 편지」는 노동자의 세계, 곧 당파성을 다룬 시이다. 이를 계기로 임화는 본격적으로 프로 시인의 면모를 갖추게 된다.

임화는 「젊은 순라의 편지」 등을 발표한 이후 「네거리의 순이」라든가 「우리 오빠와 화로」와 같은 단편서사시를 계속 발표하면서 카프의 중심작가로 우뚝 선다. 이 가운데 「우리 오빠와 화로」는 카프시의 전범을 보여주고 있다는 점에서 많은 주목의 대상이 된 작품이다. 이 작품의 주인공이 오빠와 누이 동생이라는 점, 그들이 근로하는 주체들이라는 점, 그리고 유적 연대의식에 묶여있다는 점, 미래에의 전망 등이 제시되었다는 점에서 그러한데, 이런 경향은 권환[144]이라든가 박세영[145] 등의 카프시에도 많은 영향을 주었다. 특히 김기진과 벌였던 '대중화론' 논쟁을 통해서 임화는 자신의 작품이 갖고 있었던, 카프시로서의 위상을 한층 강화되는 계기를 맞이하게 된다. 게다가 「우리 오빠와 화로」를 비롯해서 임화의 시들은 카프시, 보다 정확하게는 단편 서사시의 원형이 되었다는 점에서

년 후반과 1927년 전반기에 걸쳐 집중적으로 나타나기 시작했다. 하지만 그러한 그의 초기시들이 모두 계급 의식에 기반을 두고 있는 것은 아니었다.

142) 『예술운동』, 1927.11.

143) 『조선지광』, 1928.4.

144) 권환의 「우리가 여자라고」라는 작품이 이를 대표한다.

145) 박세영의 작품 가운데 이 의식을 대표하는 시가 「산골의 공장-어느 여공의 고백」이다.

그 의미가 있는 경우라 할 수 있다.

임화의 의욕적인 창작 활동은 1930년대 들어 서서히 위축되어 간다. 그것은 이 시기를 지배하는 객관적 상황의 열악성과 깊은 관련이 있는데, 1931년 만주 침략을 기점으로 일본 제국주의는 더욱 노골적으로 진보주의 문학을 탄압하기 시작했다. 이와 동시에 일어난 카프의 1차 검거 사건은 카프와 그 구성원들에 대한 탄압의 시발점이 되었다. 이후 1934년 제2차 카프 구성원에 대한 검거 사건이 일어났고, 결국 카프는 1935년 경기도 경찰부에 해산계를 제출함으로써 공식적으로 그 막을 내리게 된다. 이때부터 전향이 시작되었고, 그 결과 카프 시인들의 시세계에도 크나큰 변화를 맞게 된다. 이런 흐름은 임화의 경우에도 예외가 아니었다. 계급 모순에 기초해있던 임화의 시들은 이전과는 전혀 다른 새로운 인식성을 보이기 시작했는데, 그 한 자락을 차지하고 있었던 것이 자연에 대한 관심과, 민족 현실에 대한 새로운 발견이었다. 다음의 시는 그러한 변화의 모습과 분리하기 어렵게 얽혀있다는 점에서 주목의 대상이 된다.

> 더구나 너는 이국의 계집애 나는 식민지의 사나이
> 그러나 오직 한 가지 이유는
> 너와 나 우리들은 한낱 근로하는 형제이었던 때문이다
>
> 그리하여 우리는 다만 한 일을 위하여
> 두 개 다른 나라의 목숨이 한 가지 밥을 먹었던 것이며
> 너와 나는 사랑에 살아왔던 것이다
>
> 오오 사랑하는 요꼬하마의 계집애야
> 비는 바다 위에 내리며 물결은 바람에 이는데

나는 지금 이 땅에 남은 것을 다 두고
나의 어머니 아버지 나라로 돌아가려고
태평양 바다 위에 떠서 있다
바다에는 긴 날개의 갈매기도 오늘은 볼 수가 없으며
내 가슴에 날던 요꼬하마의 너도 오늘로 없어진다

그러나 요꼬하마의 새야
너는 쓸쓸하여서는 아니 된다 바람이 불지를 않느냐

「우산받은 요코하마의 부두」 부분

이 작품이 쓰여진 것은 1929년이다.[146] 그러니까 아직 카프 구성원들에 대한 검거 사건이 있기 전의 작품이다. 이 작품이 나카노의 「비내리는 品川驛」에 대한 답가 형식으로 제출되었다고 알려져 있거니와 나카노는 일본에서 모종의 사건[147]과 관련하여 추방되는 조선인 작가들을 환송하기 위해서 이 작품을 쓴 것으로 알려져 있다. 히자만 나카노는 조선의 노동자를, 일본의 프롤레타리아의 혁명에 있어 최소한의 수단으로 파악했다고 한다.[148] 말하자면, 마르크스의 원론에 해당하는 노동자들의 연대의식이나 국제적인 유대 의식에는 관심이 없고 조선의 사상가들을 그저 자신들의 혁명을 위한 수단이나 도구로 간주했다는 것이다. 이렇게 되면, 나카노의 마르크시즘은 한갓 껍데기에 불과한 것이 되는데, 실상 이런 면들은 작품 곳곳에 드러난다.

146) 『조선지광』, 1929.9.
147) 아마도 유학생들의 잡지였던 『학조』의 사상성과 관련된 사건처럼 보인다.
148) 김윤식, 『임화』, 한길사, 2008, p.103.

오오!
조선의 산아이요 계집아인 그대들
머리끗 뼈끗까지 꿋꿋한 동무
일본 푸로레타리아-트의 압짭이요 뒷군
가거든 그 딱딱하고 두터운 번질번질한 얼음장을 투딜여 깨쳐라
오래동안 갇혔던 물로 분방한 홍수를 지여라
그리고 또다시 해협을 건너뛰여 닥쳐 오너라

나카노, 「비내리는 品川驛」 부분

이 작품은 원문 그대로 조선에 소개되었기에 그 함의가 제대로 알려진 경우이다.[149] 나카노는 조선의 노동자를 "일본 푸로레타리아트의 앞잡이요 뒷군"이라고 했는데, 이는 일본 프로작가들이 보여주고 있는, 조선인에 대한 인식을 잘 보여준 것이라고 했다.[150] 그 연장선에서 이른바 그들만을 위한 민족적 에고이즘이 일본 프로작가의 본뜻이며, 이런 단면이야말로 조선의 프로작가들에게 없는 부분이라는 것이다. 그런 다음 이를 제대로 이해하지 못한 임화를 두고 코민테른의 유치한 신자라고 이해하기도 했다.

하지만 이런 평가는 지극히 일면적이라는 데에 그 한계가 있다. 「우산받은 요코하마의 부두」에서 드러난 임화의 민족주의에 대해서는 전혀 언급하지 못하고 있기 때문이다. 이를 증거하는 것이 "나의 어머니 아버지 나라로 돌아가려고" 한다는 부분이다. 이런 경계 의식이야말로 나카노의 민족적 에고이즘을 뛰어넘는 감각이 될 수 있을 것이다. 민족을 의

149) 나카노 시게하루, 「비내리는 品川驛」, 『무산자』, 1 928,5.
150) 김윤식, 위의 책 참조.

식하는 임화의 이런 감각은 초기 시의 「혁토」와 분리되지 않게 얽혀 있다는 점에서 중요한 것이고 카프 해산 이후 30년대 중후반 임화의 정신사와도 곧바로 연결되어 있다는 점에서도 중요한 것이라 할 수 있다.

어떻든 이 사건 이후 임화의 시들은 새로운 단계를 맞이하게 된다. 물론 그 외적인 환경 요인을 제공한 것은 카프 해산 이후이다. 이 도정을 통해서 임화의 시들은 뚜렷한 구분점을 보이게 되는데, 그 하나가 단편서사시로 대표되는 배역시의 퇴장이다. 인물이나 사건과 같은 서사 구조들은 사라지고, 일인칭 자아로 통어되는 담론 체계들, 곧 일인칭 고백이라는 서정서 고유의 단면들이 드러나기 시작한 것이다. 그러한 고유성의 등장이 바로 자연의 세계이다.

임화의 시에서 자연을 소재로 하는 일은 매우 낯선 경우이다. 카프 해산 이후 현실이 추방된 자리에서 그 너머의 소재들이 작품의 중심으로 들어오는 것은 자연스러운 일일 것이다. 사상을 대신하는 다른 무엇이 필요했던 것인데, 이 시기 임화가 상재한 시집은 잘 알려진 대로 『현해탄』[151]이다. 제목이 시사하는 것처럼, 이 시집의 주된 소재는 '바다'를 비롯한 자연물이다. 「바다의 찬가」, 「세월」 등의 시에서 그러한 자연의 소재들을 잘 볼 수 있거니와 이는 계급 의식의 퇴조가 만들어낸 것이라는 점에서 의미가 있다. 어떻든 '바다'와 같은 자연의 발견을 통해서 임화의 시들은 다시 한번 변신을 시도하게 된다. 계급 모순이 아니라 민족 모순에 대한 인식 혹은 발견으로 나아가는 것이다. 이를 대표하는 작품이 「해협의 로맨티스즘」과 「현해탄」이다.

---

151) 동광당서점, 1938.

예술, 학문, 움직일 수 없는 진리……
그의 꿈꾸는 사상이 높다랗게 굽이치는 동경(東京),
모든 것을 배워 모든 것을 익혀,
다시 이 바다 물결 위에 올랐을 때,
나는 슬픈 고향의 한 밤,
홰보다도 밝게 타는 별이 되리라.
청년의 가슴은 바다보다 더 설레었다.
(중략)
'반사이!' '반사이!' '다이닛……'
이등 캐빈이 떠나갈 듯한 아우성은,
감격인가? 협위인가?
깃발이 '마스트' 높이 기어 올라갈 제,
청년의 가슴에는 굵은 돌이 내려앉았다.

어떠한 불덩이가,
과연 층계를 내려가는 그의 머리보다도
더 뜨거웠을까?
어머니를 부르는, 어린애를 부르는,
남도 사투리,
오오! 왜 그것은 눈물을 자아내는가?

「해협의 로맨티시즘」 부분

임화가 「해협의 로맨티시즘」에서 응시한 현해탄의 모습은 두 가지인데, 하나는 계몽의 관점에서이고, 다른 하나는 민족의 현실에 대한 비판적 인식의 관점이다. 지금 서정적 자아는 현해탄을 오가는 선상 위에 있다. 거기서 자아는 "일본 열도의 긴 그림자를 바라보며", "가슴의 로맨티시즘이 물결치고" 있음을 느끼게 된다. 서정적 자아가 느끼는 로맨티시즘이란 계몽으로서의 그것, 곧 진보에 대한 낭만적 열정이다. 이를 단적으로 알 수 있는 구절이 다음과 같은 부분이다. "예술, 학문 움직일 수 없는 진리---/그의 꿈꾸는 사상이 높다랗게 굽이치는 동경/모든 것을 배워 모든 것을 익혀,/다시 이 바다 물결 위에 올랐을 때,/나는 슬픈 고향의 한 밤,/홰보다도 밝게 타는 별이 되리라./청년의 가슴은 바다보다 더 설"레는 자아에 대한 발견이 바로 그러하다. 여기에 이르게 되면 현해탄을 대하는 임화의 사유가 무엇인지 알게 된다. 근대화된 일본에 대한 동경이다. 이런 감각은 소위 현해탄 콤플렉스라고 하는 것과는 전혀 상관없는 의식이다.[152]

이와 더불어 또 하나 주의깊게 보아야 할 대목은 민족에 관한 것이다. 임화는 현해탄을 통해서 그가 생각했던 계몽주의가 무엇인지를 대략 이해하게 된다. 그에게 계몽의식으로 무장된 근대 초기의 부르주아 계층들처럼, 상승하는 의식만 있었다면, 그는 계급의식으로부터 비교적 자유로웠을 것이다. 뿐만 아니라 계몽이 나아갈 방향을 잃었을 때, 흔히 범할 수 있는 천박한 영웅주의에 갇히지도 않았을 것이다[153].

임화에게 바다란 자연이면서 단순한 자연으로 한정되는 것이 아니었다. 그러한 까닭에 그것은 현해탄 콤플렉스적인 감각에 놓여 있을 수도

152) 현해탄 콤플렉스는 일제 강점기 근대화와 독립이라는 두 과제 앞에서 지식인이 처한 이중적 감정이나 그 모순적 정서를 일컫는 말이다. 그러한 감각을 임화는 「현해탄」에서 잘 드러냄으로써 이 의식이 갖고 있는 상징성을 담보하고 있다.

153) 이런 의식을 보여주는 대표적인 사례가 바로 이광수이다. 그는 과학적 근거나 논리적 세계를 벗어난 영웅주의를 찬양함으로써 나중에는 타기해야할 일본 제국주의를 오히려 영웅시하는 오류를 범하게 된다.

있고, 또 국경이라는 예민한 지대를 형성하는 것일 수도 있었다. 그런데 이 시기 임화에게는 바다가 무엇보다 국경으로 다가온 것처럼 보인다. 국경이란 나와 타자의 경계지대이면서 궁극에는 나의 것이 매우 소중하게 다가오는 지대이다.[154] 그렇기에 이는 임화의 민족주의가 발동하게 된 계기, 계급 모순이 민족 모순으로 대치되는 계기가 된다. 이 시기 이를 대표하는 시가 바로 「현해탄」이다.

이 바다 물결은/예부터 높다.//그렇지만 우리 청년들은/두려움보다 용기가 앞섰다,/산불이/어린 사슴들을/거친 들로 내몰은 게다.//대마도를 지나면/한가닥 수평선 밖엔 티끌 한 점 안 보인다./이곳에 태평양 바다 거센 물결과/남진(南進)해온 대륙의 북풍이 마주친다.//몬푸랑보다 더 높은 파도,/비와 바람과 안개와 구름과 번개와,/아세아(亞細亞)의 하늘엔 별빛마저 흐리고,/가끔 반도엔 붉은 신호등이 내어 걸린다.//아무러기로 청년들이/평안이나 행복을 구하여,/이 바다 험한 물결 위에 올랐겠는가?//첫번 항로에 담배를 배우고,/둘쨋번 항로에 연애를 배우고,/그 다음 항로에 돈맛을 익힌 것은,/하나도 우리 청년이 아니었다.//청년들은 늘/희망을 안고 건너가,/결의를 가지고 돌아왔다./그들은 느티나무 아래 전설과,/그윽한 시골 냇가 자장가 속에,/장다리 오르듯 자라났다.//그러나 인제/낯선 물과 바람과 빗발에/흰 얼굴은 찌들고,/무거운 임무는/곧은 잔등을 농군처럼 굽혔다./나는 이 바다 위/꽃잎처럼 흩어진/몇 사람의 가여운 이름을 안다.//어떤 사람은 건너간 채 돌아오지 않았다./어떤 사람은 돌아오자 죽어 갔다./어떤 사람은 영영 생사도 모른다./어떤 사람은 아픈 패배(敗北)에 울었다./—그 중엔 희망과 결의와 자랑을 욕되게도 내어 판 이가 있다

---

154) 송기한, 「임화 시의 변모 양상-계급모순에서 민족모순으로」, 『인문과학논문집』 54, 대전대, 2017.2. 참조.

면, 나는 그것을 지금 기억코 싶지는 않다.//오로지/바다보다도 모진/대륙의 삭풍 가운데/한결같이 사내다웁던/모든 청년들의 명예와 더불어/이 바다를 노래하고 싶다.//비록 청춘의 즐거움과 희망을/모두 다 땅 속 깊이 파묻는/비통한 매장의 날일지라도,/한번 현해탄은 청년들의 눈앞에,/검은 상장(喪帳)을 내린 일은 없었다.//오늘도 또한 나 젊은 청년들은/부지런한 아이들처럼/끊임없이 이 바다를 건너가고, 돌아오고,/내일도 또한/현해탄은 청년들의 해협이리라.//영원히 현해탄은 우리들의 해협이다.//삼등 선실 밑 깊은 속/찌든 침상에도 어머니들 눈물이 배었고,/흐린 불빛에도 아버지들 한숨이 어리었다./어버이를 잃은 어린아이들의/아프고 쓰린 울음에/대체 어떤 죄가 있었는가?/나는 울음소리를 무찌른/외방 말을 역력히 기억하고 있다.//오오! 현해탄은, 현해탄은,/우리들의 운명과 더불어/영구히 잊을 수 없는 바다이다.//청년들아!/그대들은 조약돌보다 가볍게/현해(玄海)의 물결을 걷어 찼다./그러나 관문해협 저쪽/이른 봄 바람은/과연 반도의 북풍보다 따사로웠는가?/정다운 부산 부두 위/대륙의 물결은,/정녕 현해탄보다도 얕았는가?//오오! 어느 날/먼먼 앞의 어느 날,/우리들의 괴로운 역사와 더불어/그대들의 불행한 생애와 숨은 이름이/커다랗게 기록될 것을 나는 안다./1890년대(年代)의/1920년대(年代)의/1930년대(年代)의/1940년대(年代)의/19××년대(年代)의/…………/모든 것이 과거로 돌아간/폐허의 거칠고 큰 비석 위/새벽별이 그대들의 이름을 비출 때,/현해탄의 물결은/우리들이 어려서/고기떼를 쫓던 실내[川]처럼/그대들의 일생을/아름다운 전설 가운데 속삭이리라.//그러나 우리는 아직도/이 바다 높은 물결 위에 있다.//

「현해탄」 전문

「현해탄」은 임화의 의식이 무엇인지를 탐색하는 자리에서 매우 중요한 자리에 놓여 있는 시이다. 그것은 그가 이 작품을 시집의 제목으로 내세운 것에서도 그 중요성을 이해할 수 있다. 임화가 이 작품에서 말하고자 한 것이란 민족에 대한 애정, 민족 모순에 대한 발견이었기 때문인데, 이는 곧 그의 시의식에 있어서의 새로운 변화라든가 새로운 패러다임을 알리는 계기였다고 할 수 있을 것이다.

임화는 지금 현해탄을 오가는 선상 위에 서 있다. 그런데 지금 임화가 응시한 바다는 지금껏 그가 보았던 바다가 아니다. 특히 근대에 편입된 바다, 긍정적인 것으로의 바다, 계몽의 통로로서의 바다의 의미는 상당히 퇴색되어 있는 까닭이다. 이런 단면들은 "첫 번 항로에 담배를 배우고,/둘째 번 항로에 연애를 배우고,/그 다음 항로에 돈맛을 익힌 것은./하나도 우리 청년이 아니었다"에서 확인할 수 있다. 바다는 낭만적 기대치를 담보하는 것으로서가 아니라 어떤 새로운 다짐을 위한 매개로 다가오게 된다. 그런 사유가 있었기에 그것은 '희망'과 '결의'를 할 수 있었던 것이다.

하지만 임화는 국경이라는 예민한 지대로 다가오는 바다를 더 이상 낭만적 계몽의 수단으로 수용하지 않는다. 배 안에서 펼쳐지는 조선인들의 비참한 현장을 목격하면서 민족 모순에 대한 의식을 더욱 강화하는 계기로 인식했기 때문이다. 이는 임화가 현해탄을 단지 그리워하고 동경한 것과는 거리가 멀다는 의미가 된다. 조선의 청년들이 관부연락선에 올라탄 것은 '산불' 때문이며, 그 위협의 아우라가 "어린 사슴을 거친 들로 내몰았다"고 이해하고 있는 것이다. '산불'의 제공자가 제국주의임은 당연한데, 이 시기 이런 시적 표현이야말로 민족 모순에 대한 의식없이는 그 설명이 불가능한 경우이다. 이런 감각은 그 다음 연에 이르러 절정을 이루게 된다. "삼등선실밑 깊은 속/찌든 침상에도 어머니들 눈물이 배었고/흐린 불빛에도 아버지들 한숨이 어리었다./어버이를 잃은 어린 아이들의/아프고 쓰린 울음에/대체 어떤 죄가 있었는가?"라는 부분이다.

임화는 민족 모순에 대한 새로운 인식으로 전향 이후를 대비했고, 역사의 새로운 주체가 되고자 했다. '현해탄'은 예민한 국경 의식과 민족 모순의 장으로 거듭 태어나게 되는 것인데, 그가 "우리는 아직도 이 바다 높은 물결 위에 있다"로 이 작품을 마무리하는 것은 이 감각이 한순간의 열정이 아니라 현재진행형으로 계속 남아있음을 말해주는 부분이라 할 수 있다. 임화에게 현해탄은 현재 진행형이며 또 미래를 향한 열정의 공간이었던 것인데, 해방 직전 임화의 세계관은 이렇듯 민족 모순으로 귀결되고 있었다. 계급주의자에서 민족주의자로의 변신, 그것이야말로 이 시기 임화의 본모습이었다는 점에서 그 의미가 있는 것이었다고 할 수 있다.

5) 현실 비판과 순수의 양면적 동일성 – 권환

권환은 1903년 경남 창원군 진전면 출신이다.[155] 그는 어린 시절을 이곳에서 보낸 다음, 상경하여 근대 문학의 산실이라 할 수 있는 휘문중학과 제일고보를 거쳐 경도 제국대학에 입학했다. 이때 조선인 유학생들이 중심이 되어 간행되던 『학조』에 작품을 발표함으로써 문단에 등장하게 된다. 하지만 그의 본격적인 작품 활동은 「가랴거든 가거라」, 「정지한 기

155) 권환의 출생에는 여러 가지 설이 존재한다. 1903년에 태어났다는 설도 있고 1906년의 설도 있다. 여러 사정을 고려하여 『한국문인대사전』(권영민 편, 아세아문화사, 1990)에 기록된 연도, 곧 1903년을 출생 시기로 보고자 한다.

계」 등을 『조선지광』에 발표함으로써 시작된다.[156] 미뤄 짐작컨대 권환은 초기부터 계급성이 강하게 내포된 시를 쓴 시인에 속하는 경우이다.

초기에 카프를 주도했던 사람들은 잘 알려진 대로 박영희와 김기진이었다. 하지만 이들의 활동 영역은 운동으로서의 문학을 영위해 나갈 수 있을 만큼 이론적인 국면에서나 실천적인 면에서 높은 수준에 올라 있었던 것은 아니다. 따라서 초기부터 그러한 한계를 뛰어넘어 설 수 있는 계기가 필요해졌는데, 이를 가능케 했던 인물들이 동경에서 돌아온 신진 문인들이었다. 그 하나가 권환이다.[157] 권환이 카프에 가입한 것은 1929년이고, 이를 계기로 계급성에 입각한 시를 발표하게 된다.

권환의 시들은 아지프로의 시, 곧 선전 선동의 시로 규정된다.[158] 그런데, 권환의 선전선동의 시들은 카프 해산기에 이르게 되면 현저하게 사라지고 이후 순수시를 창작하는 단순한 서정 시인으로 변신하게 된다. 이런 경향은 분명 권환의 초기시와 후기시를 단절로 보기에 충분한 근거가 된다. 하지만 그의 전기와 후기의 시들이 갖고 있는 구분된 세계가 단절로 인식될 수도 있지만, 이 둘 사이의 거리를 연결시킬 수 있는 고리가 전혀 없는 것이 아니라는 사실을 주목할 필요가 있다. 뿐만 아니라 그런 시세계의 변화는 해방 이후 발표된 그의 작품들과도 일정 부분 연결된다는 사실도 주의해서 보아야 할 대목이다. 그러한 흐름은 분명 하나의 정신사적 구조, 동일한 세계관에서 나온 것이라는 사실을 잊어서는 안 될 것이다. 그것이 권환의 시를 보는 새로운 시각이라 할 수 있을 것이다.

---

156) 『조선지광』, 1930.3. 이 시들은 『카프시인집』에 재수록 된다.
157) 김윤식, 『한국근대문예비평사연구』, 일지사, 1982, pp.37-40.
158) 정재찬, 「시와 정치의 긴장관계」, 『한국현대리얼리즘시인론』(윤여탁외 편), 태학사, 1990.

아지프로의 시

권환이 실질적으로 문인의 길에 들어선 것은 일본에서 귀국한 직후이다. 그는 1929년 『학조』와 관련된 모종의 사건으로 일본에서 추방된 이후 곧바로 카프에 가입한다. 그리고 곧바로 이 조직의 중앙위원이 되는데, 이런 일련의 과정을 거치면서 그는 시인으로서의 길, 아지프로의 길을 걷는 시를 발표하게 된다. 이를 대변하는 작품이 「정지한 기계」이다. 이 작품은 실질적으로 권환의 등단작이고, 그런 면에서 그의 정신사적 흐름을 이해할 수 있는 단적인 사례라 할 수 있을 것이다.

> 웨 너들은 못 돌니나?
> 낡은 명주가치 풀 죽은
> 白獵가치 하—얀
> 고기 기름이 떨어지는 그 손으로는
> 돌니지 못하겠늬?
>
> 너들의 호위 XX이 긴 X을 머리 우에 휘둘은다고
> 겹내서 그만둘진대야
> 너들의 '사랑妾' 개량주의가 타협의 단 사탕을 입에 넣어준다고
> 꼬여서 그만 말진대야
> 우리는 애초에 XXXX 시작 안 햇슬게다
>
> 못난 '스캅푸'가 쥐색기처럼 빠저나간다고
> 妨害돼서 못할진대야
> 너들의 가진 XX에 떨려서

中途에 XX할진대야
우리는 애초에 XXXX 시작 안 햇슬게다
'나폴레온'의 XXX도 무서운 'XX'의 XX가 우리에게 없섯드라면
우리는 애초에 금번 X을 시작도 안 햇슬게다

機械가 쉰다
우리 손에 팔줌을 끼니
돌아가든 數天 機械도 명령대로 一齊히 쉰다
위대도 하다 우리의 XX력!

웨 너들은 못 돌니나!
낡은 명주 가치 풀 죽은
白獵가치 하―얀
고기 기름이 떨어지는 그 손으로는
돌니지 못하겟늬?

「停止한 機械-어느 공작 XXX兄弟들의 부르는 노래」 부분

권환 시의 가장 큰 특성 가운데 하나는 선전 선동성, 곧 아지프로적인 면을 보이고 있다는 점이다. 그는 다른 어떤 시인보다도 이 의도를 달성하기 위한 많은 노력을 보여주게 된다. 파업투쟁을 담은 「정지한 기계」도 그 연장선에 놓여 있다. 이 작품에서 권환은 기계가 정지라는 상징적 사건을 통해서 파업의 의미를 읽어내고 있는데, 가령 1연의 "기계가 쉰다"는 것은 파업의 비유적 의미이거니와 이 과정에서 드러나는 근로자들의 힘은 "위대도 하다 우리의 XX(단결)력!"으로 구상화된다.

이 작품을 이끌어가는 힘은 '전위의 눈'에서 비롯되는데, 그 '눈'은 모순

된 현실을 직시하게 된다. 모든 사물에 대한 인식은 선진적인 노동자의 시선을 떠나서는 성립하지 않는 것이다. 그리고 거기서 철저한 이항대립이 생겨난다. 곧 계급의식이 만들어지고 있는 것이다. "우리가 팔짱을 끼어서" 멈춘 기계들을 "고기 기름이 떨어지는 그 손으로는" 돌리지 못하는 현상이야말로 이 의식이 무엇인지 말해주는 단적인 증거가 된다고 하겠다.

「정지한 기계」는 파업의 현장에서 빚어질 수 있는 여러 장면들이 사실적으로 제시된 시이다. 또한 그러한 과정에서 얻어지는 극적 긴장도 매우 강렬하게 드러난 작품이기도 하다. 파업 현장에서 흔히 볼 수 있는 훼방의 몸짓들이 노동자들의 행위 못지않게 생생하게 제시되어 있기 때문이다. 이런 갈등의 표출 양상은 「우리를 가난 한 집 여자이라고」에 이르면, 더 구체적이고 현실적으로 제시된다. 이러한 단면들은 친숙한 일상성과 분리하기 어렵게 연결되어 있기에 그러하다.

우리들을 여자이라고
가난한 집 헐벗은 여자이라고
민초처럼 누른 마른 명태처럼 빼빼야윈
가난한 집 여자이라고
X들 마음대로 해도 될 줄 아느냐
고래 가튼 X를
젓 빨듯이 마음대로 빨어도 될 줄 아느냐
X들은 만흔 리익을 거름(肥料)가치 갈라 가면서
눈꼽작만 한 우리 싹돈은
한없는 X들 욕심대로 작구 작구 내려도

아무 리유 조건도 없이
신고 남은 신발처럼
마음대로 들엿다 XX치도 될 줄 아느냐

우리가 맨들어 주는 그 돈으로
X들 녀편네는 寶石과 金으로 꿈여 주고
우리는 집에 병들어 누어
늙은 부모까지 굼주리게 하느냐

안남미밥 보리밥에
썩은 나물 반찬
X지죽보다 더 험한 기숙사 밥

「우리를 가난한 집 여자이라고-이 노래를 工場에서 일하는
數萬名 우리 姉妹에게 보냅니다」 부분

이 작품은 아지프로적 관점에서 몇 가지 의미가 있는데, 하나는 작품의 주인공이 여성이라는 점에서 찾아진다. 「우리를 가난한 집 여자이라고」[159]는 「정지한 기계」와 더불어 권환의 초기 시를 대표하는 작품인데, 이 시기 카프시에서 서정적 화자나 주인공으로 여성이 등장하는 것이 보편적 서정의 물결이었다. 이때 여성 화자를 통해서 계급 시를 쓴 경우로는 임화의 「우리 오빠와 화로」나, 박세영의 「누나」, 「바다의 여인」 등을 들 수 있는데, 이런 면에서 보면, 권환의 이 작품은 임화 등의 시와 일정 부분 겹쳐진다고 할 수 있다.

159) 『조선지광』, 1930.6.

이 시기에 카프시에서 여성 화자나 주인공의 등장에는 어떤 시적 전략이 있었던 것처럼 보인다. 그것은 여성들이 사회구조상 약자일 수밖에 없다는 점, 그리하여 피압박이 주인공으로 자연스럽게 부각될 수밖에 없다는 점과 관련된다. 다시 말해 여성이라는 사실만으로도 억압의 주체가 될 수 있다는 점을 환기한 것이다. 다른 하나는 여성들에서 더 강하게 드러낼 개연성이 큰 이른바 욕망의 문제이다. 여성은 흔히 속된 욕망에 쉽게 노출된다고 생각되거니와 그러한 단면 속에 계급의식을 부각시키는 것이 매우 효과적이라고 판단한 듯싶다.

물론 여성이라고 해서 욕망에 무한정 노출되는 존재라고 단정하는 것은 선판단일 수 있다. 하지만, 소위 가진 자와 그렇지 못한 자를 구분하는 데에 있어서 여성의 욕망을 동원하는 일이야말로 가장 효과적인 수단이 될 수도 있다는 점을 주목한 것처럼 보인다. 이는 가난한 집 여자와 부유한 여성의 대조, 그리고 거기서 형성되는 세속적 욕망의 갈등 양상을 계급적 차이로 구현되는 개연성이 다른 어느 경우보다 매우 크다고 생각했기 때문이다.

「우리를 가난한 집 여자이라고」에서 묘파된 이들 사이에 형성된 계급적 차이는 표현된 담론의 영역보다 큰 파장을 일으키며 독자들에게 각인된 것처럼 보인다. 생계를 위한 최저 수단으로서의 음식 문화 속에서 이 의식이 스며들어오는 까닭이다. 가난한 자들의 음식은 "안남미 밥 보리밥에/썩은 나물 반찬"이고, 부자들의 그것은 "하얀 쌀밥과 고기"로 비유되는데, 이 얼마나 기막힌 대비인가. 뿐만 이들이 처한 노동의 조건 또한 그들이 먹는 음식과 정비례되어 묘사된다. 이들은 열악한 음식 환경과 더불어 "태양도 잘 못 들어올" 방일 뿐만 아니라 "어둠컴컴하고 차듸찬 방"에서 고통에 찬 세월을 보내고 있는 것이다. 반면 부르주아 집안의 여자들은 "낮에는 연인과 식물원에 가고" "밤이면 비단 카-텐 밑에서 피아노"를 치는 등 근로하는 여성들은 접근조차 불가능한 공간에서 그들만의 화려한 삶을 누리고 있다. 이런 감각이 1930년대를 전후한 권환 시의 특성인데, 이는 모두 아지프로적인 감각과 분리하기 어려운 것이었다.

순수시로의 전환과 그 의미

1930년대에 들어서면서 카프는 여러 외부적인 환경에 노출되고 거기서 많은 영향을 받게 된다. 그러한 환경은 양면성을 갖고 구현되었는데, 이 시기에 시도된, 제2차 방향전환은 카프라는 조직을 새롭게 일신할 수 있는 기회를 제공해주었고, 다른 한편으로는 제국주의의 섹트화로 말미암아 시작된 검거 열풍으로부터 자유롭지 못한 환경을 맞기도 했다. 그러나 후자의 상황이 카프의 조직 활동을 더 어렵게 만들었음은 부인하기 어렵다.

검거 열풍의 시대에, 권환 또한 1931년 투옥되었다.[160] 물론 검거되었던 대부분의 성원들이 불기소 처분을 받고 석방되었지만, 어떻든 이를 계기로 카프 구성원들의 활동은 상당히 제약받기 시작했다. 그 후 진행된 1934년 제2차 검거 사건에서도 권환은 구속의 칼날을 피해가지 못했다. 이와 연관되어 권환은 약 일 년간 전주 감옥에서 투옥생활을 하게 된다.[161]

제2차 검거와 카프 해산기를 전후해서 권환의 작품은 크게 달라지기

---

160) 이것이 1931년 카프에 대한 1차 검거활동이었다.

161) 김용직, 「이념우선주의-권환론」, 『한국현대시사1』, 한국문연, 1996, p.500.

시작한다. 그의 시를 두고 전반기는 프로시, 후반기는 순수시로 구분하는 것도 이와 밀접한 관련이 있다.[162] 권환의 시가 이런 이분법에 기초해 있음을 염두에 두면, 기왕의 그러한 평가들은 타당한 것이라 할 수 있다,

하지만 이런 구분법은 권환의 시들을 그저 단절의 시각으로만 한정하는 것이기에 그 한계가 분명한 것이라 할 수 있다. 드러난 현상이 옳다고 해서 그 저변에 숨겨진 세계관이나 본질이 곧바로 대응되어 나타나는 것은 아니기 때문이다. 중요한 것은 현상이 아니라 본질이다. 그 연장선에서 시인의 심연에 도도히 흐르고 있는 정신적 흐름, 다시 말해 면면히 흐르고 있는 사상적 흐름을 살펴야 한다는 점이다. 이럴 경우에만 권환 시에서 드러나는 두 가지 구분점은 단절이 아니라 하나의 정신사로 연결되어 있음을 알게 된다.

> 三間草家ㅅ집 들窓 속
> 까물거리는 殘燈 밑에
> 애기冊 읽는 소리가 들린다
>
> 人文 九雲夢 한가운데
> 聖眞이가 八仙女 다리고
> 구름 속에서 노는 場面이었다
>
> 「古談冊」 전문

162) 김재홍(「볼셰비키 프로시인」, 『카프시인비평』, 서울대 출판부, 1990.)과 김용직(「이념우선주의-권환론」, 『한국현대시사1』, 한국문연, 1996.)을 비롯한 대부분의 논자들이 이 부분에 대해 동의하고 있다.

1930년대 중반 이후 권환 시의 특성 가운데 하나는 퇴행의 정서이다. 이를 잘 보여주는 시가 인용된 작품이다. 「고담책」은 그의 첫 번째 개인 시집이었던 『자화상』[163]에 실려 있는 시이다. 퇴행은 시간적 측면이나 공간적인 측면에서 과거로 떠나는 시간의식이다. 반면 그가 이전에 즐겨 사용했던 카프시들은 그 반대인 전진하는 시간의식으로 구성되어 있다. 권환의 시들이 과거의 시간의식을 보여주었다는 것은 전진하는 사유를 포기했다는 뜻이 된다. 말하자면 프로시의 세계관을 갖고 있던 시인의 의식이 더 이상 전진하지 않는 것임을 의미한다.

퇴행이란 흔히 부정적 정서로 비춰진다. 지나온 과거가 아무리 긍정적인 것이라 해도 그 정서를 환기한다는 것은 앞으로 나아가는 발전과는 무관한 까닭이다. 게다가 그러한 행보가 열악한 현실 속에서 소극적 의식의 소산에서 생성된 것이라고 한다면, 이런 혐의는 더욱 짙어질 것이다. 하지만 그 반대의 경우도 가능하다. 이럴 때 과거로의 시간여행이란 긍정적 정서를 갖게 될 것인데, 그러한 흐름 가운데 하나가 1930년대 문예조류에서 찾을 수 있다. 이른바 순수에 대한 의미이다. 순수와 현실의 길항 관계가 만들어내는 음역, 그것이 이 시기 순수가 갖는 또 다른 시사적 의의인데, 이 시기 펼쳐보였던 권환의 시들은 그런 맥락에서 이해될 필요가 있을 것이다. 이런 경우에 그의 시들은 초기 시와 단절되지 않는 사유의 끈을 발견하게 된다.

박꽃같이 아름답게 살련다
흰 눈[雪]같이 깨끗하게 살련다

---

163) 조선출판사. 1943.8. 그리고 이 시는 해방직후 간행된 권환의 마지막 시집인 『동결』에도 수록되어 있다.

가을 湖水같이 맑게 살련다

손톱 발톱 밑에 검은 때 하나 없이
갓 탕건에 먼지 훨훨 털어 버리고
축대 뜰에 띠끌 살살 쓸어 버리고
살련다 박꽃같이 가을 湖水같이

봄에는 종달새
가을에는 귀뚜라미 우는 소리
천천히 들어 가며
살련다 박꽃같이 가을 湖水같이

비 오며는 참새처럼 노래하고
바람 불며는 토끼처럼 잠자고
달 밝으면 나비처럼 춤추며
살련다 박꽃같이 가을 湖水같이

검은 땅 우에 굿굿이 서
푸른 하늘 처다보며
웃으련다 별과 함께
별과 함께
앞못 물속에 흰 고기 떼 뛰다
뒷산 숩 속에 뭇 새 우누나
살련다 박꽃같이 아름답게, 湖水같이 맑게

「윤리」 전문

이 작품은 권환의 두 번째 시집인 『윤리』[164]의 표제시이다. 「윤리」의 주제는 맑고 순수한 세계에 대한 추구이다. 서정적 자아는 "박꽃같이 아름답게 살련다"고 하거나 "흰눈 같이 깨끗하게 살련다"고 하는 의식에서 자신이 영위해야 할 삶의 자세를 가다듬는다. 그러한 삶은 "가을 湖水같이 맑게 살련다"고 하면서 또다시 환기하게 되는데, 이런 정서야말로 맑고 순수한 삶에 대한 가열찬 열망이라 할 수 있다.

「윤리」는 이 시기 권환의 세계관이 어디에 닿아 있는지 잘 보여준다. 그의 자의식은 일상성에의 침윤도 아니고, 부르주아적인 세계로부터 한 발짝 물러 서 있는 것도 아니다. 말하자면 그가 희구하고자 한 세계는 자본주의의 사적 문화라든가 현실의 예민한 촉수들이 번뜩이는 삶의 현장이 아니다. 그는 이곳으로부터 벗어나 "가을 호수같이 맑은" 곳을 열망하고 있다. 그렇다면 그에게 이 세계란 도대체 무엇이고, 또 치열한 삶의 현장, 곧 일상성을 포기하고 어떻게 이런 이상향을 지향하게 되었던 것일까.

이런 감각은 이 시기 김영랑이 펼쳐보였던 사유를 통해서 그의 사유의 한 자락을 예단할 수 있을 것이다. 김영랑은 일찍이 맑고 순수한 세계 속에서 자신의 세계관이랄까 삶의 근거지를 찾았다. 그는 "돌담에 속삭이는 햇발가치/풀아래 웃음짓는 샘물가치"에서 보듯 맑은 하늘, 곧 순수의 세계에 자신의 서정을 완성하고자 했다. 이런 감각을 식민지 토착 부르주아들의 이데올로기적 표현이라고 폄하한 경우도 있었지만[165], 영랑의 순수는 오히려 철저하게 이데올로기적인 것이었다는 사실에서 찾아야

164) 성문당서점, 1943.8.
165) 김윤식, 「영랑론의 행방」, 『심상』, 1974. 12.

한다는 점도 환기시켜 주었다.[166] 일상에의 복귀라든가 그에 대한 친연성, 곧 현실에의 커다란 관심이 곧바로 친일로 갈 수밖에 없는 현실에서 이로부터 거리를 두는 순수야말로 저항의 크나큰 몸짓일 수 있다는 것이다. 따라서 이때의 순수란 이데올로기적인, 정치적인 의미를 갖는다. 순수의 영역 속에 있는 것, 세속으로부터 벗어나는 것만으로도 일제의 유혹으로부터 벗어날 수 있는 길이기 때문이다.

순수를 올곧게 간직함으로써 불온한 현실과 경계를 짓고, 또 그로부터 자아의 올바른 정체성을 확보할 수 있는 것이 이 시대만의 고유한 정치적인 의미를 갖는 것이라 할 때, 그러한 감각은 권환에게도 예외가 아니라는 사실이다. 투명한 자연과 함께 하는 삶을 살고, 맑은 가을 호수와 더불어 깨끗하게 지내고 싶은 마음, 순수를 간직하며 세속과 거리를 두고자 하는 시인의 마음은 단순히 현실로부터 벗어나기 위한 몸부림만은 아닐 것이다. 뿐만 아니라 과거로의 관심도 그저 단순한 퇴행의 정서로 머무는 차원은 아닐 것이다. 현실을 벗어나면서 그 불온한 현실과 자신을 격리시키고, 이로부터 탈출하고자 하는 것이야말로 객관적 현실이 열악해지는 이 시기만의 고유한 저항이라 할 수 있기 때문이다. 「윤리」에서 표명된 서정적 자아의 '순수'의 내포적 의미는 여기서 찾을 수 있을 것이다.

이런 면에서 권환에게 계급 의식과 순수 의식은 완전히 구분되는 것이 아니라 동전의 양면과도 같은 것이었다고 할 수 있다. 그것은 분리가 아니라 동일성이거니와 객관적 현실에 대한 저항의 동일성이었던 것이다. 권환의 후기 순수시는 이런 배경 하에서 탄생했다. 그는 순수라는 의장

166) 송기한, 「현실과 순수의 길항관계」, 『한국현대시사탐구』, 다운샘, 2005, pp.107-124.

을 고전의 세계나 고향을 통해서 발견했고, 이를 통해 식민지의 일상성이 주는 불온성으로부터 초월하고자 했다. 맑고 순수한 세계 속에 자신을 곧바로 연결시킴으로서 지사적 풍모를 지키려 했던 영랑의 경우처럼, 권환 또한 맑고 깨끗한 순수의 세계를 통해서 현실을 초월하고자 했던 것이다.

6) 낙관적 전망의 세계 – 박세영

중국 체험과 현실 인식

박세영은 해방 직후 북한의 〈애국가〉를 작사한 사람이다. 이를 계기로 그의 명성은 절정에 이르게 되지만, 그는 해방 이전부터 카프의 대표 작가로 활동했다. 박세영은 1902년 경기도 고양군 출신이다. 5남매의 중 셋째 아들로 태어났고, 그 스스로 작성한 연보에 의하면 아버지의 직업은 선비였고, 집안은 그리 넉넉하지 못했다고 한다. 그래서 가정 경제의 대부분은 은행원이었던 큰형이 책임졌다고 한다.[167] 박세영은 삶의 기반이었던 형의 직장을 따라 충남 강경에서 살기도 했고, 이후 서울로 올라와 이곳 삶도 경험했다. 1917년 열다섯 살 되던 해에는 배재고등보통학교에 입학하게 된다. 여기서 카프 작가였던 소설가 송영 등을 만나 그와 더불어 『새누리』를 발간하면서 문학에 본격 관심을 갖게 된다.

박세영의 사상에 가장 큰 영향을 끼친 것은 1919년 3 · 1운동이었다. 그는 이 운동에 자극을 받아 등사판 신문 『자유신종보』를 발간하면서 본

167) 「저자의 약력」, 『박세영 전집』(이동순외 편), 소명출판, 2012, p.603.

격적으로 민족의식을 키워나가게 된다. 그런데 그의 사상이 한 단계 더 진진하게 된 것은 배재고보를 졸업하던 해에 송영, 이호, 이적효 등을 만나면서부터이다. 이때 그들과 더불어 사회주의 진보단체인 염군사(焰群社)를 창립하면서 새로운 정신을 얻게 된다.

염군사가 만들어진 시기에 박세영은 이 단체의 특파원 자격으로 중국 유학을 떠나게 된다. 그가 간 곳이 상해의 해령영문전문학교이다. 여기서 그의 사상이나 문학관은 거의 완성 단계에 이르게 되는데,[168] 특히 이 시기 여기와 있던 심훈을 만난 것은 그의 민족주의적 성향을 일깨우게 된 좋은 계기가 되었다.

박세영의 중국 체험과 그에 대한 시적 형상화는 예외적인 면이 있다. 이 시기의 중국 체험을 담은 조선의 문학들은 대부분 간도에서의 경험을 바탕으로 이루어졌다. 하지만, 그는 심훈과 더불어 간도 이외의 지역을 대상으로 외국 체험에 대한 문학화를 시도했고 그에 대한 감각을 서정화시킨 몇 안되는 작가였다. 이런 단면들은 「명효릉」이나 「침향강」같은 작품에서 보듯 그가 보고 경험한 지역을 주로 시로 썼는데, 추상적 관념이 아니라 대부분 구체성을 갖고 있는 경우였다. 「강남의 봄」과 같은 작품에서는 자연 현상을 소재로 쓰기도 했지만 그 기본 정서는 모두 객관적 사실에 바탕을 둔 중국적인 것에 뿌리를 두고 있었다.

박세영의 중국 체험은 자신의 세계관 형성에 중요한 토대가 되었는데, 이런 감각은 센티멘털한 정서나 여행자의 낭만적 감수성과는 거리가 먼 것이었다. 가령, 「양자강」에서 묘사된 것처럼, 이 강의 뿌연한 모습에서

---

168) 현실인식을 바탕으로 한 중국 체험의 시들이 대부분 이때 쓰여졌고, 이때의 시정신은 귀국 후에도 그의 시세계에 일관되게 나타난다.

중국인들이 처한 열악한 상황을 읽어내고 있는 것이다. 말하자면 그의 현실 인식은 우선 비극적인 것에 놓여 있는 것이며, 그 외연을 확장하게 되면, 이는 조선인의 그것이라고 해도 무방할 정도로 닮아 있다. 그만큼 박세영은 이때부터 현실을 예리하게 인식하고 이를 통해서 자신의 시정신, 곧 계급의식이나 민족의식을 키워나갔다고 할 수 있다.

귀국과 신경향파적인 시

염군사 중국특파원 겸 유학을 체험했던 박세영은 1924년 9월경 다시 국내에 들어오게 된다.[169] 그런 다음 염군사와 파스큘라의 통합을 통해서 새롭게 만들어진 카프에 가담함으로써 이 단체의 중심 멤버가 된다. 국내로 돌아오면서 그의 문학은 중국 체험에서 얻어진 것들의 연장선에 놓여진다. 작품의 소재가 중국 체험에서 국내 체험으로 바뀌었을 뿐, 그의 현실 인식은 소재와 상관없이 일관성을 갖고 있었기 때문이다.

귀국 후 박세영의 본격적인 문학 활동은 1927년 「농부 아들의 탄식」[170]을 발표하면서 시작된다. 이 작품은 비교적 긴 형식을 취하고 있는 장시인데, 선경 후정의 형식적 측면을 보인다는 점에서 전통적인 한시의 형식과 일정 부분 닮아있다. 이 점이 이채로운데, 전반부에는 곡식이 익어가는 평화로운 모습이 제시되고, 후반부에는 이에 대한 자아의 소회가 제시되는 형식을 취하고 있는 것이다. 하지만 후반부에 제시되는 소회란 과거의 시가에서 흔히 보였던 한가한 낭만적 태도와는 무관한 것이다.

---

169) 이동순, 앞의 책, p. 624.
170) 『문예시대』, 1927. 1.

이런 면이야말로 전통적인 의장과는 거리가 있는 것이며, 특히 이 시기 박세영이 갖고 있었던 세계관이 어떤 것이었는가를 일러주는 좋은 본보기가 될 것이다. 시인의 세계에 대한 부정적 인식은 곡식을 수탈하는 현실을 목도하면서 형성된다. "철없는 나는 우리 건줄만 알었더니/이는 모도다 헛일이었다"에서 알 수 있는 것처럼, 서정적 자아는 빼앗긴 자의 고뇌와 슬픔의 정서 속에서 계급의식을 드러내고 있는 것이다.

「농부 아들의 탄식」은 작품의 배경이 중국이 아닌 국내를 배경으로 쓴 박세영의 최초의 시이다. 이런 감각은 이후 시세계를 지배하는 주된 정서이거니와 이때 그의 작품 세계에서 가장 득의의 영역은 아마도 여성 화자를 제시했다는 점에서 찾아진다. 시인의 그러한 의도는 여성 화자를 통해서 피압박 주체가 가질 수 있는 열악한 조건을 극적으로 제시하고자 한 것에서 비롯된 것으로 풀이된다. 이때 이런 경향을 대표하는 작품 가운데 하나가 「산촌의 어머니」[171]이다. 이 작품의 소재는 제목에 제시된 대로 어머니이다. 소재가 어머니인 까닭에 이 시의 일차적인 주제의식이랄까 정서는 효라는 윤리, 곧 전통적인 것과 분리하기 어렵게 얽혀있다. 하지만 여기서 부모와 자식 사이에서 일어날 수 있는 전통적 윤리 감각이 개인적인 차원으로 한정되지 않다는 점에 주목할 필요가 있다. 계층 갈등이나 계급 모순을 통해서 사회의 불온성을 드러낸다는 점에서 그 의미가 큰 경우인데, 이를 더욱 극적으로 만드는 것이 바로 여성 화자였던 것이다.

「산촌의 어머니」는 여성 화자를 통해서 갈등과 계급의식이라는 정서

171) 「산촌의 어머니」는 1939년 간행된 그의 대표시집 『산제비』(중앙인서관, 1938.5.)에 수록되어 있다.

의 폭과 깊이를 환기시켰고, 또 이런 정서적 맥락을 통해서 독자 대중에게 강한 호소력을 갖게끔 만들었다. 이런 맥락은 이 시기 대중화론을 주장했던 김기진의 그것과 어느 정도 연관성이 있는 것처럼 보이기도 한다. 대중화론이 개념위주의 시, 혹은 이념 위주의 카프시가 대중과 분리되었다는 문제의식에서 비롯된 것임을 감안하면, 여성 화자의 부드러운 측면들은 분명 대중 속으로 한층 다가간 느낌을 주기 때문이다. 말하자면 이념 위주의 시가 남성 화자와 결부되면서 다소 딱딱해지고 경직화되는 정서를 여성화자의 등장으로 말미암아 어느 정도 완화시켜주었다는 사실이다. 그리고 이 작품과 더불어 이 시기 여성 화자와 관련하여 가장 주목의 대상이 되는 작품은 아마도 「바다의 여인」일 것이다.

그러나 어부의 아내가 어제까지도 바닷가 해당화 덤불에 숨어/그 녀석의 꼬임에 빠져 이같이 말하였단다/「서울 손님 나는 당신이 그리워요」/그럴 때마다 여인의 아름다움에 취하여/「바다의 시악씨여 어여쁜 시악씨여」/그 녀석은 이같이 외쳤단다//저기 숲속에 보이는 건 어부의 집/세상이 무너지거나 달아나거나/저희들은 다만 고요한 속삭임에 열중되어 오늘의 낮을 보내고 있다/바다는 이미 수라장이 되고 遺物을 깨뜨리고 말았을 때/밤이 되어 숲 사이로 창빛이 빗기는데도/어느 틈엔지 그 녀석은 여인과 함께/아메리카 영화와도 같이 지랄을 한다//숨이 죽은 바닷가의 밤은/冷血類의 탄식으로 찼을 때/그 녀석은 아낙네의 험한 손을 놓을 줄 모르고/그 말에 마음을 모조리 빼앗기었다/「나를 서울로 가게 하여주세요/당신이 나는 그리워요/비린내 나는 사나이 나는 싫어요」/「나는 영원히 그대를 사랑하리라」/이 같은 말은 그 녀석에서 백 번이나 나왔다/그럴 때마다 그 여인은 도시의 환락을 꿈꾸었다/미구에 잊혀질 저의 괴로움을 기뻐

하여/내일로 떠나자는 것이다//그러나 그 녀석은 이튿날 아침 그 여인도 몰래 좀도둑같이 달아났다(중략)그러나 어부의 아내의 빙수와 같은 탄식을 누가 알랴/「배불뚝이 그 녀석은 속임쟁이/나는 부끄럽다 어찌 또 내 사나이를 보랴/그 녀석의 말을 참으로 알았던 나는/차라리 바다 저 깊이 빠질까보다/그놈은 내 몸을 휘정거리고 달아났으니/아—분하구나/그러나 나는 목숨이 있을 때까지 싸우리라

그놈들을 개로 알리라/저희들은 거짓 세상에서 길러지고 또 익숙해져서/가는 곳 사귀는 곳마다 거짓을 정말로 행세하는 놈들이구나/내 한 번 속았지 또 속으랴/오—저기서 흰 돛단배가 오는구나 낯익은 저 배!/아마도 나의 사나이가 돌아오는 게다/타는 볕에 지지리 탄 내 사나이

그리고 거짓이란 깨알만큼도 모르는 씩씩한 사나이를/나는 왜 차려 들었나/저 배에서 노도와 싸우며/집이라고 아내라고 돌아오는 그이가 오직 내 사나일뿐이다/세상의 가난한 계집은 이때까지 얼마나 그놈들에게 짓밟히었니/나는 맞으리라 깨끗한 마음 불타는 마음으로 나의 남편을 맞으리라」

「바다의 여인」 전문

「바다의 여인」은 여성 화자와 관련하여 박세영의 계급의식이 가장 잘 구현된 작품이다. 이 작품이 발표된 것은 1930년 9월인데[172], 이 시기는 박세영의 계급시들이 가장 왕성하게 발표되던 때이다. 하지만 이 작품은 1920년대 초, 혹은 중반의 신경향파적인 속성을 갖고 있다는 점에서 1930년대라는 시기에서 볼 때, 다소 예외성을 갖고 있는 작품이기도 하다.

이 작품의 구성은 이렇게 진행된다. 여성 화자의 고향에 어느 서울 손

---

172) 『음악과 시』, 1930. 9.

님이 왔고, 이 여성은 서울 손님의 꼬임에 빠져 그와 사랑을 나누게 된다. 그 결과 이 서울 손님의 사랑에 감복한 여성은 자신을 서울로 데리고 가라고 졸라댄다. 그러면서 여성 화자는 남성과 함께하는 도시의 모습과 거기서 할 수 있을 것 같은 환락의 세계를 꿈꾸기도 한다. 하지만 서울 손님은 이튿날 여인 몰래 달아나버리고 여성 화자는 배신감에 몸서리를 떨게 된다.

이후, 이 여인은, 곧 바다의 여인에게는 격심한 세계관의 변이가 일어나게 된다. "저희들은 거짓 세상에서 길러지고 또 익숙해져서/가는 곳 사귀는 곳마다 거짓을 정말로 행세하는 놈들이구나"하는 인식론적 각성을 통해서 전위의 존재로 거듭 태어나기 때문이다. 그 전위적 탄생을 가능케 한 매개가 '세상의 가난한 계집'이라는 인식이다.

사랑과 그 배신을 매개로 존재의 변화 과정을 거치는 것은 신경향파 문학의 주요 서사구조 가운데 하나이다. 가령, 한설야의 「그릇된 동경」[173]이 그러한데, 이 작품의 여주인공은 순수한 조선 청년과 첫사랑을 포기하고 부자에 눈이 멀어 일본인과 결혼한다. 자신의 선택이 잘못된 것임은 이혼의 과정을 통해서 알게 되고 이후 감옥에 있는 오빠에게 편지를 쓰면서 참회의 과정을 거친다. 다시 말하면 존재론적 각성을 통해서 전위의 주체로 새롭게 태어나는 것이다. 자신이 꿈꾸었던 동경이 그릇된 것임을 알고, 선진적인 투사가 된다고 하는 것인데, 이런 서사성은 「바다의 여인」에서도 그대로 드러난다. 잘못된 동경과, 거기서 얻어진 결과가 좌절의 늪으로 떨어지지 않는다는 것, 그리고 이 잘못된 욕망의 결과에서 얻어진 정서를 선진적인 투사가 되는 서사 구조가 매우 닮아 있기 때

173) 한설야, 「그릇된 동경」, 《동아일보》, 1927.2.1.-10.

문이다.

신경향파적인 단계에서나 볼 수 있는 소시민 의식과 자아 비판, 그리고 이를 통해 전위의 주체로 성장하는 서사성은 목적의식기에서 보면, 좀 시대착오적인 것이라 할 수 있다. 아마도 이는 굳건한 세계관의 부재와 분리하기 어려운 것이겠지만, 그러나 재미라는 요소, 그리하여 개념 위주의 시라는 카프시의 한계를 벗어날 수 있는 개연성을 마련했다는 점에서는 그 의의가 큰 것이라 할 수 있다. 사랑과 배신, 그에 따른 각성의 서사구조가 비록 신파적인 요소를 짙게 풍기긴 하지만, 다른 한편으로는 흥미로운 요소가 짙게 배어 있음은 부인하기 어렵기 때문이다. 그런 흥미성에 계급성이 가미될 수 있다면, 개념 위주의 시에서는 결코 얻을 수 있는 대중화의 효과를 충분히 달성하는 일이 될 것이다.

굳건한 전망을 담은 시

여성 화자가 계급시의 한 특색으로 드러나는 박세영의 시들은 어떻든 카프 작가 가운데 가장 적극적으로 미래에 대한 전취의식, 곧 밝은 전망의 세계를 담아낸 시인이라는 사실은 부인하기 어렵다. 군데 군데 신경향파적인 요소와 그 너머를 지향하는 시들이 혼재되어 있긴 하지만, 어떻든 그는 임화 등과 더불어 이 시기 최고의 경향 시인이라는 점은 틀림없는 사실일 것이다. 그러한 작가의 지위를 보증하는 이 시기 그의 대표시 가운데 하나가 「풀을 베다가」이다.

시내가 잔디에서
풀을 베다가

낫에 찔린 개구리
한마릴 보고
미운놈들 부른 배를
생각하였다

논두렁에 앉아서
풀을 베다가
황금이삭 물결치는
들판을 보며
지주놈들 곳간을
생각하였다

언덕에 올라서
풀을 베다가
낫을 들고 붉은 노을
바라보면서
북쪽나라 깃발을
생각하였다

「풀을 베다가」 전문

이 작품은 신경향파 이후의 시를 대표한다.[174] 「풀을 베다가」의 의미는 박세영이 계급의식을 처음으로, 그리고 아주 분명하게 드러냈다는 점에서 찾을 수 있다. 우선, "시냇가 잔디에서 풀을 베다가 낫에 찔린 개구리

---

174) 이 작품은 1928년에 발표되었고, 『1920년대 아동문학집』(1993)에 실려 있다.

의 배를 보면서 미운놈들 부른 배를 생각했다"는 것이 그 의식의 첫 번째 단계이다. 여기에는 가진 자들에 대한 분노가 섬뜩하면서도 전투적으로 잘 표현되어 있다. 이런 감각은 2연에도 동일하게 제시된다, 가령, 황금 이삭을 보면서 지주들의 곳간을 환기하는 정서가 바로 그러하다. 서로 마주하는 정서, 곧 대항담론 속에서 그것이 주는 의미를 찾고, 자아의 전투 의식을 고취하고 있는 것이다. 이런 대결의식이야말로 '전위의 눈으로 대상을 응시하라'는 방향전환기에 표명된, 카프의 당파성과 분리해서 논하는 것이 어려운 부분이라 할 수 있다.

갈등을 확인하고 그 싸움을 통해서 승리하고자 하는 의식은 3연에서도 확인된다. 실상 미래에 대한 이런 낙관적 전망은 어쩌면 이 시기 박세영 시만이 갖는 고유한 서정적 특징일 것이다. 이런 단면은 박세영에게 한결같은 정서로 구현되고 있기 때문이다. 그는 신경향파 단계의 작품에서도 전망의 부재를 말한 경우는 거의 없었는데, 가령, 「바다의 여인」이나 「누나」 같은 작품에서도 "뱃소리 둥둥 붉은 기가 휘날리는 상황"을 예기하거나 "누나의 레포를 기다리"면서 미래에 대한 밝은 전망을 예단하고 있었기 때문이다. 이런 그를 두고 신념파 프로시인이라고 규정하는 것은 어쩌면 당연한 판단처럼 보인다.[175)]

카프 해산기와 자연에의 회귀

1930년대 중반은 암흑의 시절이다. 일제는 자신들의 제국주의적 성향을 더욱 노골화하면서 만주사변을 일으키고 제국주의적인 성격을 더

---

175) 그의 시세계에서 카프와 그것이 지향하는 이념에 얼마나 충실하게 대응했는가 하는 것은 이 전망의 제시에서 뚜렷이 확인할 수 있다.

욱 강화하기 시작했기 때문이다. 이와 때를 같이하여 진보적인 문학 활동 또한 제한을 받기 시작하기에 이르렀다. 카프 구성원들에 대한 검거 선풍이 일어나고 구성원들 가운데 일부는 투옥되기도 했다. 이런 여파로 카프 구성원들의 문학 활동은 크게 위축되었다.

그러한 탄압의 정점은 카프의 해산이었다. 임화 등은 1935년에 경기도 경찰부에 카프 해산계를 제출함으로써 카프는 역사의 뒤안길로 사라지고 만다. 카프가 해산되고 난 뒤, 여기서 활동했던 사람들의 행보는 여러 갈래로 분산되게 된다. 그 하나가 전향이었다. 전향이란 자신의 사상을 바꾸어 새로운 의식을 받아들이고 이를 자기화하는 과정이다.[176] 그래서 그들이 선택한 방향은 무지개처럼 다양한 형태로 나타날 수밖에 없었는데, 자아의 시선을 계속 대상으로 나아가게 하든가 아니면 자아 내부로 축소시키든가의 과정이 그러하다. 물론 대상으로 나아가는 과정이라고 해도 사회의 예민한 문제들에 대해서는 거리를 두는 것이 일반적이었다. 그리고 대상으로 가되 사회적 갈등과는 거리를 두는 것이 또 하나의 선택지가 되기도 했다. 이 시기 카프 시인들이 관심을 가졌던 자연의 서정화도 그러한 방법 가운데 하나였다. 말하자면 이 시기 자연에 대한 관심은 카프시인들에게 다소 일반화되고 있었다는 사실이다. 가령, 바다를 소재로 한 임화의 「현해탄」이 그러하고, 권환의 일련의 시[177]들 또한 그러하다. 이런 단면은 박세영의 경우도 예외가 아니다. 이때부터 자아의 시선은 사회적 방향이 아니라 그 상대적인 자리에 있는 것들이 주로 부각하기 시작했다. 말하자면 자아가 응시하는 대상의 확대보다는 축소

176) 김윤식, 『한국근대문예비평사연구』, 일지사, 1982, pp.164-165.
177) 권환이 이 시기에 발표한, 순수 자연 표상이 두드러진 작품은 가령, 「윤리」 같은 시들이다.

가 전략적인 이미지로 떠올랐던 것이다.

지나간 내 삶이란,/종이쪽 한 장이면 다 쓰겠거늘,/몇 점의 원고를 쓰려는 내 마음,/오늘은 내일, 내일은 모레, 빚진 者와 같이/나는 때의 破産者다./나는 다만 때를 좀먹은 자다.//언제나 찡그린 내 얼굴은 펼 날이 없는가?/낡은 백랍같이 야윈 내 얼굴,/나는 내 소유를 모조리 나누어주었다.//오랫동안 쓰라린 현실은 내 눈을 달팽이 눈 같이 만들었고,/자유스런 사나이 소리와 모든 환희는 나에게서 빼앗아갔다,/오 나는 동기호-테요 불구자다.//허나 세상에 지은 죄란 없는 것 같으니/손톱만한 재주와 날카로운 인식에/나는 가면서도 갈 곳을 잊는 건망증을 그릇 천재로 알았고,/북두칠성이 얼굴에 박히어 영웅이 될 줄 믿었던 것이/지금은 罪가 되었네,/그러나 七星中의 미쟈(開陽城)가 코 옆에 숨었음은 도피자와 같네.//해밝은 거리언만, 왜 이리 침울하며/끝없는 하늘이 왜 이리 답답만 하냐.//먼지 날리는 끓는 거리로/나는 로봇같이/거리의 상인이 웃고, 왜곡된 철학자와 문인이 웃는데도,/나는 실 같은 희망을 안고,/세기말의 포스타를 걸고 나간다.//

「자화상」 부분

이 작품은 전형기를 대표하는 박세영의 「花紋褓로 가린 二層」[178]과 비교되는데, 여기서의 자아의 모습은 이 작품보다 더욱 축소되어 있다는 점이다. 서정적 자아 스스로를 '파산자'로 인식하고 있기 때문에 그러한데, 박세영은 여기서 폐쇄된 자아의 모습을 다각도로 조명하고 있다. 우선 자신을 '동키호테'라고도 하는가 하면, '불구자'라고도 하는 것이다. 대

178) 『신동아』, 1935.6.

상으로만 향하던 주체가 안으로 축소되고 있거니와 하나의 방향성도 갖기 힘든 '동키호테'와 같은 존재로 스스로를 비유하고 하고 있는 것이다.

게다가 「자화상」의 자아는 유랑하는 존재로 구현되기도 하는데, 이런 단면은 「花紋褓로 가린 二層」에서의 떠도는 자아와 거의 비슷한 모습을 보여준다. 자아 곁에 굳건히 자리하고 있었던 여러 연대의식은 사라지고 모두 뿔뿔히 흩어지고만다. 그러한 공백 속에 남겨진 자아의 허전함이 묻어나고 있는 것, 그것이 이 작품의 주제일 것이다.

대상으로 나아가지 못하고 수면 아래로 가라앉은 자아의 모습은 전형기의 시에서 흔히 볼 수 있는 풍경들이다. 이런 면들은 탈출구를 찾지 못하고 헤매이던 신경향파 초기의 자아 모습들과 비슷한 경우가 아닐 수 없는데, "해밝은 거리언만, 왜 이리 침울하며/끝없는 하늘이 왜 이리 답답만 하냐."는 담론은 이와 밀접한 관련이 있을 것이다.

하지만 대상으로 나아가지 못한 자아의 모습에도 불구하고 박세영은 전망의 세계를 결코 포기하지 않았다. 그를 두고 전망의 시인이라고 부르는 것도 이와 밀접한 관련이 있을 터인데, 그를 두고 카프 최고의 낙관적 전망을 간직한 시인이라는 찬사는 여기서 비롯된다. 나아갈 방향이 뚜렷하지 않은 「자화상」에서도 그러한 단면들은 확인할 수 있는데, "나는 실 같은 희망을 안고,/세기말의 포스타를 걸고 나간다"가 그러하다. '실 같은 희망'이야말로 '미래'에 대한 강력한 여백을 시사하는 것이기 때문이다. 미래에 대한 낙관적 전망의 세계는 1930년대 후반의 그의 대표작 가운데 하나인 「산제비」에서도 잘 드러난다.

남국에서 왔나,
북국에서 왔나,

山上에도 上上峰,
더 오를 수 없는 곳에 깃들인 제비.

너희야말로 자유의 화신 같구나,
너희 몸을 붙들 者 누구냐,
너희 몸에 알은 체할 者 누구냐,
너희야말로 하늘이 네 것이요, 대지가 네 것 같구나.
(중략)
산제비야 날아라,
화살같이 날아라,
구름을 휘정거리고 안개를 헤쳐라.
땅이 거북등같이 갈라졌다,
날아라 너희들은 날아라,
그리하여 가난한 농민을 위하여
구름을 모아는 못 올까,
날아라 빙빙 가로 세로 솟치고 내닫고,
구름을 꼬리에 달고 오라.

산제비야 날아라,
화살같이 날아라,
구름을 헤치고 안개를 헤쳐라.

「산제비」 부분

「산제비」[179]는 박세영의 후기 시를 대표한다. 어쩌면 이 작품은 후기

179) 『낭만』, 1936.11. 그의 첫시집의 제목이 이 작품을 따와 『산제비』(1938)라 한 것도

시뿐만 아니라 전 시기에 걸쳐있는 박세영의 시들 가운데 가장 그 완성도가 높은 시라고 해도 과언이 아니다. 그만큼 이 작품은 내용이나 형식에서 뛰어난 완결성을 갖고 있다. 이 작품은 두 가지 층위를 갖고 있다. 첫째는 현실에 대한 날카롭게 응시와 그 시선에 들어온 풍경이다. 그는 전향이 일반화된 시기에도 전위의 눈을 쉽게 포기하지 않았는데, 이를 증거하는 것이 늘상 미래로 향하는 전망의 세계이다. 비록 갈등의 현장을 벗어나더라도, 그리하여 투쟁의 강도는 현저히 떨어진다고 하더라도, 그의 시에서 전망을 결코 포기하지 않고 있는 것인데, 이런 단면은 산제비가 갖고 있는 상징성에서 잘 드러난다. 새가 높이 날아간다는 것은 전망에 대한 또 다른 은유이고, 미래에 대한 응시이기 때문이다.

둘째는 산제비가 여기서 전지전능한 주체이고 이를 통해서 약자를 구원하는 주체로 현상된다는 사실이다. 산제비는 세상 모든 곳을 돌아다닐 수 있는 존재이기에 여기 저기 흩어져 있는 인간의 서글픈 소식을 전해주기도 하고, 가난한 농민을 위하여 '구름을 몰고 오'기도 하는 능력을 갖고 있다. 이런 정서야말로 산제비의 무한 능력을 현실적인 맥락 속에 편입시키지 않고는 결코 얻어질 수 없는 감각일 것이다. 자연의 섭리이자 이법으로 구현되는 것은 어디까지나 관념의 영역에서나 가능하다. 그런데, 여기서 그러한 원리는 관념이 아니라 구체적인 현실 속에서 실현되고 있다는 사실이다.

'산제비'는 단순한 자연물이 아니다. 그것은 시대의 음역과 결부되어 다양한 의미를 만들어내는 은유이기 때문이다. 그것은 새의 속성 가운데 하나인 상승 의지에서 탐색된다. 이를 다른 말로 하면 해방에 대한 의지

주목의 대상이다.

일 것이다. 카프의 해산과 진보 운동의 부재에 따른 암울한 현실에서 박세영은 '산제비'의 활동성과 그것이 주는 상징적 이미지를 통해서 불온한 현실을 초월하고자 했다. 곧 암울한 현실에서도 전망의 세계를 뚜렷이 보이고자 했다는 점에서 그 시사적 의의가 있는 것이라 할 수 있다. 이런 일련의 맥락을 통해서 알 수 있는 것처럼, 박세영은 신념의 시인이자 낙관적 전망을 보여준 대표적인 카프 시인 가운데 하나였다고 해도 틀린 말은 아닐 것이다.

7) 얄루강 콤플렉스 – 이찬

이찬은 1910년 1월 함경북도 북청에서 태어났다. 이곳에서 성장한 다음 서울 경복 중학을 졸업하고, 1930년에는 일본 와세다 대학에 입학하여 러시아문학을 전공했다. 이때 카프 동경 지부에 가입했고, 1931년에는 〈동지사〉 결성에 관여하기도 했다. 이런 활동 끝에 그가 귀국한 것은 1933년이다.

이찬의 문단 등단은 1928년 「봄은 간다」[180]를 발표하면서 이루어진다. 하지만 최근의 조사에 의하면, 그는 이미 학생 시절에 「나팔」[181] 등을 발표한 것으로 알려져 있고, 이로 미루어 그의 문인활동은 공식 등단 이전부터 시작된 것으로 보인다.[182]

이찬이 카프 조직에 가입한 것은 일본 유학 이후의 일이다. 그가 일본 유학을 떠난 것은 1929년, 그의 나이 19세 때이다. 이찬은 초기에 여러

180) 『신시단』 8월호.
181) 《조선일보》, 1927년 11월 27일.
182) 이동순 · 박승희 편, 『이찬 시 전집』, 소명출판, 2003.

지면에 작품들을 발표한 바 있지만, 대부분 신경향파적인 특성과는 거리가 있는 것들이었다. 이때 발표된 그의 시정신은 대부분 회고의 정서로 채워진 것들이 많았던 까닭이다. 그러나 이런 감상적 측면들은 일본 유학 생활을 거치면서 새롭게 바뀌게 된다.

그는 유학시절에 〈무산자사〉에 가입했는데, 여기서 임화를 만나게 된다.[183] 임화와의 만남은 그의 시정신에 많은 영향을 주게 되는데, 이후 발표된 그의 시들이 계급적 경향을 띠는 것은 임화의 영향 때문이라고 해도 무방하다. 그는「일꾼의 노래」를 비롯한 일련의 경향시를 지속적으로 발표함으로써 경향파의 중심 시인 가운데 하나로 우뚝 자리하게 된다.

북쪽 정서의 서정화

이찬 시의 특징 가운데 하나는 북쪽 정서에서 찾아진다. 이런 감각은 물론 그가 태어나고 자린 곳이 북쪽이라는 사실과 무관하지 않을 것이다. 그런데 이 정서는 이후 그의 시정신의 중심으로 자리잡게 된다는 점에서 그의 시의 원형이라고 해도 틀린 말이 아니다. 초기에 발표된 다음의 시는 그러한 단면을 잘 보여준다.

> 북쪽 나라—눈바람 불어치는 거치른 벌판에
> 외로이 모여 선 산향나무의
> 남국을 그리우는 쓰린 마음을
> 뉘라서 알아주리!

---

183) 윤여탁 외,『한국리얼리즘 시인론』, 태학사, 1990, p.91.

두견 우는 비애의 호젓한 미지를
초생달의 엷은 빛만
입을 씻고 흘러라
말갛고—노랗고—또—하얗고—빨간—
채색의 풀꽃이 무르녹던 화원도
눈 나리기 전 그 옛날의 환상이어니
지금은 어둔 컴컴한 빛속에 파뭇쳤어라
그렇다고 그대여! 내 마음은 막지 말어라
이 몸은 열두번 죽어 두더지가 되어서라도
손발톱이 다 닳도록 눈벌판을 헤매여서
기어히 이러진 화원을 찾아보고야 말려노라

「잃어진 화원」 전문

이 작품은 「봄은 간다」와 더불어 1928년에 발표된 것이다.[184] 그의 등단이 1927년이니까 시기적으로 보면 초기작에 해당한다. 이 작품은 이찬의 시세계에서 비교적 예외에 속한다. 우수의 정서가 깊이 배어 있기 때문에 그러한데, 물론 이런 정신세계는 아직 그의 세계관이 뚜렷하게 자리잡지 못한 데 그 원인이 있었을 것이다.

하지만 시인들의 초기 시들이 대부분 이후의 시세계의 원형적인 특성을 갖고 있기에 이찬의 「잃어진 화원」은 주목의 대상이 될 수밖에 없는 작품이다. 이 작품의 배경은 북국이다. 이찬 시의 주류적 특색 가운데 하나가 이 정서임을 감안하면, 이 작품은 그의 시의 원형질에 해당한다고 할 수 있다. 그리고 북쪽 정서는 시사적 맥락에서도 그 의미가 큰데, 잘

184) 『신시단』, 1928. 8.

알려진 대로 일제 강점기 우리 시사는 소재적인 측면에서 크게 두 경향을 보여 왔다. 하나가 바다지향적인 것이었다면, 다른 하나는 대륙지향적인 것이었다. 한국 근대 문학이 제국주의의 영향과 무관하지 않았던 탓에 전자의 경우는 항상 주목의 대상이 되어 왔다. 그러한 감각을 대표하는 것이 현해탄 콤플렉스임은 잘 알려진 일이다.[185]

반면 문학에서의 대륙지향적인 경향은 근대 이전에도 늘상 상존하는 정서였다. 근대 이전의 문학적 배경이나 주제 의식 등은 모두 이 정서와 끈끈하게 연결되어 있었기 때문이다. 하지만 개항 이후 대륙지향적인 것들은 한 때 쇠퇴의 국면에 접어들었다. 이는 근대가 곧 바다지향적인 것과 밀접히 관련되어 있었기 때문이다. 하지만 1920년대 이후 바다와 더불어 다시 대륙이 주목의 대상으로 떠오르기 시작했다. 그 선편을 쥔 것은 잘 알려진 대로 파인 김동환의 일련의 작품을 통해서이다. 「국경의 밤」[186]을 비롯하여, 「눈이 내리느니」[187] 등이 이를 대표하거니와 파인은 이런 감각을 통해서 국경의 정서에 대한 새로운 인식과 그 정서가 민족적인 것들에 어떤 식으로 기능하고 있는 것인가에 묘파한 바 있다. 이찬의 시들은 김동환의 그러한 감각을 계승, 수용했다는 점에서 하나의 연속성을 갖는 것이었거니와 이제 북국 정서는 1920년대 이후를 장식하는 새로운 보편적 인식성으로 자리하기 시작한 것이다. 이찬 시에서 이 감각은 경향시를 거쳐 1930년대 중반에 새로운 시정신으로 다시 뚜렷하게 자리잡게 된다.

---

185) 이러한 감각을 대표하는 작품이 임화의 「해협의 로맨티시즘」이다.
186) 한성도서, 1925.
187) 『금성』, 1924년.

경향시로의 길

이찬이 카프와 공식적인 관계를 맺은 것은 일본에서의 귀국 직후인 1932년 카프 중앙 위원이 되면서부터이다. 이후 『문학 건설』 창간에 적극 참여 했다가 1932년 '별나라 사건'으로 신고송과 함께 감옥에 갇히는 등 카프의 주요 구성원으로 자리잡게 된다.[188] 이런 일련의 사실에서 보듯 이찬은 이때부터 경향파 시인으로서의 지위를 굳히기 시작한다. 이찬이 카프에 가담한 시기는 좀 늦은 편이다. 그리고 시기적으로 보았을 때에도 그의 가입 시기는 카프가 서서히 퇴조의 운명을 맞이하기 시작한 때와 그 궤를 같이 하는 까닭이다.

카프 조직은 1931년 만주 사변을 전후로 제1, 2차 방황전환을 시도한 바 있거니와 이를 계기로 카프의 작품들은 유물변증법적 창작방법이라는 지도 이념에 갇히게 되었다. 이른바 카프 문학의 문학성을 방해했다고 생각되는 '공식주의'는 이런 영향 하에서 등장했다. 카프는 이 한계로부터 벗어나기 위하여 사회주의 리얼리즘이라는 창작방법을 수용하고 있었는데, 실상 이는 우리의 사회구성체와는 무관한 것이었다. 어떻든 이찬이 카프의 구성원이 되던 시기는 카프가 많은 변화를 겪고 있었던 때였는데, 이런 경향들은 그의 작품 세계에도 일정 부분 영향을 주게 된다. 시에서의 관념지향적 창작방법이 바로 그러하다. 그러한 단면을 잘 보여주는 시가 「가구야 말려느냐」이다.

가구야 말려느냐

188) 윤여탁, 앞의 논문, p.91.

순아
너는 참 정말 가구야 말려느냐

산기로 삼백리 물길로 육십리
저 낯선 마을 낯선 거리 실뽑는 공장으로
가구야 가구야 말려느냐

응—가난한 네 집을 위해서거든
가난한 네 집 살림을 위해서거든
칠순에 풍나 누은 네 아버지와
육순에두 품팔이하는 네 어머니를 위해서거든

내 아무리 이리두 서러운들
내 아무리 이리두 안타까운들
오 어찌 너를 막을 수 있겠니 걷잡을 수 있겠니

「가구야 말려느냐」 부분

이 작품은 '별나라 사건'으로 구속되기 직전에 쓰여진 것으로 보인다.[189] 그런데 이 작품은 초기작과 비교할 때 일정 부분 개선된 점이 보인다. 우선, 카프시의 형식적 특성인 단편 서사시로서의 특성을 어느 정도 갖추고 있다는 점이다. 형식적 요건으로서의 카프 시를 일정 부분 수용한 것인데, 그러한 서사성을 보인 부분이 주인공은 '순'의 등장이다. 그녀는 어려운 가정에서 태어났기에 이를 극복하기 위해서 공장의 노동자로

---

189) 《조선일보》, 1932.5.6.

적극 변신하게 된다. "저 낯선 마을 낯선 거리 실뽑는 공장으로" 가고야 마는 실존적 변화를 꾀하고 있는 것이다.

이런 객관적 서사성의 등장은 약간의 주관성이 있긴 해도 단편 서사시를 지향함으로써 관념지향적인 특성들을 희석시키게 된다. 인물과 사건이 있고 거기에 편입된 의식이 자연스럽게 독자의 몫으로 다가오고 있는 까닭이다. 이런 면들은 관념 위주의 문학이 가져올 수 있는 비현실성을 극복해준다는 점에서 그 의미가 있다고 할 수 있다.

'후치령'의 세계와 얄루강 콤플렉스

1935년 카프가 공식 해산하면서 진보 문학은 더 이상 전진할 수 없었다. 각자의 상황과 세계관에 따라 저마다의 이념 선택을 해야 할 시기, 또 새로운 정신을 강요받을 시기가 온 것이다. 이때 대부분의 작가들이 취한 포오즈는 귀향의 형식이었다. 그렇기 때문에 귀향이란 전진하는 정서라기보다는 후퇴하는 정서라 할 수 있다. 그런데, 그러한 과거로의 시간 여행은 카프와 함께 하는 미래의 여행, 곧 전망의 부재와 분리하기 어려운 것이었다.

귀향이라는 서사적 장치가 전망이 부재한 상황에서 카프 구성원이 선택할 수 있는 것 가운데 하나였는데, 이런 방법적 의장은 이찬의 경우도 예외가 아니었다. 그의 귀향 또한 이와 무관한 것이 아니었기 때문이다. 그런데 여기서 중요한 것은 카프 구성원들에게 귀향이 단지 수구초심의 차원에서 이루어졌다는 것이 아니었다는 사실이다. 그것은 카프 활동에 준하는 또 다른 일상에의 복귀를 만들어내게 되고, 궁극에는 새로운 현실과의 마주함이라는 대결 구도로 자연스럽게 연결되었다.

카프 해산기, 곧 전향이 강요받을 때, 그 존재론적 변화의 양상을 가장 잘 보여준 사례는 소설가 한설야의 경우이다.[190] 그는 「후미끼리」와 같은 일련의 작품들을 통해서 현실을 추체험할 수 없는 카프 작가들의 고뇌를 보여준 바 있거니와 그 대부분은 일상에의 복귀라는 형식을 통해서 이루어졌다. 서사 문학에 한설야가 있었다면, 서정 양식에는 이찬이 있다고 할 정도로, 이찬은 이 시기 많은 고향 담론의 시를 창작한 바 있다.[191] 이 시기의 이를 소재로 한 작품 가운데 대표적인 경우가 「후치령」이다.

차는 지금 허덕이며 올라간다 연해 이저리 몸을 저으며//아아(峨峨)한 준령(峻嶺)을 굽이돌아

우로 발판 넓이 비탈지고 쬐악돌 깔린 길을//외론 가도 가도 늘어선 이깔/장! 세차게 뻗어 아득히 창공을 찌르는 용자(勇姿)여!//그 기슭에 우거진 황철 · 짜잭이……/거기 군데 군데 몇 포기씩 피어 흐느적이는 이름 모를 꽃들/아 연자줏빛 초록빛 티끌 모르는 청초한 자태 사랑스럽기도 하다//우로는 갈수록 깊어지는 골째기 낮아지는 군소 산맥/골째기를 꾸을렁 꾸을렁 기어가는 한줄기 백사 같은 계류(溪流)의 흐름이여/오르락 나리락한 산맥의 기복(起伏)들은 마치 격랑(激浪) · 연파(漣派)……//사위는 적적!!/우는 벌레 · 지저귀는 새소리도 드물다/이십 분 · 삼십 분……//얼마를 왔느뇨/또 얼마를 가야느뇨//아아 여기가 후치령(厚峙嶺)/해발로 오천 척/이수로 오십 리/아 후치령 후치령!/감개가 무량타 후치령!//묻노니 너는 그 어느 해 어느 날 어느 때부터/몇천 · 몇만의 고향 산천 이별에 눈물 젖은 보따리를/저 멀리 얄누 넘어 호지(胡地) 광막한 북만주벌

190) 그는 이 시기 귀향과 관련한 작품을 어느 카프 시인보다 많이 써 내었다. 그를 두고 귀향의 작가라고 부르는 것은 이와 무관하지 않다.

191) 신범순, 『한국 현대시사의 매듭과 혼』, 민지사, 1992, p.203.

로 마저 보내었느뇨//오 허구헌 세월 기나긴 동안/게서도 발 못붙이고 밀려오는 한숨어린 무거운 발길을/또 몇백 · 몇천이나 의지 거처 없는 이, 삼지사방으로 맞아들이었느뇨//오호 앞으로도 몇천 · 몇만을....../앞으로도 몇백 · 몇천을...//너는 말이 없다/너는 대답이 없다//오 후치령!/너한 개 비장한 이 땅 역사의 묵묵한 반려(伴侶)여/그러나 너는 알고 있으리라/네 네 손을 들어 흔들며 가슴 아픈 그 송영(送迎)에 영결(永訣)을 지을 날이 언제일 것을//슬프다 우매한 인간! 그도 저도 정처 알 바 없거니/오 이 여인(旅人)의 가슴은 날콩 볶듯/후득이고 스르르 뜨거워지는 눈두덩을 금할 길 없구나//오오 후치령! 후치령!//차는 여태 허덕이며 올라간다/연해 이저리 몸을 저으며/아직도 아아(峨峨)한 준령을 굽이 돌아 우로우로

발판 넓이 비탈지고 쬐악돌 깔린 길을......//

「후치령(厚峙嶺)--북관천리주간(北關千里周看) 시(詩) 중(中) 기일(其一)」 전문

후치령은 함경남도 북청군 이곡면과 함경남도 풍산군 안산면 사이에 있는 지명이다. 출옥한 후 고향으로 향하던 이찬이 가장 먼저 만난 곳이 인용시에서 보듯 '후치령'이었을 것으로 이해된다. 그런 면에서 후치령은 단순히 지리적 공간이라는 의미를 넘어서 카프 해산 이후 이찬의 정신 세계를 대변해주는 객관적 상관물이었다고 할 수 있다.

이찬에게 '후치령'은 지리적 공간 이상의 의미가 있는 곳이었다. 귀향의 과정에서 만난 '후치령'은 생리적 고향이라는 감각을 초월하는 형이상학적인 공간으로 다가오게 되는데, 그러한 정서의 표백이 잘 나타나 있는 부분은 2연과 3연이다. "세차게 뻗어 아득히 창공을 찌르는 용자"라는 인식이 그러하고, "아 연자줏빛 초록빛 티끌 모르는 청초한 자태 사랑

스럽기도 하다"라는 예찬의 정서 또한 그러하다. 이런 맥락에서 이해하게 되면, '후치령'은 그에게 고향의 은유였고, 일상성에의 복귀라는 이 시기 전향자들의 상징과도 같은 것이었다.

이찬의 시들은 '후치령'과 같은 고향 정서를 매개하면서 점점 그 외연이 확대되기 시작한다. 그리하여 자신이 태어나고 성장한 지역의 모든 것을 새롭게 인식하는 계기를 마련하게 된다. 이런 감각은 초기시에서 펼쳐보였던 북국 정서가 다시 되살아나는 계기가 된다는 점에서 주목을 요한다.

> 내일의 그 수는 오늘의 수와 같지 않나니
> 실로 요소 · 요소에 늘어가는 철조망과 아울러
> 일대의 경비진은 삼엄에 채질한다
>
> 연변(沿邊)의 농가 점점(點點)한 오막사리엔
> 수심 겨운 아낙네들의 수군거림 높아가고
> 가가호호 보채는 어린이 타일러 가로대
> '그러믄 ○○당이 온단다'
>
> 여저기 몇개의 조그만 도시엔
> 오가는 행인들의 그림자도 드물고
> 다못 늘어가는 호상(豪商)들의 비장한 이삿짐과
> 원래(遠來)한 응원대의 매서운 자욱소리 뿐
>
> 이러구로 해가 기울어
> 연렴(延廉) · 태백(太伯)의 준령을 넘어 어둠이 깃들면

별없는 대지엔 경비등이 장사(長蛇)를 그리고
호궁소리도 못듣는 외로운 여창(旅窓)이
몇번이나 쏘는 듯한 수하(誰何) 소리에 소스라쳐 경련한다

오호 진통을 앞둔 시악씨 맘같이
얄누장안(岸) 팔백리 불안한 지역이여

「결빙기(結氷期)--소묘 얄누장안(岸)」 부분

이 작품은 시사적 맥락과 관련하여 두 가지 의미가 내포된다. 하나는 국경을 통한 민족 의식의 자각이다. 국경은 하나의 민족과 다른 민족을 구분시켜주는 최소한의 구분점이 된다. 국경 너머의 세계와 그 반대의 지대라는 인식은 민족에 대한 자각 없이는 성립하기 어려운 것이다. 이는 잃어버린 나라, 정체성을 상실한 민족에게 제시될 수 있는 최대치의 각성이 될 것이다. 국경이 있다는 것, 그것은 바로 조선이라는 영토, 조선이라는 국토에 대한 존재를 증거하는 것이기 때문이다.

그리고 다른 하나는 조선의 부활 사상이다. 이는 압록강이 갖는 상징적 의미와 밀접히 결부되는 것인데, 잘 알려진 대로 우리의 국경은 남쪽으로는 현해탄에 의해서, 북쪽으로는 압록강에 의해서 경계지워진다. 개화기 이후 소위 근대주의자들이 가장 먼저 시선을 돌린 곳은 '바다'였다. '바다'로 향하는 시선은 그동안 대륙지향적이었던 전통과는 전연 다른 시각을 제공해주었다. '바다'야말로 근대 국가로의 길, 근대로 향하는 잣대로 수용되어 왔기 때문이다. 그것이 낳은 사유의 편린 가운데 하나가 현해탄 콤플렉스였거니와 이것은 일제 강점기 내내 근대주의자들의 정신 속에 내재해 있었던 감각이다. 그런데 남쪽에서 형성된 그러한 정서

들은 이찬에 의해서 새롭게 환기된다. 북쪽에 대한 국경인식에 대한 새로운 인식이 그러한데, 이찬은 그러한 감각을 고향 담론을 통해서 읽어낸다. 그리고 그러한 감각이 만들어낸 것이 '얄루강 콤플렉스'이다.

시월 중순이언만
함박눈이 퍼억 퍽……
보성의 밤은 한치 두치 적설 속에 깊어간다

깊어가는 밤거리엔 '수하' 소리 잦아가고

압록강 굽이치는 물결 귓가에 옮긴 듯 우렁차다

강안(江岸)엔 착잡(錯雜)한 경비등 · 경비등
그 빛에 섬섬(閃閃)하는 삼엄한 총검

포대는 산비랑에 숨죽은 듯 엎드리고
그 기슭에 나룻배 몇척 언제 나의 도강을 정비고 있나

오호 북만의 십오 도구(道溝) 말없는 산천이여
어서 크나큰 네 비밀의 문을 열어라

여기 오다가다 깃들인 설움 많은 한 사나이
맘껏 침통한 역사의 한 순간을 울어나 볼까 하노니

「눈나리는 보성(堡城)의 밤」 전문

이찬시의 특성 가운데 하나가 북국 정서라 할 때[192], 「눈나리는 보성의 밤」만큼 이런 단면을 잘 보여주는 작품도 없을 것이다. 이 시는 1937년 발표작[193]인데, 여기에는 당대의 시대적 함의가 담겨져 있다. 가령, 강가에는 함박눈이 있는가 하면, 밤거리에 들리는 '수하(誰何)' 소리의 불안한 음성도 담겨 있고, 경비를 서는 삼엄한 총검도 있으며, 포대 또한 있다. 수하라든가 총검, 포대를 통해서 보성이 국경 지대임을 알 수 있게 한다. 서정적 자아가 서 있는 곳이 강안(江岸)인데, 지역적 인접성을 고려할 때 이곳이 얄루강가 임은 당연할 것이다.

이런 국경의식과 더불어 이 작품에서 가장 주목의 대상은 '비밀의 문'이라는 담론이다. 이를 두고 독립군의, 독립군에 의한 조선의 해방에 대한 기대치를 담아낸 것이라고 이해한 바 있거니와, 그러한 해석이 지나치게 앞서 나간 것이라고 하는 의견도 있다.[194] 그것은 다음 저간의 사정에서 기인한다. 잘 알려진대로, 1920년대 활발하게 전개되던 독립운동은 1930년대 들어서 비교적 잠잠해진다. 표적이 명확히 드러났기에 독립운동 세력들은 일제의 공격을 받고 와해되거나 이를 견디지 못하고 해외로 망명해야 했다. 그리하여 1930년대 이를 대신해서 등장한 독립 세력은 주로 좌파였다. 항일동북연군이나 김일성 중심의 항일 빨치산 세력이 바로 그들이다. 이들이 벌인 대표적인 독립운동이 보천보전투였거니와 이 투쟁은 여러 모로 중요한 사건이었다. 하나는 이 투쟁이 국내에서 일어났다는 점과, 다른 하나는 독립운동이 다시금 부활했다는 신호를 주었다

192) 이동순은 이찬시의 주요 주제 가운데 하나로 북국정서를 들고 있다. 그리고 이 정서는 대략 세 가지로 유형화된다고 보았는데, 북방의 원색 이미지, 북방의 비극적 미감, 북방의 끈질긴 민중성 등등이 그러하다. 이동순외 편, 『이찬 시 전집』 참조.

193) 『조선문학』, 1937.1.

194) 김용직, 『한국현대시사1』, 한국문연, 1996, pp.621-627.

는 사실이다.

「눈나리는 보성의 밤」은 이런 환경적 요인을 배경으로 창작되었을 개연성이 있다. 하지만 독립 투쟁이란 위험을 동반하는 것이고, 그 성공여부 또한 장담하기 어려운 것이다. 이찬이 만약 이러한 상황을 염두에 두고 이 시를 생산했다면, 그러한 근거를 간취할 수 있는 부분은 아마도 마지막 두 행일 것이다. "여기 오다가다 깃들인 설움 많은 한 사나이/맘껏 침통한 역사의 한 순간을 울어나 볼까 하노라"라는 부분이 바로 그러하다. 이런 자의식만으로도 이 작품은 이 시기의 시대성과 분리하기 어려운 것이 아닐까 한다.

이찬의 시에서 북국 정서는 민족 모순의 측면에서 대단히 의미있는 것이었다. 그것은 그가 한때 참여했던 카프시의 전개 양상을 고려할 때, 더욱 그러하다고 할 수 있다. 계급 모순으로 일관했던 카프와 그 구성원들은 1930년대 중반을 지나면서 새로운 인식성을 보이기 시작한다. 민족모순에 대한 자각이 바로 그러하다. 그런데 이 감각은 모두 국경의식을 통해서 이루어졌다는 점에 주목할 필요가 있다. 남쪽의 현해탄에서 임화의 민족 모순이 형성되었다면, 북쪽의 알루강에서 이찬의 민족 모순이 만들어졌기 때문이다. 이찬의 북국 정서가 갖는 시사적 의의는 여기서 찾아야 할 것이다.

모더니즘으로의 전회

1937년 시집 『대망』[195] 이후 이찬의 시들은 다시금 새롭게 변신한다.

---

195) 풍림사, 1937.11.

이 시집 이후 일 년만에 『분향』[196]이 간행되고, 2년 뒤인 1940년에는 『망양』[197]이 출간되는데, 첫 시집과 이들 시집사이의 서정적 거리는 매우 넓게 벌어져 있었다. 『대망』이 리얼리즘적 경향을 갖고 있었다면, 『분향』과 『망양』은 모더니즘적 경향을 보인 것으로 알려져 있는데, 실제로 이 시기 그의 시들은 근대 초기에 볼 수 있었던 엑조티시즘적 경향이라든가 자본주의 문화에서 흔히 볼 수 있는 사적 자의식으로 점철된 시의식을 보이고 있기 때문이다.

이러한 변모는 리얼리스트에서 모더니스트로의 전환이라는 세계적 보편성의 한 자락에서 이해할 수 있다는 점에서 그 의미가 있다. 물론 이런 변신은 일견 예견되어 있는 도정이라고 할 수 있는데, 그것은 문학이 시대의 분위기나 환경으로부터 결코 자유로울 수 없는 상동성 때문이다. 객관적 상황의 악화라는 시대 정신이 그로 하여금 서정의 응시를 반리얼리즘적 음역으로 이끈 것이다. 이 시기 그러한 성향의 시를 대표하는 것이 「휘장 나린 메인 · 스트」이다.

휘장 나린 메인 · 스트
봄비 다한히 네온에 흐늑이고

덩달아 눈물짓는 페이브멘트 위에
나의 걸음은 바쁘지 않다

눌러쓴 소프트에 빗방울 뭉친들

196) 한성도서, 1938.7.
197) 박문서관, 1940.6.

이로하여 내 이마 더 무거울 이 없고

추켜 세운 우와 에리
용히 마르잖아 걱정일 아침도 없음이 아니야

뚫어진 구두창이야 젖어들든 말든
그 어드메 이를 염려할 아담한 방이 있는 것도 아니고

나는 도리어 이런 시각조차
강아지 한마리 아는 척 않는 것이 서러웁단다

그 어느 추녀 밑에도 내 세월처럼 웅쿠린 거렁패는 없어
이밤 순사네는 무슨 일로 빛나는 복무를 마치랴

열(熱)한 환소(歡笑) 넘나는 카페 · 비너스 앞
분재의 파초잎처럼 나는 향수에 젖어보면 무얼 하느냐

「휘장 나린 메인 · 스트」 부분

이 작품은 1940년에 간행된 『망양』에 실린 시이다. 이 작품의 특징적 단면은 모더니즘의 의장으로 되어 있다는 점에서 드러난다. 이찬의 작품인가 하는 의구심이 들정도로 이 시는 그의 시세계의 본령인 리얼리즘적 경향과는 상당한 편차가 있다.

이 작품에서 가장 주목할 만한 특징은 현실이 추상화되었다는 점에서 찾아진다. 자아와 사회 사이에서 형성되던 끈끈한 결합이 산산히 깨어져 있는 것이다. 현실과 분리된 자아에게 남겨진 것은 방황하는 자아의 모

습뿐이다. 이러한 단면이야말로 모더니스트들에게서 흔히 볼 수 있는 산책자의 모습, 그것일 것이다.

이 작품의 배경은 비가 내린 오후이고, 자신이 서 있는 곳을 "덩달아 눈물짓는 페이브멘트 위"라고 했다. 이 공간에서 서정적 자아는 "나의 걸음이 바쁘지 않다"라고 하는데, 실상 이런 정서야말로 근대화된 자아의 일상적 모습, 곧 산책자의 모습임은 분명할 것이다. 물론 이 시기 이런 감각을 잘 보여주었던 박태원[198]이나 박팔양[199]같은 산책자의 모습과는 어느 정도 거리가 있다. 여기서의 산책자의 모습은 박태원의 작품에서 볼 수 있는 적극적, 능동적인 탐색자로 구현되는 것은 아닌 까닭이다.

그리고 이 작품의 모더니즘적인 특성은 엑조티시즘의 수법에서도 찾아진다. 제목을 '메인스트'라고 한 것도 그러하거니와 '카페 비너스'를 비롯하여 '소프트' 등의 기표에서 이를 확인할 수 있다. 이런 단면들은 마치 정지용의 초기 시를 연상하는 듯한 느낌마저 줄 정도로 닮아 있다. 그러니까 이 시기 이찬의 시들은 모더니즘의 정신이나 발생론적 국면을 충실히 수용한 것이 아니라 피상적인 수준에서 이를 받아들이고 있음을 알게 된다. 정지용이 모더니스트로 활동하던 시기와 이찬이 활동하던 시기는 거의 10년 이상의 편차가 있기에 그러한데, 어떻든 그의 시에서 드러나는 이런 변화의 도정은 리얼리스트에서 모더니스트로 전회한 작가가 그 정신사적 흐름을 충분히 숙지하지 못한데서 오는 한계에 그 원인이 있다고 할 수 있다.

그럼에도 모더니즘 감각 속에 편입된 이찬의 시들은 리얼리즘과 완전

198) 박태원의 대표작「소설가 구보씨의 일일」참조.
199) 이런 경향을 대표하는 작품이「近哈數題」이다.

히 단절되어 나타난 것이라고는 보기 어려울 것이다. 모더니즘이나 리얼리즘은 작품 속에 구현된 의장이 다르다고 하더라도 자본주의라는 인식성을 공유하고 있기 때문이다. 이런 감각에 설 때 이찬의 초기 시들과 후기 시들은 단절이 아니라 하나의 연속성으로 이해할 수 있는 근거가 마련된다. 다시 말해 그의 시세계가 두 가지 극단화된 사조에 걸쳐 있다는 사실이야말로 모더니즘과 리얼리즘의 넘나들기라는 세계사적 과제를 충실히 수행한 작가임을 증명해주는 것이라 할 수 있다.

6. 카프 해산기 리얼리즘 시인들

1) 리얼리즘에서 모더니즘으로 – 윤곤강

윤곤강은 1911년 충남 서산에서 태어났다. 그는 부유한 집안 출신이다.[200] 집안 환경 덕택에 그는 일본 유학의 기회를 얻을 수 있었다. 그는 여기서 프롤레타리아 문학뿐만 아니라 보들레르, 랭보를 비롯한 모더니즘 계열의 시인들 대해서도 공부했다. 이런 경험은 그로 하여금 다양한 문예에 관심을 갖도록 하는 토대가 되어주었다.[201]

윤곤강의 작품 활동은 1931년 『비판』지에 「옛 성터에서」를 발표하면서 시작된다. 하지만 그의 문학 활동은 등단과 함께 곧바로 이루어진 것은 아니었다. 등단 작품 이후, 일본으로 유학을 떠남으로써 일정 기간 동

200) 윤곤강의 부친은 고향에 땅도 많았을 뿐만 아니라 여기서 얻은 돈으로 서울에서 집장사까지 한 것으로 알려져 있다. 김용성, 『한국현대문학사탐방』, 국학자료원, 2011, p.363.
201) 위의 책, pp.363-364.

안 문학에 대한 공백기를 가졌기 때문이다. 따라서 그의 본격적인 작품 활동은 귀국 이후부터 시작되었다고 할 수 있다. 특히 1936년 대표작 가운데 하나인 「狂風」[202]을 발표한 이후로 비교적 활발한 작품 활동을 전개해 나갔다.

이런 활동과 더불어 그는 일본에서 귀국한 직후 카프에 가입하고 이에 기반한 작품도 쓰기 시작했다. 하지만 그의 카프 활동은 오래 지속되지 못했다. 그가 카프에 들어간 이후 곧바로 검거 선풍이 불었고, 이에 연루되어 1934년 약 5개월 동안 전북 장수의 감옥에 갇히는 신세가 되었기 때문이다.[203]

어떻든 카프 해산기 그의 작품 활동은 주목할 만한 것이었다. 해방 공간에 상재된 두 권의 시집을 포함하여 6권의 시집[204]을 냈거니와 독창적인 시론집인 『시와 진실』[205]도 펴내었을만큼 황성한 창작활동을 보여주었기 때문이다. 특히 이 시론집은 김기론의 『시론』과 더불어 근대 초기를 장식하는 주요 시사적 업적 가운데 하나로 자리매김 되었다.

실천적인 면모를 보인 카프 작가

카프 전후부터 작품 활동을 시작한 윤곤강은 1937년 자신의 첫 시집 『대지』[206]를 상재하게 된다. 이 시집에 수록된 시들은 한때 카프에 몸담

---

202) 『조선문학』, 1936. 6.

203) 김용성, 앞의 책, p.571.

204) 『대지』, 『만가』, 『동물시집』, 『빙화』가 해방 이전의 시집이고, 『피리』, 『살어리』가 해방 이후의 시집이다. 이렇게 해서 총 6권의 시집을 펴내었다.

205) 정음사, 1948.

206) 『풍림사』, 1937.

았던 시인이라는 사실이 무색할 정도로 계급적인 세계관을 드러낸 시는 그리 많지 않다. 그럼에도 군데 군데 카프가 요구하는 당파성으로부터 자유롭지 않은 시편들 또한 제법 눈에 들어온다. 이런 이유로 6권에 달하는 그의 시세계를 분류할 때, 『대지』는 카프의 세계관에 입각한 시집이라는 평가를 받게 된다.[207] 이 시집에서 이런 환경을 대표하는 시가 「日記抄」이다.

Ⅰ
七月十五日

나무 장판 한구석에
네모진 나무 뚜껑이 덮였다
에! 구려…
臭覺을 잃은 先住民들이
찌푸린 내 얼골을 노린다.

Ⅱ
七月十六日

내음새
내음새

207) 김용직, 「계급의식과 그 이후」, 『한국현대시인연구』(상), 서울대 출판부, 2000, pp. 623-641. 김용직은 이 글에서 계급의식에 바탕을 둔 『대지』를 1기로 두고 『만가』에서 4시집 『빙화』까지를 2기, 5시집 『피리』부터 6시집 『살어리』까지를 3기로 분류하고 있다. 시집의 내용으로 보아 이런 분류는 일견 타당한 것이라 할 수 있다.

썩어 터지는 내음새!
—오늘도 나는
어서 臭覺이 喪失될 날을 苦待한다.
-〈長水日記〉에서

「日記抄」 전문

〈長水日記〉라는 부기에서 보듯, 이 작품은 카프의 제2차 검거 사건과 깊은 관련이 있는 시이다. 윤곤강은 1934년 2월 카프에 가담한 직후 곧바로 카프의 제2차 검거 사건에 연루되어 5개월 동안 감옥 생활을 한 것으로 알려져 있다. 이 경험을 토대로 쓴 시가 「일기초」이다. 그러한 까닭에 비교적 짧은 서정시 형식임에도 불구하고 이 작품은 그 시사하는 바가 자못 크다고 할 수 있다.

일찍이 감옥 체험을 바탕으로 작품을 쓴 사례로 가장 회자되는 작가가 김남천이다. 그는 그러한 경험을 바탕으로 「물」[208]을 쓴 바 있다. 작품의 발표는 1933년이지만 그것이 쓰여지게 된 직접적인 동기는 1931년 카프 제 1차 검거 사건 때의 경험이다. 이 사건으로 카프 구성원 가운데 유일하게 감옥을 간 것이 김남천이었다.

그는 카프 작가로서의 임무 가운데 하나라고 할 수 있는 운동으로서의 문학 경험이 어떤 것인지를 알리기 위해 이 작품을 썼다고 한다. 이런 단면은 작품의 후기에서도 알 수 있는데, 이 작품에서 창작된 배경을 말하면서 이를 동지들에게 헌사한다고 했기 때문이다.[209] 하지만 이에 대한 카프 구성원들의 평가, 특히 임화의 판단은 인색한 것이었다. 임화는 김

---

208) 『대중』, 1933.6.
209) 작품 「물」(『대중』, 1933.6.) 후기 참조.

남천의 경험적 진실이 생물학적 경험에 갇힌 것으로 평가 절하했기 때문이다.[210] 그런데 윤곤강의 「일기초」도 김남천의 그것과 하등 다를 것이 없다는 사실이다. 이 또한 생물학적 욕망의 수준에 머물러 있었기 때문이다. 하지만 다음의 작품에 이르게 되면 본격적으로 계급의식에 바탕을 둔 그의 시세계가 나오게 된다.

> 네가 땅속ㅅ길을 휘벼 다니든 그 시절—
> 밤 깊이 이 들창을 두드리며 은근히 나를 부르든 그 음성이
> 지금도 내 귀에 쟁쟁! 울고 있다!
> (—그것은 얼마나 또렷하게 나의 고막을 울렷든가?)
> 처음 그 소리를 들을 때
> 나는 반가움보다도 오히려 두려움이 앞섰드니라!
> (—저놈은 눈물도 없고 괴로움도 없나?)
>
> 그러나 날이 가는 동안에, 사랑하는 내 친구여!
> 나는 너의 부르는 소리에 반겨 문을 열어 주었고
> 흐릿하게 엉켰든 내 마음속 의심의 뭉치는
> 새벽하늘처럼 개어 벗어지고야 말었드니라!
>
> 「狂風-R에게」 부분

카프의 경험과 관련된 윤곤강의 시 가운데 주목할 만한 것이 「狂風-R에게」이다. 이 작품은 카프라는 조직, 그리고 시대의 분위기와 관련하여 몇 가지 의미있는 부분을 시사해 준다. 첫째가 시대와의 관련성인데, 가

---

210) 임화, 「6월중의 창작」, 《조선일보》, 1933.7.12.-19.

령 '미친 바람'이라든가 '땅속 길을 휘벼 다니든 그 시절', 혹은 '눈', '미친 바람' 등등의 담론에서 이를 확인할 수 있다. 이는 프롤레타리아 의식에 대한 표명이라고 할 수도 있고 민족 모순의 층위에서도 그 이해가 가능한 경우이기도 하다. 이런 표명이야말로 카프 맹원이었기에 가능한 것이었다는 점이다.

두 번째는 이 작품에 드러나는 소시민의식이다. 이 의식은 그의 시를 이해하는 데 있어서 중요한 지점 가운데 하나이다. 실제로 윤곤강은 「小市民 哲學」[211]이라는 작품을 쓰면서 자신이 이 자의식으로부터 얼마나 갈등하고 있는지를 잘 보여준 바 있다. 이 의식은 전진하는 정서와 후퇴하는 정서 사이의 길항관계에서 오는 것인데, 이를 추동하는 것은 뚜렷한 세계관의 부재이다. 그런 감각들이 「광풍」에 잘 나타나 있거니와 그 정점을 이루는 장면은 다음과 같은 부분이다. 곧 서정적 자아를 부르는 친구의 음성을 "처음 그 소리를 들을 때/나는 반가움보다도 오히려 두려움이 앞섰드니라!"라고 하는데, 이런 감각이야말로 소시민의 그것과 분리하기 어려운 점일 것이다.

죽음 의식과 감각의 부활

『대지』 이후 두 번째 시집인 『만가』에 이르면, 윤곤강의 시들은 이전과는 전혀 다른 모습을 보여주게 된다. 『만가』 이후부터 『동물시집』, 『빙화』 등은 모두 동일 계열의 시집들로 묶을 수 있는데, 그 공통 분모는 모더니

---

211) 『만가』, 1938.6.

즘적 경향이다.[212] 실제로 이 시기 윤곤강은 「감동의 가치」[213] 라든가 「감각과 주지」[214] 등을 발표하면서 모더니즘에 대한 관심을 뚜렷이 드러낸 바 있다. 이는 리얼리스트가 모더니즘으로 전회하는 세계사적 흐름의 한 장면을 고스란히 드러내고 있다는 점과 관련된다.

『대지』와 『빙화』에 이르기까지의 도정은 모더니즘계 작품이라는 인식론적 동일성을 갖고 있다. 다만 대상에 대한 인식이나 그것에 대한 대응 양상 등이 모두 비슷한 수준에서 이루어지는 것은 아닌데, 여기서 한 가지 주목해야 할 점은 『대지』 이후 윤곤강의 시세계를 지배하고 있었던 것은 부르주아 의식이다. 이는 그에게 거의 상수와 같은 것으로 작용하고 있었는데, 그가 이 의식을 갖게 된 것은 그의 집안이 갖고 있었던 환경과 분리하기 어려운 것이었다. 그러한 자의식이 그로 하여금 『대지』의 계급적 세계관으로부터 벗어나 새로운 단계로 나아가게 한 거멀못 역할을 한 것이 아닌가 생각된다.

『대지』 이후 두 번째 시집 『만가』[215]를 지배하고 있는 주제의식은 죽음이다. 이는 '만가'라는 담론에서 확인되거니와 이 시기 그의 모든 시의 맥락들은 이 의식으로부터 시작된다. 그런데 죽음 의식은 이미 첫 시집 『대지』에서 예비된 것이었다고 해도 과언이 아니다. 이 시집의 주된 상징이 '겨울'이었거니와 그것의 신화적 의미야말로 이 죽음의식과 분리되는 것이 아니기 때문이다. 그만큼 시집들 사이에 놓인 거리는 거의 없다고 해도 과언이 아니고, 그 연속성이랄까 동일성은 또한 매우 유사한 편이라

212) 김용직, 앞의 책, 참조.
213) 『비판』, 1938. 8.
214) 《동아일보》, 1940. 6.
215) 동광당서관, 1938.

고 할 수 있을 것이다.

주검아, 네가 한 번 성내어
피에 주린 주둥아리를 벌리고
貪慾에 불타는 발톱을 휘저으면
閃光의 刹那, 刹那가 줄다름질 치고

도막 난 時間, 時間이 끊지고 이어지는 동안
살고 죽는 수수꺼끼는 번대처럼 매암도는 것이냐?
어제(세벽 네 時)

그여코 너는 그의 목숨을 앗어 갔고,
오늘(낮 한 時)
遺族들의 嗚咽하는 소리와 함께
그를 태운 靈柩車는 바퀴를 굴렸다.
바둑판같은 墓地 우에 點 하나를 보태기 위하야—
오호, 주검아!

한마디 남김의 말도, 그가 나에게
주고 갈 時間까지 너는 알뜰히도 앗어 갔느냐?

바람 불고 구름 낀 대낮이면
陰달진 그의 墓地 우에 가마귀가 떠돌고,
달도 별도 없는 검은 밤이면
그의 墓碑 밑엔 능구리가 목 놓아 울고,

밤기운을 타고 亡靈이 일어날 수 있다면
원통히 쓸어진 넋두리들이
히히! 하하! 코우숨치며 시시덕거리는 隊伍 속에
그의 亡靈도 한자리를 차지하리로다!

「輓歌2」 부분

『만가』의 주제는 제목이 시사하는 것처럼 죽음과 관련된다. 그런데 여기서 표명된 의식은 존재론적 자아가 흔히 느낄 수 있는 죽음충동과는 거리가 있는 것이다. 인간이 갖는 존재론적 한계에서 벗어나지 못한 주체가 실존적 결단을 통해서 나아가는 지대가 죽음충동일 터인데, 이 작품에서는 그러한 단면이 비교적 뚜렷하게 드러나고 있는 까닭이다.

그렇다면, 시인에게 다가오는 이 죽음의 실체란 과연 무엇을 의미하는 것일까. 또한 서정적 자아의 실존을 불안케 하는 이 정서는 어디에서 오는 것일까. 『대지』를 계급의식에 바탕을 둔 시집으로 규정하거나 적어도 이 의식에서 자유롭지 않은 것이라고 한다면, 『만가』 이후의 시집들은 그러한 의식과는 거리를 두고 있는 시집들이다. 그러한 까닭에 윤곤강이 추구하고자 했던 시정신의 방향은 이 시기 카프 작가들에게서 흔히 나타나고 있는 이른바 후일담의 문학과 비교될 수 있을 것으로 보인다. 이 문학의 본령은 현실과의 끊임없는 길항관계인데, 그러니 어떤 식으로든 사회에 참여하려 들고, 그러한 과정에서 자신의 존재성을 확인하려 드는 자연스러운 현상이라 할 수 있다. 그리고 이것이 여의치 않을 경우엔 고향으로 회귀하고자 하는 퇴행의 정서로 나아가기까지 한다.

윤곤강의 후일담 문학이 카프 작가들이 흔히 펼쳐보였던 음역과 비슷한 것이라면, 『만가』의 죽음 의식 또한 이 맥락에서 살펴보아야 한다는 사실이다. 말하자면 보다 적극적으로 응전해야하는 현실이 사라진 자리에서 시인 윤곤강이 감당해야 했던 것은 이런 유폐된 자의식이었을 개연성이 매우 큰 경우이기 때문이다. 그런 감각이 그로 하여금 폐쇄된 지대로 이끌었던 것으로 판단된다.

그리고 이 시집에서는 실존에서 오는 죽음의식과 더불어 또 하나 주목해야 할 감각이 있는데, 그 하나가 바로 유혹이라는 정서이다. 여기서의 유혹 또한 죽음과 일정 부분 관련되기도 하고, 또 그 너머의 세계와도 관련이 있다. 먼저 다음의 시는 죽음 충동과 그에 대한 응전의 관계가 밀접하게 드러나 있는 작품이다.

> 어둠이 어리운 마음의 밑바닥
> 촉촉이 젖은 그 언저리에
> 낼름 돋아난 붉은 혓바닥.
>
> —검정고양이의 우름이로다!
>
> 웃는지, 우는지,
> 알 수 없는 그 소리가
> 검게, 붉게, 푸르게, 내 맘을 染色할 때,
> 털끝으로부터 발톱 끝까지
> 징그럽고 무서운 꿈을 풍기는 動物.
>
> 妖氣냐?
> 毒草냐?
> 배암이냐?

저놈의 눈초리!

동그랗게, 깊고 차게,
마음것 힘것, 나를 노려보는 것!

오!
槍끝처럼 날카롭고나!
바늘처럼 뾰—족하고나!

「붉은 혓바닥」 부분

이 작품은 '뱀'을 소재로 한 시이다. 동물을 소재로 하고 있다는 점에서 이 작품은 이듬해 간행된 『동물시집』[216]과 일정 부분 겹치거니와 이 시집 속의 수록된, 뱀을 소재로 한 또 다른 작품인 「독사」의 시정신과 닮아 있기도 하다. 『만가』의 전략적 주제가 죽음 의식과 관련된 것이라고 했거니와, 여기서 죽음은 앞서 언급대로 두 가지 층위를 갖는다. 하나는 현실과의 대응 양상이고, 다른 하나는 시인의 존재론적인 특성과 관련된다는 점이다. 전자는 시인이 지향했던 것들 혹은 의도했던 것들이 사라진 현실에서 그 공백을 채울 수 있는 것이 무엇일까 하는 점과 관련이 있을 터인데, 윤곤강에게는 그것이 죽음 의식과 같은 불확실한 부분들이 아니었을까 한다. 『만가』이후부터 『빙화』에 이르기까지 그의 시에서 전략적으로 드러나는 죽음 의식은 모두 이 감각으로부터 자유로운 것이 아니었다.

하지만 윤곤강의 죽음 의식은 말 그대로 석화되거나 생명이 완전히 배

---

216) 한성도서, 1939.

제된 것이 아니라는 점에서 의미가 있다. 서정적 자아는 이런 죽음의 늪에서 이로부터 벗어날 수 있는 강렬한 유혹을 만나기 때문이다. 유혹의 상징인 뱀과의 조우가 이를 증거한다. 하지만 이 유혹은 서정주의 「화사」에서 등장하는 뱀의 혀와는 그 결을 달리한다. "낼름 돋아난 붉은 혓바닥"은 동일한 경우이지만 그 지향하는 방향은 전혀 다르게 구현되는 까닭이다. 「화사」에서의 '뱀'은 자아로 하여금 욕망의 기계로 나아가게 끔 하는 수단이었다. 그러니 흥분과 설레임이라는 능동적, 적극적 정서가 「화사」를 지배하고 있었던 것이다.[217] 하지만 윤곤강에게 다가오는 뱀의 혓바닥은 「화사」의 그것처럼 잠들어 있는 욕망을 환기시키는 유혹과는 거리가 멀다. 이 혓바닥은 자아를 죽음의 늪에 갇히는 것을 용납하지 않기 때문이다. 그것은 자아를 죽음의 그늘에서 이끌어내고자하는 의도에서 "마음 것 힘 것, 나를 노려본"다. 아니 그저 단순히 노려보는 것이 아니라 그 혀는 가시가 되어 "창끝처럼 날카로운" 포즈를 취하거니와 "바늘처럼 뾰족하기"까지하다. 감각의 부활을 꿈꾼 것인데, 죽어있는 육체가 깨어나기 위해서는 날카로운 자극만큼 좋은 수단도 없을 것이다. 작품의 표현대로 날카로운 혀에 닿은 무딘 감각이란 존재할 수 없기 때문이다.

3 마을
한낮의 꿈이 꺼질 때 바람과 황혼은
길 저쪽에서 소리 없이 오는 것이었다

목화 꽃 히게 히게 핀 밭고랑에서

217) 「화사」는 인간의 본능을 욕망으로 풀이했다. 욕망의 자유로운 발산이 관능이며, 이 정서가 인간의 본래적 모습이라고 서정주는 인식했다.

삽사리는 종이쪽처럼 암닭을 쫓는 것이었다

숲이 얄궂게 손을 저어 저녁을 뿌리면
가느디가는 모기 우름이 오양간 쪽에서 들리는 것이었다

하늘에는 별 떼가 은빛 우슴을 엮어 놓고
은하는 북으로 북으로 기울어지는 것이었다.

「MEMORIE」 부분

해방 이전 윤곤강이 마지막으로 펴낸 시집은 『빙화』[218]이다. 이 시집은 『만가』 이후의 시집들과 크게 차질되는 부분이 없는데, 그럼에도 그 특징적 단면이 무엇인지 일러주는 주요 단면이 있다. 바로 모더니즘 지향성이 드러난다는 점이다. 그러한 특색을 대표하는 시 가운데 하나가 인용된 「MEMORIE」이다. 이 시의 가장 근본적인 특성은 엑조티시즘적인 경향에서 찾을 수 있다. 제목도 그러하거니와 시의 담론 또한 외래 기표로 제법 채워져 있는 까닭이다.

뿐만 아니라 시의 내용이 소제목으로 제시된 부분도 모더니즘 속성과 관련이 있는데, 가령 '황혼', '호수', '마을' 등등의 제목에서 이를 확인할 수 있는데, 여기에는 풍경 묘사에 관한 것도 있고, 또 마을의 장면 장면이 묘파되어 있는가 하면, 단편적 공간들이 파편적으로 제시된 부분도 있다. 이는 정지용이 「향수」에서 펼쳐보였던 영화의 기법과 유사한 측면이다. 그리고 『빙화』에는 모더니즘적 요소 이외에도 새로운 면이 등장하기도 하는데, 가령 현실이 많이 추방되어 시의 방향이 관념화, 추상화되어

218) 한성도서, 1940.

있다는 점이다. 현실이 추방되었다는 것은 구체적 현실의 빈곤을 의미하는 것이거니와 실제로 이 시집에는 의미있는 내용이 사상된 풍경화적인 요소가 제법 많이 등장한다. 이는 곧 이미지즘 수법과 밀접한 관련이 있는 것인데, 이런 단면이야말로 이 시기 윤곤강이 가졌던 모더니즘에의 또다른 관심이라 할 수 있을 것이다. 이런 일련의 사실에서 알 수 있는 것처럼, 『빙화』는 리얼리즘의 수법에서 벗어나 현저하게 모더니즘적 특성을 보이고 있었던 것이다.

『빙화』에서의 서정적 자아는 현실과의 조응관계를 상실하고 위축되어 있을 뿐만 아니라 그러한 현실에 대해 적극적으로 응전하고자 하는 의욕 또한 무뎌진 면을 보여주고 있다. 그러한 자아가 선택할 수 있는 것은 현실추수주의 혹은 관념지향적인 태도였을 것이다.

윤곤강은 문단의 국외자이면서도 자신만의 고유한 서정적 작업을 꾸준히 시도한 시인이다. 문단에 대한 관심을 한순간도 놓지 않았고, 또 사회에 대한 관심 역시 계속 표명하고 있었던 까닭이다. 이런 면들은 이 시기 비슷한 경험을 보여주었던 박팔양의 경우와 비교할 수 있을 것이다. 그러나 동일하면서도 다른 면이 분명 존재하는데, 그것은 그 자신만의 고유한 서정시 영역을 개척해 왔고, 이를 통해서 일제 강점의 현실을 초월하고자 했다는 사실이다. 그는 이 시기 드물게 많은 시집을 썼거니와 자신만의 고유한 세계관에 바탕을 둔 시론들도 제법 많이 쓴 편에 속한다. 그러한 도정에서 그가 선택한 사조의 보편적 흐름들, 가령, 리얼리스트가 모더니스트로 전회하는 과정을 모범적으로 보여주었다는 점에서 윤곤강 문학이 갖고 있는 의의가 있을 것이다.

2) 민족 모순을 넘어서기 – 김해강

문학적 열정과 좌절

김해강(金海剛)은 1903년 전주에서 태어나 65년 동안 작품 활동을 한 시인이다. 본명은 대준(大駿)이다. 그의 등단은 1925년에 이루어지는데, 『조선문단』에 「달나라」와 「흙」이 입선하고, 1926년에는《동아일보》신춘문예에 「새날의 祈願」이 당선되면서부터이다. 오랜 작품활동이 말해주는 것처럼, 그는 많은 분량의 시를 창작해내었다. 그 결과물이 『김해강 시전집』으로 상재되었거니와[219] 이 전집의 페이지가 700에 육박할 정도이니 실로 많은 작품을 발표했음을 알 수 있다. 그럼에도 그 스스로 시집을 펴낸 것은 『東方曙曲』[220] 뿐이다.

그가 일부터 시집을 내지 않은 것은 아니다. 김해강은 일제 강점기에 두 번에 걸쳐 시집을 내려했지만 모두 실패한 것으로 알려져 있다. 한번은 그의 친구였던 김창술과 더불어 『機關車』[221]라는 제목으로 공동 시집을 내고자 했으나 일제의 방해로 무산되었다고 한다. 두 번째 시도 역시 『東方曙曲』과 『아름다운 太陽』이라는 제목으로 두 권의 시집을 상재하려 했으나 이 역시 일제가 불허하는 바람에 좌절되었다고 한다.[222]

김해강 시의 흐름은 크게 세 가지로 구분된다. 하나는 동반자 작가로

---

219) 최명표 편, 『김해강 시전집』, 국학자료원, 2006.

220) 김해강, 『동방서곡』, 교육출판사, 1968.

221) 이 시집은 김창술 20편, 김해강 20편 등 약 40편을 모아 상재하기로 계획했다고 한다.

222) 이 시기가 1942년이라고 알려져 있는데, 이때는 소위 암흑기에 해당한다. 그러한 까닭에 조선말로 시집을 낸다는 것은 거의 불가능한 일이었을 것으로 판단된다.

서의 위치이고, 다른 하나는 도시의 병리적인 현상을 담은 모더니즘 계통의 시의식이고, 마지막 하나는 낭만적 이상을 담은 순수 서정의 시세계이다.

일찍이 김해강을 동반자 작가로 본 사람은 카프 초기 비평가였던 김팔봉이었다[223]. 그가 김해강의 시를 두고 동반자 작가로 이해한 것은 그의 작품에서 포착되는 모순 관념 때문이었다. 김해강은 카프가 내세운 계급 모순보다는 민족 모순에 주목하여 시를 썼고, 그러한 면을 두고 팔봉은 동반자 시인으로 분류한 것이다.

둘째는 도시시의 문제이다. 김해강은 아마도 이 시기 도시의 병리성을 담아낸 최초의 시인이 아닌가 한다. 실상 이 시기 김해강만큼 도시의 문제에 대해 집요한 천착을 보인 작가가 드물었다는 점에서 그 의의가 있다. 도시의 병리적 현상에 주목한 것만으로도 김해강의 모더니즘계 시들은 시사적으로 가치가 있는 것인데, 이는 근대라든가 도시의 긍정적 측면, 김기림의 표현에 의하면 '과학의 명랑성'[224]을 담아낸 모더니즘 계통의 시세계와 뚜렷이 구분되는 된다는 점에서 차별성이 있는 경우이다.

셋째는 김해강의 시에서 드러나는 민족 모순의 문제이다. 그는 초기부터 후기에 이르기까지 하나의 일관된 시정신을 갖고 있었고, 자신의 시를 만들어가는 크나큰 줄기를 만들어가고 있었다. 그것은 다름 아닌 민족 모순이었다. 그의 시들은 실상 여러 방향의 시정신으로 구성되어 있었지만 그 정신적 뿌리는 바로 이 민족 모순의 정서와 분리하기 어려운 것이었다.

---

223) 김팔봉, 『김팔봉 전집2』, 문학과지성사, 1988, p.314.
224) 김기림의 초기 모더니즘 시들은 과학의 긍정성으로 근대를 이해하고 표현했다. 그 하나의 사례가 외래어를 시에 그대로 노출시키는 엑조티시즘의 방법이었다.

파인 김동환의 영향

김해강의 등단작품인 「새날의 기원」은 민족 모순을 떠나서는 그 설명이 불가능하다. 이 시는 그의 첫 작품이기도 하거니와 이후 자신의 시세계의 방향성을 일러주는 작품이기도 하다. 그리고 이 작품과 더불어 김해강의 시에서 또 하나 주목해야 할 작품 가운데 하나가 「달나라」이다. 「달나라」는 당시 유행하던 퇴폐적 낭만주의의 영향을 받은 작품이다. 그리고 이 작품의 소재인 '님'도 주목할 만한 것인데, 당대의 전략적 주제 가운데 하나였던 '님'에 대한 그리움의 정서였다는 점에서 그러하다. 잘 알려진 대로 이 시기 민요 시인들이나 만해 한용운 등이 표출했던 주제의식이란 '님'에 대한 그리움이었는데, 김해강의 시들 역시 이 음역과 밀접한 관련을 맺고 있었다.

그런데 김해강이 받은 이런 일련의 정서들은 파인 김동환의 영향이라는 점에서 흥미를 끄는 경우이다. 특히 「국경의 밤」을 비롯한 파인의 시에서 드러나는 민족애라든가 조국애 등에 대해 김해강은 깊은 영향을 받았다고 한다. 김해강 스스로도 자신의 문학적 여정을 회고하는 글에서 이를 분명히 밝힌 바 있다.

> 1921년 파인 김동환의 시집 『국경의 밤』이 나와 읽을 수 있었다. 1920년대의 시대성이 그러했듯이 조국이 직면한 숨가쁜 상황을 노래한 巴人의 시정신에 나도 모르게 심취해 들어갔다. 조국의 산천과 망국의 한을 노래한 파인의 시에 영향을 받은 나는 일제에 대한 불기둥처럼 솟는 분노를 억누르면서 시를 생활하고 시에 귀의하게 되었으며, 나라를 빼앗긴 피압박 민족만이 갖게 되는 울분한 정서와 미래를 동경하는 명일에의 기원에

서 새벽을 외치는 열정적인 시를 써야만 했던 숙명이 되기도 했다.[225]

여기서 알 수 있듯이 김해강에 있어서 파인의 영향은 절대적이었다. 그리고 파인의 영향 외에도 김해강에게 민족적인 것들은 거의 생리적인 것이었다. 시인의 주변이 온통 그와 관련된 상황으로 덧씌워졌기 때문이다. 그 하나가 3 · 1운동을 주도했던 민족주의자 최린을 고모부로 두었다는 점이다. 그는 성장기부터 최린의 주변을 감싸고 있던 민족적 환경과 밀접히 결부되어 있었던 것이다.[226] 뿐만 아니라 최린을 매개로 김해강은 이 당시 지도급 민족주의자들과 알게 모르게 교류하고 있었다. 육당이 기초한 「독립선언서」가 김해강의 책상에서 만들어진 것도 이와 무관한 것이 아니었다.[227] 민족 의식과 관련된 김해강의 사유들은 자신이 직접 펴낸 최초의 시집이었던 「동방서곡」의 후기에서도 잘 나타난다.

> 맨 처음 내가 詩를 쓰게 된 것은 나라를 빼앗긴 被壓迫 民族만이 가지게 되는 鬱憤한 情緖에서였고, 漠然하게나 未來를 憧憬하는 明日에의 祈願에서였던 것이다. 그러므로 나의 初期의 作品엔 불타는 心魂이랄까 거칠고 거센 呼吸으로써 새벽을 외치는 열띤 詩가 많았고, 거기에 또한 軌를 달리한 내 詩의 特色이 있었다고도 볼 수 있을 것이다.[228]

김해강에게 민족의식은 거의 생리적인 것이었다. 민족 모순이란 민족주의를 떠나서는 성립할 수 없는 것이기에 그의 시들이 민족이나 조국

225) 김해강, 「나의 문학 60년」, 『전집』7, p.773.
226) 위의 글, pp.770-771.
227) 위의 글, p.772.
228) 김해강, 『동방서곡』 후기, 교육평론사, 1968, pp.367-368.

에 대한 사랑과 밀접한 연관 관계를 갖고 있는 것은 당연한 일이다. 하지만 김해강의 민족주의는 그에게 절대적인 영향을 끼친 김동환의 시정신과는 일정 부분 구분되기도 한다. 김해강이 김동환으로부터 많은 영향을 받았다고 했거니와 그러한 관계는 시인의 작품에 잘 나타나 있는 것은 사실이다. 그럼에도 그 정서는 김동환의 그것과 약간의 차이점을 갖고 있다. 단순한 민족 사랑이기 보다는 여기에 위계질서적인 면이 가미됨으로써 당시 유행하던 카프의 동반자적인 성향 또한 가미되어 있기 때문이다. 이 시기 쓰여진 「屠獸場」에는 이러한 단면이 잘 나타나 있다.

나는 보앗지요
죽엄을향하야도수장으로
끌려가는소들을

엇던놈은
제가죽으러가는줄을
미리알엇는지
『엄마-』를연호합듸다
비명의그소리로!
낙원에차저가는드시
발을가볍게떼여노흐며
졸졸따러가는
순량한놈도잇습듸다

그러나그러나
비명하든놈도

순량하게따러가든놈도
마츰내는
모질고무지한독긔ㅅ등에마저
무참히도쓰러저죽고맙듸다

「屠獸場」 부분

이 작품은 김해강의 초기 대표작이면서 경향시적인 특성을 갖고 있는 시이기도 하다.[229] 민족주의적인 의식을 떠나서 가진 자와 못가진 자 사이에 놓인 관계에 주목하게 되면, 이 작품은 경향시로 분류해도 크게 잘못된 것은 아니다.

「도수장」을 지배하고 있는 정서는 양육강식의 논리이다. 지배와 피지배의 관계를 동물의 세계로 표현하고 있는데, 이는 당대 사회를 지배하고 있던 제국주의 논리를 떠나서는 설명할 수 없는 부분이다. 그리고 민족애를 표방하되 무매개적인 정서의 표출이 아니라 이를 사회적 관계 속에서 의미화하고 있다는 점이 파인의 시세계와 다른 점이다. 그러니까 김해강의 시들은 민족에 대한 사랑을 다루되 이를 계급적인 맥락 속에서 이해하고 있었던 것이다. 이야말로 조국에 대한 정서를 센티멘탈한 감수성으로 일관했던 파인의 시세계와 다른 지점이라 할 수 있을 것이다.

반근대성의 표징-도시시의 세계

민족 모순을 담은 애국주의 담론과 더불어 김해강의 시에서 또 하나

229) 김재홍, 『카프시인비평』, 서울대 출판부, 1990 참조.

주목해야 할 부분은 도시를 소재로 한 작품들이다. 도시라는 소재는 일단 모더니즘의 영역 속에 편입될 수 있는 영역이어서 동반자적인 특성을 갖고 있는 김해강 시의 정신사적 구조를 이해하는데 있어서 일정한 장애물로 작용한 것이 사실이다. 그래서 김해강의 시를 두고 모더니즘 시인으로 이해한 경우도 있다.[230)]

그런데 중요한 것은 민족애라든가 민족 모순에 주목한 김해강이 왜 도시시를 쓰게 되었는가에 있을 것이다. 이 부분에서 그가 도시를 소재로 한 시를 쓴 의도랄까 계기가 중요해지는데, 우선 그의 모더니즘 시에서 드러나는 특징적인 단면은 이 사조에서 흔히 추구했던 방법과 일정 부분 구분된다는 점이다. 그 연장선에서 그의 도시시들은 민족 모순의 관점과 분리하기 어렵게 결합되어 나타나기도 한다. 모더니즘을 발생론적 관점에서 이해하게 되면, 사회 구성체의 부정적인 측면에 주목하게 되는 것이 일반적인데, 어떻든 이 감각에 서 있던 것이 김해강의 도시시들이다. 이에 따르면 근대를 긍정했던 김기림 류의 명랑성은 그 설자리가 없어지게 된다.[231)]

> 한울엔 푸른별이 반짝어리고
> 땅우엔 훈훈한 바람이 불어간다.

---

230) 오세인, 「근대 도시의 청각적 재구성」, 『한국시학연구』28, 2010. 8.
최명표, 「김해강의 도시시에 함의된 공간 표지의 식민지성」, 『한국문학이론연구』53, 2013.6.
이지영, 「식민지 시기 김해강의 시에 드러나는 공간 표상과 근대적 감각」, 『한국문학논총』 88, 2021.8.

231) 김기림은 모더니즘의 근간인 과학을 긍정적 측면, 곧 명랑성의 관점에서 이해하고자 했다.

지금 도시는 번열에 타는 더운가슴을 안ㅅ고
때로 경련을 닐으킨다. 쩔으르 신경은 떨고잇다.

오-들으라. 밤ㅅ도시의 주악을……
전차의 굴러가는 쿵쿵 소리-
극장의 악대ㅅ소리-
xx연주회의 『피아노』치는 소리-
x송별연x환영연의 술ㅅ잔 깨지는소리-
구세군노상전도대의 讚美樂ㅅ소리-
독통 부은 싸구려ㅅ소리-
뒤석겨 어울어저 닐어나는 어지러운리-듬-
오-이것이
밤ㅅ도시의교향악이냐?

파리한얼골, 기름무든 손에 돌아가는기계ㅅ소리-
분칠한얼골, 부드러운 손ㅅ길에 울리는 거문고, 장고ㅅ소리-
아-얼마나 모순ㅅ된 리-듬이냐?

「밤ㅅ都市의 交響樂」 부분

김해강의 도시시들의 특색은 소리 이미지에서 찾아진다. 이 이미지가 근대 도시를 구성하는 주요 자질이 된다는 것인데[232], 우선 이 이미지가 문명의 은유라는 사실을 지적할 필요가 있다. 자연의 소리는 단일한 음색인데 반하여 도시의 소리는 다양한 음색을 갖고 있다고 이해한다. 다

232) 최명표(2013), 앞의 논문, p.324. 참조.

양성이란 조화와 밀접한 관련이 있는 것이지만, 인용시에서 그러한 소리의 다양성은 조화와는 거리가 멀다. 이 소리들은 계층의 다양성에 뿌리를 두고 부채살처럼 여러 갈래로 뻗어나오고 있기 때문이다. 이 소리에는 구분이라든가 차별의 세계만이 존재한다. 그리고 그 저변에 깔려있는 것이 욕망이다. 그렇기에 이런 갈래의 음성들이 불협화음, 곧 다양한 음색을 만들어낸다고 보는 것이다.

그래서 도시의 소리는 자연의 소리가 아니다. 그 소리는 욕망이 개입된 탁한 음색을 갖고 있고, 그로부터 멀어진 소외의 그림자도 짙게 배어 있다. 그러니까 이 소리들은 불협화음이 되어 하나의 단선적인 음향으로 나아가기 위한 변증적 상태에 놓이게 된다. 시인은 이를 "소리와 소리, 리듬과 리듬/서로 꼬리를 치고 씨름한다. 널뛴다"로 표명했거니와 다른 한편으로는 "오 도시의 밤은/이 모든 소리를 싸안고 부대끼고 있다."라고 말하기도 한다.

그리고 여기서 또하나 주목해야 할 것이 밤의 이미저리이다. 밤은 어두움의 속성과 그로 인해 모든 것을 포회하는 정서이다. 말하자면, 그것은 흔히 모성적인 이미지로 구현되는 것이 일반적이지만, 김해강의 시에서는 이런 정서와는 거리가 있다. 도시의 온갖 병리적인 것들, 혹은 괴기스러운 현상들이 밤을 주된 무대로 활동하는 까닭이다. 밤의 이미지가 이렇게 부조리한 단면으로 표출되는 것은 예외적인 일이 아닐 수 없는데, 특히 그의 도시시들이 1920년대 중반 전후에 생산된 것임을 감안하면 더욱 그러하다. 모든 것이 신기성으로만 수용되던 때에 도시란 매우 긍정적인 소재 가운데 하나로 수용되고 있었기 때문이다. 그런데 김해강은 저 반대편의 감각에서 이를 이해하고 있었던 것이다.

밤의 부정적 국면은 그의 도시시를 대표하는 「도시의 겨울달」[233]에서도 동일한 감각으로 나타난다. 「도시의 겨울달」에서 도시는 어두운 국면들로 구현되는데, 일단 서정적 자아가 응시한 도시는 신사라든가 숙녀와 같은 모던한 감각과는 거리가 멀다. 뿐만 아니라 도시의 현란한 모습에 대해 표출될 수밖에 없는 신기성의 정서와도 무관하다. 도시화가 진행되면서 여기에 편입되지 못한 어두운 군상들만이 서정적 자아의 시선에 들어오고 있는데, 도시에는 "어린 군밤 장사의 떨리는 목소리"가 있고, "골목을 돌아다니는 만두 장사의 외치는 소리"만이 있을 뿐이다. 또한 "늙은 어머니와 어린 동생은/찬 구들에 주림을 안고/떠는 모습"도 포착되는 곳이 도시이기도 하다. 이렇듯 김해강에게 도시란 문명의 밝은 면, 긍정적인 면과는 거리가 있었다.

동반자로서의 면모

도시에 관한 감각을 가장 먼저 쓴 김해강 시인은 동반자적 입장에서 경향시를 쓰기도 했다. 「도수장」과 같은 일련의 작품들이 그러하다. 그런데 한 가지 분명한 것은 그가 이런 주제의식을 갖고 창작에 임하긴 했지만, 카프에 가입한 적은 없었다는 사실이다. 김해강은 카프와는 거리를 두었고, 이 관점에서 민족 모순을 이해한 특이한 경력의 소유자였다.

하지만 모더니즘 계통의 시를 주로 창작했던 김해강은 1930년대 들어서는 이전과는 다른 경향의 시를 선보이게 된다. 즉 현실적인 문제들에 대해 적극적으로 관심을 표명하기 시작한 것이다. 그를 경향파 시인 혹

---

233) 《조선일보》, 1926.8.30.

은 동반자 작가라고 해도 좋을 정도로 노동과 관련된 작품들, 유이민의 삶을 다룬 작품들, 혹은 지식인의 자아 비판을 담은 작품들을 중점적으로 창작하기 시작한 것이다.

이런 면들은 물론 그의 초기시들에서도 일정 부분 반영되어 나타나긴 했다. 하지만 이런 관계를 서정화한 그의 시들은 대부분 관념의 차원을 넘어서지 못했다. 하지만 추상적 관념에 머물러 있던 그의 시들은 현실과 결합하면서 초기시의 한 단면이었던 관념 편향적인 요소들은 서서히 사라지기 시작한다. 말하자면 김해강은 이때부터 실질적인 동반자 작가의 길을 걷게 되었다고 할 수 있다. 다음의 시는 이 시기 김해강의 그러한 시정신을 잘 보여준다.

이번에도 그들은 참다 참다 당신에게 몰려왓슬때
당신은 그들을 불러보지는 안코 문을 걸어잠구고 집안 사람들을 무어라단속햇세요.
아-전화를 걸때의 당신의 비겁한 행동-
그리고 그들이 자동차로 떼뭉쳐 XX갈 때 험한 만족이 물결치든 당신의 얼굴-

그뒤 승리의 컵을 놉히 들든 당신의 꼴이 너무나 가엽엇세요.
그봐도 피를 보고 우슴짓는 참혹한 XX의 딸된 제 몸이 더욱 가엽엇세요.
가엽다기보다 무서웟세요. 더러웟세요. 치가 떨렷세요.
어린양이 이리의 주둥이에 무든 피를 보고 치가 떨렷든것이어요.

아버지 저는 갑니다. 하루라도 참되게 살기위하야 저는 갑니다.
무서웁고 더러운 구덩이를 버서나 새길을 찻기위하야 저는 갑니다.

어엽분 영애의 탈을 벗기위하야 저들을 차저갑니다.

새날을 붓잡고 싸우는 참ㅅ된 이땅의 딸이 되기위하야 저들을 차저갑니다.

-1932.7.22.

「令孃의 絶緣壯」 부분

「令孃의 絶緣壯」[234]은 이 시기 「變節者여! 가라」[235]와 더불어 신경향파 문학의 특성 가운데 하나인 '자아 비판'의 주제 의식을 담아내고 있다. 그 연장선에서 이 작품은 몇 가지 의미가 있는데, 우선, 이들 작품의 발표 시기가 1932년 전후라는 점에 주목할 필요가 있다. 이런 류의 주제의식이란 대개 1920년대 중반에나 나올법한 성질의 것들이다. 그런데 김해강은 이를 한참이나 먼 1930년대 초반에 발표하고 있는 것이다. 왜 그랬던 것일까. 이는 이 시기 문단의 배경과 전연 동떨어진 것이 아니라는 점에서 주목을 요한다.

1932년을 전후한 문단의 상황이란 이른바 전향의 시대이다. 전향을 통해서 진보적 주체들이 카프라는 조직을 떠나기 시작한 것도 이때부터이다. 카프에 가담하지는 않았지만 김해강은 이런 현실이 그렇게 긍정적으로 비춰지지 않았던 것으로 보인다. 그래서 쓴 것이 자아 비판의 감수성이 아니었을까 한다. 이 담론은 어쩌면 양면성을 갖는 것이었다. 그것은 바로 시인 스스로에게 묻는 것이기도 하고, 변절자에게 던지는 질문이기도 한 것이기 때문이다.

김해강의 시들은 모순의 관계 속에서 형성되고 있거니와, 특히 지배와

---

234) 『비판』, 1932.7.22.
235) 『동광』, 1931.3.

피지배의 관계에서 만들어진 민족 모순이 그 핵심 기저로 자리하고 있다. 그런데 이런 시선들은 1930년대 들어서면서부터 현실과 긴밀히 조우하기 시작하면서 새로운 단계를 맞이하게 된다. 그의 시들이 모더니즘적인 성향을 포기하고 경향파적인 특성을 보이기 시작한 것도 이때부터이다. 그리고 이때 선보인 경향파적인 특성의 작품들은 모두 1920년대 중반에 흔히 있어 왔던 신향향파적인 속성을 갖는 것이었다. 이런 전환은 모더니스트가 약한 차원이나마 리얼리스트로 바뀐 또 하나의 사례가 아닌가 한다.

김해강 문학의 특성은 무엇보다 모더니즘적인 국면에서 그 시사적 의의가 있다. 특히 도시를 소재로 한 그의 시들이 1920년대 중반에 등장했다는 것은 매우 주목할 만한 사건이라고 해도 과언이 아니다. 일찍이 근대시가 무엇이고, 이를 위해서 해야 했던 일들의 대부분이 도시의 세련성이라든가 기표의 신기성을 추구하고 있을 때, 김해강은 도시의 어두운 구석, 부정적인 측면에 주목하고 있었기 때문이다. 이런 점이야말로 그를 이 시기 가장 비판적인 모더니스트였다고 자리매김하는 것도 가능하지 않을까 한다.

3) 민족 현실에 대한 시적 탐구 – 이용악

이용악은 1914년 함경북도 경성에서 태어났다. 이곳은 행정구역상 한반도의 최북단이다. 그는 여기서 성장기를 보낸 다음, 일본 유학을 떠나게 된다. 1934년 일본 도쿄의 상지대학(上智大學)에 입학한 것이다. 그가 시인으로 등단한 무렵도 이 시기이다. 1935년 『신인문학』 3월호에 「패배자의 소원」을 발표함으로써 문인의 길에 들어서게 된다.[236] 이를 계기로 그의 문학 활동은 여러 방면으로 이루어진다. 가령, 중앙 지역 문인들과 교우하기도 하고, 동향의 김종한(金鐘漢)과는 함께 『이인(二人)』이란 잡지를 만들기도 했다.[237] 뿐만 아니라 후배이자 절친한 사이였던 유정(柳呈)과의 교류도 빼놓을 수 없는 인연가운데 하나이다.[238]

이용악이 등단한 시점은 문단의 전형기이다. 전형기란 주조의 상실과 관련이 있는데, 이런 환경을 만들어 준 것은 물론 카프의 퇴조와 맞물려 있다. 게다가 카프의 상대적인 위치에 있었던 모더니즘 계통의 문학도 성숙기를 지나 쇠퇴의 길을 걷고 있었다.

이용악이 처음 상재한 시집은 『분수령』[239]이다. 그런데 이 시집은 하나의 경향을 갖고 있지 않았는데, 「포도원」이나 「병」과 같은 모더니즘 계통의 시가 있는가 하면, 「나를 만나거든」과 같은 리얼리즘 계통의 시도 있었기 때문이다.[240] 여기에 그의 작품 세계를 대표하는 유이민들의 삶을 담아낸 시들도 있었다. 말하자면, 이용악의 경우도 다른 시인들과 마찬가지로 초기에는 모색기에 놓여 있었던 셈이다.

모더니즘적 경향과 리얼리즘적 경향

한 시인에게서 양극단의 정서가 드러나거나, 하나의 중심점으로 모아

---

236) 이 작품은 모더니즘적 경향의 특성을 잘 보여준 시이다.
237) 유정, 「암울한 시대를 비춘 외로운 詩魂」, 『이용악전집』, 창작과 비평사, 1988, p.186.
238) 위의 글, p.180 참조.
239) 삼문사, 1937.
240) 송기한, 「이용악 시에 나타난 민족의식 연구」, 『현대문학의 정신사』, 박문사, 2018, p.136.

지지 않는 세계관이 드러나는 시들이 혼재할 경우, 이는 시인의 시정신이 아직 제대로 형성되지 않았음을 말해준다. 가령, 1920년대 등단한 임화라든가 이후에 등단한 박팔양, 윤곤강 등의 경우가 그러한데, 이들 시인에게서 이런 면들이 드러난다는 것은 뚜렷한 세계관의 부재와 밀접한 관련이 있을 것이다. 이용악의 경우도 이런 맥락에서 보면 예외가 아니다. 등단 초기 이렇다할만한 주류적 흐름을 자신의 작품에서 담아내지 못한 까닭이다. 그런 혼재된 양상을 대표하는 시가 「패배자의 소원」이다.

失職한 '마도로스'와 같이
힘없이 걸음을 멈췄다
---이 몸은 異域의 黃昏을 등에 진
빨간 心臟조차 빼앗긴 나어린 패배자(?)---

天使黨의 종소래!
한 줄기 哀愁를
테-ㅇ 빈 내 가슴에 꼭 찔러놓고
보이얀 고개(丘)를 추웁게 넘는다
---내가 未來에 넘어야 될---

나는 두 손을 合쳐 쥐고
發狂한 天文學者처럼
밤하늘을
오래—오래 치어다본다

「패배자의 소원」 부분

1935년 전후의 주요 사회 상황으로는 준전시 상태, 카프의 퇴조, 순수 문학의 시대, 모더니즘 문화의 주류화 등을 꼽을 수 있다. 따라서 이런 시대적 혼재 양상이 「패배자의 소원」에 반영되어 있는 것은 전혀 이상한 일이 아닐 것이다. 제국주의가 모든 것을 전시 태세로 전환한 이상, 이에 맞서는 활동들은 당연히 위축될 수밖에 없었기 때문이다.

「패배자의 소원」은 그런 암흑을 배경으로 한 시이고, 그러므로 거기에는 시대에 대한 고뇌라든가 그와 관련된 시인의 윤리성이 담겨 있을 수밖에 없었을 것이다. 이 작품의 주제는 그러한 현실 속에서 아무 것도 할 수 없었던 자아의 고뇌가 드러나고 있다는 점에서 그 특징적 단면을 찾을 수 있다. 서정적 자아는 이를 패배자라고 했거니와 이 자아는 현실로 나아가는 연결 고리로부터 철저하게 차단되어 있다. '실직한' 이라는 실존도 그러하거니와 "이역의 황혼을 등에 진/빨간 心臟조차 빼앗긴 나어린 패배자"라는 인식 또한 그러하다. 그리고 '테-ㅇ 빈 내 가슴'이나 '피묻은 발자국'도 자아의 현존이 지금 어떤 상태에 놓여 있는가를 말해주는 인식성이라 할 수 있다.

물론 이런 고립 의식을 1930년대의 시대상과 분리하여 설명하는 것은 어려운 일이다. 그렇다면, 사회로 향하는 창들이 닫혀 있는 이런 상태에서 시인이 할 수 있는 것은 무엇일까. 그 선택의 여지는 많지 않았을 것이고, 그것이 곧 시정신의 부재와 자연스럽게 연결되어 있었던 것은 아닐까 한다. 실상 그의 초기 시의 두 가지 흐름인 리얼리즘적인 경향과 모더니즘적 경향이 혼재될 수밖에 없었던 것도 이런 저간의 사정과 밀접한 관련을 갖는 것이었다. 이때는 어떤 운동이나 연대성을 만들어낼 수 있는 당파적 결속이 더 이상 불가능한 상태였는데, 거기서 오는 좌절감으로 말미암아 서정적 자아는 스스로를 '패배자'로 자임했다고 할 수 있다.

이런 자의식이 그를 모더니즘의 인식성으로 이끌었던 것인데, 실상 모더니즘이란 전망이 닫혀 있기에[241] 자연스럽게 이 사조에 기댄 것은 아니었을까. 미래로 향하는 길이 막혀 있기에, 자아가 선택할 수 있는 여지는 그리 많다고 할 수 없을 것이다. 그래서 모색만이 가능한 자아의 팽창 현상이 지속될 수밖에 없었고, 그것이 모더니즘적인 사유를 수용하게 한 근본 동인이었던 것으로 보인다. 이런 단면은 인용시에서 확인할 수 있는데, 탈출하지 못한 자아의 팽창 현상이 잘 드러나 있는 까닭이다. 이 감각을 서정적 자아는 '패배자'라고 인식했던 것이다.

자의식의 팽창을 담고 있고 이 작품 외에도 이용악의 초기시에서 모더니즘적 사유는 일반적인 흐름을 형성하고 있었다. 『분수령』에서의 「포도원」이나 「병」도 이 사조와 밀접한 관련을 갖고 있는 까닭이다. 그리고 그러한 흐름을 대변하는 것 가운데 하나가 엑조티시즘이다. 시의 근대성이랄까 현대성을 이야기할 때, 엑조티시즘은 언제나 주목의 대상이 되어 왔다. 가령 초기 모더니스트였던 임화[242]라든가, 정지용, 김기림 등이 이런 수법을 즐겨 사용했는데, 이들은 언어의 세련성을 달성하는 데 있어서 외래어의 직접 사용이야말로 가장 적당한 시적 의장으로 판단했다. 시의 현대성이랄까 세련성을 위한 이런 작업들이 이용악의 경우에서도 예외가 아니었는데, 그는 자신의 작품들에 '마도로스'라든가 '천사당' '코라스' 등의 외래어를 즐겨 사용하고 있었던 것이다.

뿐만 아니라 그는 형식적인 측면에서도 가능하면 파격을 펼쳐보임으

---

241) 루카치는 모더니즘 문학의 특징적 단면으로 첫째, 사적 시간의 확장, 그리고 둘째는 전망의 부재에서 찾고 있다. 루카치, 『현대리얼리즘론』, 열음사, 1986, p.38.

242) 임화는 초기 시인 「지구와 빡테리아」 등에서 외래어를 여과없이 노출시키고 있었다.

로써 전통적인 시형식으로부터 벗어나고자 했다. 새로운 시형식에 대한 도전인데, 이런 실험성이야말로 모더니즘에 대한 그의 사유를 잘 대변해 주는 것이라 할 수 있다. 말하자면 이 시기 이용악의 시들은 리얼리즘적인 요소뿐만 아니라 실험의식을 통해서 시의 현대성이 무엇인가에 대한 고민을 뚜렷이 드러내고 있었다.

북방 의식과 민족 모순

초시 시에서 여러 다양한 시의식을 표방했던 이용악은 두 번째 시집 『낡은 집』에 이르게 되면 새로운 단계로 나아가게 된다. 바로 북방의식에 대한 서정적 탐색이다. 일찍이 이 감각을 바탕으로 자신의 시세계를 일구어낸 작가는 이찬[243]이다. 그는 북쪽이 주는 변경 의식과 국경 의식, 그리고 일제 강점기에서 오는 여러 모순들을 얄루강(압록강) 콤플렉스를 통해서 잘 보여준 바 있다. 이런 정서는 이용악의 시정신에도 고스란히 계승되는데, 그 저변을 장식하고 있는 사유는 당연히 민족 모순이다. 이 시기에 이 사유는 아무리 강조해도 지나치지 않는데 카프 작가들이 그러했던 것처럼, 이용악의 시들도 이 시기에 이르러 민족 모순에 대한 정서를 새롭게 환기하는데 주역하고 있었다.

그리고 민족 모순의 정서는 그의 시의 주요 특색 가운데 하나였던 유이민 의식과 분리하기 어려운 것이라는 점에서 그 시사적 의의가 있는 것이기도 하다. 땅이나 민족에 대한 애틋한 시선이란 변경이라든가 국경

---

243) 그는 『분향』(1938), 『망양』(1940) 등의 시집에서 소위 '얄루강 콤플렉스'를 통해 북쪽의 국경이 갖고 있었던 의미를 잘 풀이한 바 있다.

의식에서 더 상승한다는 점에서 그러하다.

실상 유이민은 어느 시기, 어느 곳에서나 생겨날 수 있는 개연성을 갖고 있다. 하지만 이들 무리가 집단적으로 형성되었다고 한다면, 거기에는 분명 어떤 뚜렷한 계기랄까 토대가 자리하고 있다고 보아야 한다. 그런데 이런 정서는 이용악의 시에서 북방의식과 분리할 수 없다는 것이고, 이는 이찬이 펼쳐 보였던 얄루강 콤플렉스의 연장선에 놓여 있다는 점에서 주목을 요한다. 다시 말해 이용악 시의 유이민 의식이란 국경과 맞닿은 지점에서 극적으로 형성된 것이고, 그러한 까닭에 그가 묘파해낸 유이민들의 비극적인 삶은 민족 모순과 분리하기 어렵게 결합되어 있다는 점이다. 유이민 의식의 뿌리가 된 변방 의식은 첫 시집 『분수령』의 처음을 장식하는 작품인 「북쪽」에 잘 나타나 있다.

북쪽은 고향
그 북쪽은 女人이 팔려간 나라
머언 山脈에 바람이 얼어붙을 때
다시 풀릴 때
시름 많은 북쪽 하늘에
마음은 눈감을 줄 모른다

「北쪽」 전문

시인은 작품의 첫행에서 "북쪽은 고향"이라고 단정적으로 선언한다. 그런 다음 "그 북쪽은 女人이 팔려간 나라"라고도 했다. 그런데 북쪽을 고향이라고 하면서도 그곳을 여인이 팔려간 나라라고 하는 것은 실상 매우 아이러니컬한 상황이 아닐 수 없다. 고향하면 가장 먼저 떠올리는 곳이 편안함, 아늑함으로 다가오는 까닭이다. 그리고 분열된 자의식에 일종의 안정감을 주는 것이 고향이기에 그것은 북쪽이 아니라 대부분 남쪽으로 지칭된다. 북쪽은 그런 정서와 거리가 멀기 때문이다.

그리고 시인이 지칭하는 고향이란 여인이 팔려나간 곳이라고 하면서 무언가 권위적인 위계질서로부터 자유롭지 않은 곳임을 암시하기도 한다. 이런 내포로 형성되는 것이기에 시인이 응시하는 고향이란 보통 정상적인 어떤 절차에 의한 형성되는 것이 아님을 일러주게 된다. 말하자면, 북쪽은 고향이되 고향이 아닌 것이거니와, 고향의 그러한 이중성이 주는 아이러니야말로 이용악 시에 나타나는 고향의 특이한 단면이라 할 수 있을 것이다.

이 시기 시인의 작품에서 북방의식을 담아내고 있는 또다른 시는 아마도 「天癡의 江아」[244]일 것이다. 이 작품의 소재는 국경 주변의 강인데, 그런 면에서 이 작품은 이 시기 북방의식을 대변하는 이용악의 대표작 가운데 하나라 할 수 있다. 이 강은 아마도 압록강 혹은 두만강 가운데 하나일 터인데, 중요한 것은 그것의 구체적인 지명에 있는 것이 아니라, '천치의 강'이 국경을 알리는 기점이라는 것과, 거기서 형성되는 긴장의 끈들이 계속 생겨나는 공간이라는 사실의 차원일 것이다.

이 작품은 강을 배경으로 여러 정서의 교직을 보여준다. 국경에서 빚어질 수 있는 여러 모습들이 제시되는데, 가령, "국제철교를 넘나드는 무장열차"가 있는가 하면, 강 언덕으로는 "포대가 호령을 치기도"하며, '선지피'가 흐르는 비극적인 모습으로 제시되기도 한다. 그럼에도 무심한 강은 그러한 긴장과 불안에 전혀 아랑곳 하지 않는다. 긴장과 불안과 같

244) 『분수령』(1937)에 수록.

은 정서에 반응하지 않고, 자신만의 '꿈'만 간직한 채 유유히 흘러가는 것이다. 이런 무관심은 시인의 분노를 유발하는 계기가 되는데, 시인은 이를 두고 "흘러온 산협에 무슨 자랑이 있었드냐"라고 하거나 "흘러가는 바다에 무슨 영광이 있으랴"라고 탄식하게 된다. 게다가 이 주변에 펼쳐지고 있는 긴장과 초조를 "은혜롭지 못한 꿈의 향연"으로 비아냥하기도 한다.

이용악의 시에서 북쪽의 의미는 여러 층위에서 서정화된다. 이런 층위야말로 이 시기 그의 시에 대한 고유성이랄까 특이성을 말해주는 주요 단면이라 할 수 있다. 그는 북방에 대한 의식을 밖으로 향하는 분노와 내부로 다가오는 불안의식을 통해 이런 특이성을 묘파해내고 있는데, 강에 대한 이러한 감각은 「오랑캐꽃」에 이르면 더욱 극적인 상황으로 발전하게 된다. 그것이 역사와 결합하면서 서정의 폭과 깊이가 더욱 심화되기 때문이다.

- 긴 세월을 오랑캐와의 싸움에 살았다는 우리의 머언 조상들이 너를 불러 '오랑캐꽃'이라고 했으니 어찌 보면 너의 뒷모양이 머리태를 드리인 오랑캐의 뒷머리와도 같은 까닭이라 전한다. -

아낙도 우두머리도 돌볼 새 없이 갔단다.
도래샘도 띳집도 버리고 강 건너로 쫓겨갔단다.
고려 장군님 무지무지 쳐들어와
오랑캐는 가랑잎처럼 굴러갔단다.

구름이 모여 골짝 골짝을 구름이 흘러

백 년이 몇백 년이 뒤를 이어 흘러갔나.

너는 오랑캐의 피 한 방울 받지 않았건만
오랑캐꽃
너는 돌가마도 털메투리도 모르는 오랑캐꽃
두 팔로 햇빛을 막아 줄게
울어 보렴 목놓아 울어나 보렴 오랑캐꽃.

「오랑캐꽃」 전문

이 작품은 이용악의 세 번째 시집인 『오랑캐꽃』[245]의 표제시다. 서정주가 이 작품을 두고 "망국민의 비애를 잘도 표현했다"[246]고 말한 것처럼, 북방의 정서가 사회 혹은 역사와 결합한 수작에 해당한다. 우선 시적 자아는, 오랑캐꽃은 긴 세월동안 '오랑캐와의 싸움에 살았다는 우리의 먼 조상들'의 다른 이름이라고 한다. 이런 해석에 의하면, 오랑캐꽃은 결코 우리 민족과는 가까이 할 수 없는 대상이다. 다만, 오랑캐꽃이 피압박의 대상이었음을 환기하면서 그것이 우리 민족의 수난을 상징하는 것임을 암시하고 있다는 점이다.

이용악은 '오랑캐꽃'을 민족 모순의 상징으로 제시하면서 이런 감각을 이 시기의 가장 비극적인 장면의 하나인 유이민의 비극적 삶으로 확장시켜 나가게 된다. 강으로 시작된 국경의식이 사회 상황과 결합하면서 민족 모순을 확인하는 장으로 은유화하는 것이다. 말하자면 유이민들의 삶의 모습은 북쪽 정서의 표백과 함께 민족 모순의 또 다른 형태일 수 있다

245) 아문각, 1947.
246) 서정주, 「광복전후의 문단」, 조선일보, 1985.8.25.

는 점이다. 이를 대표하는 시가 그의 대표작인 「낡은 집」이다.

날로 밤으로
왕거미 줄치기에 분주한 집
마을서 흉가집이라고 꺼리는 낡은 집
이 집에 살았다는 백성들은
대대손손에 물려 줄
은동곳도 산호관자도 갖지 못했니라.

재를 넘어 무곡을 다니던 당나귀
항구로 가는 콩실이에 늙은 둥글소
모두 없어진 지 오랜
외양간엔 아직 초라한 내음새 그윽하다만
털보네 간 곳은 아무도 모른다.

찻길이 놓이기 전
노루 멧돼지 족제비 이런 것들이
앞뒤 산을 마음놓고 뛰어다니던 시절
털보의 셋째 아들
나의 싸리말 동무는
이 집 안방 짓두광주리 옆에서
첫울음을 울었다고 한다.
"털보네는 또 아들을 봤다우
송아지래두 불었으면 팔아나 먹지"
마을 아낙네들은 무심코

차가운 이야기를 가을 냇물에 실어 보냈다는
그날 밤
저릎등이 시름시름 타들어 가고
소주에 취한 털보의 눈도 일층 붉더란다.

「낡은 집」 부분

이 작품은 『분수령』 이듬해에 상재된 『낡은 집』[247]의 표제시이다. 표제시가 되었다는 것은 시인이 이 작품을 시집의 대표작으로 보고 있다는 뜻이 된다. 이 작품이 갖는 의의는 무엇보다 그 형상화의 방식이나 내포하고 있는 내용이 개인사의 영역을 초월하고 있다는 점에서 찾을 수 있다는 점이다. 내용이나 형식적인 측면에서 보편사가 작품의 중심 내용이 된다는 것인데, 이는 그러한 감각에 바탕을 두고 쓰여진 시인의 또다른 대표작인 「풀버렛소리 가득차 있었다」[248]가 주로 개인적 가족사에 머물렀다는 것과 구별된다.

이 작품은 형식적인 면에서도 빼어난 수작이다. 개념이나 이념을 표나게 내세우지 않고, 당대의 불온한 국면을 잘 묘파해 내고 있기 때문이다. 현실을 압도하는 주관의 우위가 아니라 사실에 바탕을 둔, 비극적인 모습의 자연스러운 제시야말로 이 작품이 갖고 있는 가장 큰 장점이라 할 수 있다.

그리고 내용적인 측면에서도 이 작품은 개인사가 보편사로 쉽게 대치될 수 있는 요소를 갖추고 있다. 「낡은 집」은 불온한 현실 속에서 소멸할 수밖에 없었던 한 가족사의 삶을 다룬 시이다. 이 작품의 주인공은 털보

247) 삼문사, 1938.
248) 『분수령』 수록, 1937.5.

네 가족들인데, '무곡'을 넘나들며 상업에 종사하는 털보의 삶과 그 가족들이 부조리한 현실 속에서 어떻게 부적응하고 있는지를 잘 보여준 시이다. 이는 특정한 개인사에 국한되는 것이 아니라 이 시기의 모든 개인에게 일어날 수 있는 보편적 측면을 담아내고 있다는 점에서 그 의미가 있다. 개인사과 보편사로 곧바로 연결될 수 있는 개연성을 부조리한 사회 속에서 담담하게 읊은 것, 그것이 이 작품의 구경적 주제의식이기 때문이다.

하지만 『낡은 집』 이후로 이용악의 시에서 사회성과 역사성은 서서히 퇴조하기 시작한다. 물론 그의 시를 퇴행성으로 이끈 것은 객관적 상황이 열악해진 면과 분리되는 것은 아니다. 이념이 아니라 문자 행위 그 자체가 어려워질 수밖에 없는 현실에서 어떤 응전을 하는 것은 커다란 모험을 수반하는 일이었기 때문이다. 그리하여 이런 환경을 피하거나 우회하는 전략이 필요해진 시기가 도래하게 된 것이다. 이용악이 다른 시인들이 보여주었던 행보처럼 그 자신만의 활로를 찾아야할 필요가 생겨난 것이다. 이를 전후하여 이용악의 시선이 가 닿은 곳은 자연이다.

아히도 어른도
버슷을 만지며 히히 웃는다
독한 버슷인 양 히히 웃는다

돌아 돌아 물곬 따라가면 강에 이른대
영 넘어 여러 영 넘어가면 읍이 보인대

맷돌방아 그늘도 토담 그늘도

희부옇게 엷어지는데
어디서 꽃가루 날려오는 듯 눈부시는 산머리

온 길 갈 길 죄다 잊어바리고
까맣게 쓰러지고 싶다

「두메산골2」 전문

인용시는 『오랑캐꽃』에 수록된 여러 자연시들 가운데 하나이다. 이용악은 이런 경향의 시를 여러 편 썼는데, 「두메산골」은 그 가운데 하나이다. 이 작품은 연작시 형태로 제출되었는데[249], 연작시란 사상의 일관성이나 지속성을 떠나서는 성립하기 어려운 작시법이다. 이럴 경우 이용악이 자연을 소재로 연작시 제작에 나섰다는 것은 그만큼 시를 제작하는 환경이 바뀌었다는 것을 의미한다. 그리고 하나의 뚜렷한 주제의식을 갖게 되었다는 사실과도 깊은 관련이 있는 것이라 할 수 있다.

이 작품에서 무엇보다 주목되는 장면은 '히히 웃는다'이다. 이런 낭만적, 희극적 정서는 현실에 대한 자신있는 응전이고 미래에 대한 밝은 전망 없이는 나올 수 없는 감각이라는 점에서 관심을 끄는 경우이다. 그런 낭만성의 표출은 여러 각도에서 펼쳐진다. 가령, 시적 자아는 '버섯'을 만지면서 "히히 웃는" 것으로 나아가는 것은 물론이거니와, 심지어 "독버섯일 때에라도 히히 웃"게 되는 까닭이다.

이런 맥락에서 이 시기 이용악 시에 나타난 자연의 의미는 두 가지 차원에서 그 의미가 있다. 하나는 부조리한 현실과의 관련 양상이다. 이는

249) 『시학』, 1939.10.

그의 행보가 현실도피라는 혐의로부터 자유롭지 않은 경우이다. 1930년대 말의 상황논리에 기대게 되면, 이런 행보는 그 나름의 당위성이 있는 것이라 할 수 있다.

다른 하나는 그의 시에서 나타나는 모더니즘과의 관련성이다. 이용악은 초기 시부터 이 계통의 시를 써왔다. 말하자면 이 소재는 그가 모더니즘의 유혹으로부터 벗어나지 못했다는 근거가 된다[250]. 이용악이 비록 유이민의 삶과 세계를 다룬 리얼리즘적 경향의 시인이긴 하지만 모더니즘의 정신이라든가 그 방법적 의장에 대해 완전히 거리를 둔 것은 아니었다. 리얼리즘이나 모더니즘은 근대를 인식하거나 그 병리적인 현상을 진단하는 것에 있어서 동일한 발생론적 뿌리를 갖고 있었기에 이런 공유는 어쩌면 자연스러운 현상이라 할 수 있을 것이다. 다만 다른 것이 있다면, 그 지향의 방식일 것이다. 그가 다시 자연으로 회귀했다는 것은 모더니즘의 한 자락이었던 구조체 지향의 모델, 곧 영미 계통의 신고전주의에 보다 큰 관심을 가졌던 것으로 보인다. 만약 그러하다면, 현실 우회의 방식으로 도입된, 그의 시에서 드러나는 자연이라는 소재는 어느 정도 정합성을 갖게 된다. 요컨대, 후기 시의 주류적 특성이 되고 있는 그의 자연시들은 자연에 대한 몰입이라는 모더니즘의 필연적 행보에서 비롯된 면도 있지만, 강요된 선택지에서 온 면도 있는 이중적 성격을 갖는 것이었다.

4) 경계인의 문학 – 조벽암

조벽암은 1908년 충북 진천군 진천읍 벽암리 출신이다. 아버지 조태희

---

250) 윤영천, 앞의 글 참조.

(趙兌熙)와 어머니 평산 신씨(申氏) 사이에 장남으로 태어났다. 본명은 조중흡(趙重洽)이다. 그가 필명을 벽암으로 한 것은 그의 고향에서 따온 것이다. 조영출이 자신의 고향 이름을 빌어서 이름을 지은 것처럼, 조벽암도 그러했다. 그만큼 향토애, 고향애가 강했던 시인인데, 이런 성향은 이후 그의 시세계의 크나큰 주제 의식으로 자리잡게 된다.

조벽암은 크게 주목받지 못한 시인 가운데 하나이다. 그가 문학사에서 소외된 것은 무엇보다 그의 문학정신의 빈약에서 찾아진다. 그의 빈약한 문학정신은 경계인의 위치에 서 있었던 위치와 무관한 것이 아니다.

조벽암이 등단한 것은 1931년 「건신의 길」을 《조선일보》[251]에 발표하면서부터이다. 이때는 시기적으로 카프가 볼셰비키의 단계에 놓여 있었는데, 이런 문단의 흐름은 그의 이 작품에도 일정부분 영향을 끼친 것으로 보인다. 하지만 초기 그의 문학정신에 가장 영향을 많이 준 것은 그의 숙부였던 조명희의 영향에서 찾을 수 있다.

조벽암의 세계관 형성에 있어 조명희의 영향은 절대적이었다고 해도 과언이 아니다. 그는 이따금 숙부 집을 드나들면서 그가 갖고 있었던 책들을 읽기도 하면서 그로부터 많은 영향을 받게 된다. 하지만 숙부는 조벽암이 문학에 종사하는 것을 썩 반기지는 않은 것으로 보인다. "조선서 문학을 하다 굶어도 좋으냐"라는 충고까지 받았기 때문이다. 하지만 그는 그의 말을 크게 염두에 두지 않고 이 시기 『조선지광』이라든가 『예술운동』, 『개벽』 등등에 발표되는 작품들을 모두 읽었다고 한다[252].

프로문학에 대한 영향이 경계인으로서의 특징적 배경 가운데 하나가

---

251) 1931년 8월 12일.

252) 조벽암, 「나의 수업시대」, 『조명희 전집』(이동순 외), 소명출판, 2004, pp.484-485.

되었다면, 경계인 의식을 갖게 된 두 번째 배경은 그가 '구인회' 출신이라는 사실에서 찾아진다. '구인회'는 카프 해산기에 이 단체가 주로 주창했던 편내용주의를 극복하기 위해 만들어진 문학 집단이다. '구인회' 회원들의 문학정신은 도회적 감각과 문명의 병리적 현상 등을 작품화하는 데 그 목적을 두고 있었다. 조벽암은 1934년 2월, 박팔양, 박태원 등과 함께 '구인회'에 가입했다.[253] 하지만 그는 이 단체에 그리 썩 적응하지 못한 것으로 보인다. 이무영, 유치진과 함께 비예술파 회원으로 분류되는 곡절을 겪은 끝에 이 단체에서 탈퇴했기 때문이다.

모더니즘적 경향과 리얼리즘적 경향

조벽암에게 경계인이라는 지위는 늘상 따라다니는 꼬리표였다. 그가 본격적으로 시를 쓰게 된 시기는 등단 이후 1934년 「새 설계도」를 《동아일보》[254]에 발표하면서부터인데, 그의 창작 생활은 시와 소설 양식을 따로 구분하지 않고 동시에 시작되었다. 그런데 이런 장르적 다양성은 숙부인 조명희와 비슷한 면을 보여주는데, 이는 곧 그의 문학이 조명희와 분리될 수 없음을 말해준다. 여러 장르에 대한 관심과 경계인 의식에서 오는 문학적 혼돈이야말로 조벽암의 시를 이해하는 주요 잣대라 할 수 있을 것이다. 그가 먼저 관심을 보인 쪽은 모더니즘이었다.

---

253) 이 조직은 1933년 8월 이종명(李鍾鳴), 김유영(金幽影)의 발기로 이효석(李孝石), 이무영(李無影), 유치진(柳致眞), 이태준(李泰俊), 조용만(趙容萬), 김기림(金起林), 정지용(鄭芝溶) 등 아홉 명이 만들었다. 그러나 얼마 안 되어 발기인이었던 이종명과 김유영, 이효석 등이 탈퇴하고 그 대신 박태원(朴泰遠), 이상(李箱), 박팔양(朴八陽), 조벽암 등이 새로이 가입하였다.

254) 1934. 2. 10.

보얗게 화장한 메트로폴리스의 얼기설기한 백사(白蛇)
수많은 인간의 오고가는 적은 길 큰 길
도시의 혈관 흐르는 상품교환의 사이에는
기마대 말굽소래 돌뿌리에 부스러지고
입체적XX 항공용사(航空勇士)는 창공에 떠 전초(前哨)한다

화려하다는 이십세기 전반기의 늙어빠진 도시의 주림살에
가득차 흐르는 도시인의 물결
꾀지지 흐르는 인조견(人造絹)— 분(粉)내— 향수내
그들은 하마같이 몰려다니는, 집씨의 무리
세기말 퇴폐의 슮직한 눈물들을 가졌다

「저기압아 오너라」 부분

「저기압아 오너라」[255]는 비교적 조벽암의 초기 작품이다. 이 작품의 특징은 모더니즘의 감각에서 찾을 수 있는데, 중심 소재는 주로 도회적인 것들이다. 초기 조벽암의 시들에는 센티멘털한 서정시도 있었지만 도시적인 감각을 표출한 시들도 제법 있었다. 이런 작시법은 물론 경계인으로서 있었던 그의 시정신의 한 단면을 반영하는 것이기도 했다.

그러나 경계인의 위치에서 응시한 시인의 도시가 결코 피상적인 수준에 머물지 않고 있다는 사실을 주목할 필요가 있다. 경계인의 시정신에 의한 작품이라고 믿어지지 않을 정도로 「저기압아 오너라」에 담겨 있는 근대 풍경은 결코 예사로운 것이 아니기 때문이다. 이 가운데 하나가 바로 엑조티시즘적인 경향이다. 이 시기에도 여전히 외국어의 사용이 근대

---

255) 『비판』, 1932.7.

시의 한 자락으로 사용되고 있음을 볼 수 있다.

그리고 이 작품에서 모더니즘과 관련하여 의미있는 부분은 이미지즘의 수법이다. 이 수법은 우리 시단에서 매우 참신한 의장 가운데 하나로 수용되어 왔다. 근대시에 대한 열망이 아직은 종결되지 않았기에 시의 세련성을 확보해주는 이미지즘이야말로 이 시기 시의 근대성을 확보하는 주요 근거 가운데 하나로 인식되었기 때문이다. 예를 들어 "가로등에 의해 반사되는 도회의 풍경"을 "보얗게 화장한 메트로폴리스이 얼기설기한 백사(白蛇)"로 표현할 수 있는 이미지즘의 의장이야말로 이전에는 없었던 새로운 감각이었다.

한편, 이 시기 경계인으로서의 그의 시정신을 잘 담보해주는 것 가운데 또 하나가 리얼리즘적 경향이다. 모더니즘과 리얼리즘은 근대성을 공통분모로 하고 있음에도 현실 응시와 그에 대한 응전의 방식은 매우 다른 양상을 보여준다. 가령, 현실을 긍정이나 발전의 방향에서 응시할 것인가 아니면 파편화된 자의식이나 부정적인 방향에서 응시할 것인가 하는 것이 바로 그러하다. 이런 차이는 물론 작가 정신의 토대가 되는 세계관의 차이와 결코 분리될 수 없는 성질의 것이다. 그럼에도 이런 양면적 성격은 늘 주목의 대상이 되어 왔다.

삼봉(三奉)이네 외딴집 지붕 우에 널린 얼마 안되는 다홍 고초와,
울섶 사이에 끼어자란 잎 떨어진 감나무에 남은 연시 몇 개는
그— 초라한 꼬락서니가 이 땅의 염통같애

다 쓰러진 울섶하며
뭉그러진 지붕하며

쓸쓸한 토방하며
거미줄 낀 굴뚝하며

이 집 식구들은 다 어디들 갔나
농사 지은 것은 다 어찌 하였노

바람만 뜰 모습에 이저리 낙엽을 훔치고 있네

「빈집-晩秋 三景1」 부분

작품의 후기에 의하면, 이 작품은 1933년에 쓰여진 것으로 되어 있다.[256] 이 작품에서 다루고 있는 소재 혹은 주제는 유이민들의 삶이다. 이 시기를 풍미한 주제 가운데 하나는 이들의 삶이었는데, 실상 이런 경향을 가장 주도적으로 표현한 시인은 이용악이었다.[257] 그의 시 「낡은 집」이 이를 대표하는데, 실상 이 작품이 발표된 것은 1938년이다. 그러니까 「빈집」은 「낡은 집」보다 무려 4년이나 앞서 발표된 셈이다. 그러므로 이는 조벽암의 유이민 시가 시기적으로 보면 거의 선구적 위치에 있다고 해도 과언이 아닐 것이다.

「빈집」의 주제는 유이민들의 피폐화된 삶이다. 한때 이 집에 살던 구성원들이 어디론가 뿔뿔이 흩어졌고, 이제 남은 것은 황량한 폐허의 모습뿐이다. 이런 현실인식은 현실로부터 고립된 사유, 곧 모더니즘의 폐쇄된 자의식으로는 결코 표현할 수 없는 부분이다. 이는 조벽암의 시의식이 모더니즘이라든가 리얼리즘 등 어느 한 가지에 고정되어 있지 않음을

256) 《동아일보》, 1933.12.6.-7.
257) 이용악, 『낡은 집』, 삼문사, 1938.

말해준다. 무엇보다 '구인회'의 구성원으로서는 이런 리얼리즘적인 경향의 시를 결코 그려낼 수는 없었을 것이다. 아마도 이런 이유 때문에 그로 하여금 '구인회'에서의 활동하는 것이 어려웠던 것으로 풀이된다.

> 내가 구인회에서 나온 것은 사실이오 무슨 동보자(同步者) 무영(無影)군이 나왔다고 따라나온 배도 아니지만은 아마도 무영군의 마음과 나의 탈퇴 동기에는 공통성이 없지 않으리다.(중략) 물론 구인회 속에서도 몇몇은 이데올로기의 상위(相違)는 있다 하더래도 예술에 대한 신실성은 많이 가지고 있는 이도 있오.[258]

인용글은 조벽암이 왜 '구인회'에 더 이상 몸담을 수 없었던 것인지를 말해주는 대목이다. 그것은 곧 세계관의 차이라는 것인데, 실상 여기서 이 세계관이란 두 가지 방향에서 설명될 수 있다. 하나는 형식적인 측면이고 다른 하나는 내용적인 측면이다. 조벽암은 이무영과 함께 '구인회'를 탈회하게 되거니와 그 요건 가운데 하나가 이무영과 더불어 비예술파적 경향을 보였기 때문이라는 것이다. '구인회'가 이들을 비예술파 그룹으로 분류한 것도 문학적 비순수를 지향했다는 데에 있었을 것이다.[259] 여기서 비예술파란 물론 형식이 아니라 내용적 측면을 지칭한 말이다.

그런데 조벽암을 이렇게 분류시킨 것이 역으로 그로 하여금 더욱 내용위주의 문학에 집착하게끔 한 계기로 만들어버린다. 말하자면, '구인회' 그룹에서 시도되지 않았던, 곧 현실의 제반 관계를 응시하고 진단하는 방법적 차이에서 오는 편차가 조벽암으로 하여금 이 단체와 거리를 두면

---

258) 조벽암, 「엄홍섭 군에게 드림」, 『전집』, pp.495-496.
259) 김외곤, 『한국근대문학과 지역성』, 역락, 2009, p.131.

서 내용에 보다 더 관심을 갖도록 만들었기 때문이다. 어떻든 내용에 대한 뚜렷한 관심, 세계관의 선명한 드러냄이야말로 조벽암을 '구인회'로부터 나오게 하는 계기가 되었음은 분명한 사실이다.

낭만적 그리움의 세계

경계인으로 갖는 문학적 다양성에도 불구하고 조벽암의 시들에는 비교적 뚜렷한 방향성이 언제나 존재해왔다. 이른바 건강성, 긍정적 지대를 향한 동경의 정서가 바로 그러하다. 이는 모더니즘에 기댈 때에도 그러하고 리얼리즘에 기댈 때에도 마찬가지였다.

동경에는 현실의 불온한 국면이나 존재의 불안이라는 실존적인 국면이 마주하는 이중성을 내포하게 된다. 조벽암의 시에서는 이런 두 가지 지향성이 동시에 구현된다는 점에서 그 의미가 있는데, 이를 대표하는 시가 「북원」이다.

> 북녘 하날에 반짝하는 오즉 한낮의 별은
> 이 습지 방랑의 나그네의
> 발자욱에 고인 물속에 어슴푸레 잠겨 있다
>
> 어덴지 오월제 지내는 환세(歡世)의 무리의
> 목소리와 쇠북 소리도 들이련마는
> 사방은 고요하고 인가도 없는 듯
> 깜박이는 등잔조차 찾어지지 않노라

나는 이 들에 씨러져 하—얀 해골이
해와 달과 어둠속에서 속절없이 해여져 갈지라도
그여코 이 들을 건너리라
이상과 희망의 빛을 찾아

「북원」 부분

일제 강점기 조벽암의 행적이 비교적 명확하게 나타난 경우는 그리 많지 않다. 그 가운데 하나가 화신백화점에서 근무했다는 사실이고, 다른 하나는 '구인회'에 가입했다는 정도이다. 그 외에 들려오는 것은 거의 풍문 수준에 가까운 것이었다. 고향이나 서울에서 전전했다고 하기도 하고, 만주 일대를 배회했다는 하는 정도의 풍문만 알려져 있을 뿐이다. 「북원」[260]은 이 방황의 시절에 쓰여진 작품으로 생각되는데, 그 근거가 되는 것이 작품 속에 구현된 내용이다. 여기저기 속절없이 헤매이고 다니는 서정적 자아의 방황이야말로 뿌리뽑힌 자의 모습이기 때문이다.

그리고 이 작품에는 경계인의 위치에 있었던 조벽암의 시정신을 잘 드러나 있는데, 그 하나가 모더니즘적 경향이다. '호로마차'라든가 '철마구리'와 같은 엑조티시즘적인 경향이 그러하고, 이를 이미지화하는 방식 또한 모더니즘의 방법적 의장과 닮아 있다. 게다가 부조리한 현실이나 존재론적 불안에 휩싸인 근대인의 자의식 또한 읽어낼 수 있다. 모더니즘에서 말하는 스스로 조율해 나가는 주체로서의 모습이 비교적 잘 구현되어 있는 것이다.

그런데 방황하는 자아란 흔히 시적 자아의 나그네적인 특성으로 구현

260) 『신동아』, 1935.2.

되는 것이 일반적인데, 「북원」에서 펼쳐지는 자아의 모습은 이와 거리가 있다는 사실이다. 방랑자의 자의식 속에 굳건히 자리하고 있는 자아가 그러한데, 실상 여기서 표출되는 자아의 모습이란 모더니즘의 그것도, 리얼리즘의 그것도 아니라는 점이다. 여기서 자아란 이 둘의 지대를 초월한 곳에 위치하는 특이성을 갖고 있다. 가령, 자아 앞에 놓인 여러 위험성에의 응전과, 그러한 도전에 가로막힌 '들'의 벽을 초월하고자 하는 힘으로 무장되어 있는 까닭이다. 이런 단면은 "그여코 이 들을 건너리라"는 의지에서 확인된다. 그러니까 이 자아는 현실에 적응하거나 운명에 순응하는 나약한 자아의 모습은 결코 아니라고 할 수 있다.

그렇다면, 이 굳건한 자아가 향하는 지대, 곧 지향하는 목표점이란 어디일까. 실상 이에 대한 답이야말로 조벽암 시의 구경적 주제 의식이라 할 수 있을 터인데, 일단 조벽암의 시에서 그러한 그리움의 세계가 나아간 지대는 고향과 조국이다.

조벽암이 고향을 추억하고 이를 현재화하는 것은 그것이 근대 사회에서 갖고 있는 긍정적 가치 때문이다. 그리고 그 상쇄의 지점을 형성하고 있는 것이 사회적 불온성이나 존재론적 불안이다. 하지만 조벽암의 시들은 존재론적인 것보다는 사회적인 것에 현저히 기울어져 있었고, 거기서 얻어지는 모순의 감각을 새롭게 체득하게 된다. 민족에 대한 인식, 곧 민족 모순이 바로 그러하다.

갈매기 덧없이 우짖는 포구
산 설고 물 다른 이역의 황혼
홀로 말없이 떠도는 넋은
한많은 고토(故土)의 숨결이라네

가고 가고 끝없이 가
멀어지면 질수록 그리운 고국
참고 참고 한없이 참아
오래 되면 될수록 사무치는 정

소쩍 소쩍 소쩍새는 밤새껏 울고
얼룩배기 늙은 황소 게__느리게 우는 곳
그곳은 우리의 고토
주름살 접힌 어머니가 홀로 기다리시는 곳

「故土」 전문

시인이 작품의 말미에 쓴 창작연대를 보면, 1944년 10월로 되어 있다.[261] 이 시기 이런 주제로 작품을 쓴다는 것은 용기 이외의 다른 설명이 필요치 않거니와 이는 서정주의 「귀촉도」[262]와 비교될 수 있는 부분이기도 하다. 「귀촉도」는 촉나라 임금 망제의, 잃어버린 조국에 대한 그리움을 표현한 시이다. 하지만 이를 두고 촉나라의 그것으로만 한정하는 것은 일면적인 사고라 할 수 있다. 그 이면에는 역시 나라를 잃은 우리의 현실을 환기하고자 하는 의도가 숨어있는 까닭이다. 다시 말해 촉나라의 상황을 빗댄 은유를 통해 당시 우리가 처한 상황을 우회적으로 드러낸 것이 「귀촉도」의 이면적 주제일 것이다.[263]

이 작품의 의미는 「귀촉도」와 마찬가지로 잃어버린 조국에 대한 그리

261) 『건설』, 1945.11. 발표된 것은 해방 직후이지만 작품을 쓴 것은 해방 이전인 1944년 10월이다.

262) 『춘추』32, 1943. 10.

263) 송기한, 『서정주 연구』, 한국연구원, 2012 참조.

움에 있다는 사실에서 찾아진다. 시인은 이를 "한많은 고토의 숨결"이라 했거니와 여기서 '한많은'이란 정서는 개인의 숙명을 떠나 집단적인 것과 관련이 있는 것으로 보아야 한다. 집단적인 것이 개인적인 것을 흡수하는 형국인데, 이런 진행이야말로 방황과 모색으로 일관된 시인의 시정신이 하나의 지점으로 모아지는 계기를 마련할 수 있는 근거가 된다. 바로 조국에 대한 사랑이고 민족 모순에 대한 뚜렷한 인식이다.

따라서 조국에 대한 발견, 민족 모순에 대한 인식은 두 가지 점에서 그 의의가 있다고 할 수 있다. 하나는 그의 시세계에서 방황하는 시정신이 비로소 정착하는 계기가 되었다는 점이고, 다른 하나는 해방직후 선택했던 시인의 세계관과 깊은 관련이 있다는 점이다. 실상 조벽암의 이러한 행보는 이 시기 오장환의 그것과 매우 닮아 있는 것이기도 한데, 오장환은 초기시에서부터 고향을 부정하고 탕아의 길로 들어선다. 하지만 그 여정은 오래 지속되지 않는다. 얼마지나지 않아 건강한 의미의 고향을 다시 발견하기 때문이다. 이런 과정은 마치 성서에서 나오는 '탕자의 고향 발견'[264]과 비슷한 여정이다.

조벽암의 경우는 오장환과 같은 타락한 탕자의 모습과는 거리가 있다. 이런 면이 오장환과 다른 점인데, 조벽암에게는 늘상 세상을 헤쳐나갈 굳건한 자아가 놓여 있었고, 그 자아를 통해서 낭만과 그리움의 정서를 표방하고 있었기 때문이다. 그리고 그 동경이 사회 속에 편입됨으로써 비로소 조국과 민족을 발견하게 된다.

고향이나 조국, 혹은 민족에 대한 시인의 일관된 정서들은 해방 이후와 월북의 과정을 거치면서도 한결같이 지속된다. 다만, 그러한 감각이

264) 오세영, 「탕자의 고향발견」, 『한국현대시인연구』, 월인, 2003 참조.

센티멘탈한 차원에 머물고 있었다는 점은 분명 한계였다고 할 수 있다. 심정적 차원으로 부조리한 모순 관계를 극복하는 것은 어려운 일이었기 때문이다. 그럼에도 조벽암이 일제 강점기부터 해방 직후에 이르기까지 조국이라는 집단의 정서를 발견하고 여기로 회귀했다는 것이야말로 그의 시정신이 갖는 고유의 지대였다고 할 수 있다.

5) 농민 문학의 선구자 – 박아지

박아지는 1905년 함경북도 명천의 농민출신이다. 그의 성장 과정은 잘 알려져 있지 않으나 이 시기 일부 문인들이 그랬던 것처럼, 유행과도 같았던 일본 유학을 했다는 점은 공통성을 갖고 있는 경우이다. 그는 1924년 일본 동양 대학에 입학했지만 학업은 끝내 마치지 못하고 귀국한다. 귀국 후 1927년 「어머니여」[265]를 발표함으로써 문단에 나오게 된다. 계급 문학자로서 카프에 가담한 것도 이때이다.

카프 구성원으로서의 박아지의 활동은 비교적 미미한 편이었다. 우선, 프로 시인이라면 응당 갖추어야 할, 그에 합당한 시정신들이 있어야 하는데, 그의 작품에서 프롤레타리아 세계관을 찾는 것은 쉬운 일이 아니다. 또한 자연발생기 문학의 특징들조차 전혀 나타나지 않을 뿐만 아니라 '가난'과 관련된 소재를 찾는 것도 어려운 일이다.

이런 면들은 아마도 그의 세계관이 아직 완성되지 않았다는 측면을 말해주는 것이고, 또 이론보다는 행동이 앞선 경우에서 올 수 있는 것이기

---

265) 《동아일보》 신춘문예 당선되고, 『습작시대』에 「흰나라」(1927.1.)를 발표하기도 했다.

도 하다. 말하자면, 세계관이 아직 제대로 형성되지 못한 탓이 크다고 하겠는데, 그것은 그가 여전히 신인이었다는 사실과 분리하기 어려운 것처럼 보인다. 게다가 박아지에게는 사상적 영향을 준 직접적 매개자나 집단 같은 것이 모호하다는 측면도 지적될 수 있을 것이다. 이로 미뤄 짐작건대, 그에게 사상적 영향을 주었을 어떤 고리들도 마땅히 없었던 것으로 보인다. 그러한 요인들이 계급 문학에 대한 그의 감각과, 그의 작가 정신의 형성에 있어서 많은 영향을 주었던 것으로 보인다. 카프의 정신 세계와 동떨어진 그의 초기 작품들은 이런 맥락에서 이해되어야 할 것이다.

반도시로서의 농민 문학

1927년 등단한 박아지는 이후 시뿐만 아니라 평론[266], 소설[267], 희곡[268], 서사시[269] 등 여러 분야에서 활동한다. 하지만 이런 다양성이 그로 하여금 어느 한 장르에 집중하지 못하는 결과를 가져오게끔 만들기도 했다. 그것이 그로 하여금 그만의 뚜렷한 작가 의식이나 세계관을 형성하는 데 있어서 결코 도움이 되지 않았던 것으로 이해된다. 심지어 그의 작가 정신과 일정 부분 공유하던 서정시의 영역조차도 양적으로 매우 적은 편이었다. 그는 해방 이전 어떠한 시집도 상재하지 못했거니와 시집을 처음 낸 것도 해방 직후의 일이다.[270] 이런 단면이야말로 박아지의 문학적

266) 「농민시가론」, 『습작시대』, 1927. 2.
267) 「눈을 뜰때까지」, 동아일보, 1927.2.
268) 「어머니와 딸」, 『조선문학』, 1937.1-3.
269) 「만향」, 『풍림』, 1937.
270) 『심화』, 우리문학사, 1946.

특성을 대변해주는 것이라 할 수 있는데, 그는 과작(寡作)의 작가였으며, 이에 비례하여 세계관 또한 다른 카프 작가들에 비하여 현저히 미달된 경우라 하겠다.

박아지는 이 시기 무엇보다 농민작가로서의 면모를 다른 어떤 작가보다 뚜렷히 보여준다. 소설에 이기영이나 이무영이 있었다면, 시에는 박아지가 있었다고 할 정도로 박아지는 농민 문학의 대변자임을 자임했다. 그러한 농촌 지향성을 보여주는 대표적인 작품이 「농부의 선물」이다.

돌을쪼는사람이나 나무를깍는사람이나 쇠를뚜드리는 사람들이어!
거리에는 놉고큰 벽돌집이잇고 뎐등이잇고 수도가잇고 공원이잇고 놀애가잇다
뎐차가잇고 자동차가잇고 인력거가잇고 군대가잇고 라팔이잇다
그러나 그것은 우리의생각할바가아니며 꿈꿀바가아니다
그것이 인류의생명을 새롭게 하지못하고 사람의살림에 괴로운종을친다
(중략)
한녯날 할아버지로붙어 물려 받은 이선물을
우리는 언제나 언제나 닞지않고 귀해합니다.
석양알에 유난히빛나는 내-ㅅ물의흐름과같이
우리의피-ㅅ쏙에 귀한흙냄새가 흐르고있는 이선물을……

장엄한 적막에 잠들고있는 이넓은 벌판우에
평화한깃븜과 경건한마음이 떠돌고있는석양이면
우리는 호미를엇개에걸고
꾸밈없는 오막살이에 도라듭니다.

우리에게 다시없이 친근한땅을 잠시떠나서 ……

할아버지의 땅냄새가 흙냄새와 같이 고요히떠도는듯한땅!
안개에쌓여 그윽히울려오는 저므는종소리 ——
맑은한울에 가없이 떠도라가는 예조리(雲雀)소리까지도
우리농부만이 받을수있는 아름다운 선물입니다.

「농부의 선물」 전문

이 작품은 박아지의 초기시인데[271], 카프 시인의 작품이라고 하기 어려울 정도로 현실과 동떨어진 소박한 관념의 세계를 다루고 있다. 뿐만 아니라 지향하는 세계 역시 당대의 농촌 현실과는 거리가 있는 것이었다.

이 작품의 소재는 흙이다. 그런데, 그것은 단지 시인의 자의식으로부터 거리화되어 있는 것이 아니라 시인의 의식 내부 속으로 깊숙이 편입해 들어온 동일체와 같은 것으로 인유된다. 그리고 이 작품은 역사적인 맥락을 일정 부분 공유하고 있다는 점에서 앞선 시들과 약간의 편차를 갖고 있긴 하다. 하지만 그 이상의 수준을 넘지 못하고 있는데, 농촌에 대한 완상이나 거기에 만족하는 모습에서 보면 「농부의 선물」은 전통적인 강호가도라는 주제의식으로부터 벗어나는 것이 어려워보인다. 여기서의 농촌이란 이상향이고, 서구적 의미의 전원 세계와 깊은 관련을 갖고 있다. 이런 의의에도 불구하고 이 작품은 당대의 현실에 비춰볼 때, 현실감이 떨어진다. 특히 일제 강점기라는 상황을 고려하면 더욱 그러한데, 아마도 이런 단면들이 박아지 문학이 갖고 있는 프로 문학적인 한계[272]

---

271) 『조선문단』, 1927.4.
272) 안함광, 「농민문학 문제 재론」, 《조선일보》, 1931.10.21. 참조. 그는 이 글에서 박아지

라는 비판과도 연결되는 것이 아닐까 한다.

하지만 1927년《중외일보》에 발표된「農家九曲」[273]에 이르면 이전 시기에 발표된 일련의 농민시들과는 다른 맥락을 보여주게 된다. 이 작품은 총 9연으로 된 장시 형식으로 되어 있고, 작품에 표명된 주된 소재는 농촌과 도회이다. 그런 면에서 이 작품은 두 가지 의미가 있는데, 하나는 그의 시의 일관된 특색 가운데 하나인 농촌이 소재로 되었다는 점이고, 다른 하나는 도시라는 소재의 새로운 등장에서 찾아진다. 그런데 여기서 묘파된 도시란 부정적인 모습들이라는 점에 주목할 필요가 있다. 도시가 불온성으로 인식된다는 것은 그의 시들이 본격적으로 근대성에 편입되기 시작한 근거가 되기 때문이다.

이와 더불어「농가구곡」에 이르러 박아지의 시들은 본격적으로 계급의식을 갖기 시작했다는 사실도 주목해야 한다. 반도시성과 그에 따른 계급적 각성의 과정이 이 작품의 핵심적 주제가 되는 셈인데, 이런 단면이야말로 초기 박아지가 펼쳐보였던 유토피아적 농촌의 모습과 비교될 수 있는 부분이다. 박아지의 카프 가입은 비교적 늦은 편이었는데, 실상 이런 행보가 그의 사상이라든가 세계관에 형성에 결정적인 근거였다고는 할 수 없을 것이다. 그럼에도 그의 작품은 이전의 카프 시인들이 보여주었던 사정과는 어느 정도 거리가 있었다. 그 가운데 하나가 신경향파적 성향들을 그의 시에서 볼 수 없었다는 사실이다.

하지만 박아지는 농촌의 현실에 대해 비교적 깊이있게 천착한 시인이었다. 이를 가능케 했던 것이 반문명적 태도 내지는 반도시적 정서이다.

의「우리는 땅파는 사람」을 두고 시대적 환경과 동떨어진 맹인의 노래라고 평가절하했다.

273)《중외일보》, 1927.12.24.-27.

이런 감각이야말로 가난의식을 그 특징적 단면으로 하는 자연발생기적 인 신경향파의 문학적 특색을 대신하는 것이 아니었을까 한다. 만약 그러하다면, 박아지는 근대에 대한 안티 테제에서 자신의 계급성을 간취해 간 최초의 시인이라는 전제가 가능해진다.

계급모순과 민족 모순의 사이에서

박아지가 「농가구곡」을 발표된 것이 1927년 말인데, 작품이 발표되기 전 그는 이미 카프에 가입한 것으로 알려져 있다. 그러한 까닭에 「농가구곡」은 시인이 카프라는 조직에 들어간 후 자신의 정신 세계를 드러난 최초의 작품이라는 가설이 가능해진다. 그 감각이 반도시성에 바탕을 둔 계급 모순이었다.

이후 박아지는 카프가 요구하는 당파적 요인들을 수용하여 이런 경향의 작품을 계속 발표하게 된다. 박아지의 「농군행진곡」이 그 하나의 사례이다. 이 작품은 계급성에 바탕을 둔 최초의 농민시라는 점에서 의미가 있다. 이 작품을 계기로 박아지의 농민시는 카프 성원으로서 새로운 단계로 나아가는 계기를 마련하게 된다.

제1부
농군들은 자긔를 알엇다
뿌르조아의배——ㅅ장을알엇다
그리고 ××을 알엇다
의분에타는 불길이나붓긴다

동지들아 ××긔빨을
놉히 날리어라
행렬을 정제하라
×××를 놉히불르라
진리의 싸홈터에 나아가자

청년동지들아
양성한 투사를 모하오라
획득한 동지를 모하오라
우리의 무긔도 단결뿐이다

제 2 부
동지여! 우리는 이리하야
우리를찻고 우리를 살리자
푸로레타리아의 행복을 위하야
참사람의 ×××에 몰려나아가자
(一行略)
새날이 밝는 그때까지
(一行略)
압흐로 압흐로 나아가자

「農軍行進曲」 부분

이 작품이 발표된 것은《중외일보》1928년 1월이다.[274] 박아지가 시인

274)《중외일보》, 1927.1.

으로 등단한 이후 일 년 뒤의 작품인데, 내용적인 요건과 형식적인 요건에서 카프시가 요구하는 요건을 모두 구비하고 있다. 우선 형식적인 측면에서 이 작품은 긴 장시 형식을 취하고 있는데, 이런 단면이야말로 카프 시의 특징 가운데 하나인 단편 서사시와 흡사한 면이라 할 수 있다.

그리고 여기서 무엇보다 주목의 대상이 되는 부분은 피압박계층의 굳건한 연대 의식에서 찾아진다. 서정적 화자는 "공장에서 몰려나오는/얼굴 창백한 사람들"을 "우리의 동지다"라고 한 다음 이들과 "손을 잡자"고 선언한다. 이는 혁명을 수행하는 데 있어서 동맹군으로서 노동자와 연대하자는 의미인데, 농민 문학이 프롤레타리아문학의 할 갈래인 이상 이런 연대의식은 당연한 귀결이라 할 수 있다.

프로 문학이 노동자 중심의 세계관과 그 결정체인 당파성이 핵심 기제이기에 농민 문학은 주변적인 위치에 놓일 수밖에 없다. 그런데 사회구성체에서 볼 때, 일제 강점기의 조선이나 전세계적인 현실은 대부분이 농민층으로 구성되어 있었다. 따라서 계급 모순에 놓인 주체가 농민층이 되는 것은 당연한 수순이었다. 이에 착목하여 일제 강점기에 대부분의 빈곤층이 농촌과 깊은 관련을 맺고 있다고 한 것은 의미있는 지적[275]이라 할 수 있다. 그럼에도 농민층이 변혁 운동의 중심 주체가 되는 것은 쉬운 일이 아니다. 이들은 레닌이 지적한 것처럼, 이중적인 성격을 갖고 있었기에 당파성을 실현하는 데에는 일정 부분 한계가 있을 수밖에 없다. 농민들은 소소유자적(小所有者的) 성격과 고립 분산된 성격이라는 이중성을 갖고 있기 때문이다.[276]

---

275) 안함광, 앞의 글, 「농민문학에 대한 일고찰」 참조.
276) 김윤식, 『한국근대문예비평사』, 일지사, 1982, p.82.

그럼에도 이 작품에서 미래에 대한 낙관적 전망이 농민층들에 의해 주도되고 있다는 점은 고무되는 부분이다. 특히 당파적 결속이 허약할 수밖에 없는 농민층이 이만한 정도의 결속력으로 제시하고, 또 낙관적 미래, 곧 전망의 세계를 갖추고 있었다는 사실만으로도 방향전환기의 카프가 요구하는 것에 대한 충실한 응답이었다고 할 수 있기 때문이다.

진달래 꽃이 피고 시내ㅅ가 버들이 푸르렀소
꽃이야 피나마나 버들이야 푸르나 마나
내시름 없을진대 애탈ㅅ일이 있겠소마는
오실때니 오시노라 실비는 보슬보슬
땅이 있어야 갈지를 않소
씨앗이 있어야 심지를 않소.

강남 제비 돌아오고 시내ㅅ가 금짠디 속잎 났소
제비야 오나마나 짠디야 싹 트나 마나
내설음 없을진대 눈물질이 있겠소마는
우실 때니 우시노라 두견새 소리소리
이 땅을 떠나서 어디로 가겠소
이 겨레를 떠나서 어찌나 가겠소.

「춘궁이제」 부분

이 작품이 발표된 시기는 1936년이다.[277] 이때는 카프가 해산된 이후이고, 그에 따라 진보적 문학 운동은 더 이상 전진하기 어려운 때였다. 이

277) 『조선문학』, 1936.6.

때 대부분의 카프 시인들이 다양한 문학적 편력을 보여주게 되는데, 그 파장은 다양한 형태의 전향으로 표출되었다. 그리하여 진보 운동을 포기하거나 고향에 돌아가는가 하면, 위장 전향의 포오즈를 취하기도 했다.

「춘궁이제」는 이 시기 유행처럼 번진 전향의 논리와 분리하기 어려운 작품이다. 그 단적인 보기가 되는 것이 바로 탈향이라는 서사구조이다. 이 시기 고향을 떠난다는 것은 대략 두 가지 국면에서 의미가 있는 것인데, 하나는 가난한 현실에 대한 응전이고, 다른 하나는 전향에 따른 최소한의 대결의식이다. 그런데, 이런 일반화된 전향 양식이 이 작품에서는 동시에 드러난다는 사실이다.

일제 강점기 카프의 인식 태도는 계급 모순이었다. 당시의 상황이 노동자 계급을 성숙시킬만한 여건이 되지 못했지만, 지배계급과 피지배계급이라는 이항대립의 토대는 계급 모순에 의한 것이었기 때문이다. 하지만 이는 매우 관념적이고 비현실적이라는 혐의를 벗을 수 없는 것인데, 그것은 일제 강점기가 민족 모순의 단계였기에 그러하다. 하지만 계급 모순은 카프가 해산되면서 새로운 단계를 맞이하게 된다. 박아지를 비롯한 카프 문인들에게 있어서 이 부분은 아무리 강조해도 지나치지 않은데, 이 모순이 현실정향적인 것으로 바뀌게 되면서 이전과는 다른 새로운 모순 관계를 만들어냈기 때문이다. 기본 모순으로서의 계급 모순이 아니라 민족 모순이 바로 그러하다.

이 시기 이런 감각은 주로 국경의식을 통해서 이루어졌다. 흔히 국경에 대한 환기가 그러한데, 임화에게는 현해탄이[278], 이찬에게는 얄루강이

---

278) 계급 모순에 기초한 임화의 시들은 카프 해산 이후 일본과 조선의 국경을 마주하는 것으로 옮아오게 된다. 현해탄을 응시하게 되는 것이 그것인데, 그러한 단면은 임화의 시 「현해탄」에 잘 드러나 있다. 이 작품은 계급 모순에서 민족 모순으로 바뀐 임

[279] 매개가 되었다. 국경에 대한 환기가 민족의 현존을 일깨워주었고, 이 인식이 계급 모순이라는 비현실적인 사유를 역사의 무대에서 사라지게끔 만들었다. 그 연장선에 놓여 있는 것이 박아지의 문학의 의의이다. 말하자면 박아지의 문학은 낭만적, 전원적 농촌 문학에서 계급 모순으로, 다시 민족 모순으로 발전해 나간 것이기 때문이다. 민족 모순이 전향 이후의 전략적 담론으로 자리 잡은 사실을 감안하면, 박아지의 문학은 카프문학사에서 비로소 처음으로 주류 담론의 한 자락으로 올라서게 된다. 그것이 박아지의 문학이 갖는 크나큰 의의라고 할 수 있을 것이다.

화의 의식을 잘 드러낸 작품이라는 점에서 그 시사적 의의가 있는 작품이라고 할 수 있다.

279) 국경으로서의 현해탄이 있었다면, 북쪽은 얄루강, 곧 압록강이 있었다. 현해탄에 의한 민족 모순이 가능했다면, 똑같은 논리가 북쪽의 압록강에서도 가능했을 것이다. 그 정서적 인식과 표현이 바로 얄루강(압록강)이었거니와 이를 국경의 은유로 제시한 것이 바로 이찬의 시였다. 그의 시 「눈내리는 보성의 밤」은 이 시기 이를 대표하는 작품이라 할 수 있을 것이다.

제4장
아나키즘 시의 계보

우리 시사에서 아나키즘의 도입은 시대적 맥락과 밀접한 관련을 갖고 있다. 당대의 우리 사회가 제국주의 밑에 놓여 있다는 사실과 분리하기 어려운 것인데, 이 식민 상태로부터의 벗어남이 아나키즘을 도입하게 된 근본 동기가 되기 때문이다.

하지만 아나키즘이 발생하게 된 합당한 계기나 동기에도 불구하고 한국 현대사에서 아나키즘과 아나키스트들은 소속감을 찾기 어려운 이방인들이었다. 그들은 마르크스주자로부터는 이단아의 취급을 받았고, 민족주의자들에 의해서는 사회주의자로 평가받았기 때문이다.[1] 그런데 이런 이단아 취급은 당대의 문제에서 그친 것이 아니라 이후에도 계속 지속되었다는 점이다. 사회 개조를 위한 방법과 내용이 그 나름의 정합성을 갖는 것임에도 불구하고 이들의 사유나 방법적 의장들은 잘못된 오해로 말미암아 정당한 평가를 받지 못한 것이다.

1) 조남현, 「한국현대문학의 아나키즘체험」, 『한국현대문학사상연구』, 서울대출판부, 1994, p.77.

모든 사조나 이념에는 시대 정신이 담겨 있기 마련이다. 그런 맥락에서 1920년대 전후를 풍미했던 아나키즘은 그 나름의 정합성이 있었다고 보아야 할 것이다. 특히 그것이 문예의 한 측면으로 수용된 이상, 문학사적 의의 또한 정당하게 자리매김 되어야 할 것으로 보인다.

근대 시사에서 아나키즘의 수용은 두 가지 경로에서 이루어진 것으로 판단된다. 하나는 단재의 사상이고, 다른 하나는 다다이즘[2]이다. 모두가 근대를 부정하고 합리성에 대해 불신했으며, 그것의 기반이 되고 있는 중심을 해체하고 있다는 점에서 공통성을 갖고 있다.

먼저, 우리 사상사에서 아나키즘 사유를 도입하고 이를 서정화한 단재의 경우를 살펴보도록 하자. 잘 알려진 대로 단재의 초기 사상은 진화론에 바탕을 둔 힘의 논리였다. 단재는 역사를 아(我)와 비아(非我)와의 투쟁으로 인식하면서 그것이 우리 역사의 한 축을 담당하고 있었음을 말하고 있다.

> 역사란 무엇이뇨. 인류 사회의 '아'와 '비아'의 투쟁이 시간부터 발전하며 공간부터 확대하는 심적 활동의 상태의 기록이니, 세계사라 하면 세계 인류의 그리되어 온 상태의 기록이며, 조선사라 하면 조선 민족의 그리되어 온 상태의 기록이니라[3]

단재는 이런 논거에 의거하여 힘을 바탕으로 한 즉시 투쟁론을 주장한 바 있다. 이 역사관이 일제 강점기 의열단의 주된 행동 강령의 하나로 자

---

2) 다다는 직접적으로 전통을 부정하고, 또 근대 사회를 지탱하고 있었던 합리성이라는 것을 불신했다. 빅스비, 『다다와 초현실주의』(박희진 역), 서울대 출판부, 1987, p.16.
3) 신채호, 『조선상고사』, 시공사, 2023.11. 서문 참조.

리잡았거니와 특히 1920년대 후반 김좌진, 홍범도를 비롯한 민족주의자들의 항일 무력 투쟁의 이론적 근거가 되기도 했다.

신채호가 이 시기 역사에 대한 투쟁론을 주장한 근거는 크게 두 가지 요인이 작용했던 것으로 보인다. 하나는 당시에 풍미했던 제국주의 사상에 대한 안티 담론이다. 이는 곧 근대화의 과정과 분리하기 어려운 것으로, 이 과정을 먼저 수행한 국가가 인근 국가들을 지배하는 형국이 되어버렸다. 반면 근대화에 뒤처진 국가들은 먼저 과학 문명을 수행한 국가들의 지배를 그저 앉아서 당하는 형국이 되어버렸다. 사정이 이러다 보니 피식민국가들의 정서에 근대화에 대한 열망이 자연스럽게 확산되기 시작했거니와 오직 이 과정의 빠른 수행만이 제국주의의 지배로부터 벗어나는 지름길로 받아들였다. 단재의 투쟁론이란 이 배경하에서 출발한 것이었기에 이때 유행처럼 번졌던 이 사유로부터 자유롭지 않은 것이다. 이렇듯 단재의 민족주의는 다아윈의 『진화론』에 바탕을 둔 우승열패(優勝劣敗)의 논리에 따른 것임을 알 수 있게 된다.[4]

둘째는 민족주의에 대한 기반이다. 20세기 들어 전 세계에 민족주의 열풍이 불어왔고, 그 결과 중심 언어의 붕괴라든가 자국민만의 고유성, 자율성이 강조되기 시작했다. 그럼에도 이 운동이 이론적인 국면에서는 정당성이 있는 것이긴 해도 실제적인 민족주의 운동의 확산은 식민지 체제에 대한 안티 담론과 분리되기 어려운 것이었다. 이른바 민족주의가 또 다른 민족주의로 계속 확산되는 현상을 빚어낸 것이다.

단재의 투쟁론에 기반한 역사관은 이 민족주의라는 거대한 흐름에서

4) 김형배, 「신채호의 무정부주의에 관한 일고찰」, 『신채호의 사상과 민족독립운동』, 단재기념사업회, 1986, p. 451.

자유롭지 않은 것이었다. 말하자면, 이 시기 단재의 사상은 지배와 피지배라는 이분법적인 구도에서 형성된 것이었기 때문이다. 하지만 진화론에 바탕을 둔 단재의 투쟁론은 곧 한계에 부딪히고 만다. 이는 일종의 자기 모순이 낳은 결과이기도 했는데, 힘에 의한 논리는 또다른 힘의 논리를 정당화하는 꼴이 되어버렸기 때문이다. 그것은 곧 강자인 일제의 조선 지배가 합당해지는 결과를 낳고 마는 것이다. 단재는 그러한 자기모순을 부정하기 위하여 1923년 「조선혁명선언」을 통해서 무정부주의자임을 선언하게 된다. 그가 무정부주의를 수용한 것은 양계초의 사회진화론이 갖고 있는 한계, 그리고 단재 사상 내부에서 일어난 사상적 혼란에 그 원인이 있다. 사회진화론은 제국주의에 맞서는 사상적 근거도 되지만, 타 민족을 지배하는 제국주의의 논리적 근거가 되기도 했다. 특히 단재가 자기 모순이랄까 사상적 내부 혼란을 겪은 것은 후자의 논리가 컸던 것으로 이해된다. 단재의 민족주의의 기반이었던 사회진화론은 민족해방에 대한 유효한 사상적 근거도 되었지만, 강자(强者)의 지배 논리 역시 정당화시키는 근거가 되기도 했던 것이다.

단재가 아나키즘을 수용하게 된 계기는 사회진화론이 갖고 있는 이런 한계와 무관한 것이 아니었다. 그리하여 현재의 억압과 질곡을 초월하는 민중의 직접혁명을 지지하면서도 사회진화의 원동력은 '경쟁'이 아니라 '상호부조'에 있다는 크로포트킨의 아나키즘을 적극 받아들이게 된다.[5] 민중혁명이 억압체계를 해소시켜지는 수직적 변혁운동이라면, 상호부조론은 그러한 수직적 변화가 일으킨 평등의 상태를 항구적으로 유지시켜 나가는 수평적 변혁운동에 해당된다.

---

5) 위의 글, p. 456.

> 조선인 중에는 유산자는 세력 있는 일본인과 같고, 일본인 중에도 무산자는 조선인과 한가지니 우리 운동을 민족으로 나눌 것이 아니요. 유무산으로 나눌 것이라.[6]

사회 구성체를 민족이 아니라 유산자와 무산자로 나누어야 한다는 것은 수평적 세계관의 적극적 반영의 결과이다. 아나키즘이란 강자에 의한 지배 권리를 인정하는 것이 아니기 때문이다. 단재의 이러한 논리적 근거는 상호부조에 기반한 크로포트킨의 사상을 그대로 수용한 결과에서 온 것이다.[7]

단재의 무정부주의는 1920년대 초기 다다이즘에 입각한 문인과 이를 발전적으로 계승한 시인들에 의해 다시 등장하기 시작한다. 김화산, 권구현 등이 이를 대표하는데, 먼저 선편을 쥐고 등장한 사람은 김화산이었다. 이를 대표하는 김화산의 글이 「계급예술론의 신전개」[8]이다. 김화산은 여기에서 자신이 이제는 더 이상 다다이스트가 아니라는 사실을 천명하고 아나키스트로 바뀌었음을 선언했다. 하지만 글의 내용은 아나키즘에 대한 정의라든가 이 사상이 갖고 있는 함의 등에 대해서는 크게 언급한 것이 없다. 다만, 이 시기의 문제적인 글 가운데 하나인 박영희의 「투쟁기에 있는 문예비평가의 태도」[9]를 비판하기 위한 의도가 크게 작용한 결과임은 부인하기 어렵다.

김화산이 「계급예술론의 신전개」에서 박영희를 공격한 의도는 자신의

6) 신채호, 「낭객의 신년만필」, 『단재 신채호전집(하)』, 형설출판사, 1995, pp.28-29.
7) 김형배, 앞의 글(1986), p. 457.
8) 『조선문단』, 1927.3.
9) 『조선지광』, 1927.1.

사상적 근거였던 아나키즘을 옹호하고자 한 데서 찾을 수 있다. 초기 카프의 이론가였던 박영희는 카프의 당파성 확보 과정에서 소위 비당파적 요인들에 대해 이론적 투쟁을 벌이고 있었는데, 이때 그가 가장 투쟁의 표적으로 삼고 있었던 것 가운데 하나가 아나키즘이었다. 물론 이 전에 그는 카프의 지도자로서 여러 논쟁의 중심에 놓여 있었는데, 그 중 대표적인 것이 팔봉과 벌인 내용, 형식 논쟁이다. 그리고 이어서 그는 김화산의 아나키즘론에 대해 당파성 확보를 위한 논쟁을 이어나갔다.

박영희의 반아나키즘에 대한 논거는 「무산예술운동의 집단적 의의」[10]라는 글에서 시도되었다. 그는 여기서 "부르주아나 프롤레타리아 등 어떤 계층에도 귀속되거나 복무할 수 없다는" 일본 아나키스트들의 주장을 공격한 바 있는데, 그 이면에 염두에 두고 있었던 것은 물론 김화산의 예술론, 곧 아나키즘 예술론에 대한 비판과 무관한 것이 아니었다.

아나키즘의 논거는 볼셰비즘의 그것과 일견 닮아 있다. 현재의 불합리한 조건들, 불온한 현실들을 민중의 힘에 의해서 전복시킬 수 있다는 것은 볼셰비즘이나 아나키즘 등 모두가 인정하는 투쟁 방식이다. 김화산도 이 점에 대해서 굳이 부정하지 않는다.

> 이럼으로써 예술운동은 동맹의 의식통일을 위해서 또한 현실에 충실하기 위해서 무산계급 자유주의문학자와는 야전에서 합일 수 있으나 예술에 분열되지 아니치 모할 것이라고 본다. 이 동맹은 맑스주의적 문예관으로 나가지 않으면 아니되는 까닭이다.[11]

---

10) 『조선지광』, 1927.1.
11) 김화산, 「계급예술론의 신전개」, p.60.

프롤레타리아 계급이 부르주아 계급을 넘어뜨릴 수 있다는 목적에 있어서는 볼셰비즘이나 아나키즘이 동일한 정신적 구조를 갖고 있기에 김화산이 자신의 문학론, 곧 아나키즘이 맑스주의적 문예관으로 무장하는 것은 당연한 것이라고 했다. 하지만 김화산은 당시의 카프 문학이 프로문학이란 오직 마르크스주의로 사유하는 자로 규정되는 것이 가장 큰 문제라고 인식했다.[12] 이는 사상의 중립이라든가 사상의 여유, 혹은 허용의 범위를 문제삼는 발언인데, 실상 사상에는 어떠한 타협이 개입될 수 없는 순정한 것이라는 점에서 김화산의 이 주장은 일종의 타협주의라는 비판으로부터 자유로운 것이 아니다. 특히 당파적 결속성을 무엇보다 강조하는 카프문학의 입장에서는 객관적 필연성에 대한 담보라든가 미래의 전망에 대한 뚜렷한 제시가 없는 김화산의 이 같은 주장을 받아들이기 어려웠을 것으로 이해된다.

김화산의 이러한 논리는 비슷한 시기에 전개된 내용, 형식 논쟁의 연장선에 놓여 있는 것이라는 점에서도 이와 약간의 관련성을 갖기도 한다. 김화산은 「계급예술론의 신전개」에서 박영희의 소위 삐라론, 선전 문구도 예술의 한 종류가 될 수 있다는 기계주의에 대해 철저한 비판을 가한다. 그러니까 카프 문학도 예술의 한 종류인 이상 문학이 요구하는 예술성, 곧 문학성을 어느 정도 갖추어야 한다는 논리인 셈이다. 실상 김화산의 이 주장은 팔봉 김기진의 논리와 구분되기 어려운 것이라는 점에서 주목을 요한다. 김기림은 「무산문예작품과 무산문예비평」[13]에서 "프로레타리아문학에 취하여 가장 긴요한 조건은 내용과 형식의 온전한 조화

12) 위의 글, p.16.
13) 『조선지광』, 1927.2.

이다. 그리고 형식과 내용과의 조화를 어디서 구할 수 있느냐 하면 그 표현, 기교, 형식은 각 시대의 우수한 것으로부터 그것을 배우지 아니하면 안된다"고 하면서 예술에 있어서 문학성의 필요를 강조한 바 있다.

하지만 김화산이 팔봉의 논리에 동조한다고 해서 팔봉의 문학관을 전적으로 지지하는 것은 아니다. 팔봉은 박영희와의 논쟁, 그리고 임화와의 논쟁을 거치면서 형식 위주의 문학론에 대한 자신의 입장을 철회하긴 했지만 그는 여전히 맑스주의자였기 때문이다. 반면 김화산의 프로문학 비판은 팔봉과는 세계관적 지점이 다른 경우이다. 그가 비판하고자 한 것은 내용 위주의 문학에 대한 비판이었고, 그 저변에 깔린 것은 프로문학이 추구하는 것에 대한 못마땅함이 깔려 있는 것이기 때문이다. 말하자면 그의 프로문학의 비판은 혁명 이후의 프로레타리아 독재에 대한 경계의식이 그 저변에 놓여 있었던 것이다. 그러한 차이들은 이 시기 아나키즘 논쟁에 참여했던 윤기정의 다음의 글에서도 확인할 수 있는 바이다.

> 나는 거듭 말한다. 프롤레타리아의 문예운동이란 그 시기-혁명전기(반항, 선동, 선전)로, 혁명기(전투, 파괴)로, 혁명 후기(정리, 건설)-에 대한 역사적 필연의 임무를 충실히 하면 그만이다. 여기에 이의를 제출한다면 그 문예가는 순예술파에 속한 부르예술가이거나 맑스주의자로서 용납지 못할 아나키즘 경지에 선 아나예술가일 것이다. 우리는 아나키즘 문예를 근본적으로 극력 배척한다.[14]

윤기정이 이 글에서 주장한 역사란 객관적 필연성, 과학적 합법칙성을

---

14) 윤기정, 「계급예술론의 신전개를 읽고」, 《조선일보》, 1927.3.27.

말한 것이다. 이른바 발전의 합법칙성에 대한 단계론인데, 이에 기대게 되면 아나키즘이란 혁명 이후에 대한 대안이 존재하지 않게 된다. 그 단계가 프롤레타리아 독재임은 분명한 것인데, 수평과 평등, 그리고 자유를 절대 기반으로 하는 아나키즘이 혁명의 마지막 단계라 할 수 있는 프롤레타리아 일당 독재를 인정하는 것은 어불성설이다. 그러한 권력의 존재야말로 또 다른 지배 관계를 형성하는 것이기 때문이다.

김화산은 자신을 아나키스트라고 선언하거나 그 사상적 표현을 직접적으로 표명한 적이 없다. 다만, 프로 문예를 비판하면서 자신의 숨겨진 의도가 무엇인지를 어렴풋이나마 드러내고자 했을 뿐이다. 그럼에도 그의 사상적 정점에 아나키즘의 사유가 자리하고 있음은 분명한 것이라 할 수 있는데, 다다이즘을 자신의 창작에 있어서 방법적 의장으로 수용할 때부터 자유와 평등에 대한 수평적 사유 체계를 올곧이 지니고 있었기 때문이다.

김화산과 비슷한 시기에 아나키즘을 주장한 사람으로 권구현을 들 수 있다. 『흑방의 선물』[15]이나 「계급문학과 비판적 요소」[16], 그리고 「우상문제에 관한 이론과 실제」, 「맑스주의문학론의 의미」[17] 등에서 이와 관련된 글을 발표하고 있는 까닭이다. 그러나 그의 대표 평론인 「계급문학과 비판적 요소」라는 글에서 '장검론'과 '백인'이라는 비유를 통해서 아나키즘적 세계관을 표명한 것으로 알려져 있지만, 엄격한 의미에서 이 글을 아나키즘 문학론에 포함시키기가 어렵다는 점에서 아나키즘과 관련된 권구현의 글들은 김화산과 마찬가지로 많지 않은 편이다.

---

15) 영창서관, 1927.
16) 『동광』10호, 1927.
17) 『조선문학』4, 1933.

권구현의 사상적 편력은 김화산만큼이나 굴곡진다. 김화산은 다다이즘을 수용하면서 혁명적 입장을 견지했지만, 권구현은 아나키즘에 대해 별반 관심이 없었다. 대신 그는 처음부터 계급문학에 관심을 갖고 있었다. 하지만 권구현의 계급문학론은 세계관의 한계로 말미암아 사상적인 변이를 겪게 된다. 그는 1926년 카프에 가입했지만, 사상적 차이로 이듬해 제명되었기 때문이다. 이후 그는 계급문학을 버리고 아나키즘 단체인 '흑우회'를 조직하기도 했고, 1928년에는 아나키즘 예술단체인 '자유예술동맹'의 구성원이 되면서 본격적인 아나키스트로 변신하게 된다.

아나키즘과 관련된 권구현의 대표 평론은 「계급문학과 그 비판적 요소」[18]인데, 대부분의 연구자들은 이 글을 아나키즘적인 사유를 펼쳐낸 것으로 이해했다. 하지만 이 글이 반드시 아나키즘의 세계관을 곧바로 드러낸 글이라고 보는 것은 어려운 일이다. 이런 단면은 박영희가 김기진과의 '내용, 형식 논쟁' 속에서 권구현이 자신의 견해를 옹호한 것으로 이해한 데서 알 수 있다.[19] 내용을 강조한 것이 권구현의 사유이기에 이 시기 내용 위주의 문학론을 펼친 박영희의 판단과 꼭 들어맞았기 때문이다.

권구현은 이 글에서 그 유명한 '장검론'과 '백인'이라는 비유를 통해 자신의 문학관을 묘파했다. 말하자면 제재는 '장검'이고 표현은 '백인'으로 인식하면서 이들의 목적은 "다같이 적을 물리치는데 있다"고 한 것이다. 이는 이 시기 박영희가 주장했던, 사회주의 건설이라는 목적을 달성하기 위해서는 문학이 그것의 나사와 톱니바퀴가 되어야 한다는 '치륜설'보다

18) 『동광』10, 1927.2.
19) 박영희,「무산예술운동의 집단적 의의」 참조.

한발 앞서 나간 지점에 놓이는 것이다.

아나키즘은 '개성'이라든가 '자유' 등 위계질서와는 엄격한 거리를 둔다. 그 연장선에서 개인의 심리에 대해서 많은 부분 강조하게 된다. 그런데, 「계급문학과 그 비판적 요소」에는 이런 관념들이 자세히 드러나는 것이 아니다. '개성'이라든가 '개인심리'를 옹호하는 사유들은 매우 소략하게 나타나기 때문이다.

비평과 달리 권구현의 아나키즘적 사유는 작품을 통해서 본격적으로 드러나기 시작한다. 시집 『흑방의 선물』에서 이 사상이 체계적으로 구현되기 때문이다. 그는 여기서 그 유명한 '북'론과 '물'론을 예로 들면서, '북'은 '북'의 소리, '물'은 '물'을 짜내어야 하거니와 그 밑바탕에 자리한 것은 '속살님의 고백'이라고 인식한다. '북'이 북의 소리를 내어야 하고 '물'의 소리를 내어야 한다는 것은 낭만주의자들이 흔히 말하는 자발성의 시학을 말하거니와 이는 개성 만능주의와 가까운 것이 된다.[20] 이는 곧 낭만주의의 또 다른 현현이라 할 수 있는데, 이런 감각이야말로 아나키즘이 주장하는 절대 자유 사상과 그 맥이 닿아 있는 것이라 할 수 있다.

아나키즘에 대한 권구현의 사유는 김화산의 경우보다 구체적이다. 개인의 심리에 대한 확장을 강조한 점에서 이를 확인할 수 있는데, 이런 맥락에서 보면, 이 시기 아나키즘은 권구현에 이르러 어느 정도 자리를 잡은 것으로 이해할 수 있을 것이다.

아나키즘이 근대성의 조건을 묻는 사상적 고뇌와 무관한 것이 아니라면[21], 그러한 고뇌가 정합성을 갖기 위해서는 한 가지 전제가 필요하다.

---

20) 권구현, 『흑방의 선물』 참조.

21) 김윤식, 「단재사상의 앞서감에 대하여」, 『신채호의 사상과 민족독립운동』, 단재기념사업회, 1986, p.562.

이 사유가 근대적 사유 구조와 갖는 상관관계와, 그것이 문학사적으로는 어떤 의미를 갖는 것일까하는 점이다. 이러한 전제를 회피하고 단재의 사상을 문학사적으로 이야기하는 것은 위험한 일이다.

말하자면 단재의 아나키즘은 단순히 한 선구자의 사상사적 특이성이라든가 예외성으로 간주하기에는 이 사상이 갖고 있는 시대정신이 너무 크고는 점이다. 또 경우에 따라서는 시대정신과의 조응성이 매우 시의적절한 것이라는 사실에서 찾아야 한다는 점이다. 우리 문학사에서 근대란 무엇이고 그것이 문학적으로 어떻게 실천되어왔는가 하는 문제 의식은 끊임없이 이루어져 왔다. 그리하여 한쪽에서는 모더니즘이 근대성의 한 자락으로 이해되기도 했고, 다른 한편으로는 리얼리즘이 나머지의 한 자락을 차지하고 있는 것으로 간주되었다. 전자의 경우는 김화산이라든가 임화를 비롯한 다다이스트, 그리고 정지용, 김기림 중심의 모더니즘이 근대의 계승자로 수용되어 왔다. 반면 후자의 경우는 전자보다 분명한 모습을 갖추고 등장했는데, 근대적 삶의 조건을 묻고 이를 개선하는 과정으로서의 문학이란 무엇일까 하는 점에 관심을 표명하고 있었다. 그 결과 자연발생적인 것으로서의 신경향파 문학의 등장과 이를 계승한 카프 문학과 같은 리얼리즘 계통의 문학을 그 좋은 본보기로 들고 있었다.

이 시기 단재를 비롯한 김화산 등의 아나키즘 사상과 문학은 분명 문제적인 것이었다. 아나키즘 사상을 리얼리즘과 모더니즘 등과 같은 사상의 계보로 묶을 수 있다면, 우리는 그것을 사상의 자율화라는 새로운 축으로 해석하는 일이 가능하지 않을까 생각된다. 그것은 한편으로는 중화사상에 대한 안티 담론으로, 다른 한편으로는 수직적 질서에 대한 저항이라는 근대적 생존방식의 체계로서의 가치를 갖고 있기 때문이다.

하지만 아나키즘 사상은 중화사상에 대한 대타적 의미보다는 근대성에 편입시켜 그 실현 여부를 탐색하는 것이 보다 큰 유효성이 있는 것이 아닐까 생각된다. 그것은 문학의 한 조류로서 아나키즘을 평가하는 올바른 잣대가 될 수 있기 때문이다. 이럴 경우에만 아나키즘 문학론은 문학사의 맥락에 편입시킬 수 있는 근거를 마련하게 된다.

이 시기 아나키즘의 담론들은 현실과 아주 밀접히 결부되어 나타난다. 일단 아나키스트들은 반영론적 입장을 충실히 견지한 그룹이었다. 이들은 문학을 개인의 정서를 뛰어넘는 집단의 정서에 기댄 것으로 이해하고, 그것의 기능적 성격에 깊은 관심을 표명했다.

단재를 비롯한 아나키스트들은 국수적, 혹은 저항적 민족주의를 거쳐 무정부주의에 도달했다. 무정부주의는 민중 혁명에 분리하기 어렵게 결합된 것이라는 점에서 보면 볼셰비즘과 동일하지만, 혁명 이후 프롤레타리아 일당 독재를 허용하지 않는다는 측면에서는 볼셰비즘과 구별된다. 이런 관점에서 무정부주의는 카프가 추구했던 계급 문학과는 현격한 거리가 있는 것이었다. 다만 경우에 따라 이 사상은 항일혁명문학이 지향했던 민족 모순의 이념과 보다 친연성을 갖고 있었던 것이 아닌가 판단된다. 이는 무정부주의가 현저하게 민족 모순에 밀접하게 결합되어 있다는 의미이고, 항일혁명운동과 일정 부분 공유지대를 형성하고 있었다는 점에서 그러하다. 이런 근거는 무정부주의가 혁명의 주체인 민중의 성격을 계급적 관점에서가 아니라 민족적 개념에 보다 근접해 있다는 점에서도 이해할 수 있는 대목이다. 이들에게 있어서 민중이란 곧 민족이었기 때문이다.[22]

---

22) 진덕규, 「단재 신채호의 민중, 민족주의의 인식」, 『신채호의 사상과 민족독립운동』, p. 407.

하지만 단재를 비롯한 아나키스트들의 사상을 항일혁명운동의 민족 모순 사상과 곧바로 연결시키는 것은 무리가 있다. 항일혁명문학이 크로포트킨의 민중혁명과 상호부조론에 근거를 둔 것이 아니라는 점에서 그러하다. 뿐만 아니라 단재에게 항일혁명이 보여주는 전망의 세계가 이들의 사유 구조에 그렇게 뚜렷하게 드러나지 않는다는 점에서도 그러하다. 그것이 이 시기 무정부주의가 갖는 근본적인 한계가 아닐까 한다. 이런 전망의 부재는 아나키스트 문학의 한계이면서 항일혁명문학과 구별되는 중요 지점이 아닐까 한다. 무정부주의가 민족모순의 기반과 분리하기 어렵다는 점에서는 항일혁명운동과 계보학적 연대성을 갖고 있긴 하지만, 그러나 항일 혁명 문학과 아나키스트들의 사유에서는 전망의 문제가 그렇게 명확하게 드러나 있지 못하다.

그럼에도 단재를 비롯한 아나키스트들의 사유는 매우 존중 받아야할 귀중한 사상적 과제를 남겼다. 그것은 시대 정신과의 정합성이라는 점에서 그러한데, 실상 이 시기 민족 의식에 바탕을 둔 민중 혁명과, 그에 따른 지배 관계의 해소는 매우 소중한 시대 정신의 하나이기 때문이다. 그것은 진화론에 의한 먹이사슬 구조가 여전히 힘을 발휘하고 있고, 사회주의 혁명이 성공한 사회에서 조차도 그러한 사슬 구조가 엄연히 존재한다는 사실에서 그러하다. 그런 맥락에서 아나키즘은 리얼리즘이나 모더니즘과 더불어 근대에 대한 주요 인식성 가운데 하나라고 해도 과언이 아닐 것이다.

1. 상호부조론에 입각한 단재의 시

단재의 사상은 초기에는 민족주의에 기반한 것이었다. 하지만 진화론에 바탕을 둔 민족주의는 곧바로 한계를 드러내게 되는데, 그것은 이 사상이 갖고 있는 모순에서 비롯되었다. 힘은 자기를 보호해주는 장막이 되기도 하지만, 역으로 자신을 지배하는 것으로 다가오기도 했기 때문이다. 그리하여 단재는 우승열패라든가 힘에 밑바탕을 둔 민족주의를 버리고 무정부주의로 나아가게 된다.

단재의 무정부주의를 강한 적을 앞에 둔 비장한 자기무장[23]이나 새로운 보편을 추구하는 것[24]으로 보는 인식은 모두 단재 사상의 선구성을 말해준다. 단재는 식민지라는 상황의 해소에 대해 끊임없이 모색해왔다. 민족 모순을 해결하는 방법이 무엇인가에 대해 고민을 거듭거듭해 온 것이다. 그러한 고민의 모색 끝에 그가 획득한 사상이 아나키즘이었다.

이 시기 단재의 문학들은 그의 사상적 근거인 아나키즘을 떠나서는 설명하기 어렵다. 그는 자신의 작품에서 이 사상을 표현하고 실천하는 장으로서 펼쳐나갔기 때문이다. 그는 그러한 사상적 표현을 주로 산문의 영역에서 실천해 나갔다.[25]

그럼에도 그의 몇 편 안되는 율문 양식도 아나키즘 사상의 표백을 이루어내는데 있어 예외가 아니었다. 단재의 무정부주의는 민중혁명과 상호부조론으로 요약되거니와 그러한 사상적 특성은 크로포트킨의 그것

---

23) 김윤식, 앞의 글(1986), p. 563.

24) 김진옥, 「단재문학과 한국 근대 문학의 성격」, 『단재 신채호의 현대적 조명』, 대전대학교 지역협력연구원, 2003, p. 107.

25) 그의 대표산문이라 할 수 있는 「꿈하늘」과 「용과 용의 대격전」 등이 그러하다.

과 밀접하게 연관되어 있다. 하지만 그의 율문 양식에 대한 연구는 이 사상과 거리를 둔 채 이루어져 왔다. 특히 그의 대표 사상 가운데 하나인 상호부조론 같은 크로포트킨적인 사상과의 관련성은 거의 검토되지 못한 것이 사실이다. 하지만 몇몇 율문 양식에서 그의 아나키즘적인 사상의 편린들은 엄연히 간취되고 있다. 이를 대표하는 작품이 「회포를 적음」의 연작시이다.

善惡賢愚摠戱論	선악이 모두 다 장난거리 이야긴데
耶回孔佛謾相嗔	예수교 회교 불교 유교 부질없이 서로 욕질
辨看青白之非眼	좋게 보고 밉게 보고 바른 눈이 아니거니
散作塵埃倒是身	먼지로 흩어지는 것 그게 바로 이 몸이지
忘念慈悲還地獄	망녕되이 생각하면 자비도 지옥이요
任精屠殺使天人	천진이면 살생도 천당이 되는 걸세
吾人來去只如此	우리 인생 오고감도 다만지 이같은 것
捨假求眞更不眞	거짓 버리고 참을 구함도 도로 참이 아니라네

「회포를 적음 1」 전문

「회포를 적음1」의 주제는 아나키즘적인 서정에 놓여져 있다. 무엇보다 이 작품에서는 크로포트킨의 무정부주의 사상을 쉽게 읽어낼 수 있는데, 그것은 바로 상호부조론의 사상이다. 상호부조론은 힘에 의한 지배 논리와 그 이념적 구현 형태인 제국주의를 비판하기 위해 크로포트킨이 펼쳐나간 사유 가운데 하나이다. 그는 사회진화를 인정하면서도 그 원동력은 경쟁이 아니라 상호부조에 있다고 본다. 그런 다음 이를 잘 지킨 종들이 가장 많이 번성하고 진보했다고 이해한다.[26] 여기서 크로포트킨은 사회 진화를 어느 정도 인정하는데 이런 단면은 다른 무정부주의자들과는 뚜렷이 구별되는 지점이다. 그런데 단재에게 이 진화론 사상은 다른 아나키스트들의 사유보다 큰 공감을 일으킨 것처럼 보인다. 사회 진화에 대해 긍정적 시선을 보낸 단재는 상호부조에 바탕을 둔 크로포트킨의 사회 진화론에 보다 큰 친숙성을 느꼈기 때문이다.

이러한 까닭에 이 시는 다소 허무주의에 경사된 듯한 느낌을 주는 데도 크로포트킨의 상호부조론과 일정 부분 연관되어 있는 것처럼 보인다. 말하자면 크로포트킨의 사유을 떠나서 이 작품을 이해하는 것은 어려운 일이라는 뜻이 되는데, 여기서 단재는 사회의 진화라든가 발전의 법칙이 경쟁이 아니라 협력에 의해 이루어지는 것임을 일러주고 있다. 서로 싸우거나 혹은 좋게 보는 시야 속에서는 천당이나 지옥이 될 수 있으며, 지옥도 천당이 될 수 있다는 논리를 선보이는 까닭이다. 그러니까 세상을 판단하는 기준에는 어떤 절대적인 잣대도 없다는 의미이다. 이 시는 교훈이 지나치게 강조되면서 서정의 부드러운 효과가 반감되고 있긴 하지만, 단재 사상을 잘 구현하고 있다는 점에서 의미가 있는 경우이다.

단재의 무정부주의 사상은 부당한 적과 즉시 싸우는 투쟁론과, 싸움 이후, 혹은 혁명 이후에는 서로 공존할 수 있다는 상호부조론 사상으로 요약할 수 있다. 하지만 단재의 율문 양식에서 투쟁론에 바탕을 둔 작품들은 거의 발견되지 않는다. 그것은 사사 양식의 전유물과 같은 것이어서 율문 양식이 감당하기 어려운 장르적 한계에서 비롯된 것으로 이해된다. 그렇기에 단재의 율문 양식에서는 주로 상호부조론에 관한 사유들

26) 김형배, 앞의 글, pp. 456-457.

이 중점 반영되어 나타난다.「회포를 적음1」에서도 확인한 바 있듯이, 주로 경쟁이 아닌 상호협력의 세계를 읊고 있기에 그러하다. 이런 서정적 특성은 그의 대표작 가운데 하나인 장시「매암의 노래」도 동일하게 구현된다. 이 시는 총 6연으로 된 장시로서, 단재 사상의 주요 특성 가운데 하나인 상호부조론 사상이 잘 드러나고 있다는 점에서 시사적 의의가 있는 작품이다.

1

하늘이 무엇이냐 매암매암
땅이 무엇이냐 매암매암
바람도 구름도 매암매암
아파도 쓰려도 매암매암
써도 달아도 매암매암
갖은 문법(文法) 무엇하리 매암매암
온갖 자전(字典) 쓸 데 있나 매암매암
아침부터 시작하여
저녁까지 읽은 과정(課程) 매암매암
시조(始祖)부터 시작하여
백대(百代) 천대(千代) 배운 교과(教科) 매암매암

2

중국의 넓적 글
서양(西洋)의 꼬부랑 글
우리 글과 바꿀소냐 매암매암
마음 궂은 놀부의 타령

음미(淫靡)한 춘향 노래
우리 입에 올릴소냐 매암매암
예수쟁이 뒤를 따라
하느님을 찾을소냐 매암매암
시대 영웅의 본을 받아
입 애국을 부를소냐 매암매암

3
일시적 순간적인 너의 몸을 바치어
동포 국가 사회 인류 모든 것을 위하라는
너희의 가진 윤리 싸움질을 못 금한다
싸움 없는 매암의 사회 윤리를 어데 쓰랴
온 세계의 모든 겨레 한 소리로 화답하자 매암매암

4
수천(數千)여년 기업(基業)으로
문학 미술 정치 풍속 모든 것을 창조해 온
너희의 가진 역사 종 되는 화를 못 구한다
자유 자재 매암이 나라 역사를 어디 쓰랴
자연으로 만든 풍류 또 한 마디 아뢰리라 매암매암

5
여름은 우리 시대 녹수(綠樹)는 우리 가향(家鄕)
이슬은 우리 양식 생활이 평등이다
좋을씨고 매암이 생활 매암매암 매암매암

아비가 매암이면 아들도 매암
사내가 매암이면 아내도 매암
이름도 차별 없다
좋을시고 매암이 이름 매암매암 매암매암

6
새가 되어 높이 뜨랴 하늘이 넓지마는
도량(稻粱)이 그리워라
고기가 되어 깊이 들랴 바다가 깊지마는
그물 코가 걸리워라
공명이나 부귀를 위하여 모은 짓을 하여 보라
양심이 부끄러워라
성현이나 영웅이 되어 인류를 구하여 보라
명예가 귀치 안하여라
개는 개요 소는 소요 말은 말이요
매암이는 매암이니라
매암매암 매암매암 매암매암 매암매암

「매암의 노래」 전문

「매암의 노래」는 매미의 울음소리를 통해 인간 세계의 다양한 국면들을 비유한 시이다. 이 작품 역시 단재의 아나키즘 사유가 펼쳐지고 있다는 점에서 「회포를 적음」과 비슷한 성격을 보여준다. 매미의 울음은 여러 인간사의 모습을 우화적, 혹은 알레고리적으로 펼쳐보이는데, 우선 1연에서 매미는 매우 무지몽매한 물상으로 은유화된다. 곧 하늘이라든가 땅의 세계에 대해서 구체적으로는 알 수 없는 존재이기 때문이다. 뿐만 아니라 바람이라든가 구름도 알지 못하거니와 통증과 같은 감각 또한 느끼지 못한다. 그저 소리만을 울며 낼 뿐이다. 조상대대로 배운 것은 오직 소리뿐이기 때문이다. 소리는 야생의 한 단면이고, 원시적 국면을 대변하는 것이기에 매미의 울음은 깨끗하고 자연의 한 현상, 혹은 이법으로 비춰진다.[27] 따라서 중국의 넓적 글이나 서양의 꼬부랑 글보다 인위적이지 않거니와 이런 단면이 있기에 중국적인 문자보다 우월한 위치에 있다고 이해한다. 그러한 사유는 여기서 끝나지 않고 사회를 향한 인식론적 깊이를 더해가는데, 서정적 자아가 말하고 싶은 것도 이 음역이었을 것이다. 가령 매미의 음성은 춘향의 노래보다도 말로만 애국을 외치는 위선자들의 그것보다도 진실하다고 말이다.

그런데 이러한 매미의 울음은 3연에 이르면 보다 구체화된 모습으로 인간적인 영역으로 침투해 들어오기 시작한다. 1-2연에서 보인 매미의 자태가 자연 그대로의 모습이라 한다면, 3연에서의 매미는 인간에게 어떤 교훈을 환기하는 울음으로 존재론적 전환을 이루기 때문이다. "일시적 순간적인 너의 몸을 바치어" "동포 국가 사회 인류 모든 것을 위하라는" 윤리만으로 인간적 싸움을 막을 수 없다는 것이다. 그러한 싸움이나 갈등이 인간계의 모습이라면 매미의 세계는 그 반대의 지대에 놓인다. 갈등이나 싸움이 없는 세계가 바로 그러하다. 그 상징적 표현이 바로 화합의 소리, 곧 매미 울음의 소리이다. 이 단계에 이르게 되면, 매미의 그것은 형이상학적인 의미로 전화하게 되는데, "온 세계의 모든 겨레 한 소

---

27) 아나키즘을 자연의 한 국면으로 이해하는 것은 매우 중요한 인식이다. 근대를 부정하는 모든 사유의 종착 지점에 이 자연관이 연결되어 있기 때문이다. 모더니즘 뿐만 아니라 노장 사상 등도 이 의식과 깊이 연결되어 있다. 이런 맥락에서 이해하게 되면, 자연은 동양사상의 총합이 될 수 있다는 가설이 성립하게 된다.

리로 화답하자"고 외치는 것이 바로 그러하다.

여기에 이르면 단재의 무정부주의가 비로소 수면 위로 떠오르게 된다. 단재는 사회진화의 방식으로 경쟁보다는 상호부조를 제시한 바 있거니와 싸움이 제국주의의 논리이며, 양육강식의 논리라고 판단한다. 이 논리가 우승 열패라든가 지배와 피지배의 관계를 만든 주요 매개로 사유한다.

4연에서는 양육강식의 역사성에 대해 이야기하고 있다. 여기서 서정적 자아는 인간의 오랜 역사가 양육강식의 논리로부터 자유로운 것이 아님을 지적한 다음, 5연에서는 그 안티담론으로 녹수(綠樹)를 우리 가향(家鄕), 곧 고향으로 제시한다. 여기에 이르면 단재의 아나키즘 사유 가운데 하나인 상호부조론이 자연의 세계, 곧 우주의 이법이 작동하는 세계임을 알게 된다. 상호부조의 정신이 자연에 있다는 단재의 이 사유는 매우 의미심장한 것이다. 자연이란 정지용을 비롯한 모더니스트들에게도 인식론적 완결성을 향한 중요한 매개였던 바, 이런 감각은 단재의 무정부주의에서도 주요한 근거가 되기 때문이다.

우리 시사에서, 모더니스트들에게 자연은 매우 중요한 음역 가운데 하나였다. 분열된 인식의 완결을 위해 찾아간 것이 궁극적으로는 자연이었기 때문이다. 자연이란 수평적 세계인데, 이런 감각이 아나키스트들에게도 차별없는 평화의 세계, 수평적 세계로 수용되었던 것이다.

마지막 5연의 말미와 6연에서는 수평적 평화의 세계가 제시된다. 이는 아나키스트들이 이상으로 생각하고 있는 유토피아의 세계임이 분명할 것이다. 매미로 표상되는 자연의 세계는 "아비가 매암이면 아들도 매암"이고 "사내가 매암이면 아내도 매암"이기에 "이름에서조차 차별없는" 평등한 사회, 수평적 사회가 된다. 이는 아나키스트들의 이상인 공평하고 평등한 유토피아와 동일한 것이라 할 수 있다.

단재에게 문학은 아나키스트라는 사유를 실천하는 장으로 구현되었다. 산문의 영역이 주로 민중봉기를 위주로 하는 혁명사상을 담당하고 있었다면[28], 율문의 양식은 아나키즘의 한 자장인 상호부조의 사상을 담아내고 있었다. 단재는 이렇듯 자신의 사유를 실천하는데 있어서 장르가 갖는 특성들을 적절하게 이용하여 그에 맞는 문학적 양식을 선택하고 있었다.

단재 사상의 출발은 국수적 민족주의에서 시작되었다. 그런 다음 이 단계를 거쳐 무정부주의를 수용하기에 이르렀다. 이 시기 그의 민족주의 사상은 반중화주의로서의 의미를 갖거니와, 반제국주의적 의미를 갖는 것이기도 했다. 이는 근대 민족국가 건설의 열풍 속에서 형성된 민족주의에서 그치는 것이 아니었다. 이는 그의 사상적 편력이 단순히 국수주의적인 것에 갇히는 협소한 영역이 아니었음을 말해준다.

무정부주의는 볼셰비즘과 분명 공통점과 차이점을 갖고 있었다. 민중혁명에 의존한다는 측면에서 보면 볼셰비즘과 동일하지만, 혁명 이후 프롤레타리아 정권을 거부한다는 측면에서 볼때는 반볼셰비즘적이다. 그것이 계급문학자들로부터 공격받은 절대적인 근거로 작용했다. 이런 관점에서 본다면 단재의 무정부주의는 카프 문학과는 거리가 있는 경우라 할 수 있다. 오히려 단재의 무정부주의는 항일 투쟁의 사유에 가까워 보인다. 이는 단재의 무정부주의가 민족모순과 깊은 연관성이 있다는 의미이고, 그 사상적 근거가 항일혁명운동과 계보학적 공통성을 갖고 있었다는 의미도 된다. 이는 단재가 표명한 혁명의 주체인 민중이 계급적 개념

28) 이는 앞서 말한 「용과 용의 대격전」 등에서 확인할 수 있다.

이 아니라 민족적 개념에 가깝다는 점에서도 그러하다.

2. 자유와 평등으로서의 권구현의 시

권구현은 충북 영동 출신이다. 그의 사상은 카프적 세계관을 지니고 있었지만 아나키스트로 변신하였고, 이에 종사하다 1937년 자살로 생을 마감한 비운의 시인이다.[29] 권구현의 문학활동은 1926년 《시대일보》에 시조 4편을 발표함으로써 시작된다.[30] 이후 50수 정도를 발표하여 하나의 작품집으로 상재하려고 했으나 발표하지 않은 것으로 되어 있다.[31] 그러나 다시 시집 발간을 멈추지 않았는데, 『흑방의 선물』이라는 제사로 시집을 발간함으로써 그 목적을 달성하게 된다.[32]

권구현은 짧은 삶을 살다간 시인이다. 그럼에도 그가 문단에 남긴 족적은 결코 적은 것이 아니었다. 그는 볼셰비즘에서 시작하여 아나키즘으로 나아가는 예외적 경로를 보여준다. 그러한 특이한 행보란 우리 시사에서 이방의 지대로 간주되던 아나키스트 시인이었다는 사실에 있는지

29) 권구현의 출생에 관해서는 1898년(조두섭)과 1900년(박명용), 1902년(권영민) 등 여러 설이 있으나, 조두섭의 견해에 따라 1898년으로 굳어지는 듯하다. 따라서 그의 출생연도를 1898년으로 한다. 조두섭, 「권구현의 아나키즘 문학론연구」(『우리말글』, 1993.6)와 박명용, 「시대의 고뇌를 안고 요절한 아나키스트 권구현」(『시문학』, 1991.9), 그리고 권영민, 『한국근대문인대사전』(1990, 아세아문화사) 참조.

30) 권구현의 작품 활동은 『조선지광』 26년 11월에 시조 6장을 발표함으로서 시작된 것으로 본 경우도 있다. 하지만 어느 경우든 그의 작품 활동은 1926년에 이루어졌다는 점에서 동일하다. 권영민, 『한국근대문인대사전』, 1990, 아세아문화사, p.35. 참조.

31) 조두섭, 「권구현의 아나키즘 문학론연구」, 『우리말글』, 1993.6, p.392.

32) 영창서관, 1927.3.

도 모른다.

권구현에 대한 평가는 1980년대말 이후 이루어지기 시작했다. 그것은 1980년대 말에 이루어진 월북 문인에 대한 해금과 그에 따른 이데올로기의 개방 현상에 대한 새로운 환경이 큰 계기가 되었다. 그리하여 1920-30년대 아나키스트로 활동했던 단재나 김화산, 그리고 권구현 등이 이뤄낸 문학적 성과에 대해서 제대로 된 평가가 내려질 수 있게 되었다.[33]

아나키즘을 사상적 거점으로 하는 권구현 문학의 특징은 우선 단형의 서사체 양식을 즐겨 사용했다는 데서 찾을 수 있다. 그가 왜 이런 양식을 고집했는지에 대한 뚜렷한 증거나 이유가 명쾌하게 밝혀진 것은 없다. 뿐만 아니라 한때 카프의 맹원이었지만, 그에 기반한 계급 시라든가 카프가 요구하는 당파성에 대한 충실히 응한 사례는 거의 보이지 않는다. 그것은 카프시의 단편서사시의 양식과의 거리두기이기도 했다. 이런 사상적 차이로 말미암아 임화를 비롯한 카프 맹원들의 공격을 받고 카프를 탈퇴하고 다른 길을 걷게 되긴 하지만, 한때 그는 충실한 리얼리스트로의 면모를 보여준 것은 분명한 사실이다.

단형의 서사체를 주로 차용한 권구현의 문학적 특성 가운데 두 번째는 전통적 시형식인 시조를 즐겨 사용했다는 사실이다. 그가 이 양식을 선호하게 된 이유는 한때 몸담았던 유랑극단의 경험과 무관하지 않은 것처럼 보인다. 그는 1920년대 중반 전후 유랑극단 단원으로 활동하며 단가를 부르게 되었는데, 이때의 체험이 시조 형식을 자신의 문학으로 굳건

---

33) 그들에 대한 연구는 조남현, 조두섭, 박명용 이외에도 김윤식, 「아나키즘 문학론」(『한국근대문학사상』, 한길사, 1984)과 김용직, 『한국근대시사』(학연사, 2002)와, 송희복, 「한국 시의 아나키즘 영향과 무정부 낙원관」(『비평문학』, 2012,12), 김경복, 「부정과 저항으로서 한국 아나키즘 시」(『시와반시』, 2003 여름), 여지선, 「권구현과 한용운 시조의 문학사적 의의」(『시조학논총』, 2005,7) 등이 있다.

히 하는 계기가 되었다는 것이다.[34] 이는 낭송의 형식이 가져올 수밖에 없는 길이의 한계와 밀접한 관련이 있다고 보이는데, 낭송이란 긴 형식으로서는 불가능하기 때문이다. 그럼에도 단형의 양식을 주로 사용한 것에 대한 의문 부호는 여전히 남게 된다. 시조의 발생동기와 그것에 담겨져 있는 내용의 사상성을 생각한다면, 시조와 리얼리즘의 결합은 결코 어울리는 형국이 아니기 때문이다. 그런 부조화에 대해 박영희는 권구현의 작품집을 두고 시조와 프로시와의 부조화에서 오는 한계로 이해한 바 있다.[35] 잘 알려진 대로 성리학적 질서에 기반한 시조 양식의 근간은 양반 문화이다. 반면 서민 문화란 그 상대적인 자리에 놓이는 것인데, 이 문화가 갖는 감수성을 시조가 감당하는 것은 어색한 일이 아닐 수 없다.

권구현 문학의 세 번째 특징은 아나키즘과 그의 작품 사이의 상관 관계에서 찾아야 한다. 권구현이 아나키즘 사유를 드러낸 글로는 『흑방의 선물』[36]과 「계급문학과 비판적 요소」[37], 그리고 「우상문제에 관한 이론과 실제」, 「맑스주의문학론의 의미」[38] 등등이 있다. 그러나 '장검론'과 '백인'의 비유를 통해서 자신의 아나키즘적 사상을 표명한 것으로 알려진 「계급문학과 비판적 요소」는 실상 엄격한 의미에서 아나키즘 문학론으로 간주하기에는 어려운 면이 있는 것이 사실이다. 그러한 까닭에 아나키스트와 관련된 권구현의 글들은 실제로 많지 않은 편이라 할 수 있다. 이는 그가 이론보다는 창작에 보다 많은 관심을 기울였다는 사실을 일러주는 것이고, 또 관념보다는 실천에 보다 큰 관심을 표명한 인물이었다는 전

34) 조두섭, 앞의 논문, p.388. 참조.
35) 박영희, 『한국현대문학사』, 『사상계』68, p.85.
36) 영창서관, 1927.
37) 『동광』10, 1927.
38) 『조선문학』4, 1933.

제가 가능하다.

이런 문학적 전제를 바탕으로 권구현은 이 시기 많은 사상적 변모를 거치게 된다. 1926년 카프에 가입했지만, 이듬해에 제명되고, 이후 아나키즘을 수용하면서 그 사상적 표현인 '흑우회' 단체를 조직했다. 이후 1928년에는 아나키즘 예술단체인 '자유예술동맹'을 이끌기도 했다. 뿐만 아니라 아나키스트 잡지인 『문예광』을 간행하기도 하는 등 이 단체에 적극적으로 가담, 실천하는 모습을 보여주었다. 이런 일련의 행동에서 알 수 있는 것처럼, 권구현은 이론보다는 실천이 먼저였고, 또 비평보다는 창작에 보다 더 많은 관심을 가졌던 문인으로 이해된다.

권구현은 초기 시는 현실 인식에 바탕을 두고 있는 것이 대부분이다. 이는 그가 이 시기 적어도 리얼리스트임을 보여주는 단적인 경우라 할 수 있다. 이를 대표하는 작품이 아래의 시다.

낙시에 채는 고기
어리석다 말을 마오

배고흔 다음이어니
안이 물고 어이하리

아마도 이 목구멍이
웬수인가 하노라

「其三十六」 전문

이 작품은 권구현이 즐겨하던 단형체 양식 가운데 하나이다. 가난을 물고기의 비유를 통해서 표현하고 있는데, 실상 이런 면들은 가난을 소재로 한 신경향파적인 특성과 밀접한 관련이 있는 것이라 할 수 있다. 하지만 내용과 달리 이 작품은 시조 양식과 긴밀히 결합되어 있음을 알 수 있게 된다. 형식뿐만 아니라 내용에서도 그러하다. 가령, 이 작품에서 낚시를 통해 유유자적 하던 선비들의 강호가도적 삶을 어렵지 않게 읽을 수 있기 때문이다.

그럼에도 이 작품의 특성은 주제상 신경향파적인 면모를 갖고 있다는 점에서 찾아야 할 것으로 보인다. 생존의 최저 본능을 위해서 자신의 삶을 온전히 던져야 하는 물고기의 서글픈 운명을 통해서 서정적 자아의 삶이 반추되고 있기 때문이다. 물론 그 빈곤한 삶, 곧 가난은 이 시기 이런 주제를 전략적 흐름으로 간주하던 신경향파적인 특색과 분리하기 어려울 것이다. 하지만 뚜렷이 구분되는 점도 존재하는데, 현존의 역설이라는 의장을 통해서 서정적 자아의 삶의 모습을 비극적인 것으로 재현하고 있다는 사실이다. 이런 방법적 특색이야말로 이전의 시조 형식에서는 볼 수 없는 새로운 조류라는 점에서 권구현 문학의 독특한 시정신을 이해할 수 있게 된다.

가자
가자
田園으로 가자
우리의 먹을 것은
그곳에서 엇나니
푸른 풀 욱어진
田園으로 가자

심으고 매려
그곳으로 가자

毒魔의 巢窟을 떠나
餓鬼의 싸움터를 버리고
都市를 버리고
田園으로 가자
健全한 알몸이 되야
自然의 惠源을 차저
가자
가자

「전원으로」 전문

계급문학에서 시작한 권구현의 시정신은 카프에서 탈퇴한 후 아나키즘에 입각한 작품을 본격적으로 발표하기 시작한다. 인용시 「전원으로」가 대표적인데, 이 작품만큼 아나키스트로서 권구현의 사상적 특색을 잘 보여주는 작품도 없을 것이다. 이 작품은 크게 2연으로 이루어져 있는데, 이런 시형식은 권구현의 다른 작품과 비교할 때 비교적 예외적인 경우이다. 짧은 단형의 형식이 대부분인 그의 작품 세계에서 이 시는 비교적 긴 형태의 작품인 까닭이다.

2연으로 구성된 이 작품은 전반부는 전원으로 가야 할 필요성을, 후반부는 반근대로서의 전원이 갖고 있는 의미를 담고 있다. 전원이란 생산의 토대이자 삶의 근간이 된다. 그것은 모성적 상상력의 근간이기 때문이다. 따라서 전원이란 생명의 젖줄이자 근원이기에 그곳에 돌아가 '심고 매고' 가꾸어야 한다는 것이다.

삶의 근원인 전원이 아나키즘 이상과 밀접하게 결부되어 나타난 연은 2연이다. 전원은 '알몸'만을 요구하는 세계인 까닭에 그러한 상태로 자연의 은혜로운 가치를 여과없이 받아들이자고 외친다. 말하자면 인간과 자연, 곧 전원이 하나되는 삶으로 나아가자고 하는 것이다. 이 도정에서 서정적 자아가 주목하는 것은 전원과 대비되는 것들에 대한 안티 의식이다. 이를 대표하는 것이 도시이다. 하지만 여기서의 도시란 단순히 전원의 안티담론이라는 차원으로 구상되는 것은 아니다. 그것은 아나키즘과 관련된 권구현의 시정신을 이해할 수 있다는 점에서 그러하다. 우선, 서정적 자아가 전원으로 돌아가야 할 이유로 제시한 것이 '도시'의 반인간적 모습이다. 도시란 "毒魔의 巢窟"이고 "餓鬼의 싸움터"이다. 말하자면 수평적 삶이란 불가능한 공간이다. 따라서 이곳은 어떤 최소한의 긍정적인 생존조건도 제시되는 공간이 아니다.

전원은 반도시적인 것, 곧 문명의 상대적인 자리에 놓인다. 문명을 대신하는 것이 도시이거니와 그것은 이 시기 진화론이 낳은 부정적 산물로 사유된다. 그러한 까닭에 도시의 병리적인 모습들은 우승열패와 같은 진화론과 분리하기 어려운 것이 된다. 권구현이 도시를 "餓鬼의 싸움터"라고 인식한 것은 이 때문이다. 이런 감각은 이 시기 아나키즘의 면모를 보인 조명희의 시에서도 찾을 수 있다. 그가 발견한 세계 역시 전원의 유토피아, 곧 수평적 세계에 대한 그리움의 정서이기 때문이다.

> 내가 이 잔디밭 위에 뛰노닐 적에
> 우리 어머니가 이 모양을 보아주실 수 없을까

어린 아기가 어머니 젖가슴에 안겨 어리광함같이
내가 이 잔디밭 위에 짓둥글 적에
우리 어머니가 이 모양을 참으로 보아주실 수 없을까.

미칠 듯한 마음을 견디지 못하여
"엄마! 엄마!" 소리를 내었더니
땅이 "우애!"하고 하늘이 "우애!"하옴에
어느 것이 나의 어머니인지 알 수 없어라.

조명희, 「봄 잔디밧 위에」 전문

이 작품은 조명희 대표 시집인 『봄 잔디밧 위』에 수록된 작품인데, 시집의 제목이 된 시이다. 그만큼 조명희의 대표시 가운데 하나라고 할 수 있다. 이 시의 지배적인 소재는 아기인데, 아기란 보통 순수의 상징이다. 그러한 어린 아이가 뛰노는 광장이 '잔디밭'이거니와 그러한 까닭에 그곳은 유토피아로 구현된다. 그렇기에 이곳은 아이의 삶을 온전히 받아줄 수 있는 절대 공간이면서 모든 인간이 추구해야 할 공간이기도 하다. 다시 말하면, 이 '잔디밧', 곧 전원은 우주의 이법과 조화의 세계가 아무런 장애없이 펼쳐지는 유토피아인 것이다.

우주의 이법이나 섭리가 구현되는 세계는 수평적 세계, 평화가 공존하는 세계이다. 그러한 세계란 욕망이 없는 세계이거니와 그 외연을 넓히게 되면 양육강식이 없는 세계일 것이다. 1920년대의 주된 문예학적 흐름 가운데 하나가 반위계질서에 의한 아나키즘적 공존이 모든 사상가들에게 주어진 희망의 메시지임을 염두에 두면, 조명희가 펼쳐보인 우주론적 이법의 세계는 이런 아나키즘의 이상과 곧바로 연결되는 것이라 할 수 있다.

권구현의 전원적 유토피아는 조명희의 그것과 동일한 차원의 것이라는 점에서 의미가 있다. 권구현은 카프의 구성원이었지만 이 단체가 요구하는 것들에 대해 적극적으로 수용하여 작품을 창작하거나 사상적 편린을 드러내지 않았다. 뿐만 아니라 그는 이미 시대적 소명을 다한 것으로 인식된 시조 양식을 수용하거나 그에 기반한 작품들을 적극 받아들여 자신의 시정신을 펼쳐나갔다. 그가 시조 양식과 같은 단형체의 장르들에 관심을 가진 것은 유랑 극단의 활동과 밀접한 관련이 있는 것이지만 이는 그가 카프 구성원들이 즐겨 사용했던 단편 서사시의 형식을 적극 차용하지 않는 것과도 일정 정도 상관관계가 있다. 말하자면 권구현은 열린 상상력을 갖고 있었던 것인데, 이는 곧 그가 장르의 형식에 굳이 얽매이고 싶지 않은 자유로운 영혼이 만든 결과가 아닌가 생각된다. 진화론을 거부하며 반위계질서적인 입장에서 자신의 사유를 펼쳐나간 것처럼, 양식적인 측면에 있어서도 그는 굳이 어떤 특정 장르에 구속받지 않고 싶었던 것처럼 보인다. 이런 열린 상상력, 자유정신이야말로 그가 이 시기 펼쳐보인 또 다른 아나키즘의 한 양상이라는 점에서 의미가 있는 것이 아닌가 한다.

3. 다다이스트 정신과 아나키즘의 정신의 교집합 – 김화산, 김니콜라이의 시

김화산은 아나키스트라고 스스로 인정하기 전에 다다이스트였다. 아나키즘의 한자락이라고 평가되던 그의 대표 평론 「계급예술론의 신전개」를 발표하기 전에 다다이즘적 경향의 작품 「惡魔道」[39]를 써낸 바 있기 때문이다. 「악마도」는 소설처럼 서사양식을 취하고 있긴 하지만, 당시 유행하던 단편 서사시의 양식으로 읽어도 무방한 경우이다. 하지만 이 작품이 어떤 양식적 특성을 갖고 있는 것인가 하는 점이 중요한 것이 아니라 작품 속에 내포된 의미가 무엇인가가 중요하다고 할 수 있다.

이 작품은 우선 일정 정도의 서사성이 드러나고 있다는 점이 눈에 띤다. 인물들의 성격이 비교적 뚜렷하거니와 이 인물들이 전개하는 이야기가 비교적 선명하게 드러나고 있는 까닭이다. 동경으로 유학가는 김군과 김군의 연인 경자, 그리고 '나'가 등장하는데, 그 기본 서사 구조는 일종의 연애담에 가깝다. 특히 이광수 등에 의해 시도되었던 자유 연애 사상이 포착되고 있다는 점에서도 이채로운 경우이다. '내'가 동경으로 떠나는 김군을 전송하기 위해서 김군의 애인인 경자와 경성역에 배웅을 하게 되는데, 이 과정에서 '나'는 그만 경자에게 홀딱 반해버리게 된다. 이런 서사 구조는 이 시기 유행하던 자유 연애, 곧 삼각 관계의 전형을 보여준다. 하지만 이런 선명한 서사구조에도 불구하고, 이 작품의 저변을 지배하고 있는 것은 다다이즘에서 그 특징적 단면을 찾을 수 있다.

> 절망, 절망, 절망, DADA, DADA, 따--
>
> 의식의 비등, 존재의 전율!
> 나의 체온은 체온계의 한계를 돌파하여 이천팔백도의 고열로 질주한다.
> 카페, 프란쓰로 가자. 테이블은 불평등 육각형, 의자는 淫婦의 유방, 실

39) 『조선문단』, 1927.2.

내에 자욱한 연애의 분말

서울, 시가, 白晝大道
연애에 실패한 정신병자=DADA 金華山!
나는 테이블을 뚜드리며 放聲大歌한다.

김화산, 「악마도」 부분

이 작품을 두고 다다이즘의 정신이 제대로 구현되었다고 보는 것은 어려운 일이다. 말하자면 다다이즘의 흔적은 드러나고 있지만, 그것이 추구하는 정신이랄까 의장에 있어서는 현저히 미달하고 있는 까닭이다. 이 작품은 두 가지 주제랄까 소재가 어우러져서 구성되어 있는데, 하나는 연애 사건의 실패에 따른 담론이고, 다른 하나는 이때 풍미했던 엑조티시즘의 경향이다. 연애 사건의 실패가 작품의 근간을 이루고 있기 때문에 이 작품을 두고 매우 사적인 차원에서 구성되고 있다는 판단은 타당한 것이라 할 수 있다.[40] 이 작품의 커다란 주제 가운데 하나가 '나'와 친구인 김군의 애인인 경자와의 삼각관계라고 했거니와 그 관계에서 패배한 자의 넋두리가 이 작품의 주조를 형성하고 있기 때문이다.

그리고 다른 하나는 엑조티시즘의 경향이다. 이 시기 이런 경향에 대해 선편을 쥐고 있었던 시인은 정지용이었다. 그는 「카페 프란스」를 비롯한 일련의 작품에서 현대시가 나아갈 방향으로 외래어의 구현에 두었고, 이 낯선 외래어가 서정시에 수용됨으로써 시의 현대화가 이루어질 수 있다고 판단했다. 그런데 근대시에 대한 정지용의 그러한 사유는 김화산의 경우에도 예외없이 등장하고 있는데, 근대시가 어떤 모습을 취해야 하는

40) 김용직, 『한국근대시사(하)』, 학연사, 1986, p.435.

것인지가 이 시기에도 여전히 현재진행형임을 알 수 있는 단적인 증거가 된다.

인용시는 다다의 정신에는 좀 미달하면서도 이를 일정 부분 반영하고 있긴 하다. 다다의 정신 가운데 하나가 의미의 연결을 차단하는 단어들의 비인과적 나열인데, 이 의장에 의해 의미가 어느 정도 방해받고 있기 때문이다. 하지만 통사론적 질서를 파괴하기 위한 장치가 아니라 그저 새로운 단어의 무분별한 제시를 통해 시의 근대성을 모색하고 있다는 점에서는 한계가 있기도 하다.

이 작품의 또 다른 한계는 연애의 실패라는 사적인 감정에 의해 지배됨으로써 다다 정신과는 거리가 있다는 점에서 찾을 수 있다. 좌절의 정서에 압도되는 형국이다 보니 그러한 감정의 편린을 조각내서 서정화하는 것이 매우 어려웠을 것이다. 좌절의 정서는 표출되어야 하고, 또 서정화되어야 하는 형국에 의해 지배되다 보니 정신의 해방이라는 다다의 정신이 제대로 구현되지 못한 것이다.

김화산과 더불어 이 시기 주목할 만한 또 하나의 아나키스트 시인으로 김니콜라이를 들 수 있다. 이 독특한 형태의 필명의 주인공은 박팔양(1905-?)이다. 그의 필명이 독특한 점에서 알 수 있듯이 김니콜라이 역시 외래 사조에 대단히 민감했던 시인임을 알 수 있다. 이를 대표하는 시가 「輪轉機와 사층집」[41]이다.

A

xx! xx! xx!

---

41) 『조선문단』, 1927.1.

윤전기가 소리를 지른다
PM, 7-8, PM, 8-9.
ABC, XYZ.
부호를 보려무나
한 시간에 십만 장씩 박아라!

B
音響! 音響! 音響!
여보! 工場監督!
당신의 목쉰 소리는
xx! XX ! ! 에 지질려 눌려
죽었소이다
홍! 발동기의 뜨거운 몸뚱이가
목을 놓고 울면 무엇하나
피가 나야 한다 심장이 터져야 한다

C
벽돌 4층집 높다란 집이다
시커먼 旗란 놈이
지붕에서 춤을 춘다
옛다 받아라! 증오의 화살
네 집 뒤에는 윤전기가
죽어넘어져, 신음한다

D

XX! ◇◇! ○○!

DADA, ROCOCO (오식도 좋다)

비행기, 피뢰침, X광선

문명병, 말초신경병

무의미다! 무의미다!

이 글은 부득요령에 의미가 없다

나는 2=3을 믿는다

김니콜라이, 「輪轉機와 사층집」 부분

다다의 핵심은 통사를 해체하고 그 결과 의미를 부정하는 정신에 있다. 그리고 이를 통한 정신의 절대 해방, 곧 순수의 상태가 다다의 최종 목적이 된다.[42] 유기적 정신이란 이성의 영역이며, 이것의 핵심은 의미론적 국면을 만들어내는 일이다. 그리고 그 저변에 놓여 있는 것이 계몽의 정신이다. 계몽은 긍정적인 것이기도 하지만 대부분 부정적인 것으로 인식되었다. 그러한 부정을 초극하기 위해서는 이성의 결과인 의미의 영역을 파괴해야 한다. 다다의 해체 정신이 필요한 것은 이 순간이다. 이러한 파괴의 정신이 지상의 모든 규격, 권위를 파괴하고자 하는 아나키즘의 정신과 어울리는 것은 지극히 자연스러운 일이다. 이 시기 다다와 아나키즘의 정신을 등가 관계로 놓을 수 있는 근거는 여기서 생겨난다.

「輪轉機와 사층집」은 다다의 정신과 의장이 잘 구현되어 있는 작품이다. 시의 언어로 기호와 숫자를 적절하게 혼용하여 서정화하고 있거니와 이를 통해 다다의 의장 가운데 하나인 무의미의 정신을 실현하고 있기 때문이다. 김니콜라이의 다다 정신은 기호와 숫자뿐만 아니라 글자의

---

42) 정귀영, 『초현실주의 문학론』, 의식, 1987, p.54.

크기를 자유롭게 구사하여 시각적 효과를 가져오는가 하면, 장면 장면들의 유기적 구성을 방해함으로써 전체적인 유기성을 해체하는 데에서도 드러난다. 이는 결국 논리의 세계를 거부한 결과로 이해된다.

다다의 도입은 근대시의 형성과정에서 신기루와 같은 구실을 했다. 전통적인 것과 근대적인 것의 길항관계에서 새로운 것을 찾아내고, 또 이를 서정화하는 것이 이 시기 문인들의 최대 과제였는데, 파격적인 실험의식을 자랑하는 다다의 수법은 이들에게 새로운 방법적 의장으로 다가왔을 개연성이 크기 때문이다. 하지만 이들은 다다의 정신에 대해서 깊이 있는 천착과는 거리가 먼 것으로 보인다. 다다에 대한 이들의 접근법은 그저 피상적인 수준에서 그쳤고, 이들이 믿는 실험성은 인식론적 기반 속에 이루어진 것이 아니었기 때문이다. 이 시기 다다적 글쓰기에 종사했던 시인들이 이 방법적 의장에 대해서 쉽게 포기한 사실이 이를 증거한다.[43)]

다다이즘은 정신의 완전한 해방을 목표로 한다. 그러한 해방이란 이성에 갇힌 무의식의 전능을 말하며, 그러한 정신이 문학 속으로 편입될 때, 의미의 해체와 연결된다. 의미란 이성의 결과이며, 이성이 부정될 때, 의미는 당연히 해체될 수밖에 없을 것이다. 그러니까 의미라든가 그것을 만드는 이성, 중심을 거부하는 것이 다다이즘인데, 이런 거부의 정신이 일체의 권위와 지배관계를 부정하는 아나키즘과 연결되는 것은 지극히 자연스러운 현상이라 할 수 있다. 말하자면 1920년대 중반 수용된 아

---

43) 김니콜라이는 「輪轉機와 사층집」을 쓴 이후로 이런 경향의 시를 쓰지 않았고, 초기에 다다의 기법을 수용한 임화 역시 이런 경향의 시를 거의 창작하지 않았다. 이는 곧 다다이즘과 아나키즘, 그리고 리얼리즘이 갖고 있는 정신과 그 방향성 사이에 놓여 있는 차이에서 기인한다고 하겠다.

나키즘이나 다다이즘, 혹은 초현실주의가 서로 구분없이 수용될 수밖에 없었던 것은 따라서 자연스러운 현상이었다고 할 수 있다. 이 시기 다다에 기반한 시를 쓴 사람으로 시인 임화[44]도 있다. 그것이 「지구와 박테리아」[45]이다.

기압이 저하하였다고 돌아가는 철필을
도수가 틀린 안경을 쓴 관측소원은
깃대에다 쾌청이란 백색기를 내걸었다

그러나 제 눈을 가진 급사란 놈은
이삼분이 지낸 뒤 비가 쏟아지면 바꾸어 달 붉은 기를 찾느라고 비행기가 되어 날아다닌다

아까—그 사무원이 페쓰트로 즉사하였다는 소식은 벌써
관측소를 새어나가
--거리로
▶우주로 뚫고
--산야로
질주한다—확대된다
그러나 아직도 급사란 놈은 기에다 목을 걸고 귓짝 속에서 난문한다
비 ● 바람
쏴--

---

44) 임화가 한때 다다이스트로 활동했던 것은 잘 알려진 일이고, 이에 기반한 몇몇 작품을 썼다.
45) 『조선지광』, 1928.8.

그것은 여지없이 급사를 사무실로 갖다 붙였다
페쓰트—그것은 위대한 것인 줄 급사는 알았다.

임화, 「지구와 박테리아」 부분

리얼리스트라고 알려진 임화의 시답지 않게 인용시는 반영론적 국면에서 볼 때 매우 예외성을 갖고 있는 시이다. 초기 임화의 시들은 흔히 시정신의 미완성이나 자기동일성이 확보되기 이전의 것으로 인식된다. 그러한 까닭에 한 시인의 정신이 자리잡아가면서 초기의 시들은 정신사적 측면에서 흔히 예외성으로 받아들여지기 십상이다. 그런 관행은 임화의 경우에서도 크게 다르지 않은데, 「지구와 박테리아」는 그 연장선에 놓여 있는 작품일 것이다. 이 시는 리얼리스트로 나아가기 위한 전사적 단계에 놓여 있는 작품인데, 문제는 그러한 시정신이 왜 다다와 같은 것에 있었던 것일까에 놓여 있다고 할 수 있을 것이다.

이 작품 역시 김화산의 「악마도」와 비슷한 양상을 보여준다. 의미론적 부정에 앞장 서고 있거니와 엑조티시즘의 양상 또한 보여주고 있기 때문이다. 뿐만 아니라 김니콜라이의 경우처럼, 형태시로의 면모를 갖추고 있기도 하다. 그러니까 리얼리즘 계통의 시에서 결코 용인될 수 없는 문학성의 요인들이 다양한 각도에서 펼쳐지고 있는 것이다.

임화를 비롯한 이 시기 다다이즘으로 출발한 시인들이 나아간 행보는 크게 두 가지 양상으로 나타났다. 하나는 아나키스트라고 뚜렷히 표명하는 일과, 다른 하나는 리얼리스트로 변신하는 일이다. 전자를 대표하는 시인이 김화산이고, 후자를 대표하는 시인은 김니콜라를 비롯한 임화 등이다. 어째서 이런 결과가 빚어진 것일까.

다다와 초현실주의는 개인적인 자유의 필요성을 갈구하는 사조이다.[46] 말하자면 억압 구조를 전혀 인정하지 않는 것이다. 이런 단면은 아나키스트에게도 동일한 사유 구조를 만들어낸다. 인과론에 바탕을 둔 어떠한 위계질서도 인정하지 않는 까닭이다. 현재의 중심 구조, 지배 구조를 만들어내는 일체의 것들에 대해 부정하는 것이 다다이즘과 아나키즘의 동일한 정신적 기반인 것이다. 현재의 억압 구조에 대해 부정적인 입장을 취하는 것은 볼셰비즘이나 변증법의 경우도 마찬가지이다. 모순에 대해 연속적으로 초극하려는 이들의 정신이야말로 다다와 초실현주의, 아나키즘을 동류항으로 묶을 수 있기 때문이다.[47] 문제는 그러한 사유가 나아가는 다음 단계이다. 현재의 부정적인 축이 혁명이라든가 이성에 대한 적극적인 투쟁으로 붕괴되었다면, 이후의 지배 모형이랄까 사회구성체는 어떠한 것이 되어야 하는 것인가의 문제, 과정의 문제인 것이다.

잘 알려진 대로 다다이즘과 아나키즘은 일체의 지배 관계를 용인하지 않는다. 반면 변증법이나 볼셰비즘은 프롤레타리아 일당 독재를 인정한다. 이런 지배 형태는 다다이즘과 아나키즘의 입장에서는 결코 용인될 수 있는 사회구성체가 아니다. 그것은 이미 또 다른 지배 관계를 만드는 것이기 때문이다.

이런 발전 구조에 따르게 되면, 김화산이나 권구현, 그리고 임화와 김니콜라이의 행보가 어느 정도 해명될 수 있을 것으로 보인다. 전자는 다다적 정신을 아나키즘의 사유로 연장시킨 경우이고, 후자는 리얼리즘으로 그 사유의 맥을 이어나간 경우이다. 중심 이후의 세계를 하나는 인정했고, 다른 하나는 인정하지 않은 것이다. 이는 곧 진화론이나 우승열패

---

46) 빅스비, 『다다와 초현실주의』(1987), p.15.
47) 정귀영, 앞의 책(1987), p.244.

의 사상을 용인할 것인가 아닌가의 문제이거니와 그에 따라 아나키스트와 리얼리스트로 구분되었던 것이다. 물론 이들의 행보에 대해 어떤 당위적 결과론을 통해서 윤리적 재단을 하는 것은 올바른 인식론이 될 수 없다. 그것은 어디까지나 식민지 현실에 응전하는 그들만의 고유한 세계관이 결정할 문제이기 때문이다. 다만, 다다나 초현실주의에서 비롯된 그들의 사상적 응전이 일제 강점기라는 현실과 전혀 무관한 것이 아니었음은 분명 지적되어야 할 것으로 보인다.

색/인/

ㄴ

ㄷ

ㅅ

ㅇ

송 기 한

• 충남 논산생
• 서울대학교 국어국문학과 및 동 대학원 졸업
• 문학박사 · 문학평론가
• UC Berkeley 객원교수
• 대전대 우수학술 연구상, 시와 시학 평론상, 대전시 문화상 학술상, 한국 경제문화대상 등 수상
• 현재 대전대학교 국어국문창작학과 교수

주요 저서로는『한국 근대리얼즘 시인 연구』,『한국 현대 현실주의 시인 연구』,『해방공간의 한국 시사』,『한국 현대 작가 연구』,『한국 현대시와 비평정신』, 수필집『내안의 그 아이』,『역사는 기억한다』등이 있음

한국 근대 리얼리즘 시문학사

초 판 인 쇄 | 2025년 5월 30일
초 판 발 행 | 2025년 5월 30일

지 은 이 송기한

책 임 편 집 윤수경

발 행 처 도서출판 지식과교양
등 록 번 호 제2010 - 19호
주 소 서울시 강북구 삼양로 159나길18 힐파크 103호
전 화 (02) 900 - 4520 (대표) / 편집부 (02) 996 - 0041
팩 스 (02) 996 - 0043
전 자 우 편 kncbook@hanmail.net

ISBN 978-89-6764-214-3 93800 정가 31,000원